灵魂第一栈

洛小宸 著

贵州出版集团
贵州人民出版社

图书在版编目（CIP）数据

灵魂第一栈／洛小宸著. —贵阳：贵州人民出版社，2017.9

ISBN 978-7-221-14358-7

Ⅰ.①灵… Ⅱ.①洛… Ⅲ.①长篇小说—中国—当代 Ⅳ.①I247.5

中国版本图书馆CIP数据核字（2017）第235056号

灵魂第一栈

洛小宸／著

出 版 人 苏 桦
总 策 划 陈继光
责任编辑 陈继光
特约编辑 陈胤凡
封面设计 源画设计
版式设计 陈红昌
出版发行 贵州人民出版社（贵阳市观山湖区会展东路SOHO办公区A座）
印 刷 长沙鸿发印务实业有限公司（长沙市黄花工业园3号）
版 次 2017年10月第1版
印 次 2017年10月第1次
印 张 20.25
字 数 310千字
开 本 710mm×1000mm 1/16
书 号 ISBN 978-7-221-14358-7
定 价 38.00元

目录

第一个故事　师者·尸表

第二个故事　**车·惑**

第三个故事　**醉皈海**

第一个故事　**师者·尸表**

第一章　消失的黎明

记得有位很著名的小说家说过，要解决宿醉，最好的办法就是再喝一场。可是，就在我想再喝一场的时候，发现黎明失踪了。

黎明是一个人。

一个外表总是很不正经，骨子里却又最正经的人。

作为他的大学室友，我堪称世界上最了解他的人；作为他的老板，我堪称世界上最爱欺负他的人。

我抱着酒瓶，遥望因落满灰尘而模糊的窗外。那里飘荡着浓厚的雾霾，几乎伸手不见五指。对于需要阳光补充能量的我来说，这不是个好兆头。

不过，就算雾霾再大，我也得去找黎明。这不仅因为他好色、阴险，具备一种最原始的义气，更因为他留下了一行带血的字——老板，救我。

黎明是个死鸭子，不到万分紧急的时刻，打死他也不会求我。就算是开玩笑，他也从不会向我低一下头。

尽管之前我是他的寝室长，现在我是他的老板。

没错，我是老板，我姓洛，全称洛老板。

我是个货真价实的老板，我拥有一家客栈，尽管生意一直非常惨淡。黎明问过我很多次，为什么没有生意还要开，我一直对他说，因为金融危机、经济泡沫，做什么都不容易，而开客栈，就算不赚，至少也不会赔。

每当我这么说的时候，黎明都会鄙视地看着我，不屑地一笑，紧接着仰天大笑，走出他的 144 号房间，去找各种各样的女人。

而我，总会微笑着送走他，顺带微笑着继续吞下我的秘密。

是的，我怕吓到他。

因为我开的是灵魂客栈，灵魂第一栈。

我不是人，尽管我送走了很多人，见过了很多人，尽管我的运气比大多数人还要差得多——唐宋元明清，几多升平，几多战乱，上千年逝去，我一直想找个助手，但人们总觉得责任过于重大，时间过于漫长，最终都轻巧地摆摆手，头也不回地告别我，继续走向无尽的轮回。

而我，也只好长长地叹口气，坐在高高的山崖上，俯视那一片洁白的墓地。

冷，纯净，能淹死人的孤独。

正因此，遇到黎明的时候，我什么都没有说，只是暗暗地拯救了他。

他是我拯救的第一个灵魂，也是最后一个。我不该拯救灵魂。可我总是固执地觉得，在自己的灵魂已经四分五裂后，总得为别人做点什么。

现在，就是我该做点什么的时候了。

我笑了笑，用两根手指小心地捏起纸条，那上面升腾着大团大团陌生的香气，简直像锅刚蒸熟的米饭。

不用想，那来自女人。自从我认识他那天起，他就总是麻烦不断——百分之九十九来自女人，百分之一来自像女人的男人。

我将纸条折好，仔细揣进怀里，随手扔下酒瓶，在清脆的碎裂声中，穿上破烂的长筒靴，捡起纯黑亚麻长袍，随便披到身上，开始感知黎明的位置。

作为我的助手，我们之间存在一种颠扑不破的关系——不管他去哪里，我都可以毫不费力地找到他。

但是，怎么会是那里？

我猛地睁开眼，面前飘过一面残缺的古镜，光滑的铜面上反射出耀眼的光，把我的瞳仁硬生生地染成了七彩的颜色。

死。

死。

死。

我难以置信地张开手掌，看着大片大片的毛细血管在不到一秒的时间里快速充血，然后绚烂地爆裂。一部分血留在筋肉之间，另一部分血撑破皮肤，鼓鼓地渗出来，顺着指尖，蜿蜒地流下去，很快把我的整只手掌变成了漂亮的红色。

幸运的是，我并没有感觉，这一切发生的时候，我就像是在看别人的身体。

一阵浓烈的香气从虚空中弥漫开来，源源不断地混入我的血液，逆流到我的四肢百脉，如霸王硬上弓一样，强制性与我融为一体。

细细碎碎的伤口开始以肉眼可见的速度愈合。我终于迅猛地握紧拳头，踹开门，疯了一样地向那所小学飞奔而去。

在我住的车库和那所小学之间隔着一个老小区。没错，我是个穷光蛋，我买不起房子，也租不起房子，只能去住车库。也许你会建议我住自己的客栈，但那不是我能住的，因为我既不是活人，也不是死人。我只能在里面处理公务，不能在里面睡觉。

这片老小区很破败，是全城首屈一指的贫民窟。在这座以工业闻名也以工业衰败的城市里，这种新中国成立初期的建筑比比皆是。而房子一老就容易出问题，更何况在战争时期，这里还被日军长期作为秘密基地。

也正因此，我把客栈开在附近。阴气够重，总是出事。

一周前，又有几个年轻人在这里自杀，莫名其妙地自杀。两周前，十个身体健壮的老人接连惨死。这些死者完全没有自杀的理由，警方把他们定为自杀，完全是因为找不到他杀的证据和虚无中的凶手。

天色还早，街上几乎没有人，偶尔可见三三两两的孩子，都是要赶去上学的学生，没什么可奇怪的。我这样想着，不禁加快了脚步。黎明那小子刚死不久，现在还很虚弱，如果出了什么岔子，灰飞烟灭的可不止他一个。

忽然，我迈不开腿了。

一个冰凉的小手紧紧地贴在我的腰上，并且像八爪鱼一样越吸越紧。

"老师好！"

一声凌厉的问好划过天际，瞬间，那些手像细菌分裂一样，一只手变两只，两只手变四只，很快，一团纠缠不清的手死死地勒住了我。

我没有做什么，只是保持着原有的姿势，静静地站在那里，尽管它们的力量大得几乎要把我的骨头挤碎了。

我不能动。

这种小厉鬼不仅是冤死的，而且是惨死的，如果不幸见到他们，最好让他们当你不存在。否则，他们的怨气和戾气会一点不剩地发泄到你身上。

路灯闪着昏黄的光，东方露出霞光。在光影交织的世界里，我突然看到了那所小学的校门。

它就在我前面，不到五十米的位置。

但是，那丝源于黎明的、本来就若有似无的踪迹，竟然在一瞬间就断得彻彻底底。

怎么会这样？黎明魂飞魄散了？！

我警惕地低头，望向那群身高刚到我腰的小孩。他们浑身赤裸，背上背着血红的书包，皮肤闪着腐烂的荧光，脸白得透明，脑袋上寸毛不生。

他们没有嘴唇，本该是嘴的地方只是一个漆黑的洞，里面不断伸缩出两根滴血的獠牙。

见我低头，它们纷纷跳起来，浮在半空中，把我死死地围到中间，有的笑，有的哭，同时高速旋转，逐渐幻化出一个迷茫的光圈。

"他们都是坏老师，他们都是坏老师……"

随着他们不断重复的哭诉，一个坚定而响亮的声音如离弦之箭一般穿透我的头骨，尖锐地刺入我的脑子，其中居然还隐隐约约地夹杂着男男女女的喘息。

黎明？

我绝望地吐出这两个字，终于拔出随身带的玄铁小匕首，狠狠地割破食指，把冒着热气的鲜血洒了一圈漂亮的花色。

尽管这件事一开始就极其危险，很可能完全是个死局——七彩的瞳仁和流血的手掌已经十分明确地证明了这一点——这不是我能管得了的事。

但是，就算死，我也绝对不能放弃黎明。

那些小厉鬼见到我的血，死死地盯着闪着寒光的刀刃，后退了好几步。我赶紧抓住这一点宝贵的时间，拼命撞向那个牢不可破的光圈。

脑子里的那个声音越来越强烈，简直要刺透我的耳膜，穿进我的脑髓，弄得我心烦意乱，难以自控，很快陷入歇斯底里的状态。

更可怕的是，这种混乱而迷幻的情绪竟然让我完全忘掉了一件十分重要的事——黎明惹上的似乎是个女人，而不是一群孩子。

女人呢？

"先生，你怎么了？"终于，一个漂亮的女老师好奇地凑了过来。

第二章 女老师和男保安

这女人长得很漂亮，我不得不从心底承认，确实很漂亮。拜黎明所赐，我见过各种莺莺燕燕，残花败柳，胖的瘦的高的矮的化妆的不化妆的……可以论箱甩卖，也可以成打批发。可是，却没有一个，可以抵得上这女人的惊鸿一瞥。

她穿着标准的西装套裙，身材很好，衬衫的领口开得很低，是那种现在最流行的款式。从我这个角度，刚好可以隐隐地看见一些不该看见的东西。

也正是这些东西粘住了我的目光，定住了我正拼命撞光圈的身体。

"先生，需要我的帮助吗？"

她见我没有反应，又关切地问了一句。那张漂亮的蛇精脸上写着满满的茫然。

很显然，她是个活人，看不到那些小崽子。

既然是个活人……她不会以为我是个疯子吧？我不禁下意识地介意起自己的形象来。毕竟，只要是雄性动物就不喜欢在漂亮女人面前丢脸。不过，应该也不会，如果她真的认为我是个疯子，又何必主动接近我呢？

非常奇怪，她一出现，我脑子里横冲直撞的那股力量就消失了，小厉鬼也变得安静起来。但，这并不是什么好事。它们一安静，光圈就消失了。而光圈一消失，我立刻被强大的惯性狠狠地砸到她身上，把她扑到了地上。

更要命的是，我的脑袋，直接顶上了她鼓鼓的胸脯。

很软、很香，这是我的第一感觉。要赶紧起来，以免她除了把我当疯子还把我当流氓，这是我的第二感觉。

出乎意料，她竟然没有尖叫，也没有大喊抓流氓。于是，我的感恩之心瞬间泛滥，赶紧站起来，拍拍身上的土，做出一副绅士的样子，并试图编一套漂亮的谎话解释这一切。

计划永远赶不上变化，刚离开她不到三步远，还没等我张嘴，那群小厉鬼就又冲我张牙舞爪，想要再摆光圈大阵。我实在不想再纠缠，赶紧蹿了两步，贴回到那女老师身边。

"啊！"她立马发出一声震彻寰宇的尖叫，"疯子！！！流氓！！！"

果然一个正常女人的心理承受能力是十分有限的。果然每个学校的保安大哥在处理人民内部矛盾的时候都是心狠手辣的。

随着她的一声尖叫，正躲在收发室里玩手机，也许是看黄片的年轻保安瞬间精神抖擞地冲了出来。而为了不破坏人间的秩序，我只能卖他个面子，老老实实地束手就擒。

"哎呀！真是谢谢你了，崔尚！"女老师抚着胸脯，惊魂未定的样子，"要不是有你，说不定会发生什么事儿呢！"

"没关系，应该的！"崔尚得到了夸赞，得意得像只哈巴狗。我敢保证，如果他真的有尾巴，现在肯定已经摇成了一朵花儿。

女老师也很善解人意，故意一脸崇拜地看着他。见状，崔尚的自我感觉更加良好，竟然主动找起了话题："对啦！你平时不是都会晚点来吗？"

"没什么，班里有点儿事要处理，今天就早了些。"女老师轻描淡写地说。

"这样，那你快去忙吧。至于这个败类！我等会儿就把他送到派出所！"

派出所……我暗自苦笑，那个地方，我可真不想进。阳气太重，一进那里，我基本处于瘫痪状态。更何况，黎明现在生死未明，我没空陪他们玩警察抓流氓。

看来，只有使出撒手锏了。

"放开我！放开我！你们不能这么欺负我！"我一咬牙，一跺脚，尖着嗓子叫着，拼命推开崔尚，一屁股坐在地上，号啕大哭起来。

"宝宝走丢了，宝宝想妈妈……哇呜呜……"

崔尚见我这样，顿时目瞪口呆，下意识地往后退了退，一脸惊恐："李老师，他、他这是怎么了……"

"我觉得不用送派出所了。精神病院应该更好。"李老师悠悠地叹了口气，拿出手机，拨了一长串号码。

难不成精神病院是她家开的，还是她经常被疯子骚扰？见她如此轻车熟路，我不禁十分疑惑。

"好了，他们马上过来。"李老师简短地说了几句，挂了电话。

崔尚见状，终于松了口气，想把我带到保安室里等着。但我死死拽着李老师，就是不撒手。没办法，那群小厉鬼依然虎视眈眈地盯着我。要是没了她，它们非折腾掉我半条命不可。

一开始，李老师十分无奈，后来实在没办法，也只好任由我拽着，一起坐到了弥漫着烟味的保安室里。

保安室里处处都是石头。尤其是桌子上，整整齐齐地摆了好几排。看样子这些似乎都是珍稀的矿石，因为它们都在苍白的灯光下反射着耀眼的光。

"真漂亮！原来你还爱好这个！"李老师意外地感叹道。

"老毛病了。这里的老教师都知道。你刚来不久，自然不知道。"崔尚走到角落里，用粗糙稳定的大手拿起刚烧好的热水，为李老师泡了杯茶，"我之前是地质队的队长。"

"啊！难道是那支特别著名的地质队？我听我爸说过，他也特别喜欢这些。也正是因为他，我大学才选了地理，现在教小学自然。对了，有空去我家坐坐吧？你们一定特别有共同语言。"

"是的，就是那支。不提也罢。不过，我十分愿意见你父亲，毕竟知音难得。"似乎不想再继续这个话题，崔尚站起来，看向李老师："你先喝点水吧。我去看看监控记录。"

原来他就是那个地质队队长。几年前，那确实是一支十分著名的地质队，但就在某一天，这支队伍突然销声匿迹了。对此，官方给出的解释是——他们在一次野外考察中遇到了自然灾害，除了队长，其他人无一生还。而民间的解释五花八门，玄乎其玄。

李老师点点头，礼貌性地笑了一下，却没有表现出她的意外——真蹩脚的理由。看监控？哪个保安会主动干这事儿？

正常人都不会相信，崔尚确实要看监控。他一向有种略带偏执的认真，还有很重的疑心病外加被害妄想——虽然天是蓝的，草是绿的，世界是美好的，但他看着这些东西的时候，总会下意识地想到一些可怕的灾难。

更重要的是，他的担心总会变成可怕的现实。

他曾经多次梦到一串燃烧的数字。那数字被刻在一处山崖上，置身于一片黑色的背景下，他看不清具体写的是什么，只能感觉到它们很立体，血红色的立体。

所有的队员都被夹在数字的缝隙里，身上燃着幽蓝的火焰，绝望地呼救着。一开始，那些火焰很小，没过多久，它们越烧越旺、越烧越大，很快吞噬了所有人，最终释放出绚烂的七彩光芒。

没过几天，所有的队员就都遇难了。

最近，他又梦到了这个场景。虽然他不知道这意味着什么，但他没法不担心。

幸好监控记录没什么特别。从昨天下午到现在，整个校园一片正常，除了一点小小的意外——街道对面的那栋居民楼上扔下来一堆东西，有些掉到了校园里。可以分辨出，里面有结婚照之类的东西，由此推断，应该也就是夫妻吵架，没什么值得惊讶的。

"怎么还有个小布兜，那么圆，难道里面装了个小西瓜？"崔尚看着看着，忽然自言自语起来。

李老师似乎在出神，并没有注意到崔尚的话。

"算了算了，我是保安，又不是保洁，操心这个干什么。"崔尚苦笑着叹了口气，关了监控记录。

如果不是正在装疯卖傻，我几乎也要叹气了。既然监控记录这么干净，难道黎明不在这里？怎么可能，信号显示他明明在这里，虽然后来消失了。

"早啊，小崔，又看监控呢！"

一个四十岁左右的男人忽然走了进来，连门都没有敲，看上去应该是个不小的领导。

"是啊刘校，安全第一嘛。"崔尚回过身，随口应道。

"本来想找李老师，怎么都找不到，后来听说在你这里。这是……"同处一室的刘孝强校长看看李老师，又看看我，一脸不解加厌恶。

"没什么。半路遇到的疯子，已经联系精神病院了。"李老师漫不经心地瞟了刘校长一眼，"您找我有事儿？"

"噢，没什么，没什么，就是说说你们班的事儿，不急，不急，你先忙，忙完再找我也行。"刘校长热切地说着，凑到李老师身边，担心地叮嘱道，"他没什么暴力倾向吧？你可一定要注意安全啊。"

"我会的。谢谢刘校关心。"李老师扭过脸，淡淡地回了一句。

"那，那好吧，我先走了，记得有空来找我。"刘校长见李老师依然这么冷淡，有点尴尬，草草地应了一句，知趣地走了。

他也挺奇怪的，眼看四十的人了，性格没问题，长得也不错，却一直没结婚。为此，大家一度怀疑他哪里不正常，直到他看上李老师后，这种说法才慢慢没了。

只是，不管他怎么献殷勤、表心意，李老师一直极为冷淡。很多人都劝李老师——刘校长就算年纪大了点，也只比她大了不到十岁，更何况人家要脸有脸，要地位有地位，这样的男人不要，还想要什么样儿的？

刘校长不知道，崔尚也不知道，所以他只能没话找话，变着法儿地拍李老师的马屁。

毕竟，眼前放着个漂亮女人，就算只能说说话，也是一件令人愉快的事。

"也是难为你了，你们班可不好管啊。你来之前，所有老师都头疼，没想到你接手之后，那群捣蛋鬼竟然大变样了。"

"都是孩子，调皮捣蛋很正常。"李老师的嘴唇抿得紧紧的，似乎非常不喜欢这个话题。

"可是……"

"没什么可是。"李老师生硬地打断了崔尚的话，猛地站起来，胸脯剧烈地起伏着。

崔尚惊讶地看着她，实在不明白她为什么要生这么大的气。不过，他总算还不太蠢，及时地闭上了嘴，尴尬地笑了笑。

实际上，我应该感谢李老师，因为，就在这时，黎明的信号忽然又有了，虽然很微弱。

很快，车来了，李老师走出去，向精神病院的人说明了情况，而崔尚也总算有了发泄的出口——趁李老师和医生们说话的时候，他恶狠狠地瞪着我，像塞一只破麻袋那样，一下把我塞到了车里。

第三章　河边的味道

视野瞬间变暗，一股潮湿的，混合着铁锈和消毒水的味道扑面而来，让人觉得不太舒服，不过，既来之则安之，看着相当有年代感的车厢，我深呼吸了一下，摸了摸四周，找了个角落，坐了下来。

触感还真不错——为了防止精神病人自残，车厢的四壁特意布置得很软。

还没等我完全坐好，两个五大三粗的医生紧跟着跳上来，粗鲁地架起我的胳膊，一边一个，把我紧紧地夹在了中间。

"砰"的一声，车门关了，上面的白钢栏杆重重地落下，堵住了唯一的出口。

车厢里马上变得昏暗起来。医生们却并没有因此而放松。隔着薄薄的布料，我甚至能感觉到他们手臂上血管的跳动；而在昏暗的光线中，他们的眼睛竟然闪出了一种诡异的颜色。

随着车子的发动，他们的呼吸越来越粗重，很快，在本来就不清新的空气中，一种烟酒和葱蒜混合的味道迅速弥漫开来。

与此同时，他们还一直死死地盯着我，让我觉得自己就是一只待宰的肥猪。

更糟糕的是，我已经完全感受不到黎明的气息了。

车应该一直在往南开，因为一路上非常颠簸。我无奈地被他们架着，不断地盘算逃走的方法。车厢封闭得这么好，用一般的方法根本没用，除非……

算了算了，如果我在两个大活人的眼皮底下凭空消失的话，他们的第一反应肯定是惊诧，然后就要报警，然后我就要费尽心思地躲避警察的追捕。

说不定，还会惹来一些更可怕的事……

忽然，一阵窸窸窣窣的声音响了起来，而就在这一瞬间，医生们呼吸的声音竟然完全消失了。

我竟然！又感觉到了黎明的信号！

只是，这种信号让我觉得十分惶恐，因为，随之而来的，是一种诡异的香气。

我再熟悉不过的香气，它们来自于冥河附近的花草。

我吸了吸鼻子，竟然有点怀念烟酒和葱蒜混合的味道了。因为，就在昏暗的光线中，医生们的头上、身上，车厢的钢板中……所有可以看见的地方，都以一种肉眼可见的速度，细细碎碎地长出了大片大片的雏菊和满天星。

白色的雏菊和红色的满天星。

然后，车门开了，耀眼的阳光照进来，刺得我睁不开眼。

我温顺地、安静地单膝跪地。

并不遥远的东方，一个被金色笼罩的背影慢慢地转了过来。

是她。

很多年来，都是她。

披着一头浓重的长发，穿着一袭迷蒙的长袍，面无表情却又无限悲悯地穿行于一个又一个房间中，审判一个又一个灵魂，印上一个又一个印记。

这些印记的含义，都是她教我的。也只有我知道，那长袍下面隐藏着她的宠物小仙——一株红白二色的仙客来。

红的叶，白的花。叶源血，骨生花。

每一片叶，都散发着腥甜的味道；每一朵花，都闪烁着像玉石一样的光泽。

平时，它会以平面的形式待在她的左肩，一直延伸到心脏的位置，只有她把它拿下来的时候，它才会以立体的形式出现。

左肩，心脏，向下，再向下……

"你在想什么？"

忽然，两根纤细洁白的手指伸向了我左边的那位医生，轻轻地抚摸着从他头顶长出的那朵雏菊。

而手指的主人，正站在我面前，不到两步的距离。

真香，香得我都有点怀念冥河了……

冥河之底，灵魂之岸，璃轩之宅，众生之殿。

璃轩，我的上司，所有灵魂的终极管理者。

"我在想……小仙。"

我稍稍地抬起头，微笑地看着她长袍的一角。

"想够了吗？"

她善解人意地蹲下来，慢慢将唇角贴近我的额头，轻轻吻了一下，目光里却堆满了深深的凌厉与肃杀。

"这个……外面真漂亮。"我咽了咽唾沫，谄媚地笑着，望向本该一片荒凉的河边。因为沾染了璃轩的气息，那里也铺满了白色的雏菊和红色的满天星。

尽管现在还是初春，积雪还没有完全融化。

"是很漂亮。我那里的也很漂亮。"她的语气很轻，却压得我十分忐忑，"想不想跟我一起走走？"

我怎么可能不想。

"看，多好的河水啊……比冥河清亮多了，也不知道为什么，黎明的时候，房间里的花都开了，而我忽然很想你，所以……"她一边走着，一边稍稍侧过脸，冷冷地看着我，嘴角勾起一抹深深的嘲讽。

我的心一下子沉了下去，她清楚，我也清楚——冥河附近没有黎明。

果然，她什么都知道。

心脏开始剧烈地跳动，额角渗出细密的汗珠，而喉咙里很干，非常干。

我一边竭力控制自己的呼吸，一边费力地吞咽着。我知道，璃轩正目不转睛地盯着我不断滚动的喉结，我也知道，那是鲜血。

我不知道接下来会发生什么，但我十分清楚，不管发生什么，都是我应得的。

"你去解决老楼里的那些老头。马上。"

几秒钟后，璃轩竟然没继续那个话题，而是猛地背过身，威严地命令道。

还没等我说话，她就忽然走得很远，迷蒙的晨雾中，那背影依然那么精致而妖娆，也依然覆盖着一层亘古不化的冰霜。

我知道，她也知道，那源于一种沉彻骨髓的悲伤。

"至于那些小厉鬼，不用你管。"一片花海中，她的声音显得那么遥远。

"是。"我顺从地回答着，再次施礼。

随着唇齿的交合，腥甜的味道一刻不停地弥漫到鼻腔里，而她，终于轻描淡写地消失了。

所有的花草，也在一瞬间消失了。

"这是怎么了？"很快，一位医生抓了抓头发，疑惑地往车厢外面看了看。

"不知道。太累了，睡着了吧……"另一位医生挥挥手，随便应道，"别想了，赶紧回去吧，该交班了。"

很明显，他们已经完全忘记了我的事。

我一动不动地留在那里，目送着他们离开，感受着坚硬的泥土和冰凉的积雪，瞭望着大片的浮冰和清冽的春水。

每一粒尘埃、每一片雪花、每一颗冰霜、每一滴清水，都不可避免地沾染了现在的我和现在的她。而无论年华流转，沧海桑田，冥河里倒映的，却始终是当年的我和当年的她。

而，当年？

千百年间，又是哪个当年呢？

记不清了。

不想记清了。

风放肆而严厉地吹着，一直把苍白的太阳赶到了西边，也把烟灰的云雾从一片变成了半天。而我，终于强迫自己驱除了陈年的感觉，落寞而安静地站了起来。

不远处的河水中，一个圆圆的小布兜正向下漂来。从大小和花色来看，一定是我从学校监控里看到的那个。

它不是被学校的保洁当成垃圾扫走了吗？怎么会突然出现在这里？

一定不是因为垃圾处理，这条河向来是政府的重点保护对象，别说垃圾，就连草棍都不会有一根。

那么，现在……我疑惑地盯着它，若有所思地走了几步，丝毫没有注意到自己已经踩到了淤泥里。直到被强大的吸力死死缠住的时候，才猛然意识到发生了什么。

这时，柔软的触觉已经贪婪地吞没了我的膝盖。

眼看没法控制双腿，我只好尽量放松，把上半身弯成一个奇怪的角度，试图抓住附近丛生的蒲草。

"哗啦"一声，多亏经年累月练成的力量和柔韧度，我努力了几下，终于成功地握住了一大束蒲草。只不过，与此同时，积累了一个冬天的灰尘也因此飞扬起来，呛得我连连咳嗽。

为了躲避灰尘，我不得不把脸转向河水。无声的河水正在慢条斯理地流着，不断升腾出一阵一阵的寒气。

不知道什么时候，布兜停在了我面前，就像被什么东西吸住了一样。

似乎意识到了我正在看它，它还稍稍地歪了一个角度，左右晃了两下，慢慢地在原地转起了圈。

暗流，漩涡，一定是这样，我试图用正常的逻辑宽慰自己，同时打算移开目光，拔出双腿。只不过，我尝试了好几次，始终没法控制自己的目光，那种感觉就像——当一个人正目不转睛地看你的时候，你没法不去注意他一样。

而且，虽然我只看了它不到半分钟，但在看不见它的时候，心里就像缺了一块很重要的东西似的，空落落的。

风变得更冷，也吹得更急。我打了个冷战。心底弥漫出一种腐烂的气息，渐渐发酵，上升。

布兜依然在河水里转着，速度似乎快了一点，好像下定决心要与我僵持到底。随着它的速度越来越快，我惊讶地发现，自己的上半身也渐渐不受控了。

我朦胧地猜到了什么，只好屏着呼吸，不安地把它捞了起来。

就在那一瞬间，我的双腿奇迹般地拔了出来。

里面鼓鼓囊囊的，似乎真的装着一个小西瓜。我紧紧地抱着它，连滚带爬地逃离淤泥，回到了岸边的草丛里。

我已经能猜到里面是什么了。只是，我不愿去想这是怎么回事，也不愿推测这是谁干的。

此时此刻，我的脑子里只回响着一句话——身首异处，永不超生。

这是璃轩定下的，老板们都要遵守的规矩——如果一个人死的时候，头和身体分开，灵魂就会因为猛然暴露在空气中而变得无所适从。一般在这种情况下，它会自动钻进比较有灵性的头里，但头毕竟只是身体的一部分，而"分开"这种行为严重破坏了身体的完整性。所以，所有的老板都不会接待这种灵魂，而它也并不能得到往生，重入轮回。

　　它能拥有的，只是在世间停留很短的一段时间，然后彻底消失。

第四章 初入老楼

风越来越大，天也越来越暗。我握紧双拳，安静地把布兜重新包好，安静地拎起来，化为一道气流，透过朦胧的光线，迅速地穿行在高大的水泥森林中。

滞留在各处的冤魂们感受到我的存在，纷纷充满希望地嚎叫起来，有点惨烈，也有点亲切。只可惜，我现在暂时没时间拯救他们。

令人眩晕的几秒钟后，我站到了那所住宅楼前。

五楼，中间的那个窗户。

在监控里，布兜就是从那里掉下来的。

虽然明知这就是总出事的那栋老楼，但由于急着办事，我没有专门停下来看它，只是在跑进楼门的时候，粗略地感受了一下气氛。

这里很干净，特别干净，完全没有负面气息和灵魂被困的印记。

这，并不是一个灵异事件频发的地方该有的。

这，也早就超过了一个老板所能控制的程度。

如果是别人，一定会问自己："真的还要管吗？"

但，我不是别人。

我紧紧攥着布兜，继续以一种催命的速度，飞快地向楼上冲。

"大爷的！你是不是瞎？！"

忽然，我的脚下传来了一声中气十足的骂声。一个圆球从地上弹起来，用满是灰尘和油渍的手指着胸脯上一个硕大的鞋印，怒气冲冲地瞪着我。

我没理他。一来因为着急，二来虽然我踩了他，但他也骂了我，也就扯平了。再说，他穿了那么一身与地皮颜色并无二致的衣服躺在地上，我眼神得多好才能注意到他?

"你给我站住!"他倒是不依不饶,两步跳到我面前,一把抓住我,居高临下地看着我,"躺下。"

肥短的手指,莫名其妙的大力,不是正常人该有的。

我疑惑地看着他,疑惑地看到一条艳紫色的大舌头无声无息地穿透水泥板,摇摇晃晃地垂到了我们中间。

那舌头非常长、非常薄,表面没有舌苔,却覆盖着一层泛着白光的黏液。黏液的下面,隐约藏着星星点点的绿色。这种绿色非常奇特,既像高度腐烂的苔藓,又像飘飘荡荡的鬼火。

随着舌头渐渐垂下,每一点绿色都在无限放大,最终变成半个手掌大小,慢慢幻化出那群小厉鬼的形状。

想起上次的惨痛教训,我立刻拔出玄铁匕首,凝神静气,打算迎战。但是,非常出乎我的意料,这次,它们似乎只是存在于另一空间里,完全没有注意到面前的我。

而且,在厚厚的黏液下面,它们就像被硫酸灼烧的蠕虫一样,不断地伸缩手脚,死命地挣扎着。如果可以,我相信,它们一定会痛苦得尖叫起来。

很明显,这条舌头属于一个吊死的女鬼。它和那群小厉鬼间必定有着颠扑不破的关系。但,它们和这圆球又是什么关系?总不会是来找他的吧?我紧握匕首,意味深长地瞟了他一眼。

"看什么看!边儿去!"他又开始很不耐烦地推我,"别耽误我办事儿!"

还办事儿?难不成是个骗吃骗喝的江湖神棍?行,不耽误你,办吧。我十分配合地往后退了一大步。

舌头上的黏液越涌越多,有些甚至滴到了他的肩膀上,但他竟然像没看到一样,慢慢侧过身子,闭上眼睛,像个瞎子似的往四周摸来摸去,嗅来嗅去。

很快,黏液把那些小厉鬼彻底盖住。就在最后一点绿色消失的时候,舌头一圈一圈地围上了圆球,灵活地缠上他的脖子,爬到他的脸上,并试图伸到他的嘴里。

我几乎要出手了。

忽然,他大叫一声,睁开眼睛,掏出一个闪亮闪亮的打火机,迅速烧着那条舌头，紧紧地拽着我，以一种不要命的速度和姿态，连滚带爬地往楼上狂奔。

二楼，三楼，四楼……所有的楼道和门都是一样的灰头土脸、破败不堪。越往上，他的呼吸声就越重，等爬到接近五楼的时候，他终于两腿一软，直接趴在了栏杆上，只剩呼哧呼哧喘气的份儿了。

这神棍的体力还真差。或者，是那舌头太厉害了？

"你……你能不能闭上鼻子？"他抬起那张汗津津的圆脸，绝望地向我乞求。

"我只听过闭上眼睛，鼻子怎么闭？"我奇怪地看着他。

他指了指楼下，剧烈地咳嗽着。那下面正弥漫着大片大片的浓烟，越往下，烟气越浓。热浪一团接一团地扑上来，能见度极低，所有的一切都显示——这里和一个恐怖的火场没什么两样。

但那肯定不是火场，因为烟色是灰白的，更接近于雾霾，而那条舌头绝对不可能任由自己烧着。

就在这时，一股奇异的香味追了上来。

我抽了抽鼻子，肾上腺素顿时增了好几倍。如果不是顾虑下面奇怪的氛围，我几乎要立刻冲下去。

因为，这味道，竟然与黎明给我留下的纸条上的味道，一模一样！

"你到底是谁？"我一把抓住圆球的衣领，死死地盯着他。

"陈……陈承，一修车的。"圆球一边咳嗽，一边老实地回答。

修车的？正职修车，兼职神棍？笑话！我加重了手上的力道，依然目不转睛地盯着他的瞳仁，而他竟然软了下来，躲躲闪闪的。

但这没用。从他的瞳仁里，我依然清楚地看到了冥河的花草。

"客栈老板？修车？"我咬牙切齿地吐出这几个字。

"是，在上面，总是要吃饭的……吃饭不容易……"他断断续续地说着，终于两眼一翻，一头砸向了我。

电光火石间，我扔下布兜，死死地接住了他。

我不知道这是幸运还是不幸——虽然我没有被他撞下去，布兜却顺着台阶骨碌碌地滚到了一片白烟里。

死胖子！我狠狠地瞪着他，一脚把他踹到墙角，飞快地追下去。

白烟越来越浓，奇怪的是，这白烟虽然熏倒了陈承，对我却没什么作用。

不过，我从来没有像现在一样期盼能有人出现。什么人都好，只要能稍微冲下这里的阴气就好。

没有人，一个人也没有。

白色，白色，哪里都是白色。大团大团的白色包裹着我，让我喘不过气来。我扶着栏杆，努力睁大眼睛，一步两个台阶甚至更多地往下跑。

我始终没有见到那个布兜。

一不小心，我一脚踩空，掉进了白色的旋涡里。就在这时，楼道的尽头，忽然响起了一阵若有若无的脚步声。

"咔嗒，咔嗒……"在一望无际的白烟里，这声音听起来格外特别。

布兜似乎消失了。

近了，更近了，脚步声不紧不慢，非常有节奏地响着，显得四周更加安静，连我的心跳声都变得那么突兀。

扑通，扑通，扑通扑通，扑通扑通扑通……随着心脏跳得越来越快，我的脑子里蓦然涌起了一种虚假的眩晕感。我努力调整呼吸，大口大口地喘着气。

脚步声越来越近，白烟越来越浓，温度越来越低，空气越来越凉……我眼睁睁看着自己呼出一团一团的白气，手上、睫毛上……所有裸露在外面的部位，都快速地结上了一层薄薄的冰霜。

血流瞬间减慢，我不得不靠到墙上，想处理掉那些白霜。但是，就在这时，一张布满皱纹的脸突然贴到了我的眼前。

我往后一退，下意识地挥起玄铁匕首，却被他轻飘飘地躲过了。

在茫茫的白色中，我完全看不清他的长相和穿着，只能听到他怪异地笑了一声，然后，两只干枯到皮包骨头的手就伸到了我的面前。

左手上，是我的布兜；右手上，是那个将近三百斤的陈承。

"跟我来。"他悠悠地叹了口气。

我知道不应该跟他去，但布兜在他手上。

他出现后，气温终于不再下降，而是一直维持在一个很低的程度。我默默地跟在他后面，走上了五楼，走进中间的那户人家。

房子是标准的两室一厅，房间里很暗，到处都拉着厚厚的黑帘子，一丝光都透不进来。一进来，就能非常强烈地感受到一种经年累月积攒的阴冷之气。

看样子，这里至少有三五年没有见过阳光了。

因为长期阴暗潮湿，本来雪白的墙壁上起满了暗绿或者深黑的斑点，大部分的真菌伏在上面，已经长成了一簇簇的细丝，或长或短，软软地从墙上垂下来。

地面是最原始的水泥地，墙角乱七八糟地堆了很多东西。隐约可以看到，大部分都是小孩的玩具，只是，玩具上面，有一件算一件，都盖上了新生儿专用的那种肚兜。

花色，是和那个布兜一样的花色。

就在我把目光落到那些肚兜上面的时候，脑子忽然嗡的一声，瞬间一片空白。朦胧中，小厉鬼们似乎又从各个角落里飘了出来，活生生地围住了我。

等我再次清醒过来，已经站到了一面很大的镜子前。

镜子离门不远，就在正对着门的那面墙上，边缘却慢慢地装饰着奇怪的花纹，看上去似乎是某种远古的文字，只不过，因为年代的关系，整面镜子上，都盖满了各种各样的污渍。

从镜子里，可以隐约地看到所有的房间。它们都没有门，除了一间。

小厉鬼们消失了，那个老头也消失了。布兜和陈承还留在地上，陈承没有醒。

我拿过布兜，随手擦了擦镜子。

果然，随着手印的出现，脖子后面涌来一阵凉气。

擦了第一下，老头出现在了我的身后。

擦了第二下，老头的身边多了李老师。

擦了第三下，他们都消失了。

侧面发出"哗啦哗啦"的声音，一股莫名其妙的气流钻出来，带动了次卧的门，让上面挂的锁链和锁连着摇晃了好几下。

那声音很好听，几乎是一种可以让灵魂安静下来的声音。

这种声音不应该出现在这里。除非……

我穿过一道长长的、空旷的过道，走到了干爽一点的阳台上。

阳台上看起来很整齐，至少比客厅整齐得多。就是处处都摆着废弃的陶质花盆。大部分盆里只是干硬的泥土，只有一小部分盆里遗留着一些早已枯萎的花草。

一个很大的盆躺在最里面，里外非常干净，像刚出炉的一样。

我小心地绕过它们，来到阳台朝里的那侧窗户前，一手握着玄铁匕首，一手擦了擦上面的灰尘，开始往次卧里张望。

第五章　暗流涌动的饭局

次卧的窗帘是双层，外面乳白色，里面半透明，看起来很干净、很清爽。不过，两层窗帘都拉得很严，只留了非常窄的一道缝隙。

从缝隙里看去，世界瞬间变成了窄窄的一条。

狭窄，却充满阳光。

真实的阳光。

整个房间的格调也很温馨明亮——四壁贴了粉红色的墙纸，上面泛着亮闪闪的花纹。斜对着窗户的那面墙下，摆了一排亮黄色的小沙发，李老师和刘校长正坐在上面，边喝茶边聊天，有说有笑，完全不像在学校时的那个样子。

靠窗这里，放着一张小小的木质单人床，上面盖着一张大被，从床上一直垂到地上。看样式和颜色，似乎很久都没有人用过了。床的对面，有一处的墙显得特别白，四四方方的一块。

"谁？"忽然，刘校长无意间看向这边。

我赶紧缩回脑袋，快步回到客厅里，架起还在昏迷的陈承，打算溜出去。

"没什么，一定是我爸接来了陈承。"李老师的声音响起来。

然后，次卧的门开了。

"他，他不是早上那个疯子吗？"

一看到我，刘校长瞬间跳起来，紧紧地贴到墙角，一脸惊恐。我张了张嘴，无言以对。

倒是李老师云淡风轻地给我解了围。

"那个是他的双胞胎弟弟。我们从小就认识，我爸和他爸是同事。他家的事……也挺复杂的。"

"对，对，唉……没办法。"我故作无奈地对刘校长满脸赔笑。

"原来是这样，我还以为是……哈哈，误会，都是误会。"刘校长尴尬地笑了笑，清了清嗓子，整了整衣服，稳重地走过来，风度翩翩地向我伸出手，"幸会，陈承。"

"你误会了，他旁边那个才是陈承……"李老师也走过来，饶有趣味地看着我，顺便在我手中的布兜上扫了好几眼。

"对，我叫洛老板，是陈承的朋友。"我费力地架着陈承，装模作样地解释。

刘校长疑惑地看看我，又看看陈承。也不怪他看，死胖子的猪头软软地耷拉下来，刚好靠在我的肩膀上，紧挨着我的脖子。而且，不知道他的潜意识在干什么。在昏迷中，他竟然还满脸陶醉，就像一只公猪看见了一群母猪一样。

"那个……他酒喝多了，还非让我把他送到这儿。说约好来吃饭。"我只好又开始解释，"他这人吧，哪里都好，就是爱喝酒。总是喝多，麻烦死了。"

听我这么说，刘校长紧皱的眉头当即舒展开，还对我眨了眨眼睛，笑了笑，做出一副"你知我知"的样子，亲昵地拍了拍我的肩膀："哈哈……没事，既然是朋友，这样很正常……"

一边说，他一边非常热心地帮我把陈承弄到了沙发上。不过，考虑到这楼里很邪乎，安顿好陈承后，我没离陈承太远，依然和他并排坐到了一起。

"都快六点了，勇浪不会不回来了吧？"刘校长看了看表，转过头，冲李老师笑了笑，目光中藏着些许不快。

"应该不会。"李老师漫不经心地看向床头柜。

那上面摆着一个双人照，一个是李老师，一个应该就是她弟弟勇浪。令人惊讶的是，她弟弟长得比她还要清秀，如果留起长发，再稍微打扮一下，肯定会被人误认为女人。

还是美女。

"这是……怎么了……"忽然，陈承睁开眼睛，迷迷糊糊地翻了个身，一下盖到了我身上。

世界顿时黑了一半。我费力地伸出手，想把他推过去，没想到，一看到李老师，他竟然自己坐得笔直，还像小鸟依人一样，死死地攥上了我的胳膊。

这种惊吓程度，无异于我当初在校门前看见那群小厉鬼。

"哎呀，你终于醒了。"李老师倒是若无其事，微笑着埋怨道，"你这是怎么了呀？不是说好了和洛老板一起来我家吃饭吗？怎么还喝那么多？"

"对，是我不对……"陈承连连点头，却依然没有放开我，我能感觉到，他竟然在发抖。

他是在害怕李老师吗？一个客栈老板，竟然怕一个老师？

"姐，我回来了！"伴随着门口的钥匙声，一声非常阳光的喊声传了进来。

我们不约而同地望向门口，那里正站着一个俊美的青春期男孩，穿着一身高中校服，白色球鞋，高高瘦瘦。

不过，他的这种瘦和同龄男孩的那种不太一样，明显带着病态。而且，在大片的阴影下，他的脸色显得有点苍白，似乎终年不见阳光。

整体看来，哥特的味道非常浓，但与哥特的暗黑不同，他身上自带着一种温和的温暖，他的眼睛特别亮、特别有神，简直可以称得上神采奕奕、光彩照人。

忽然，我感受到了一道特别的目光。

那来自刘校长。

我似乎明白了什么。

"收拾一下，准备吃饭吧。"李老师似乎也注意到了这点，不经意地走了过去，慈爱地揉了揉男孩的头发。

陈承趁着这个机会，轻手轻脚地站起身，紧紧地拉着我，大气儿都不敢出一口，不断地往还没有关上的门口那里蹭。

"洛老板，听陈承说你的厨艺不错，有没有兴趣做几个菜？"突然，李老师转过头，冷冷地看向这边。

陈承听到这话，先是一脸惊吓，然后一脸茫然，再然后，不用想都知道，他肯定会一脸无辜地问我——我们才见面不到几个小时，我怎么知道你厨艺不错，又怎么会把这事告诉那个女人？

所以，为了把这场戏圆满地演下去，我赶紧冲他使了个眼色，接过了李老师的话："不胜荣幸。"

"我就知道。"李老师满意地笑了笑，冲正在房间里换衣服的男孩喊，"勇浪！我去做饭了，你快来招待客人。"

"来了，来了。"李勇浪一边应着，一边走了出来。

见李勇浪换了一身宽松的家居服，刘校长的目光更加热切。他侧过身，看了陈承一眼，开了个并不好笑的玩笑："陈承，看你这体格，应该对吃比较有研究吧？要不，你也去厨房帮忙？"

陈承狠狠地瞪着刘校长，又顾及李老师在场，不敢说什么，只是稍微松了松手，可怜兮兮地看着我。而我为了大局着想，实在不能满足他的愿望，只好充满同情地望了他一眼，抓紧布兜，跟李老师进了厨房。

如果我再仔细看他一眼，绝对不会做出这个决定。

因为，就在我和李老师一言不发地，勉强做出几个能吃的菜后，陈承已经消失得无影无踪。

据刘校长和李勇浪说，他是自己走的。走前什么都没说，只是一脸不情愿，还气呼呼的。他们还以为是跟我闹别扭了，也就没好说什么。

跟我闹别扭？搞笑！我们最多算是朋友，又不是情侣！我想都没想，就在心里推翻了这个说法。

但是，他又为什么要突然离开？难道为了躲李老师？外面的白烟明明没散，他就这么走了，难道不怕再被那个舌头缠上？

不管怎样，这都是说不通的。

我本来就没心情吃饭——黎明的事悬而未决，璃轩给我的任务毫无眉目，现在，同为客栈老板的陈承又失踪了……果然老板越来越不好当了……

"伯父不和我们一起吃？"刘校长帮我们上菜的时候，热乎地问了一句。

"不了，他今天有事。"李老师边摆碗筷边说。

"好吧……"刘校长放下菜，挨着李勇浪坐下来，悠悠地叹了口气，"李萱，这么多年了，你的厨艺还是这么好。"

"人出了事，不影响吃饭。"李老师没头没脑地回了一句。

"怪我，不然你也不会被那个学校开除。"刘校长的语气里充满愧疚。

"没关系，你不是又收了我嘛……"李老师语气酸溜溜的。

"姐，也不能都怪孝强，谁知道那孩子……"李勇浪抬起头，看向李萱，竟然在为刘校长打抱不平。

"胳膊肘拐得倒真快，"李萱严厉地瞪了他一眼，"行了，别说了。快吃饭吧。"

"要是那些事都没发生，该多好……"刘孝强最后感慨了一句，一手拿着筷子，一手伸到桌子下，暗地里摸了摸李勇浪的手。

我一头雾水。从这些像哑谜一样的话里，我只能推断出：李萱和刘孝强之前很熟，刘孝强之前做过对不起李萱的事，导致李萱被某个学校开除，也正因此，他才让李萱来他的学校任教。

这件事似乎涉及学生，但，会是什么事呢？似乎很严重吧？我一个外人，还是别发表言论的好。

我静静地把布兜放在腿上，拿起筷子，吃菜吃饭，外加听他们有一句没一句地说着什么。

我完全没想到，所有的事，都会从刘孝强的口中说出来。

第六章　人皮灯笼

事情是这样的。

吃完饭后，天已经要黑透了。李萱和李勇浪送我和刘孝强出来。我想去那所小学里看看，毕竟黎明的信号是在那里断的。

但是，没走两步，刘孝强竟然跟了上来，还笑着说，好巧，他家也在那儿附近，刚好可以一起走走。

我没说什么，一起走就一起走吧。

"你知道吗？李萱是被领养的。"走着走着，刘孝强突然说了这么一句。

"那还真看不出来，我看他们关系挺好的。"我随口应道，"而且，李勇浪似乎特别喜欢你，总是为你说话。"

"是啊……"刘孝强长长地叹了口气，"就像你和陈承一样，我们在一起已经好几年了。但李萱一直反对。因为这个，她还亲手把他送进了精神病院。当然，现在，这种已经不能算是病。可是，为了能让勇浪回心转意，她竟然对医生说，她弟弟有妄想啊，人格分裂啊……还有很严重的暴力倾向。也不知道是真是假，反正我觉得都是借口。和我在一起的时候，他从来没有那样过。话说回来，就算他那样，也永远是我的勇浪。"

听他这么说，我突然明白了——为什么李萱会那么娴熟地给精神病院打电话。不过，听一个中年大叔讲自己的龙阳情史，这感觉实在有点奇怪。

而且，他竟然以为我和陈承……你 ×，就算我取向不正常，也不会看上那个死胖子啊！

我觉得有点荒唐，却又不知道应该怎么解释，只好顺着他的思路往下问："既然你和李萱早就认识，那你们在学校里……"

"都是故意做给别人看的。为了打消别人对我的风言风语，也是难为她了。其实，我挺对不起她。那时候，她本科，我读博，她就喜欢我，而我当时还不知道自己不喜欢女人。所以……直到最后一刻，我才发现，我根本没法对女人的身体感兴趣。而在那之前，我已经去过她家，见过了勇浪……很快，我和勇浪就确立了关系。后来，我出国了。也正是在这期间，她把勇浪送进了精神病院。

"我回国后，去她学校找她，想问勇浪的消息，但她就是不告诉我，我非常生气，刚好碰上一个漂亮男孩，特别像勇浪，我没把持住，就……

"事后，我才知道，那男孩是李萱的学生。我非常愧疚，想尽自己所能去弥补那个男孩，但李萱跟我说，他没过两天就退学了。没人知道他去了哪里。临走前，男孩的父母还来学校大闹了一场，把所有的过错都扔到李萱的头上，校方很愤怒，直接开除了李萱。正是因为这个，我觉得很对不起她，便在做了校长后，力排众议，坚持聘用了她。算了，不说我了。说说你和陈承吧。"刘孝强中止了回忆，温和地看着我，"你们的感情一定很顺利吧？"

"你，没发现李萱家有什么异常？"我想了又想，岔开了话题。

"没有啊，挺正常的。"他一脸不解。

客厅都那样了还正常……他不是在说谎，就是被某些力量蒙蔽了眼睛。不过，我没有再说什么，只是默默地走着。

"好了，我要到了。"忽然，他停住脚步，压低声音，用一种非常担心的语气说，"你还是去找找陈承吧。他走的时候，我从楼上看见他进了那里……"刘孝强伸出手，指了指前面。

"有才文具店"，一片黑暗中，一个灯箱发出强烈的光，显得分外醒目。

陈承去文具店干什么？这是真的吗？我疑惑地看向他。

"老人们都知道，新中国成立以前，那是个很有名的棺材铺，比较邪门。所以，直到现在，他家生意也不是很好。你要是害怕，最好天亮再去。"刘孝强停了停，看了看我的表情，继续说，"不过，其实也没什么。我就一直不信那些。不然，我也不会直到现在才告诉你。话说回来，如果跑的是勇浪，管他有鬼没鬼，我也要进去看看。"

刘孝强说完，拍了拍我的肩膀，哈哈一笑，往小区里走了。

秀恩爱也不用攀比这个吧……看着他消失在黑暗里的背影，我实在哭笑不得。别说我和陈承不是那种关系。就算是，作为客栈老板，他也不可能怕鬼，我又何必费力去找他？

突然，我中断了所有的想法。

因为，那个诡异的文具店里，竟然传来了黎明的信号！

不可能！

我紧紧地攥着布兜，飞快地跑了两步，一头撞进文具店。但是，还没等我好好打量一下四周，就又听见那死胖子扯着嗓门叫嚣。

"没长眼的！竟然是你！"

我循声望去，微微地笑了笑——眼前的画风十分美丽——老式的房梁上，一人半那么高的空中，一根足有手臂那么粗的皮绳下，吊着一个巨大的、椭圆略扁的皮灯笼。

灯笼正在燃着，绿莹莹的光隐约从里面透出来，照亮了整个空间。灯笼下面，本该挂流苏的地方，围了一圈细细的、洁白的骨头。

一阵风吹来，骨头四处摇动，撞来撞去，听起来十分清脆悦耳。

那个丢尽客栈老板脸面的陈承，此时此刻，被扒得只剩一条内裤，像只章鱼一样趴在灯笼里，贴在灯笼底部，拼命地冲我摆手。

我感受了一下，附近暂时没有出现危险的气息。

这就好办了。

"你说谁没长眼呢？"我慢条斯理地走到灯笼下，抬头仰望。

"我，我没长眼。"陈承倒是识时务，一边改口，一边把那张包子脸笑出了一堆形态各异的褶子，"不过，你，你真的是洛老板？第一栈的洛老板？"

"如假包换。"我知道，他一定是想起了李萱对我的称呼。

"我靠！我早该猜到！正常人，就算是老板，也不可能不受那个白烟的影响，或者受得了李萱……哎呀，我也真够蠢，竟然还好心让你躺下，怕你被那舌头抓走，然后自己装瞎子四处乱摸……唉，都怪那个规矩！"

他说的"规矩"是璃轩亲手制定的——客栈老板在任何时候，任何地点，都不能向活人暴露自己的身份，影响人世的正常运行。

"要是没那规矩，我也不能因为害怕吓着李勇浪和刘孝强，眼睁睁被那老头抓到这里！等有空，我一定要建议上面改改规矩！"陈承狠狠地翻了个白眼，咬牙切齿地骂了一句，"最毒老头心！"

这规矩确实有点麻烦，不然我也不能轻易被崔尚抓住，再费力想怎么逃出精神病院的那辆车。不过……建议上面改规矩……就璃轩那脾气，不把他当球踢回人间，我洛老板三个字倒着写。

可是，白烟、李萱、舌头、老头？怎么回事？难道陈承什么都知道？

"你快把我放下来！放下来我就告诉你！"陈承直着脖子叫。

"这我还真不能放。"我往后退了几步，围着灯笼转了一圈，故意面露难色，"人皮灯笼是能随便放的吗？我之前见过几个，都不是省油的灯。这么大的，估计更不能随便动。看这大小，应该是用胖子皮做的，说不定，那胖子和你差不多……"

"算了算了，你赢了！"陈承终于受不了，快速说出了我想听的重点，"我已经试过了，没什么特别的。你就放心大胆地放吧！"

"真机智，竟然还试了。既然你有闲心试那些，自己怎么不下来？难不成专门等我英雄救肥美？"我讥诮地看着他，停了一会儿，盯着他的豹纹小内裤，做恍然大悟状，"哦，我知道了，肯定是因为你成了超人……也真是为难老头了，一大把年纪，还这么有创意……"

"你……你放不放！"

"不放！""嗖"的一声，我飞出了一直握在手中的玄铁匕首。

瞬间，皮绳被割断，人皮灯笼砸到地上，发出一声闷响。

陈承倒也没食言。他一边费力地往出钻，一边不停地叨叨着："那些活人可真耽误事儿，尤其是刘孝强和李勇浪那对狗男男。我就知道他们不清不楚。所以，你和李萱一进厨房，我就开始装睡。他们倒不在乎，一看我没动静，马上动手动脚，摸来摸去。刘孝强还一副愤愤不平的样子——他竟然觉得，我，跟你，是一对儿！还因此推断出，李萱之所以阻拦他和李勇浪在一起，不是因为歧视男同，而是对他刘孝强本人有意见！因为按他的逻辑，如果李萱歧视男同，对我们俩的态度也肯定没那么好，更不会主动请我们去她家吃饭。"

第七章　往事如鬼

　　我突然明白，为什么刘孝强会主动提出"和我一起走走"，对我吐露那么多往事，还故作不经意地问我和陈承的事儿。

　　原来，他只不过想知道，李萱对我和陈承的态度为什么会那么好……

　　"没一会儿，李萱她爸就来了，他死死抓住我，把我往外拖。我怕要是反抗，吓着活人，犯了规矩，只能跟他来。不过，我十分怀疑刘孝强受了李萱的影响，只能看见李萱想让他看见的东西。不然，那屋里都快成古墓了，他怎么可能像什么都没看见一样。"

　　刘孝强和李勇浪是活人，当然看不见李萱父亲的鬼魂，所以才觉得陈承走得非常勉强，还气呼呼的。刘孝强当然是受了李萱的影响。但是，李萱为什么要掩饰那些东西？

　　如果不想让刘孝强看见屋里是那样，她大可以不让刘孝强进去。

　　而且，李萱的父亲为什么要把陈承带到这里？

　　"这你都不知道？"陈承气喘吁吁地坐到我旁边，鄙视地看着我，"当然是因为刘孝强死皮赖脸地要见李勇浪，还必须要在她家，说是要找找过去的感觉，而李萱又没法拒绝！我装睡的时候，听刘孝强亲口对李勇浪说的。刘孝强还说，李萱本不想接受去他的小学任教的邀请，为了时刻关注他的行踪，让他离李勇浪远一点，才勉强同意。因为在刘孝强发出邀请的时候，李勇浪马上就要被精神病院放出来了。李萱十分担心他们俩旧情复燃。"

　　"刘孝强为什么要向李萱发邀请？他就不担心李萱会随时监视他？"

　　"也许是因为对她有愧吧，而且，他认为，把李萱放在身边，对他不仅没什么坏处，反而更利于他接近李勇浪。"

"老头死后，李勇浪才被送进精神病院？看屋里那个样子，李勇浪在那精神病院待了至少五年以上？刘孝强既然和李家走得那么近，一直不知道老头已经死了？"我想起吃饭前，刘孝强口里的"伯父"。

"老头是在刘孝强出国期间死的，没多久，李萱就趁刘孝强没回来，赶紧把李勇浪送到了精神病院。她这样做，还有另一点情感上的原因——在李勇浪的问题上，老头一直很开明。如果他还活着，绝不会允许李萱这么做。因此，李萱想给刘孝强造成一种假象——后期，她对李勇浪做的一切，都是经过老头同意的——包括把他送到精神病院，包括不允许他们交往。"

"为了拆散他们，她倒是蛮费心的……"

"是啊……把李勇浪送走后，她离开这里，搬到了我的辖区。大概是想和过去一刀两断吧。一直到李勇浪要被放出来的前几个月，也就是最近，她才回来。屋里的东西，黑帘子什么的，也都是她最近布置的。我觉得和那个女鬼有关。"

"照你这么说，老头应该怨恨李萱才对，怎么还会帮她把你送到这里？"

"恩威并重呗。一方面打亲情牌，一方面拿李勇浪威胁老头。那娘们可不简单，又狡猾又厉害，我追了她好几年，到现在还没把她归案。"

"她到底是什么人？犯了什么事儿？"

"有个少年鬼冤死，走不了，跟我说，是李萱把他弄死的。还死活不说具体怎么回事，所以我也不知道。至于李萱，肯定有活人的身体，但绝对不只是活人，因为她的本事比一般老板们都大。不然我怎么可能怕她。不过，估计她也没多大本事了，不然也不会跑回老巢，找她爸和楼里的女鬼当帮手，就是那舌头。那舌头也挺厉害，竟然能单凭自己把我困在楼里，一直困了大半个月，其间，只要我一去抓李萱，她就出来缠我。而且，因为她的魂眼特别难找，我一直没得手。最近，应该是得到了李萱的帮助，她的实力越来越强，我打得越来越费劲，最后，我只能换了办法，每次开始的时候，找机会用火烧她，才能勉强打个平手。你来的时候，我正在引她出来。"

"魂眼"是所有人，不管活人和死人都有的一个部位。它位于两眉中间，对灵魂非常重要。魂眼被击，轻则暂时失去行动能力，重则直接魂飞魄散。

因此，客栈老板对待恶灵的时候，通常都会直击魂眼。

但是，那狡猾的女鬼根本不露面，只伸出一条舌头，也就不怪陈承打得那么费力了……

"这都不算什么，那舌头一烧着，还会散发出大量白烟和神奇的香气，让人产生幻觉。"陈承一边继续解释，一边摸了摸自己的内裤，"我不知道别人有没有，反正会让我产生幻觉……"

"关于女人的幻觉？"我忽然想起了他超差的体力和昏迷后靠在我肩膀上那副"公猪见母猪"的表情。

陈承默认。我若有所思地点点头，没有问"为什么我没有被影响"。我十分清楚，在和冥府之主发生一些东西后，当然不会再被其他任何东西影响。

这叫曾经沧海难为水，除却巫山不是云。

我也明白了黎明留下的纸条上有那种香气的原因，不，不应该说"黎明留下的纸条"了。因为按照陈承的说法，只有在舌头烧着的时候，才会产生那种香气。而那女鬼不可能悄无声息地去我的地盘附近，还不被我察觉。

所以，只能是——陈承有一次抓女鬼，烧她舌头，散发香气，而黎明正在写那张纸条，所以染上了香气。

"你在抓女鬼的时候，有没有发生过什么特别的事？"我试探性地问道，"比如，见过其他的灵魂或者活人？"

"当然见过。不然当初我怎么会让你闭上鼻子。有个年轻人就是因为闻了那种白烟，被那女鬼抓走的。"

"是不是他？"我简单直接地打开了手中的布兜，把黎明的脑袋拿了出来。

"没错！就是他！"陈承非常肯定。

现在已经完全可以确定——黎明来了这里，在觉察危险前，被女鬼抓走，而那女鬼是出于自愿还是出于执行李萱的命令，不得而知。

其实，这也不太重要，反正她们现在是合作关系，是谁都差不多。

而且——纸条肯定是李萱送到我那里的。因为女鬼会被我轻易察觉，而李萱却是活人。但，李萱为什么要把纸条送给我，吸引我来查？难道一切都是女鬼一手操控，而她想破坏女鬼的计划？或者，一切都是她的意思，里面隐藏着什么不可告人的目的？

黎明又为什么会身首异处？他的脑袋为什么会出现在河里？

暂时都不知道。

不过，既然小厉鬼在女鬼的舌头上出现，它们就一定有关系。而李萱既然和女鬼是合作关系，一定也知道小厉鬼的事，甚至可以让小厉鬼听从她。

因此，在校门口，李萱一出现，小厉鬼才会变得安静下来。她让小厉鬼出现，很有可能就是为了找到我要流氓的借口，然后把我送到精神病院。

她为什么非要把我送到精神病院？

不知道。

但是，有一点非常确定——我在追踪黎明的时候，到校门前断了信号，是因为小厉鬼的出现。

小厉鬼的出现，是因为她。

她到底想干什么？

想要知道答案，只能避重就轻，从女鬼身上查。而要查女鬼，就要清查楼里所有的鬼魂，找出一个吊死的女人。

想到这里，我猛地转身，一匕首飞向墙角。

一点闪光，一声惨叫，一个老鬼应声而倒。

"你，你竟然是……"他坐起上身，无奈地分开两腿，像个破娃娃一样，拼命地揉着他的魂眼。

魂眼非常结实，不用巨大的力量和迅猛的速度，很难对它们造成有效打击。而考虑到并不是所有老板都具备那种能力，兼具提高办公效率，璃轩特意为我们配备了制式武器——玄铁匕首。

老一点的鬼魂们都知道，作为第一栈的老板，我的匕首比大家特别了些——达到打击效果后，会立即消失，重新出现在手上。

为此，所有老板都十分羡慕我，总是有意无意地问这问那。而我每次都会岔开话题，笑而不语。天知道，璃轩在锻造这把匕首的时候，不顾我的强烈抗议，生生从我身上刮下了足有一小把骨粉，毫不吝惜地加到了里面。

羡慕？你们也试试？直到现在，我想起这件事，臂上还隐隐作痛。也不知道她到底多怕我被恶灵们灭掉，才会这么丧心病狂。

"对，我就是第一栈的老板，洛老板。"我走到老鬼面前，居高临下地看着他，"说吧，怎么回事。"

　　他应该死于民国期间，因为他穿着那时流行的长衫。他长得很高、很瘦，一双手很粗糙，上面遍布伤痕和厚厚的茧子，但却出奇地稳定。

　　我相信，刨棺材板的时候，它们一定更有力、更灵敏。

　　他肯定是那个棺材铺的老板。

　　"坦白从宽，抗拒从严！"陈承也装腔作势地笑话人家，"活该！该！让你和那老头一起欺负我！"

第八章　活尸蜡烛

"我，我什么都不知道……"老鬼抬头看着我们，一张脸简直扭成了老苦瓜，"我都是被逼的，她拿我孙子威胁我……"

"少废话！赶紧把衣服拿过来！"陈承非常不耐烦地打断了他。

"好的，好的。我马上拿，马上拿，刚才多有得罪，还望陈老板不要见怪，千万不要见怪……"老鬼一边赔笑，一边连滚带爬地站起来，从角落里翻出陈承的衣服，乖乖地递了过去。

"我让你起来了吗？"眼看陈承忙着穿衣服，我走近了几步，盯着老鬼，冷冷地问。

"没有，没有。"老鬼十分识时务，马上一屁股坐到地上，仰起那副尖嘴猴腮，充满崇敬地看着我。

鬼做到这个份儿上，也是没谁了。

"你，知道我想要什么。"我眯起眼睛，轻声地、一字一句地说。

"知道，知道。"他飞速看向我手里的布兜，如蒙大赦，一骨碌站起来，后退几步，点头哈腰，非常恭敬地答，"我这就带你去。"

"我……我就不用去了吧？"已经穿好衣服的陈承远远地看着我和老鬼，一脸如释重负的样子。

"当然用。"我微微地笑了笑，不由分说，一把把他拽了过来。

天已经黑透了，他刚从人皮灯笼里出来，阳气减了大半，如果再碰上那条舌头，说不定不出三秒，就会挂在当场。大家好歹相识一场，我总不至于看着他去送死。

这就是人皮灯笼最厉害的地方。它不仅能囚禁鬼魂，还能减弱老板们的阳气，而对于老板来说，阳气和能力是成正比的。

不过，看陈承的修为，应该也不太低，要是一般老板，被那么大的灯笼关了那么长时间，早就丢了半条命了。

我也很明白陈承的担心——他实在不想再跟那只老鬼打交道。老鬼既然能做出人皮灯笼，现在做出一副无能的姿态，必然是另有所图。

也许，带我们去找黎明，就是个早就设好的，结结实实的陷阱。

老鬼带我走在前面，陈承磨磨蹭蹭地跟在最后面，边走边打量四周，好像随时都要逃跑一样。

没过多久，老鬼就带我们走进店的深处，来到一处被堆得乱七八糟的墙角前。

现在，我们的眼前是一个锈迹斑斑的活板门。

门一打开，阴冷的气息扑面而来。土腥味、蜡油味、血腥味、腐肉味……各种味道恰如其分地纠缠在一起，幽幽怨怨地飘上来，问候着我们的鼻腔，却带给我一种莫名的兴奋和激动。

下面并不是完全黑暗的，从这里望下去，隐隐可以看见一片幽暗的亮光。亮光的前面，是一道很长的，用土夯成的台阶，长短宽窄和正常的楼梯差不多。

老鬼意味深长地看了我一眼，很自觉地最先走下去。我紧随其后，最后面依然是那个一脸复杂表情的陈承。

我知道，他也已经感受到了什么东西。

台阶很结实，却不长，很快就到了底。

踏过最后一级台阶，面前是一条长长的通道。从通道的最开始，也就是我们脚下的地方，一路向前，立着各种大大小小、长长短短的白色蜡烛。

小的只有婴儿的拇指长短，大的足有一人多高。不过，不管多大，它们都站成了一条笔直的队伍。

而且，上面的火焰无一例外，都是一种泛着荧光的暗绿色。

"难道这就是传说中的人油？"陈承一看到它们，脸色瞬时变得煞白，不由自主地打了个冷战，立刻转身，像只被狼追的兔子一样，三步两步蹿上台阶，连声音都变了几个度，"老鬼，你真够狠的。"

"没什么，没什么。"老鬼只是点头哈腰地赔笑，眼里却丝毫没有笑意，反而映出一种深不见底的肃杀，本来纯黑的瞳仁里，甚至闪出了些许的红光。

果然，这是个本事不小的厉鬼。

我皱了皱眉，把目光落到附近的蜡烛上，不出所料，随着老鬼的动作，它们的火焰一起跳了起来，就算是最低的，也一下子蹿出了近半米的高度。

"还都是冤魂……好深的怨气……"陈承紧紧地靠着墙，忧心忡忡地看了我一眼，幽幽地翻了个白眼。

我不太认同他的说法。看四周的环境，这个地道存在的时间绝对不会超过一年，根本不可能有这么老的冤魂，除非是人为，还得是很厉害的人。

这老鬼绝对没有这个本事。

是谁？

老鬼似乎觉察到了我的想法，回过头来，慢慢看了我们一眼，转身继续往前走。陈承见老鬼走得远了，才悄悄地凑过来，声音很低地说了一句——

"入土为安。"

绿光下，他那张圆脸上已经渗出了细密的汗珠——那来自于激增的肾上腺素。

他说得没错，除了土壤，我们的四周没有一丝一毫别的物质。这确实是入土为安，也确实可以证明这些冤魂有着非同寻常的本事。

如果一个人以极为痛苦的方式死去，十有八九会变成厉鬼。但是，如果死的时候，他恰好被一种强大的力量压制住，就不会变成厉鬼，而会变为怨鬼。他原本的怒气，也会转化成深深的怨气。

在这种情况下，埋葬他的时候，如果放进除了土之外的任何物质，哪怕是棺材和衣物，都可能引发非常严重的后果。其中最轻的，就是人们经常说的"诈尸"。

地道很长，越往前走，那种混合的味道就越浓重，黎明的信号也越强烈。

陈承一直十分担心地看着我，小心翼翼地与我和老鬼保持着相当的距离。

终于，我们走到了一个圆形的空间内。

确切地说，这是一个半封闭式的空间。

整个空间里，从入口开始，围着墙根，摆满了两圈没有盖子的棺材，形成了非常圆满的圆。

不仅如此，每个棺材的前面都点着一支近半米长的蜡烛。每支蜡烛的火焰都有一米多高，远远看上去，简直就像一支倒置的火炬。

棺材，都是清一色用土夯成的。

角度，无一例外，都与地面倾斜六十度。

多亏这种贴心的角度，我们完全不用弯腰，就可以很清楚地看见里面的尸体。

它们都没有脑袋，只有赤条条的身体。

男的比女的多。

"这就是最近那栋楼里失踪的老人和少年……你要找的东西也在这里。但是，我只负责保管，别的什么都不知道……"老鬼指着它们，可怜兮兮地看向我，费力地为自己开脱。

这里？笑话！这里的任何一个身体上，都没有一丝一毫黎明的气息。

可是，如果黎明不在这里，又会在哪里？他把我们带到这里，到底是何居心？我恼火地瞪向老鬼，快速伸出右手，想要抓住他，逼他说点实话。

就在这时，通道里所有的蜡烛都灭了。

而棺材前面的蜡烛，竟然都在一瞬间转换成了七彩的颜色。

老鬼凭空消失了。

七彩，七彩，七彩……七彩的瞳仁，七彩的火焰……我的脑子里突然闪过这些看起来毫无意义的东西，莫名其妙地搅成一团，让我觉得莫名地紧张。

而此时此刻，陈承一动不动地站在原地，好像傻了一样。

我疑惑地转过头，才明白这是为什么。

就在诡异而美丽的烛光下，所有的尸体不约而同地从棺材里弹起来，直勾勾地捡起棺材前面的蜡烛，僵硬地把它们放在自己脑袋该在的地方，用力甩着苍白的胳膊，迈着机械的步伐，大步地向我们逼近。

果真，老鬼耍的花招——这些顶着蜡烛的尸体和之前的人皮灯笼，分明属于一个体系。

人皮、尸体、都代表死、消亡、黑暗；灯笼、蜡烛、都代表活力、光明。

把人皮当作灯笼，把尸体当作烛台，也就代表着——在死寂中得到光明。

而且，这种光明，是永恒的光明，不灭的光明。

眼见它们的包围圈越来越小，空气变得越来越稀薄，陈承终于忍受不了，飞快地拔出玄铁匕首，不管不顾地冲上前，拼命砍杀起来。

只不过，不管他多么努力，使出多么厉害的招数，就算可以把那些尸体砍出触目惊心的伤口，甚至于砍成两截，但它们依然不倒，也依然不死。

更要命的是，在经受猛烈的攻击后，那些掉在地上的、残缺不全的肢体也立刻加入了战斗，死死地围住了我们的腰部以下，就像分裂过后的癌细胞一样。

而且，它们出现后，尸体的主体变得更加凶猛，杀伤力也更强。

很快，陈承就累得气喘吁吁，身上也带了不少伤。玄铁匕首虽威力巨大，却只是针对灵魂而言。这些尸体是一些死的东西，没有灵魂。

因此，在它们面前，这匕首和普通匕首也没什么区别。

"灭蜡烛！"我冲陈承大喊。

对付这种东西，只能灭掉它们的光明，一旦没有光明，它们就会暂时失去行动能力；而一旦它们失去行动能力，我们的机会就来了。

陈承恍然大悟，连忙改变策略。渐渐地，我们的对抗终于有了一点效果。

但是，就在我们一刻不停的打斗中，头顶的土层已经开始松动。很快，大块大块的土块劈头盖脸地砸下来，模糊了我们的视线，也延缓了我们的动作。

没过多久，那些尸体又轻而易举地占了上风！

没有时间了！

我挥起玄铁匕首，飞快地在地上画了一个圈，坐到中间，抡圆胳膊，用力把黎明的头往前抛去。

就在头颅离手的一瞬间，所有的土终于都落下来，把我们的大半个身子结结实实地埋在了里面。

与此同时，一具冰凉的身体狠狠地砸到我的身上，紧紧地抱住了我。而黎明的头，居然在尸体中间慢悠悠地转了一圈，飞到了我的身后。

值得庆幸的是，在我被抱住后，那些难缠的尸体总算都老老实实地躺了回去。

一片寂静中，伤痕累累的陈承喘着粗气，走过来，站到我旁边，软趴趴地靠上墙，一副惊魂未定的样子。

身后顺理成章地传来骨肉相连的声音，听起来让人觉得牙酸。

很快，声音消失了，一声长长的叹气响起来。

"你总算来了。"

第九章　另一种真相

"来你大爷！"我扭头瞪他，一边忙着扒身上的土，一边推开那个费了我半条命才拼出来的身体，"爪子拿开，我又不是女人。"

本来，我以为照黎明那个死皮赖脸的德行，非得我亲自动手，他才能老实点，没想到，我刚说这么一句，他就飞快地跳起来，一退很远，直接躲到了一根大蜡烛的背后，把自己藏得严严实实。

"你这是……"我站起来，非常意外地走向他。

"转过去，洛哥。"黎明伸出一根手指，直直地指着陈承，冷冷地说，"当心，你背后那个人，就是把我弄成这样的凶手。"

我心里一紧，十分意外地看向陈承——难道，他刚对我吐露的那些真相，竟然没有一句是真的？

"没关系，洛老板。很多东西，你相信它是真的，它就是真的。"陈承似乎看穿了我的想法，一下子直起腰来。与此同时，那张圆脸上的呆滞、怯懦和惊悚一扫而光，取而代之的，是一种极为深刻的平静。

"我早该想到，一个客栈老板不会真的怂成那样，一个普通的客栈老板也不会被人皮灯笼关了那么久后，还有这么充足的体力……"我自嘲地笑了笑，紧紧地盯着陈承，"可是，你到底是谁，又为什么要这么做？"

"为什么？你真的不明白自己做过什么吗？"黎明突然大步走出来，定定地看着我，目光里藏着深深的悲愤，"你，真的不知道，你对我做过什么吗？"

"你都知道了……"我的脑子瞬间变得一片空白，浑身的血流似乎都被冻住，我能感到自己的嘴唇在动，可声音听起来却是那么缥缈，"什么时候知道的？"

这是个非常没有意义的问题，但我还是忍不住要问。也许，真是因为在人间待得太久，我竟然染上了这种致命的毛病。

而黎明，竟然真的回答了。

"离开你之后——一个正常的活人不会因为离开另一个人而变得虚弱不堪。而在离开你之后，我甚至连走路的体力都没有了。"

"所以你流落到了那栋老楼里，遇到了他？而他想要灭了你？那舌头呢？那条大舌头又是怎么回事？"

"如果你说的是那个女鬼，我可以确定——她想救我。正是在她放出来的烟幕中，我写了那张纸条，然后让李萱送到了你那里。"

如果不是出自黎明之口，我绝对不会相信。毕竟，陈承刚才对我说的，是一套非常合理的逻辑。

只是，黎明现在向我展示的，也是一种十分显而易见的可能。

最重要的，是他绝对不可能骗我。

他没有理由骗我。

"陈承，你是她的人？"我盯着陈承，呼吸忽然变得急促起来，手里紧紧握着玄铁匕首。

"我当然是她的人。所有的老板，不都是她的人么？"陈承斜了斜眼睛，一脸满不在乎，无奈又惋惜地看着我，"也许，只除了你吧……"

"她为什么不自己动手？"

是的，这几乎是唯一的破绽。如果璃轩真想消灭黎明，抛开我们的关系不谈，只从公事公办的角度，她也大可以亲自动手，完全没必要委托给一个小小的老板。

"我怎么知道。"陈承的语气非常轻描淡写。

是了，我们什么都不知道。也许，所有的东西，一直都是我在一厢情愿。我以为我们的关系很近，我以为我们已经可以达到一种高度的默契，实际上，这些又能算什么？

更何况，身为冥府之主，每天公务缠身、日理万机，她又凭什么要自己动手？

我疲倦地闭上眼睛。似乎，现在只剩了一条路——灭掉陈承，让这个秘密永远沉寂下去。

但是，我又没法动手。

为了避免混乱，璃轩早就规定，无论发生什么，老板们都不能互相攻击。所以，现在我一旦出手，就会惊动璃轩。而我就算可以侥幸打赢陈承，也万万不是她的对手。

难道，我就这样眼睁睁地看着陈承灭掉黎明吗？

陈承饶有趣味地看着黎明，眼睛里藏了很多复杂的东西。我终于下定决心，瞄准陈承，高高地举起玄铁匕首。

忽然，地道的尽头闪起一道耀眼的七彩光芒。我下意识地伸手去挡，却发现，就在这一片祥和的光芒中，李萱慢慢显现出来。

她身上穿的已经不是那件西服套装，而是一件雪白的古典长裙。她的头发高高地盘起，皮肤白到了一种接近透明的程度，再加上极为精致的五官，给人的感觉，就像出自于某幅名画，又像从天地间幻化的古老神佛。

光华万丈，华贵非常。

"不知道怎么办了吗？让我来告诉你。"她曳着宽大的裙摆，优雅地走到我面前，深邃地看着我，一只手慢慢地搭上了黎明的肩膀。

"他，本就该是我的。"

我什么都没说，只是冷冷地笑了笑。

李萱竟然也开始笑，而且，她的目光中充满了深深的悲悯。

"该走了吧？"她就这样笑着偏了偏头，随意地瞟了瞟黎明。

"黎明，你……"我伸出手，想要抓住黎明。

大大出乎我的意料，黎明竟然十分厌恶地看了我一眼，大力挣脱我的手，很自然地冲李萱跪下去，脸上浮现出一副十分满足而幸福的神情。

顺从地低头，虔诚地吻了吻那雪白的裙摆，站起来，讥诮地看着我。

"洛老板。真是没想到，这么多年过去了，你还是这么自以为是。你以为把我留住，就可以挽回什么，却始终不明白，已经失去的，不管做什么，都不可能再挽回。你一直觉得我很重要，但你真的在乎过我的感受吗？你想留住我，我真的想被你留住吗？你还不知道吧，昨天晚上我离开你，是因为听到了我妈的召唤。七天，我死了七天。昨晚，我本该回家见她最后一面，却被你困在那里，做不成活人，也做不成死人。更可恶的是，一旦离开你，我连回到她身边的力气都没有！没错，你做了这么长时间的客栈老板，想要找个人和你一起。但是，你问过我，我到底想不想和你一起吗？"

看着愤怒的黎明，我想苦笑一下，嘴角的肌肉却僵硬得难受。

问？还用问吗？

我当然知道，不想。

千百年过去，没有人想。

"怎么？说不出什么了？好，那让我来告诉你，哪怕让我灰飞烟灭，哪怕我马上被打入十八层地狱，也比和你在一起好！"

我无言以对，我甚至不知道应该做出一副什么样的表情。

灰飞烟灭，你真的知道，什么是灰飞烟灭吗？

十八层地狱，你真的知道，那里到底是一番什么样的景象吗？

我没有拯救过灵魂，他是第一个。

我之所以认为这是好的，只因为我见过太多的灵魂，它们无一例外，都想留在这世间，哪怕只是多留一秒也好。

但，黎明，是别人吗？

李萱一直静静地看着我们，静静地看着黎明尖锐的控诉，静静地看着我词穷的沉默。

她一个字都没有再多说。事实上，她也没有必要再说什么。

她已经完胜了。她不需要再说一句话，我就已经被自己的兄弟打得丢盔弃甲，溃不成军。

兄弟……也许，从一开始，黎明也并不想和我做所谓的兄弟吧……我看看黎明，又看看李萱。也许，她真的是一个很好的归宿。不管她是人、是鬼、是神，都比我好太多。

至少，黎明喜欢。

黎明喜欢，她不管是什么，都是好的。

白光还没有消散，看起来却没那么刺眼了。

黎明说完最后一个字，意味深长地看了我一眼，扭过头，紧紧地拉着李萱，头也不回地走进了白光中。

一切重归黑暗，只剩下我倍经压抑的呼吸声和百无聊赖的陈承。

说到这个，也许，我还应该感谢李萱，感谢她比陈承厉害，感谢她带走黎明——无论如何，黎明跟她走，总比被陈承灭掉好。

"这世上真的有很多事情都说不准……"

一阵短暂的沉默后，陈承貌似自言自语，实际却无比可恶地说："你肯定没有想到吧？你费尽心机来救他，他却这么容易就抛弃了你，就像扔一张卫生纸一样。你说，他是不是看上了那娘儿们的美貌？"

我抬头看了看他，在幽暗的光线下，那张包子脸显得格外讨厌。

可是，他说得确实没错，世事真的就是这么无常——黎明在的时候，我顾忌着璃轩，不能和他动手。现在黎明走了，我似乎也没必要和他动手了……

我慢慢摸出玄铁匕首，慢慢顶到他那肥成几层的脖子上，慢慢回了他一个非常简洁的字。

"滚。"

第十章　离别与回归

话音未落，陈承就十分识时务地滚了。当然，不是真的滚，而是幸灾乐祸地叹了口气，彻底从我眼前消失。

好了，现在清静了。

我长长地出了口气，微微垂下头，看着空空如也的泥壁，咬了咬牙，一匕首插到里面，狠狠地召唤了一句。

"都给我出来！"

低沉的声音回荡在空旷的地道中，就像一颗石子扔进了一潭深水，不断地反射出无尽的回声。与此同时，泛白的刀锋逐渐闪出细碎的金光，越来越亮，越来越亮……而我的背后猛然响起一种类似于水蒸气的声音，空气骤然变得很冷。

绝望的寒冷。

等我拔出匕首，转过身，长长的过道里，每支蜡烛的前面，都毫不例外地冒出了一股浓烈的红烟。

冤魂们。

要制造这种冤魂，需要分毫不差地把握时机。只有在活着的时候，尽快把他们炼成人油，做成蜡烛，再趁热把刚出窍的灵魂一起困在里面，才能让它们最大限度与蜡烛融为一体，发挥出最完美的镇守效果。

是的，它们最大的作用，就是镇守那些泥棺里的尸体。

只不过，这种蜡烛几乎都是一次性用品。蜡烛做成后，冤魂的自我意识会变得极为虚弱。换句话说，也就是——只能借助蜡烛，它们才会维持存在，一旦离开蜡烛，它们马上就会变成软弱无力的游魂。

从本质上来说，它们比那些尸体强不了多少。

红烟逐渐上升，上升……最终幻化出人体的形状，大人、小孩，男的、女的……它们穿着不同的衣服，有着不同的面容，却都无一例外地带着哀伤而绝望的表情，忽上忽下地飘浮在黑暗的半空中，模糊而微弱，看起来极为透明。

命数已然，众生皆苦。

我默默地看着它们，本来压在心里的所有怒气似乎在一瞬间就消失殆尽，取而代之的，是一种从骨髓深处泛出来的、深深的悲悯。

爱，是一种病，也是一种药，更是一种最高的救赎。

我微微地笑了笑，伸展开双臂，闭上眼睛，脑子里逐渐响起那种极为安宁的声音。那来自冥河的最深处，一切灵魂开始的地方。

随着尘封的意识越来越明朗，它们也越来越响，越来越响，最终强大到足以令我从唇齿间吐出。

它不仅是一种声音，因为它有着极为稳固的实体。它从我的周身散发出来，在空气地自由地流转，最终由无数微粒，凝结成一颗宝贵的金珠，安静地坠落到地上。

当它落地的一瞬间，我的脚下顿时延伸出数道金线，它们粗如手臂，一路准确地、飞快地蜿蜒到每支蜡烛的下面，不断地放射出无比耀眼的金光。

金光越来越亮，越来越亮，与此同时，所有蜡烛的火焰都变成了灿烂的亮红色，迸发出旺盛的生命力，就像回光返照一样，飞速地燃烧着金光，也融化着自己，最终把整条地道照得亮如白昼。

亮，再亮……就在亮光达到最高点的时候，冤魂们脸上的哀伤终于转化成了一种最高限度的平静和满足。

它们微笑着，就像很多年都没有微笑过一样。

它们舞动着，就像最后一次舞动一样。

它们就这样微笑着，舞动着，忘记了一切怨恨，放弃了一切执念，慢慢地抱向自己的四肢。然后，蜷缩，蜷缩，最终，爆成一朵红莲的形状，缓缓地从半空中飘落，一直飘落到土地上。

一点点渗下去，渗下去……尘归尘，土归土。

当光芒逐渐暗淡下来，它们终于回到了该回的地方。

它们，都解脱了。

地道里重新变得漆黑一片，随着黑暗的侵蚀，我紧握匕首，慢慢跪到地上，以一个客栈老板的身份，虔诚地送它们最后一程。

我，很累。

我真的很累。

我真想和它们一起走，我真想忘记一切、放弃一切，快乐地走到一个虚空的境界中，快乐地灰飞烟灭，再也不存在，再也不看这纷扰的世间。

但是，我不能。

因为，我是老板，第一栈的老板。

有点出乎意料——在我处理这些事的时候，那只狡诈的老鬼始终没有出现。这不太合常理，如果蜡烛真的像人皮灯笼一样出自他手，他一定费了不少心血，肯定不能就这样任由我送走这些被桎梏已久的灵魂。

或者——这些东西根本不是他布置的，包括人皮灯笼，包括活尸蜡烛，他的作用，真的只是负责看管这些尸体，也真的是被人胁迫的。

谁会胁迫他？为什么胁迫？他说的，用他孙子威胁他，难道是真的？

小厉鬼、黎明、大舌头、陈承、老鬼、刘孝强、李勇浪……所有的碎片猛然出现，在我眼前旋转着，飞舞着，最终组成了一幅巨大的画卷，上面却始终烟雾弥漫，影影绰绰。

这是一种强烈的感觉——我正在一步一步走向真相，也正在一步一步走向一处死局。

最终，无路可走。

但是，在真正面对这团麻烦前，我必须把璃轩交给我的任务办了。

解决那些老头。

他们的尸体都在这里，却没什么用。按照惯例，他们的灵魂肯定都藏在头里。找不到头，也就没法送走他们。

他们的头在哪里？

不知道。

也许那老鬼知道，也许李萱她爸知道，也许李萱本人也知道。

无论如何，要解决这些问题，还是离不开那栋老楼。

我站起来，走出地道，走出文具店，重新来到昏暗的街道上。

文具店里，那个人皮灯笼已经销声匿迹。

天色已经很晚，接近午夜。今天本来就是阴天，阳气没有多少，天一黑，阴气更从四面八方扑出来，盛大非常。

潮湿、黏稠，没有月光，因为乌云的关系，星星也没有几颗。

不远处，临街开着几个串店，门外清一色地摆着各种塑料桌椅，一直伸到路边。虽然天气还不是很热，生意还算红火。尽管已经临近打烊，一群年轻男女还是拼着桌子，大吃大嚼，勾肩搭背，东倒西歪，呼来喝去。

人生，青春，挥霍。

他们中的大部分染着各种颜色的头发，发型十分夸张，身上大多戴着看似吓人的耳钉、项链之类的东西，一看就是总在街上混的阿飞、太妹之流。

他们似乎醉了七八分，吵嚷的声音很大，不断有人起身去厕所。

人群中，一个女孩特别引人注目——斜刘海，马尾辫，烟熏妆，短皮衣。衣服的拉链只拉了一半，放肆地露着里面的紧身小背心，背心很短，只能遮住胸部，上面缀满亮片。她的下身是一条同样紧身的皮裤，衬得双腿很长、很直，使脚上的一双马丁靴看起来更加硬朗。

走近些会发现，她的眼睛很大，睫毛很密，眼角斜斜向上，标准的桃花眼。

此时此刻，她正在用这双充满诱惑的眼睛，一刻不停地顾盼着坐在角落里，那个一直沉默不语的男孩。

男孩也一直在注意她，很快捕捉到一种明显的信号，然后借机上厕所，紧紧地搂着她，顺路拐到串店的侧面，摇摇晃晃地钻进一片暧昧的黑暗。

一个身影飞快闪过，我的心一下子提了起来。

他们刚刚进去的，正是那栋老楼！

我下意识地摸着玄铁匕首，顿时加快了脚步。但是，还没等走到近前，空气中就尖锐地划过一声已经变了音的惨叫。

是男孩，但那种尖锐程度，甚至比正常的女孩还要高八个度，就算是活见鬼，也不会惊吓到这个程度。

我迅速地冲过去。

昏暗的光线下，女孩正把男孩压在墙上，双臂像蛇一样紧紧地缠着他，两颗脑袋贴在一起，难解难分，乍一看，就像一对热恋的情侣正在忘情地拥吻。

我掏出匕首，毫不犹豫地，狠狠顶上她的后脑。

"出来！"

冰凉的刀刃把她刺激得浑身一哆嗦，然后，她慢慢歪着脑袋，以一种十分诡异的角度转过脸来。

烟熏妆已经花得不像样，两片丰润的嘴唇上沾满了鲜红的血液，很多溢了出来，蹭到了脸上——那来自于男孩的脖子，上面多了一个不大不小的洞，触目惊心，鲜血淋漓。脖子附近，还晃晃悠悠地吊着一块足有一口大小的肉，只因为还连着窄窄的一条皮，才没有完全掉下来，看上去十分可怖。

男孩瘫软地靠在墙上，已经晕了过去。

忽然，女孩打了一个寒战，无力地翻了个白眼，竟然也晕在当场。

不到一秒钟，一个慈眉善目的老头慢慢从女孩的身体里飘了出来。

整洁的老干部制服，干枯的双手，坚实有力的双臂。

李萱的父亲。

"洛老板，其实你不该阻止我，"他轻飘飘地落到地上，站在离我不远的地方，悠悠地叹了口气，"他们都不是好人。"

"善恶有报，你是弥留在世间的灵魂，无权插手这些。"

"善恶有报？"老头飘得离我近了些，嘲讽地笑，"这么苍白的话，恐怕连你自己也不信吧？"

"我只能说，灵体害人，灰飞烟灭。你留在这里，本就不合规矩。我可以猜到，你冒这么大的风险留在这里，一直不走，就是因为放心不下你儿子。所以，如果悄无声息，我还能睁一只眼闭一只眼，可现在……"

"如果能用自己的灰飞烟灭，让这个世界变得干净一点，也是值得的，不是吗？"老头微笑地看着我，目光中闪动着一种莫名的崇高。

这是三观差异，我不想和他讨论下去，只是很直接地问："那些最近死的老人，都是你之前的同事吧？你既然一直在这里，有没有见过他们？"

"没有，他们不在这里。而且，他们死了也是活该，都那么大岁数的人了，每天还想着苟且之事。"

"苟且之事？"我看了看眼前依然昏迷着的男女，终于觉察到了什么，"你指的是男女之事？"

"没错。"老头坦率地承认，"还有那些年轻人。"

"都是你干的？"

"都是我干的。"

"动机。"

"纵欲过度，本就该死。"

一把年纪，没想到还这么偏执。我无奈地举起匕首，做出一副公事公办的样子："跟我去冥府，接受审判。"

"哈哈哈……审判？"老头忽然仰天大笑，脸上的表情又复杂又平和，"总有一天，你会知道，谁该接受审判的……"

是的，它已经得到了该得的。

匕首再一次冒出了璀璨的金光，深深地插到了老头的魂眼上。

它，自愿撞上来的。

随着金光范围的扩大，它的灵体越来越淡，笑容也越来越安静。

最终，它乞求地看着我，低声留下了最后一句话。

"去我家镜子后面，去找，去找……"

第十一章　死局和死局

找什么？那些老人的脑袋？它刚不是还说——不知道那些灵魂在哪里吗……我微微地皱眉，看着依然昏迷不醒的男孩和女孩，挥挥匕首，消除所有的伤痕和血迹，顺便抹去了这段阴鸷的记忆。

一直到天亮前，他们都会这样睡着，而天亮后，他们什么都不会再记得。

跨过他们，我收起匕首，一步一步，警惕地走向楼里。

情况有点凶险，由于一直没有阳光，我的能力已经用得差不多，要是遇见那群小厉鬼或者吊死鬼，甚至其他更厉害的角色，我真有可能直接殉职。

进门处一如既往地破败、杂乱，我不住地看向四周，试图发现一些潜藏在黑暗里的危险。但是，直到走到楼梯前，我才非常放心地发现——这些担心根本都是多余的。

因为，我根本进不去。

明明楼梯就在眼前，我一踩上去，却像踩到了一张弹力极强的大网一样，马上就被震了回来。而且，因为力量过于巨大，我被震得一直退了好几步，才终于勉强稳住身形。

一次，两次……

没有第三次。

"叮当……叮当……"不远处的教堂中，依稀传来了午夜的钟声。就在一下一下沉闷的敲击声中，附近的阴气忽然像疯了一样，从四面八方源源不断地涌过来，就像一只突然被吹得鼓胀的气球，一下子冲到了顶点。

那是一种强大的、极为纯净的阴气。

我静静地站在那里，突然明白——我之所以上不去，正是因为它在罩着整座楼；我之所以会觉得这里特别干净，也是因为，这种排山倒海般的阴气，已经强大到足以压住楼里所有负面的东西。

进不去，怎么办？

我毫不犹豫地转身，双手合拢，缓缓上升，化作一道透明的气流，飞速回到破破烂烂的客栈中。

我需要 000 号房间，它现在就静静地卧在走廊的尽头。

从外表看，它和这里的其他房间没有什么不同——门很普通，门牌也很普通。如果非要找出什么不同，那就是——它的门上没有任何锁，也没有任何类似的东西。

根本不需要——除了第一栈的老板，没人能进去。

我大步走到门前，小心地拿出匕首，双手平托，用少有的认真，恭恭敬敬地把它一直举到眼前。

一点，一点，又一点……很快，刀柄的末端，闪现出了一个金色的古体字。

洛。

门应景而开，一条泛着珍珠光泽，约有一米宽的路从天而降，准确地铺到我的眼前。

我收起匕首，深吸口气，安静地走上去。

每走一步，浑身的尘埃都净化一分；每走一步，阳间的气息都减少一分。

道路的尽头一直闪着温和的光，绘满了通透的白色，散发着模糊的光明。远远望去，你会觉得，那就像是无数云彩堆成的虚空。可是，只有真正踏进去的时候，你才会惊讶地发现，自己被一种强烈的坠落感十分霸道地包围了。

它不仅包围了你，还不断地张牙舞爪，让你觉得自己像一个纸团那样，被天地抛来抛去，显得渺小而眩晕。

下坠，下坠，下坠……终于，你失去了笨重的实体，意识却变得前所未有地清明，所有的心念都在一瞬间彻底消除，整个灵魂里只剩下纯粹的自由和终极的平静。

白色，白色，白色……哪里都是白色，如果幸运，很快，你就会穿过这片无边无际的白色，来到一个昏暗一些的空间里。

光线骤然暗了很多，让人有点不适应。然而，当真正看清的时候，人们就会发现，眼前的世界瞬间变了颜色——所有的平面上，有一处算一处，都铺着十分尖利的、足有小腿那么高的石头。

深褐色，漫无边际的石头。

有的灵魂陷在中间，抱怨谩骂，痛苦挣扎；有的灵魂小心翼翼，提心吊胆，伤痕累累；有的灵魂目若无物，面带微笑，如履平地。它们完全看不见对方，甚至，也完全看不见，自己正在经受着什么。

它们艰难跋涉，步履维艰，只不过是想到达石头的尽头。

那里有一道宽约数十丈，暗不见底的河水，死寂，宁静，终年不会泛出一丝波浪，哪怕连一圈小小的涟漪也绝不会出现。

河的两岸，非常对称地绵延着长长的花海，红色的、白色的……众多的彼岸花一朵挨一朵，一片挨一片，骄傲而密集地挤在那里，放肆地伸展着，热烈地开放着，形成了一道用鲜血染成的地毯，从脚下一直流到未知的远方。

在彼岸花中，有一种极为特殊的，它们就像灵活曲折的蛇群，能从河边一直蜿蜒到那座桥上。

那座平直的、铁板打成的桥。桥离河面很高，两边拦着粗重的铁链。桥上燃着幽冥的火焰。那火焰是纯净的红色，永远不减，也永远不灭。

桥很长，一般的灵魂走过去，短则数月，多则数年。此时此刻，众多的灵魂挤在上面，熙熙攘攘，面无表情，就像千百年前一样。

千百年后，也不会有任何的变化。

只是，桥的对岸没有孟婆。实际上，早在很多年前，孟婆就已换了工作。没办法，现在的世道，人的执念太可怕，该忘的，早晚都会忘；忘不了的，就算喝下药效再强的孟婆汤，终归无济于事。

想让他们忘记，其实也很简单——那些所谓的刻骨铭心，山盟海誓，都抵不上告别过往，再来一世。

你以为很重要，你以为要天荒地老，海枯石烂，但当你真正有另一种背景，见另一群人，拥有另一种人生的时候，几乎毫无例外，那些所谓深入骨髓的过去，马上就会像涨潮后的沙滩一样，变得干干净净，空无一物。

不远处，是一栋高大的长方体建筑，四面都是透明的，里面一如既往地拉着蓝色的布幔。

浅蓝、天蓝、深蓝、宝蓝、幽蓝……所有的蓝色在这里完美地结合到一起，因了特殊的理由，不断在半空中飞舞着。

　　穹顶非常高，二十米？五十米？这得看领导的心情。

　　想到璃轩，我不禁笑了笑，下意识地整了整衣服，想要进去。但是，就在这时，小白飞也似的从里面逃了出来，差点一头撞到我怀里。

　　小白是老板里面少有的女孩，娇小甜美，性格比较活泼。可是，现在，似乎受到了严重的惊吓一样，她连大气都不敢喘一口。

　　"哎呀，我还以为是谁，原来是你，洛哥！好久不见！"边说，她边神秘兮兮地把我拉到一个僻静的角落里，踮着脚尖，悄悄凑到我的耳边，尽量压低声音，扭头看了看那边，严肃地建议道，"你，你要不要待会儿再进去……"

　　"怎么了？"我十分疑惑。

　　"领导毛了，最近她情绪一直不太好，我刚好撞到了枪口上……"

　　小白这么一说，我才知道——原来，就在刚才，因为小白晚送来一个灵魂，璃轩大发雷霆，不仅把她骂得狗血喷头，还一口气扣了她大半年的工资。

　　可是，小白平常就这么迷糊，之前这种错她常犯，也没见过璃轩动这么大的气啊……我皱了皱眉，随便安慰了小白几句，送走了她。

　　看来，我应该好好表现一下了……想到这里，我掏出匕首，轻轻吹了口气，转眼间，一大捧娇艳欲滴、香气四溢的鲜花就出现在我手上。

　　考虑到房间里应该没有别人，我没有敲门请示，直接走了进去。

　　里面四处飘着柳絮，看起来很漂亮。但是，也许她真是心情不好，偌大的空间里，竟然不见了她最喜欢的白色雏菊和红色满天星。

　　我不禁抬头看了看高耸的穹顶，似乎，那些一直挂在那里的夜明珠，也没有之前明亮了……

　　我一边走，一边把目光落到那张长达一百米的桌子上。不看不知道，一看，我瞬间就释然了。那么多，那么多的文件……从这头一直堆到那头，谁遇到这种事，谁的心情会好……

　　璃轩坐在桌子尽头，依旧一袭长袍，长发披肩，低头处理公务。说到她处理公务，其实也很简单——不用笔，不用电脑，随便用手画几下，写点什么，再挥挥手臂，往左边一扔，文件就会消失，直接传到下属们的手上。

听到我的脚步声，她抬一下头，看了我一眼。与此同时，狠狠一挥右手，把高达三米多的文件一下挪了起来，一股脑扔到了左边。

纸片翻飞，再配上蓝色的布幔和白色的柳絮，看起来简直美妙极了。

我轻轻地笑了笑，加紧走了几步，规规矩矩地把鲜花放到桌子上，再故作姿态地绕到她身后，一双手温和地捏上了她略显瘦弱的肩膀。

当然，谄媚的笑容也是少不了的。

"这么多文件，真是辛苦了，小洛洛来迟了，还请主上大人不要见怪……"

"什么事？"她继续批公文，头也不抬，闷闷地问。

"其实也没什么事儿……就是好久不见……"

"没事？"她略微歪过头，不经意地瞟了我一眼，"那走吧。"

看她的样子，还真不像是开玩笑。而我的表情僵了僵，顿时就有点笑不出来。她这心情真不是一般地坏……不过，似乎也是情有可原……我努力地说服自己。

"这个……就是有一丢丢的事儿……"我停了手上的动作，顺势半坐到桌子上，伸出手指比画着，故意做出一副愁苦的样子。

"什么事？"她又转过头去，继续批公文，闷闷地问。

"还不是那栋老楼……"我矮下身子，以一种非常合适的角度仰视着她，"整栋楼都被一种强大的力量压制了。我进不去，没法送走那几个老头……"

"然后呢？"她终于肯正眼看我，语气却出奇地冷淡，"处理不了了？"

她冷冷地看我一眼，慢慢地站了起来。

"你想让我做什么？"

我没说什么，却可以清楚地感觉到，周围的气氛已经在迅速地变味。

"洛老板，"她竟然破天荒地，直呼起我的大名，似乎压抑着一股深埋在内心最深处的怒气，"你是客栈老板，第一栈的老板。这你应该清楚吧？"

我清楚？我清楚什么？我皱了皱眉。就在这时，外面传来了敲门声。

她狠狠地瞪了我一眼，想都不想，直接喊了一句："进来。"

随着急切的脚步声，一个陌生老板走进来，手上拿了一摞文件，应该是要汇报工作。远远地，他看见我们这样，眉宇间不禁流露出了明显的疑惑。

"洛老板？"璃轩眉峰轻挑，居高临下地看着我，嘴角勾起一抹深深的嘲讽。

"是。"我收起所有的感情，面无表情地单膝跪地，却以只有我们两个人能听见的声音，轻轻地吐出了我的真实来意。

"我只是不知道，如果你真想处理我，为什么要用下面一个老板？"

"如果你指的是陈承，我可以告诉你，我没用他。而且，你那点小算盘，我也没时间处理。"她眯着眼睛，非常厌恶地看着我，语气很轻，"就算有时间，我也不会处理。毕竟，身为冥府之主，我还犯不上和一个小小的客栈老板一般见识。"

说话间，陌生老板已经走到近前。

我听着这些冰冷的话，感受着膝盖上冰冷的感觉，心里不禁腾起一种巨大的愤怒。每一次，每一次我跪她，都是出自真实的崇敬，我尊敬她的身份，更尊敬她本人。但是，冥府之主？你真的可以做冥府之主吗？

我不禁被自己的想法吓了一跳，这无异于直接质疑她的权威。而我不得不承认，在我的内心深处，确实有这样强烈的想法。

这似乎来自于一种朦胧的感觉，只是，具体因为什么，却再也看不清楚了。

现在，我唯一想做的，就是直接跳起来，狠狠把匕首拍到她面前，头也不回，扬长而去。

"没事了？没事就走吧。"见我没有回应，她对我的情绪依然视而不见，只是随意地冲我挥了挥手，语气很疲惫。

这种感觉，就像已经看了我这么多眼，都是莫大的赏赐，而只要再多看我一眼，就是对她身份莫大的损害。

"是，属下告退。"我强压着怒火，低着头，一字一句地答。

她没再说什么，只是伸手接过陌生老板手里的文件，随意地翻了翻，坐下去。

"等等。"忽然，她微微地抬起头，叫住我。

我停住脚步，转过头，心里又重新燃起了一丝希望。

我做梦都没想到，从她嘴里说出的，竟然是这么一句。

"身为老板，以后不经允许，不要再来找我。"她冷冷地盯着我，一字一顿地说，"如果你忘了规矩，我可以让人再重新教你一遍。"

"是。"我紧紧握着匕首，愤怒地看着她，从牙缝里挤出这样一个字。

什么东西碎裂了。

碎得彻彻底底，干干脆脆。

真好听。

第十二章　他们都是坏老师

回来的路上，我想了很久，始终没有找到自己如此愤怒的原因。她说得都对。但奇怪的是，无论怎么努力说服自己，我心里的那股无名火都无法熄灭，反而越燃越旺，大有把我整个人都燃烧殆尽的趋势。

人间已是清晨。

空气潮湿而新鲜，天边依然一片灰暗。光线竟然和下面差不多。

真是个笑话。我定定地看着匕首，又想到那些令我十分愤怒的场景，表情和话语。

这是个阴天，头顶上没有阳光。

这是个阴天，四周也没有阳光。

这是个阴天，也许她真的高看了我。

不过，无论如何，有一点总不会错——她说没有派陈承去灭黎明，就一定没有。这是我不得不承认的事实，身为冥府之主，她确实没必要和我一般见识，无聊到玩这种浸透了欺骗的小把戏。

那么，现在的情况就很微妙。如果她说的是真的，黎明说的就是假的，而之前陈承说的一切，也就完全成立。

一个深藏已久的事实终于浮上了水面，显得无比清晰。

黎明在骗我。

他为什么要骗我？

根本没有理由。暂不说我们这么多年的交情，只说——一旦陈承说的是真的，也就代表，那个吊死鬼和李萱一定要对黎明不利。

既然如此，黎明又为什么要乖乖跟她走？难道，真的像陈承说的，他什么都不知道，只是单纯被李萱的美色迷住了？

还有，李萱的父亲消失前让我去找东西，找什么？

那些老头的脑袋和灵魂到底在哪里？

所有的一切，又像被磁场控制的指针一样，迅速指向这栋老楼。

说到老楼，直到现在，我才有心情和精力停下脚步，仔细地看看它。它只有五层，所有的阳台都是开放式的，从主要的墙体到各家各户外面的墙皮，大部分被风雨剥落得不成样子，就像一个衣衫褴褛的乞丐，沮丧地露出可怜巴巴的身体，展示出那些暗红的砖头和粉末状的水泥。

就在这些或大或小的缝隙之间，长了很多高高的荒草。甚至，有一家的侧面，还骄傲地长了一棵将近半人高的榆树。

如果不是因为有几家的外面晾着几件看上去很廉价的衣服，亮着些许昏黄的灯光，从外面看去，这分明就是一栋废弃的荒楼。

我仰望着它，从第一层直到最高层。然后，默默地低下头，认真地、严肃地、仔细地整理自己的头发、长袍、靴子、匕首……所有的东西。

在持续的阴天里，外加送走蜡烛里的冤魂，已经耗费了我大半的精力。若非如此，我也不会轻易去找璃轩。

不过，看来，她并不觉得这有什么。

这一次进去，我不能保证我还能出来。

可是，很多事情，只是因为没有能力去做，就可以躲开吗？

有一点被我猜对了——一旦黑夜逝去，光明来临，就算没有阳光，那种强大的阴气也会消散很多。

我总算可以正常地上楼了。

一楼，二楼，三楼，四楼，五楼，一切都很正常。

这种濒临死寂的正常几乎让我不自觉地想到，正常，本身就是一种不正常。

李萱家里的大门半开着，门口堆着很多杂物。破木块、沙堆、油漆桶、旧报纸……如果一个正常人看到这些，一定会以为这家正在大张旗鼓地装修。

很遗憾，我不是正常人。在看到它们的一瞬间，我迅速调动所有警惕，放轻脚步，挨到墙角，一步一步向门口蹭去。

这涉及粉饰风水。

屋子里一片狼藉，原来被摆在墙角的布艺沙发也被搬到了客厅的正中央。沙发上布满精致的红黑条纹，无规则地爬满各处，组合成漂亮的几何图案。

只可惜，此时此刻，我完全没心情欣赏这些，而是把所有的精力都指向了上面坐着的女人。

我要找的女人。

李萱。

"洛老板，你终于来了。"她也在第一时间看到了我，面对着我，轻轻地笑。

"黎明呢？"我停住脚步，站在门口，刻意与她保持一段距离。

"这你都看不出来？当然是出去买涂料啊……"她故意做出惊讶的样子，瞪大眼睛，微微侧过身，指了指四周的墙壁，意味深长地看着我，"新的开始，总要做一些改变的。"

屋子里清亮了不少，虽然地上的东西还是很乱，上面的灰尘却已经不见了。就连那面占满了一面墙的大镜子，也重新恢复得光彩照人。

接近一半面积的墙上已经粉刷了雪白的涂料，显得原来堆着玩具的角落格外阴暗，尤其是——那些黑色的帷幔都被拆了下来，堆到了上面。

"他那样的人，居然会去买涂料……"我扫视着四周，喃喃地说。

"只要出于自愿，什么事都会去做的。"李萱歪了歪脑袋，似乎在明目张胆地嘲笑我，"你说呢？洛老板？"

"对，没错。"我笑了笑，大大方方地承认，"就像刘孝强和李勇浪，是吗？"

李萱被准确地触到痛处，目光忽然一敛，语气也凌厉了不少："别和我提那个禽兽！"

"他确实算是个禽兽，不过，如果说他是禽兽，那么，亲手把自己的弟弟送到精神病院，又算是什么呢？"

"洛老板！少在那儿阴阳怪气！"李萱猛地站起来，狠狠地瞪着我，"你什么都不知道！"

"愿闻其详。"看到她终于乱了阵脚，我总算暗自松了口气，跨过那堆垃圾，一直走到沙发的另一端，静静地坐下。

"既然他和你说过李勇浪的事，就一定也说过我和他的恩怨。"李萱深深地咬着嘴唇，目光中流露出深深的怨恨，"但是，他不知道，你也不知道，当年他伤害的那个男孩，我的学生，并没有退学，而是自杀！"

"自杀……那你为什么一直没有说出真相？"我小小地惊讶了一下。

生命可贵，每个结束自己生命的人，在死亡的瞬间，灵魂都会沾上很难洗去的污点。为了洗去这些污点，在璃轩的世界里，它们通常都要付出比放弃生命惨痛数十倍甚至数百倍的代价。

"因为，那孩子本身没想死，是我自以为是的开导，才让他最终下定了决心。"李萱悲伤地扬起下巴，"而事情既然已经出了，说与不说，又有什么区别？就算我说了，也于事无补，反而会徒增他的负担。"

我突然想到昨天上午在保安室里她那股莫名的情绪。从她的种种表现中，我可以很强烈地感受到，她确实爱着她的学生。无论是过去，还是现在。

也正因此，她才会对崔尚说孩子调皮捣蛋特别反感。

"真是个好老师……"我不由得感叹。而与此同时，我竟然巧妙地从她的眼睛里捕捉到了一种奇怪的情感，随即压低声音，试探着问："可是，难道，那时候，你还一直爱着他？"

"对！我一直爱他！一直都在爱着他！"李萱大声承认，表情却十分痛苦，"我只是没想到，在出了那件事后，他非但没有得到教训，反而贼心不改，变本加厉！"

她边说着，边站起来，走向那个灰暗的角落，指着那堆杂物，恨恨地说："你还记得它们吗？"

他们都是坏老师，他们都是坏老师……借着李萱强烈的情绪，那些小厉鬼们又一个接一个，活生生地从杂物里钻了出来。不过，这次，它们只是安静地浮在半空中，没有围住我，也没做出一点出格的行为。

随着李萱的手指，我清楚地看到，杂物的下面，是原本被放在阳台上的那些花盆。

"所有的一切，都是刘孝强造成的！"李萱忽然抓起旁边的小铲子，疯狂地挖着花盆里的土，也疯狂地控诉着，"如果不是因为他猥亵了一个小男孩，那孩子就不会死！"

"这……"我有点不太明白。

她扔下铲子，一把拉住我，把我拽到那堆花盆前。

"那孩子的母亲本来患有重度抑郁，碰巧又发现丈夫出轨，刚刚离异。而那孩子又长得特别像他父亲，所以，那段时间，她对孩子总是一阵冷一阵热。孩子非常怕她，又被那个禽兽弄成那样，回家后，一言不发，两眼呆滞，就像变了一个人似的。她见他不说话，不停地追问他！在疯狂的攻势下，孩子终于大哭着说出了一切！可是，他做梦也没有想到，他竟然死在了自己的亲生母亲手上！"

李萱伸出手指，准确地指着散落在泥土间的，已经微微泛黄的人骨，直直地看向我。

"他母亲觉得这是一种莫大的侮辱，严重损害了孩子的纯洁性，当孩子畏畏缩缩地说完一切后，她尖叫着撕破了孩子身上所有的衣服，冲到厨房，狠狠操起菜刀，狂笑着把孩子剁成了碎片。

"可怜的孩子连呼叫都来不及，就被自己的亲生母亲砍得惨无人形，当发现自己的身上沾满血迹的时候，母亲终于扔下菜刀，痛哭失声，然后捡起所有的碎片，把它们埋到了花盆里，然后在满眼的血腥与绝望中，上吊自杀。因为她的怨气非常重，每当刘孝强再对学生做那些事的时候，甚至只是再动一下念头，她为了保证孩子们的纯洁，阻止他们步自己孩子的后尘，都会直接杀了他们。"

"这，就是小厉鬼和那个吊死鬼的故事？"我长长地叹了口气，"可是，如果真是这样，那些小厉鬼又为什么来缠我？"

"意外。"李萱的解释非常简短，声音很低，"它们太久没有出去了……虽然我在这里弄了黑帘子，总和它们玩捉迷藏，还给它们买了这么多玩具，但是，它们需要出去……"

"也许，它们需要的不是出去，而是解脱。"我仰视着飘浮在空中的孩子们，微笑地看着它们。

"是的，都该解脱了……"李萱招呼它们下来，满足地抱着它们，眼睛里弥漫出深深的迷茫。

"你们，你们这是……"

忽然，门口响起了黎明的声音。

第十三章　原来他爱她

孩子们一见黎明回来，马上躲进黑暗里，消失不见。黎明虽然没看到它们，却一直非常疑惑地盯着我们。

这画面确实有点奇怪——李萱满脸是土地跪坐在一堆杂物中，脚边是几个破碎的花盆，而我站在那里，抬着头，对着虚空微笑。

可是，我的疑惑并不比他少一分。

黎明有洁癖，外加轻微的强迫倾向。这两样东西搅在一起的后果就是——他所有的东西从来都是一尘不染，整整齐齐。

他不仅受不了一点的凌乱或者肮脏，甚至受不了除了白色之外的所有颜色，尤其是褐色、深灰、深绿这种看上去就很脏的颜色。

因此，他所有的衣物都是白色的。

另外，他还有个奇怪的逻辑，那就是——松垮等于邋遢，邋遢等于肮脏。于是，他也受不了嘻哈风格或者任何不合身的衣服。比如宽大的T恤，肥大的裤子。

综上所述，他向来只穿白衬衫、白裤子、白鞋，款式多变，剪裁合身，洁白如雪，香气袭人。

如果不是因为高大帅气，眉目英挺，就他这个德行，不被人认成娘炮才怪。

他是怎么才保持如此高的整洁度呢？很简单，不是因为勤洗勤换。他完全受不了肮脏的东西，所以从来不洗衣服。每件衣物，不管是上衣裤子，还是内裤袜子，哪怕就是一条领带，只要沾上一点污渍，或者有一点味道，他都会两眼发直，如临大敌，毫不留情地把它们扔掉。

当然，他也特别喜欢整理东西，他的每样东西都要放在固定的地方，就连签字笔，都要按笔芯粗细，一根一根排列整齐。在这个过程中，别人绝对不能打扰他，更不能不自量力地制止他。一旦如此，他就会表现出躁狂症的部分状态——大喊大叫，慌乱异常，外加强烈的暴力倾向。

最变态的是，他不仅管自己，还要管别人。

刚上大学的时候，同寝还没几天，他就盯上了我的衣柜，毫不犹豫地扔掉了里面所有带迷彩图案的衣服。

当面。

眼都不眨一下。

"你凭什么动我衣服？"我十分气愤，尽管我当时已经听说了他的毛病。

"看不下去。"他倒是十分淡定。

"他们也都有啊！"

实际上，我愤怒的倒不是他扔我衣服，而是，他只扔我衣服！却对其他几个室友的迷彩视而不见！

"每天我看见他们的时间，加起来还不到半小时，看见你的时间，几乎是二十四小时。"他扬了扬眉，轻巧地解释，"我还要问你呢，不管我去哪里，你都在我眼前晃来晃去，这，仅仅是个巧合？"

我无言以对，就像现在一样。

如果不是那张脸，我完全不敢相信，眼前的这个人，真的就是我认识的那个黎明。

虽然他依然穿了一身白，白衬衫、白裤子、白鞋。浑身上下却完全没有一块完整的白色。大片大片的白色被无处不在的霉斑和灰尘蹭得惨不忍睹，又添油加醋地覆盖上了大块小块已经凝结的涂料和油漆，加上新鲜汗水的浸润，他现在就像是建筑工地里常见的油漆工一样，斑驳不堪，肮脏至极。

最重要的是，他竟然对自己的周身熟视无睹，不以为意！

不仅如此，他现在似乎对什么都不在乎，这使他整个人都蒙上了一种诡异的潇洒。

见李萱和我都没回应，他也没再说什么，只是自顾自地走进来，热切地看了李萱一眼，放下手中的涂料桶，很自然地拿起刷子，继续粉刷天花板。

随着他的动作，黏稠的涂料时不时地落下来，发出"啪唧啪唧"的声音。

李萱看着愣在原地的我，意味深长地笑了笑，轻快地走进了厨房。

"黎明，你……"我小心地靠到墙角，欲言又止。

"新的开始，总要做一些改变的。"黎明认真地刷着，看都不看我一眼，说的话竟然和李萱一点不差，"只要出于自愿，什么事都会做的。"

"你，真的爱上她了？"我觉得十分难以置信。

"爱就是爱，没有真假。"黎明的态度依然很冷淡，"你应该记得，在地道里的时候，我就已经把话说得很清楚了。"

说到这里，他忽然停下手中的动作，转头看向我："如果你还不明白，我可以说得再清楚一点。"

心底猛地刺痛了一下。

透过昏黄的时间，在夏日灿烂的阳光下，那个一身白色的男孩温和地笑着，笑容一点一点地从我脑子里泛出来……无论如何，都与眼前这张冷若冰霜的脸难以重合。

两张脸，就这样一左一右，死死地把我夹在中间，让我头晕目眩。

"可是，你骗了我。"我竭力控制自己的呼吸，努力搜寻蛛丝马迹，同时也试图抓住最后一根稻草，"你为什么要骗我？"

黎明冷冷地笑了笑。与此同时，璃轩的脸竟然也从虚空中跳了出来，那上面盖着深深的冰霜，散发出透彻骨髓的寒冷。

那种寒冷，与黎明如出一辙，分毫不差。

"没错。我承认。我就是在拖延时间。"出乎意料，黎明竟然大大方方地承认了，"因为我要等她。我爱她，而她说过，她一定会来接我。"

这的确是个非常不错的理由。爱……忘乎所以，不顾一切的爱……我默默地看着黎明，没有再说什么。虽然我不知道黎明什么时候遇到的李萱，可是，以他好色滥情的性子，不管认识哪个女人，都不值得惊讶。

"好了，现在你都明白了？"黎明的嘴角浮出一丝残酷的笑，语气堪比凛冽的刀锋，"我真没想到，你会来得比她早。说到这个，你总不会以为，我说那句话，等的是你吧？"

"当然不会，"我侧过身，尽量把声音放到最轻，"我又不是你的什么人，你何必等我……"

"所以，现在你都明白了？"黎明转过身，长舒了一口气，拿起刷子，继续干活，"既然如此，伟大的洛老板，你，可以从我的生活中消失了吗？"

我张了张嘴，什么都没说出来。

"哦，不对，是我们的。"黎明好像忽然想起了什么似的，把目光悠悠地投向厨房，脸上写着满满的幸福，非常认真地补充道，"我，和李萱，我们的。"

我沉默，抬腿，走向门口，话已如此，着实是多说无益。

也许之前因为无聊，我曾经幻想过很多次，我和黎明会不会反目成仇、恩断义绝，如果真到了那一步，我会做什么，我该做什么。

但是，我无论如何都没想到，这，真的会是因为一个女人。

我也无论如何都没想到，真的到了这一步，我什么都不能说，什么都不能做。

毕竟，女人如手足，兄弟如衣服……我冷冷地笑了笑，马上就要迈出门口。

"哎呀，洛老板，这是干什么？既然都来了，吃了中午饭再走吧！"忽然，系着围裙，拿着铲子的李萱从厨房冲了出来，热情地招呼我。

真热情，就像任何一个普通的家庭主妇那样。但是，越看那张笑意吟吟的脸，我心里的寒意就越重一分。

"不用了。小萱，洛老板刚和我说，待会儿有急事要办，就不留下来了。"没等我说话，黎明就迫不及待地应答，就像一个抢着回答老师提问的小学生。

李萱一脸无辜地看着我，似乎完全不知道发生了什么。

"还好，"我机械地冲李萱笑着，努力说服自己发挥死皮赖脸的特性，"其实也不算太忙，既然女主人这么热情，我要是再拒绝，可就真是不识抬举了……"

李萱得到了我的答复，如释重负，满意地点点头，回厨房继续忙活。

"别耽误我干活！"李萱刚进厨房，黎明就大步走过来，怨毒地瞪了我一眼，把我推到了镜子旁边，那个最小的角落里。

也许，他是真的喜欢上这个神秘的女人了。

饭桌上，黎明竟然一改往日的冷傲，几乎就像被男仆附了身，不断地给李萱盛饭、夹菜、倒水，殷勤得就像一条乖巧的哈巴狗。

这，真的还是我认识的那个黎明吗？

他向来命犯桃花，每年都要交往几十个女人。但是，在那些或香艳或纯情的关系中，不管是谁先追的谁，一旦确立关系，从来都是那些女人伺候他、捧着他，把他像皇帝一样宠着、供着，从来没有这么低眉顺眼过。

李萱却不觉得有什么不对，无论黎明做什么，都半推半就地接下了。

到了后来，黎明竟然直接把椅子搬到了李萱旁边，满脸讨好。于是，两个人很快发展到了你喂我一口饭，我喂你一口菜的地步，似乎旁边的我只是一团虚空的，无足轻重的空气。

我默默地叹了口气，只好把目光放到了桌子中央摆的那碗汤上。

不知道那碗汤是用什么做的，是一种纯净的乳白色，浓稠，美好，深不见底。配着淡绿的瓷碗，看起来很舒服，闻起来也特别香。

虽然我活了这么多年，见过各种珍馐，却从来没有闻过那种香气。不过，因为还惦记着那些事，我并没什么胃口，也一直没有喝汤。

李萱也没有喝。

黎明正在继续向李萱献媚，忽然用余光瞟到我正在看汤，连忙大声笑了笑，一把端过碗，大口大口地开始喝，简直堪称狼吞虎咽，风卷残云。

最令人啼笑皆非的是，他一边喝，竟然还一边偷眼看我，看那个架势，好像生怕我抢过去一样。

我当然不会和他抢。

所以，他睡着了。我没睡着。

一喝完那碗汤，他就像中了邪一样，猛地站起来，两眼发直，一路走到卧室里，一头倒到床上，没过几秒，就鼾声大作。

"好了，可以办正事了。"李萱瞬间收起了脸上傻白甜的笑，换上一副十分严肃冷峻的表情，迅速走过去，紧紧地关上卧室门。

"正事？什么正事？"我还在回味着鼻腔里残留的香气，一时有点意外。

"你说得没错，该让它们解脱了……"李萱看着我，忽然感伤地低吟起来。

她的声音似乎蕴含着无尽的魔力，那是一种可以让灵魂安息的声音。随着她轻声的吟唱，孩子们很快再次显现出来。

只是，这次，他们手足无措地站在地上，脸上的表情竟然和李萱一样感伤。

他们就那样感伤地围着李萱，伤心地看着她，有的孩子眼中，竟然还流出了清澈的眼泪。

它们一个接一个地走上去，紧紧地抱住了她的胳膊，使空气里充满了不舍的味道。

李萱耐心地蹲下来，挨个亲了亲它们，眼角似乎也已经有泪花闪动。

"孩子们，该走了……"

第十四章　月光下的孩子们

话音未落，次卧门上的锁和锁链像感应到了什么一样，剧烈地摇晃了好几下，发出一连串"哗啦哗啦"的声音。

那声音很好听，几乎是一种可以让灵魂安静下来的声音。

锁链，声音，送走……我脑子里忽然蹦出这些词，疑惑地看向李萱，难道，她也是老板？她和我一样？

几乎在同时，她也转头看向我，以一种求助的目光。

不，不可能，如果她是老板，陈承为什么要抓她，她又为什么要和那个女鬼一起对付陈承？除非她干了什么坏事，或者陈承干了什么坏事……我想了想，飞快地打消了对此的疑惑。

没错，现在的重点是送走孩子们。她的事情，以后再说。

我的能量快要耗尽了，又不确定她到底是敌是友，如果非要问个水落石出，吃亏的可不一定是谁。

她把那些花盆摆了一圈，坐到中间。我走过去，拿出玄铁匕首，刀尖向下，慢慢指向最大的那个花盆。她也伸展开胳膊，挥出右手食指，一起指了过去。

匕首发出柔和的金光，手指也越来越洁白，在两股力量的共同作用下，花盆平稳地升到将近半人高的位置，渐渐发出了淡绿色的光芒。

随着光芒的逐渐稳定，花盆里传出一阵窸窸窣窣的声音。很快，一棵茁壮的绿芽从土里冒出来，飞快地变高，变粗，抽枝，散叶，不断向四周伸展。

终于，它越展越宽，越展越宽……蔓蔓延延，充满了整个客厅。

从外表看，这似乎是一棵梓树，只不过叶子少得可怜，尽管它们很漂亮，每一条叶脉都反射着像绿宝石一样璀璨的光泽。

忽然，枝叶停止了生长，大朵大朵的白花绽放在蜿蜒的枝头上，纯洁非常，无限幽香。

它们有着梓树花的形态，却比梓树花大得多，每朵花一开出来，就足有人头大小，并且还在不断成长。

就在所有白花绽放的那一刻，其他的花盆里迅速地蹿出深绿色的常春藤，牢牢地搭上了梓树的枝叶，一路向上，欢快地爬着，最终形成一架枝繁叶茂的梯子。

三秒后，所有的白花在一瞬间衰败，取而代之的，是硕大的、淡绿色的果子。

在此之前，孩子们一直在静静地仰望。当最后一个果子形成的时候，它们的脸上终于浮现出极为开心的笑容，自动地排成一排，一个接一个地来到梯子下，轻快而平静地迈着脚步，旁若无人地走到树上，安详地闭上眼睛，沉入了一场无比美好的梦境。

客厅里一丝风都没有，但是，随着锁和铁链"哗啦哗啦"的响声，果子轻轻地摇动着，叶子也沙沙地响着。

它们就这样一直动着，动着，直到太阳收住万丈光辉，直到一轮圆月从东方升起。

月凉如水，橙色的。

第一缕月光终于转了过来，透过斑驳的窗子，温柔地照到树上，瞬间，所有的果子全部消失，大朵大朵的白花再次怒放。

这一次，它们开得更香、更大，而那些可怜的孩子，也都睁开了眼睛，安详地坐在花朵的中央。

月光慢慢地流进来，流到哪里，哪里就变成橙色，这种橙色爬上了所有的白花，把它们的边缘染得温暖非常。

终于，花盆附近的绿光也变成了橙色，孩子们安静地看着这一切，轻轻地笑着，慢慢飘浮起来，飞升到云端，一直向着月亮飞去。

花盆化成一道白烟，消失了。茂盛的梓树也在迅速地枯萎。

我长长地松口气，放下匕首，虚弱地靠到墙上。我几乎没有能量了，也许，这真的是我做的最后一件事。

看着越来越黯淡的匕首，我终于开始疑惑——为什么我会在短短几天内遇到这么多厉鬼；为什么在这段时间内，全都是阴天，一点都不给我补充能量的机会。

这是从来都没有过的事。

"救我，救我……"随着微弱的呼救声，梓树忽然停止了枯萎。

我看向空中，心跳猛然加快——那里悬着一个孩子。最后一个孩子。

它本来也像其他孩子那样坐在花中，现在却不断伸缩着手脚，痉挛着，扭曲着，最终被一股强大的力量拽下来，一把按到土里，并且有越埋越深的趋势。

它不断尖叫，哭喊，五官扭成了一团，表情极为痛苦。

我回过头，看向李萱，想让她解决掉这件事。但是，不知道为什么，李萱竟然消失了。

我深吸口气，只好重新举起匕首，试图帮助那个孩子。

我没有成功。

这不仅因为我已经驾驭不了匕首，更因为，就在紧闭着的大门上，一条艳紫色的大舌头凭空出现，一路扭动着，像蟒蛇一样，滑腻地爬了进来。

我一下子明白——这是最后的孩子，是她的孩子。她还在，她不会让他走。

果然，那舌头爬到我前面，化成一道紫烟，渐渐凝结出一个年轻女人的形状，恶狠狠地扑向我。

她的气质很好，小家碧玉，温婉圆润，如果不是亲眼见到，我实在无法相信，这样一个女子，竟是这一切的始作俑者。

"你竟然送走了它们！谁让你送走它们的？"她狠狠地瞪着我，目光里尽是怨毒与不甘，"你凭什么送走它们！就凭你是客栈老板吗？"

"这是每个灵魂的归宿，你也一样。"我叹了口气，看向最后的孩子，"你的孩子也一样，放手吧……让它安息吧……"

"归宿？安息？算了吧！这世上根本没有解脱！活着没有，死了也没有！阳间没有的，阴间也没有！人，不管是活人还是死人，不管是死人还是活人，都是一样的，一样的！一样肮脏龌龊，一样自私卑鄙！而你，你竟然让我把自己的孩子交到他们手上？"

她仰起头，凄厉地尖笑，腐烂的眼眶里射出强烈的红光。

"与其那样，还不如让我亲手结束他！是我把他带到这世界上的，是我让他遭受了这么多痛苦，那么，就应该由我，结束，他！亲手！"

"你真的舍得吗？如果真的舍得，你也不会自杀了吧……"

"不舍得？不舍得又能怎么样？我那么弱小，那么弱小，只是一个还有良心的，还能对孩子好的老师……"她直直地伸出自己的双手，定定地看着它们，"老师……你还不知道，我也是一个老师吧？但是，你应该知道，我该死，我的确该死。我的确比他们差多了！我就连，就连收家长一盒不到五十块钱的茶叶，都要愧疚好久，更别说其他贵重的东西，或者货真价实的金钱了。我，我就算让儿子吃苦，也不会收一分不属于我的东西，可是，这世上又有什么是属于我的呢？同事的排挤？领导的算计？家长的奚落？我每天勤勤恳恳，兢兢业业，到底换来了什么？一世清贫道，两袖粉笔灰！本来，我以为这样，至少可以为儿子积德，至少可以让他好过一点，可他们把他糟蹋成了什么样子！他们，他们竟然连一个可怜的孩子都不放过！"

我沉默地看着她。这真是一个悲伤的故事。

"想听吗？还想再听吗？你活了这么久，这些事早就见多了吧？但是，我还是要说！我就是要说！"她歪着脖子，犀利地看着我，"那些所谓的老师，他们选择当老师，选择学师范，有几个真想献身教育，有几个真心爱孩子，大多数，大多数不过是想找个稳定的饭碗，混吃等死！不过是除了这个，什么都干不了而已！至于所谓的专业素质，职业热情，有吗？几个人有？就算一开始有，工作了几年，也都被磨光了吧？别人都评职称，你不评，你就是怪物；别人都私自去外面补课，你不去，你就是怪物；别人都溜须拍马，八面玲珑，你不拍，你就是怪物！可笑，真是可笑！外面的人还以为这里多么干净，多么纯洁。还以为那群人渣就是人类灵魂的工程师！可笑！不过是一群豆腐渣工程的包工头！他们，他们打着尊师重道的名义，做着道貌岸然的事情，实际却烂到了灵魂里！教书育人，万世师表？都是鬼话，都是笑话！而我，我的孩子，就是被他们害死的！被这群伪君子害死的！被刘孝强那个禽兽害死的！"

"刘孝强做得确实不对。他违背一个老师的底线，走向了罪恶的深渊，但你要相信，善恶有报，他很快会得到相应的惩罚。并不是所有的老师都是刘孝强。在有阴影的地方，阳光必会大放光明。众生苦厄，皆因执念太深。你已经死了，这些东西，和你已经没关系了。"

"哈哈，惩罚？报应？太久了吧？我活着的时候，不敢得罪这个，不敢得罪那个，每天战战兢兢，小心翼翼……现在，我不会再等！我终于强大起来了！我可以做些什么了！洛老板，我，我不信报应，我，我就是报应！我要保护我的孩子！我要尽自己所有能力去保护他，阳间不能，我们就离开阳间；做人不行，我们就去做鬼！我曾经软弱，曾经无能，可是现在，现在，我再也不会让他受一点伤害，我要永远和他在一起！"

"你觉得，他现在真的快乐吗？"我指了指还在挣扎的孩子，语气很淡，"每个母亲都不希望自己的孩子受伤害，你们当然也可以永远在一起，但是，不应该在这里。我可以把你们一起送走，你们可以一起解脱，真正的解脱。"

"我不走！！！"她大叫一声，一下扑向花盆，紧紧抱住孩子，泪如雨下，"他们会伤害我的孩子，他们都会伤害我的孩子！！我不想让他离开我，我要永远和他在一起！"

"妈妈……"孩子也紧紧地抱住她，轻轻地说，"我也要和你在一起……爸爸对不起你，我不会对不起你……我是你的儿子，永远都是……"

"听见了吗？听见他的话了吗？"她欣喜若狂地看着我，一副胜利者的姿态，"你还有什么话说？他是我的儿子，我最爱的儿子啊！"

我没说什么，我相信那孩子。他一定还有后话。我见过无数的冤魂厉鬼，它们对自己的伤害，一点都不比对别人的少，而陷得越深，也就越无法自拔。

那不是一个孩子应该承受的，那甚至不是任何一个生命应该承受的。

果然，孩子躺在她的怀里，微微抬起头，断断续续地说："可是，妈妈，这样太痛苦了，我们都会变成坏人的。我们被夹在阴阳之间，太痛苦了……我们总是在杀人，总以为在帮助他们。但是，他们真的需要我的帮助吗？那些小伙伴，他们没有一天是开心的，他们都想解脱，却又不能……所以，还是放下这一切吧……这么长时间过去了，就算刘校长做了那种事，平时也一直是个好校长，他一直特别关心我们，把我们都当成他自己的孩子……就算他曾经犯了错，也该有机会改正吧……"

"不要脸！"听着孩子充满善意的倾诉，她的目光却忽然变得凌厉起来。她迅速站起来，狠狠把孩子摔在地上。

"那个禽兽对你做出了那种事，你竟然还为他说情！天啊！我怎么会有你这种儿子！我这么多年来做的一切、忍受的一切，到底是因为什么啊……"

我依然没说什么，只是默默地看着她。没办法，我现在极为虚弱，就算她答应跟我走，我也不一定能送走她了。如果再不小心激怒她，我就等着灰飞烟灭吧。

不过，事情总算有了一点转机。

她死死地盯着孩子，目光中充斥了满满的失望与愤怒。很久之后，她转过头，咬牙切齿地看向我。

"好！洛老板，你不是想送我走吗？我可以走，但是，我要再杀一个人！"

第十五章　七苦皆灭

"可以，我答应你。"我平静地看着她，平静地笑了笑，"毕竟，那个人确实该死。可是，你也应该知道，对于任何人来说，死亡都不是终结，而是一场新的开始。"

"没错！所以，我不仅要他死，还要他灰飞烟灭，彻底消失！"她愤愤地叫道，"我一直都想除掉他，但是，一直有人暗中帮他。虽然我不知道那个人是谁，但你是第一栈的老板，你一定比他强，一定可以帮我！"

"可以，我答应你。"我扶着墙角，慢慢站起来，"罪无可恕，死不足惜。"

她盯着我手中的匕首，脸上泛出一种深深的喜悦，忽然大笑起来。

"洛老板，你真是令我刮目相看！没想到你们冥界，总算还没有烂到底！你记着，这件事做完，不管得到什么处置，我永远都不会忘了你！"

"荣幸之至，不胜感激。"我遥望窗外的月光，一字一句地应道。

"太好了！那我们什么时候动手？"她一下子凑过来，几乎贴到了我的身上，语气里流淌出满满的热切和渴望。

"现在。"我紧紧抓住她的手，平静地看着她，"现在，你就可以杀了我。"

"什么？！"她惊讶地叫着，脸上的表情在迅速变化，"可是，那个人不是你，是刘孝强！"

"晚了，"我抬起胳膊，画了个圈，指了指头上和脚下，"你的话，已经被大家听到了——再杀一个人——不是再杀刘孝强……"

"洛老板！"她仰起头，大声尖叫起来。

随着尖锐到能刺入脑髓里的叫声，她的长发飞舞起来，四处飘散，遮住了大半的面容，身上的衣裙也迅猛地翻飞着，鲜艳，疯狂，像极了一朵怒放的彼岸花。

那来自瞬间释放的大量怨气和怒气。它们威力无穷，锐不可当，几乎在一瞬间遮住了漫天清亮的月光。

在一片接近黑暗的光线下，她的脸很快由白变红，由红变紫，由紫变黑，与此同时，大块大块的皮肉从上面剥落，露出干瘪的血管和森森的白骨，散发出血腥腐烂和绝望的味道。

真漂亮。我平静地盯着她，嘴角掠起满足的笑容。

真没想到，在完全没有能量的情况下，这才是我做的最后一件事。

以我之命，度你之魂，七苦皆灭，万念归真。

一个念头如金光般闪过，紧接着，剧烈的疼痛如潮水般袭来，形成排山倒海之势，淹没了我所有的意识。

眼前变得越来越模糊，连最细碎的声音都消失了。一种巨大的空虚感填充了我的身体，那是自由的味道……我贪婪地吸收着它们，享受着它们，变得越来越轻，越来越轻……

终于，一片璀璨的白光出现在我面前。

我知道，白光的后面，是我早已经不知道往返了多少次的，所有灵魂的归宿。

真轻松，这次，终于轮到我自己了。

可是，我要去吗？

我飘浮在半空中，看着那个可怜的孩子哭着扑上来，扑向他那同样可怜的母亲，被怨气和怒气不费吹灰之力地弹开，砸落到角落里，闪动了几下，不动了。

我飘浮在半空中，看着自己的身体被挖出一个触目惊心的大洞，女鬼重新化为舌头，钻到洞里，一路向上，包裹住我身体的每一个位置，带着新鲜的血液和迅速丧失的温度，把我越缠越紧，越缠越紧。

我飘浮在半空中，看着一个高大英武、满身披挂的将军，正满眼柔情地告别他那一身红裙的妻子，准备冲出营帐，做最后一场绝望的厮杀。

我飘浮在半空中，看着夕阳下，炊烟袅袅，深山中，一座低矮的茅屋下，一对年轻的夫妇正在举案齐眉，和和美美。

我飘浮在半空中，看着涧水边，云堆处，一处古刹檐角下的风铃，正在随着清风，不断摇晃，引来白烟阵阵，梵唱声声。

将军的妻子，年轻的妇人……所有女人的脸都影影绰绰，十分模糊。出于一种十分深刻的念头，我十分努力地靠近她们，想看清楚一些什么。但是，无论我怎么去想，怎么去做，所有的努力，终归都是徒劳。

然而，有一种感觉不会错。

李萱。

她们一定是李萱。

李萱和我，到底有着怎么样的过去？她，到底是谁？

我没来得及想更多，我更不会知道这一切的答案。

因为，就在女鬼要彻底毁坏我的身体的时候，一道明亮的蓝光突然放射出来，照亮了整间屋子，也照亮了我回去的路。

那来自于被我遗落在地的匕首。

回去吗？

这蓝光和我一点关系都没有，我的标志是金色，在我的匕首中，原则上来说，也根本不会产生别的颜色。

更令人惊讶的是，就在蓝光闪现的一刻，那位可怜的母亲终于卸下了所有的伪装，变回了最初的样子。

她终于带着满脸悔恨，跌跌撞撞地走到墙角，回到了孩子的身边……

当我完全恢复清醒的时候，月亮已经从东边转到了西边，月光也洗掉了满身的橙色，重新变得清亮起来。

晚风阵阵，松涛声声。

女鬼正安详地坐在墙角，轻轻地抱着她的儿子，温柔地唱着一首古老的歌谣。孩子也终于恢复了生前的样子，变成了一个眉清目秀、白白胖胖的小男孩。

他就那样嘴角含笑地看着自己的母亲，眼里闪着一种独特的光辉。

一道白色的月光随着晚风，直直地铺下来，一直铺到他们眼前，就像一条泛着珍珠光泽的路。

我伸出双手，难以置信地摸向自己的身体。没有大洞，没有血迹，一切血肉，筋骨都已恢复如初，就像什么都没发生过一样。

匕首掉落在附近，我依然拿不起来，很明显，我只是恢复了身体，并没有恢复能量。

也许，也没有必要拿了。何必打扰这对可怜的母子呢……我缩回手，静静地坐在那里，靠在另一个墙角，安静地看着他们。

母亲依然在唱歌，不停地唱歌……歌声听起来很空灵、很清澈，就像来自于云端的甘霖，源源不断地灌进孩子的耳中，流进孩子的心中。

那足以洗去一切伤痛，一切怨恨。

终于，在母亲轻柔的呢喃声中，孩子闭上眼睛，满足地睡着了。

她疲惫地笑了笑，小心放下孩子，走到我面前，蹲下来，微笑着说："洛老板，现在，你可以完成你的心愿了。"

"好。"我苦笑，"可是，我已经没有能量了。"

"没关系……走的不是我，而是我儿子。我害了那么多人，本来就罪不可恕，已经不奢望得到解脱了。我只希望，我可以用自己最后一点能量，帮你送走我儿子。我只希望，他在那边，可以好过一点……毕竟，他是我唯一的儿子……"

话音未落，她站起身，高速地旋转，最终化成一道艳紫色的光，徐徐地落到我的手上。

"那个人皮灯笼，是用我和我儿子的皮做的。至于是谁做的，你以后一定会知道……"

这就是她留在世间的最后一句话。

艳紫色的光束停在我的手心，慢慢地渗下去，流转到我的整条胳膊上。那是一种很温暖的感觉，简直可以把整个人都融化的温暖。

一种从心底泛出的，最纯净，也最强大的温暖。

爱，是一种病，是一种药，更是一种最高的救赎。

我微笑着感受这股力量，轻轻拿过匕首，斜斜挥过去，斩断一段最纯洁美好的月光，小心翼翼地捧到孩子面前。

"叔叔，怎么就剩你了？妈妈呢？"忽然，孩子睁开眼睛，看向我，疑惑地问。

"她已经走了，走得很安静。"我把那段月光递给他，帮他仔细披到身上，"她说，希望你可以好好地走下去。"

"我会的，一定会的……"孩子点点头，眼中显出一种与年龄不符的释然与轻松，"叔叔，你知道吗？虽然妈妈一直那么对我，但我从来都没有怪过她。她给了我生命，给了我快乐，给了我这世上最好的抚慰，最伟大的爱……无论如何，她都是我最好的妈妈。在我的心里，不管她活着，还是死了，都永远那么美丽，那么善良……所以，我只希望，在那个世界里，我还可以再遇到她……你说，我还能遇到她吗……"

"能，一定能。"我握着孩子冰凉的小手，蹲下来，认真地看着他的眼睛，"爱过我们，和我们爱过的人，永远都不会离开。无论发生什么，他们都会一直存在于我们的左右。"

"太好了……"孩子高兴地抱了抱我，"这样，她就再也不会那么生气，那么怨恨了。她一定会像以前一样，抱着我，为我唱歌，为我讲故事……"

他就这样说着、笑着，披着满满的月光，带着巨大的爱，轻轻踏上了那条善良的月光路。而我目送着他，直到他一点一点，消失不见。

终于，他穿过茫茫的黑暗，完全消失在了皎洁的月光里。

突然，屋子里爆发出一阵强烈的震动。那面足足占了一面墙的大镜子非常剧烈地晃了两下，似乎在抗拒着什么力量一样。

我看着它，而它的抵抗最终无效。

"啪嗒"一声，整面镜子都掉到了地上，摔得粉碎。

我站在那里，惊讶地看着这一幕。

因为，镜子后面，除了一片雪白的，实在的墙壁，再也没有任何东西。

第二个故事　**车·惑**

第一章　马路来客

"老师事件"结束后，接下来的一周，老天终于像解决了某些功能障碍的男人一样，一扫之前能弄死我的阴霾，把憋了好几天的阳光一泻而出，光照千里。

一天，两天，三天……每天从早到晚，都是万里无云，日光满满。

所以，如果这几天，你刚好路过城市里那处最阴暗的地方，一定可以看到这样一个奇怪的场面——一座破破烂烂的客栈门口，突然出现了一个巨大的竹藤躺椅。躺椅的上面，四仰八叉地卧着一个高大英挺、邪气四射的男人。

他尽可能地伸展开四肢，仰面向上，像一张大饼似的摊在上面，又像一个无可救药的瘾君子，刚吸过毒，正在吸毒，未来还有吸不完的毒那样，脸上流露出无比幸福满足的表情。

他脚上穿了双长筒军靴，浑身上下一丝不挂，只披了一件黑袍子，带子松松垮垮地垂在腰间，无比闷骚地系成了一个大大的蝴蝶结。

由于这种完美的松垮程度，除了重要的一点部位，其他地方，几乎是想露哪里，就露哪里。

这无异于当街耍流氓。但是，考虑到那浑身上下，线条饱满，色泽健康的肌肉，附近的女性同胞们，不管是女孩，女人还是老奶奶，也都自然而然地不计较什么了。

毕竟，如果他只是安静地躺在上面，什么都不做，看起来还挺养眼的。

更何况，他虽然对身体毫不吝惜，却十分在乎那张脸——只要在上面晒太阳，那张棱角分明的脸上，就无时无刻不盖着一副几乎可以挡住三分之一脸的大墨镜。

这副美好的墨镜，为他平添了几丝叫作"喜"的神秘感。

我也明白，这么一副墨镜，确实有损我洛老板光辉伟大的形象，但没办法——也许真是上了年岁，这次元气大伤后，就算阳光十分充足，我也远没有之前恢复得迅速。因此，晒太阳的时间比以前增长不少，而这两天紫外线又太强，我也得要脸。活了这么多年，养一副好脸不容易。

也许，有空该向领导申请个加强版的身体了……虽然还不清楚前段时间为什么会遇到那么多麻烦，也不清楚李萱的身份，就连那几个老头，至今也还下落不明，可是，想让洛洛跑，就得让洛洛晒太阳。

要解决这些问题，好歹等我恢复过来再说。

黎明彻底去和李萱同居了。这个重色轻友的货色，现在，我已经很少能见到他。侥幸见上一面，他对我的态度也依然那样，冷淡非常，阴阳怪气。

不过，想开了也就好了。毕竟，我们是兄弟，又不是恋人，他过得好就行。

只是，每天夜幕降临，月色渐起的时候，我都会披上斑驳的黑袍，走向那栋老楼，站到一个狭长的阴影里，抬头仰望五楼那盏温暖的灯光。

亮起，熄灭，再亮起……然后再披着满身的雾气，疲倦地转身离开，继续回来晒我的太阳。

一切都在平稳运行，没有再发生任何意外。

黎明和李萱很幸福，刘孝强和李勇浪应该也很幸福，崔尚继续摆弄他的石头，灵魂继续转入该走的轮回。

一切的闲适，都停留在五分钟前。

那时候，阳光刚刚收起最后的温度，在东边的天上留下一抹乳白。就在一片朦胧的柔光中，一弯月牙悄悄地浮上来。

晒了一天的太阳，我的精力正处于旺盛期，一个鲤鱼打挺，跳下躺椅，打算收拾收拾，出去觅食。

但是，我并没有走进门。

因为，就在我起身的时候，一个衣衫凌乱、满身泥垢的女孩飞快地从远方跑来，嘴里不停地高喊："洛哥，洛哥，帮帮我！救救我！有人追我！有人要杀我！"

还没等我仔细看，她就慌不择路，一头撞到了我怀里。

没什么感觉，她是出名的 A 罩杯，要是单论胸围，别说比不上我，连黎明都经常笑话她。

她叫车小车，是黎明大学期间的第一个女友。因为是第一个，又有着著名的平胸，所以我对她的印象还算深刻。

毕竟，黎明对女人的眼光，也许独特了点，总算都不会错。

她出身于司机世家，家里上数四代，男的都是司机，就连少数女的也是。火车、货车、公交车、救护车、垃圾车、水泥搅拌车、出租车……说到车，只有你想不到的，没有她家人开不了的。

因此，一代一代积蓄下来，家产虽不算丰腴，却也算个中间阶层。

也许是受了家人的影响，她从小就特别喜欢车，而不是像大多数女孩那样喜欢洋娃娃。长大以后，也比较擅长理科。不过，虽说擅长，却也没到精通的地步。所以，为了能让她上个好大学，家里就一致决定让她学了艺术。所幸她本身也不反感画画，还有点小小的天赋。因此，上了大学后，她学的是油画专业。

多亏了这个专业，虽然她身材差了点，却很会打扮自己，再加上一头飘逸柔顺的长发，看上去虽不算风情万种，却也清爽可人。

不过，听说她自从毕业后，就一直宅在家里画画，现在怎么……

我皱了皱眉，望向她身后车水马龙的街道。一切正常，没看见什么特殊情况。

小心起见，我敛了敛目光，一把揽住她，把她推到屋里，顺势锁上了门。

"怎么了？别着急，慢慢说。"我指了指椅子，示意她坐下，然后转身拉开墙角的冰箱，"喝点什么？"

"什么……什么都行。"因为受到惊吓，她连话都说不清楚了。不过还行，神经还不错，好歹没失去理智。

带着求助的目光，她一下从椅子上弹起来，紧紧地拉着我的手，担心地问："你、你能挡住他们吧？"

"谁？"我递了一瓶矿泉水给她，"你和谁结仇了？你不是一直都在家里画画吗？"

"画画……"她接过水，拧开盖子，喝了一大口，苍白的脸上终于泛出一丝血色，"我又不是什么名人，只靠画画怎么能养活自己……我去开车了。"

"去哪儿开车，你家人不是一直不想让你开车吗？"

"对。可现在网约车这么火，我以为挣钱，就瞒着他们，动了自己的小金库，偷偷买了辆二手车，没想到，所有的噩梦，从那一刻开始了……"她停了停，打了个寒噤，看了看四周，下意识地压低声音，"也许你不相信，刚才，我竟然看见我自己，正在开着我自己的车，在马路上横冲直撞，紧紧地追着我，就像想撞死我一样！"

我仔细看了看她，不是灵体，是个真真切切的大活人，不仅如此，身上也没什么负面的东西。

难道被鬼魂盯上了？还没下手，只是吓唬吓唬？

"车是从哪儿买的？之前没出过事吧？"我想了想，终于问。

"不知道……"她茫然地摇头，似乎陷入了回忆，"因为家里人都是司机，很忌讳这些，我买车的时候，还特意问了好几次。结果，车行的人拍着胸脯，跟我打一百二十个保票，说虽然是二手的，绝对没出过一丁点儿的事！可是，现在，我也说不准了……"

"你最近还遇到过什么怪事吗？"

"有！"她连连点头，语气里充满深深的恐惧，"开车的时候，我总觉得旁边有人在盯着我，车上的广播也经常莫名其妙地失灵……还有，我经常在十字路口的斑马线上看到很多红色的字！它们不是在同一个路口，而是不同的路口，所以肯定不是巧合！每次，我都看不清上面写的是什么，似乎不是文字，是某种神秘的符号，或者，就算是文字，肯定也不是现代的文字。而且，它们都是鲜红鲜红的，像鲜血一样，写在白色的斑马线上，远远地看去，就像……就像挽联或者墓碑！最重要的是，每次看到它们的时候，我的转向灯都会失灵！"

"一开始，还只是在车上，下了车就没什么事了。越到后来，它们闹得越厉害！就连我下了车，回到家，也总是逃不掉！"说到这里，她的手不断发抖，连水瓶都握不住了。

"我总会梦到各种各样的车祸现场，有脑袋被撞飞的，有四肢被压断的，有被碾成两截的，男女老少，什么人都有，不变的却是一地的鲜血、一地的残肢。而在所有梦境的最后，都会飘散起漫天的纸钱，同时响起一个苍老的声音，那声音不是很可怕，听上去还很亲切，就好像在倾诉着什么，但是，我每次都听不清。"

"你有没有和别人说过？"

"说倒是说过。家人知道我买了车，都不太高兴，不停地唠叨。我实在烦了，就和他们大吵一架，搬了出来。所以，出事以后，我没跟家人说，只和我的几个闺蜜说了。但她们都不以为意，有的觉得我在编故事，有的说我妄想，最好听的，算是觉得我心理压力太大，产生了幻觉，建议我去看心理医生。我实在没办法，只好抱着试试看的心理去了。但那医生满嘴胡扯，故弄玄虚，最后什么都没看出来，只好不了了之。"

"现在的心理医生……你上学的时候，又不是没考过那些证书。"我无所谓地笑了笑，"对了，你现在住在哪里？"

"我在离家很远的地方租了个一室一厅。是新小区，很安全，物业和保安都很负责，风景也不错，就是位置有点偏，也没有几户住家。"

我若有所思地点点头，望了望窗外逐渐暗淡的天色，顺手点燃了桌上的蜡烛。

老习惯了。在我活动的空间里，从来不用电灯，只用蜡烛照明。

"你说，我现在到底应该怎么办……"她丝毫没注意到我的动作，只是痛苦地抱住自己的头，用力地摇晃着，"今天，已经不是第一次了，如果不是碰巧想起你在这里，说不定，我现在已经死了……"

第二章 不可能的约会

死？怎么会……她明明阳寿未尽，也没有应该横死的迹象。除非被什么东西盯上了，还很厉害……但是，目前为止，我什么都没见到，也不好妄下结论。

我疑惑地想着，把目光落到蜡烛上。因为这间客栈的特殊作用，从一开始，我就把室内密闭性做得很好，但意外的是——蜡烛刚一点燃，火焰就像受到惊吓一样，不停地跳动起来。

一直过了大概五分钟，也没有丝毫稳定的意思。

这不是个好兆头。

我无奈地看向角落里那张充满惊恐的脸。看得出来，这段时间，她真是被吓得够呛——在昏暗的烛光下，她的脸色显得更加苍白，衬得两个黑眼圈格外浓重，一看就是精神长期保持高度紧张，很久都没睡好觉的样子。

"别想了，好好睡一觉吧。我要出去办点事，待会儿才能回来。"我拿过她手中的水，指了指旁边的床，尽量把语气放得温和，"这床还不错。也许，等你睡醒之后，一切就都好了。"

"不！我不能睡！我一闭上眼睛，就会陷到那个梦里！我不能睡！"她抬起头，神经质地瞪大眼睛，"还有，你要去哪里？你走了，我怎么办？"

"这里很安全。你只要在这里，就很安全。"

这是肺腑之言，百分之一百二的真话。如果连第一栈都不安全，世上可就真没有安全的地方了。

可惜的是，她依然不信。非但如此，还一边尖叫，一边跳了起来。

"安全……洛老板，我不是不信你，我是真不敢，不敢。这里给我的感觉很奇怪，虽然说不出哪里奇怪，但你要是走了，我可真不敢自己待在这里。"

我无奈地笑了笑。真是意外，明明是个女汉子，心里却住着一只小白兔。

我这里的阴气是重了些，没想到她竟然这么敏感。要知道，黎明曾经信誓旦旦地对我说，她亲口说——她很小的时候，就经常会看见自己死去的爷爷，还会偶尔陪他聊天、玩象棋。

如果这是真的，她现在不该是这样吧……不过，既然她都被吓成这样了，就算不看黎明的面子，只看在她是个女孩的份儿上，我也应该留下来陪她。

可是，老楼那里的事确实很重要，无论如何，我都不能不去。

"算了，算了。我还是和你一起走吧。"她似乎看出了我的为难，努力控制自己还在颤抖的声音，勉强冲我笑了笑，"我来这里，本来也有很重要的事儿。"

"可是，你一出去……"我拉住她的胳膊，轻声劝道，"天已经黑了。你还是先待在这里吧。"

不是危言耸听。如果光天化日下，那个东西都敢如此嚣张，天一黑，她要是再单独出去，真不一定会发生什么。

也许，什么都会发生。

"没关系，没关系……"她机械地重复着，似乎是想说服我，但更多地应该是说服自己，"我只是去和美琳一起吃个饭，早都约好的，应该离这里不远，我总不能爽约。她平时特别喜欢研究这些东西，似乎还有两把刷子。所以，所以我和她在一起，应该不会出事……而且，她还说，今晚要给我介绍个朋友。"

研究神鬼的女孩，离这里不远，介绍朋友……不会是鬼魂朋友吧……毕竟，在这附近适合年轻女孩吃饭的地方真不多，烂尾楼和废弃厂区倒不少。

约到这里见朋友，实在让人觉得有点奇怪。

"她是你同事？约在哪里见面？"我故作随意地问，随即又补上几句，"我的意思是，如果真离这里不远，我可以送你去。毕竟这边的治安特别差，你一个单身女孩，不安全。"

"也好。我从来没来过这边。不知道为什么，她给的地址在地图上也没法定位，可愁死我了。正因为这个，我才停下车，打算去路边的超市里问问路，谁知道路没问清楚，回头一看，却发生了那种事……"

似乎又回顾起了那诡异的一幕，她疲惫地挥挥手，感激地看向我，打开手机，让我看一个地址。

我只看了一眼，就移过了目光。没人比我更熟悉那里。那是个废弃已久的停车场，附近荒草萋萋，向来罕无人迹。而这一切，都是因为——很多年以来，遇到比较麻烦的灵魂的时候，我都会把它们带到那里送走。

"你确定她没弄错地址？"我疑惑地看着车小车，"我对附近还算熟悉，从来没听说那里会有吃饭的地方。"

"肯定不会错。美琳办事向来靠谱，我又特意确认了好几遍。"车小车顺手翻起手机里的相册，递到我眼前，发挥出一套神逻辑，"你看，这么漂亮的女孩，怎么可能骗人呢？"

确实长得不错，白皙的皮肤，高挑的个头，完美的曲线，妖媚的笑容，标准的御姐坯子。

"不是P出来的吧？"我意味深长地笑了笑，"她也做司机了？"

"是吧？她从来不修图，除非工作时间，平时连妆都不化。还美其名曰，这叫美得天然，美得绿色。"车小车瞟了我一眼，"她不是司机，是车模，是我在一次车展中偶然认识的，现在还是单身。如果你有兴趣，我可以介绍你们认识。"

直到这时，她的精神才算放松了些。

认识……我收起笑容，脑子里浮现出了一些少儿不宜的东西。

可以看出，她和美琳的关系确实很好。不然，一个女人绝对不可能跨越雌性动物固有的嫉妒，毫不吝啬地去夸另外一个女人。

"怎么了？难道你现在脱单了？如果是真的，我可得好好祝贺你。"她敏锐地注意到了我的表情，一脸无辜地问。

"你大学的时候可不是这样，每天都顶着一副高冷脸，独来独往，跟谁都很少说话，唯独总盯着黎明。怎么，现在真的脱单了？"车小车非常难以置信，"当时，很多女生可都在私下里猜测，你对女生完全不感兴趣。为此，我还提心吊胆了好久，生怕你哪天就从我手里把黎明抢走。"

"你们这群女生真是……"我十分之无奈，"说过多少遍了，我只是早就有喜欢的人了。不过，现在……没错，我现在确实单身。"

"这不就结了。"她收起手机，兴奋地一拍手，"就说嘛！在这个女人需要和男人抢女人，男人需要和女人抢男人的时代，像你们这么高品质的两棵草，要真在一起，会哭死多少女同胞啊！"

我已经完全无语了。

忽然，她长长地叹口气，脸色变得凝重起来："我听说黎明刚毕业就出了事，还挺严重的，我本来想去看看他，不巧我那段时间状态不好，也就没去。"

我没有认真听。她说的我都知道。或者说，都是我一手操办的。

我拯救了黎明的灵魂，重塑了他的身体，抹去了所有关于他已死的证据。

平心而论，那可真是件不小的工程。

车小车却还在絮絮叨叨。

"也许是我们之间还有感情吧。他出事后不久，有一天深夜，我起床上厕所，忽然看见墙面上贴着很多小广告。每张上面都附有黎明的照片，只不过是黑白的。我觉得很奇怪，打算看看正文，但正文的内容很模糊，看不清，只能看见标题上写着'寻尸启事'四个大字。"

"只听过寻人启事，寻尸启事……"我终于提起了兴趣，皱眉问道，"你确定不是有人恶作剧？"

"当然不是。下面清清楚楚地写着联系电话。本来，我心里有点发毛，但因为和黎明有关，我也没太害怕，反而有点好奇。于是，上完厕所，回到床上，我拿过手机，随手拨了几次号码，但每次都显示是空号。直到有一天晚上，我心情不好，喝多了酒，一直到午夜的时候才回家。因为太累，连脸都没洗，就一头倒在了床上。不知道为什么，我突然特别想黎明，也许是鬼使神差，迷迷糊糊地，我又打了那个电话，没想到，这次竟然通了！"

我越听越觉得荒唐。这非常不合理。自从黎明出事后，所有的一切，都由我一手处理，所有的细节，都在我掌控之中。

但是，车小车对我和黎明现在的一切一无所知，根本没必要骗我。

难道是她的幻觉？如果真是这样，细节也太具体了吧？

"你确定你当时是清醒的吗？"我想了又想，终于开口问道。

"当然。"车小车的语气非常坚定，"我虽然喝醉了，脑子却无比清醒。

好歹我和黎明好过那么长时间，怎么会听不出来他的声音？我非常确定，手机里传来的，就是黎明的声音！只不过，他似乎被困在一个很空旷的空间里，因为声音听起来很空荡、很缥缈，也听不清在说什么。一直到现在，我都不知道这是怎么回事。后来，还是美琳和我说，如果一个人重伤到昏迷，灵魂就很容易出窍，所以，我猜，也许，当时他正在做手术，念着旧情，来找我了吧……"

第三章　夜访停车场

　　我没有否认车小车的话，尽管我很清楚，这个猜测完全出自于她的一厢情愿。那段时间，黎明一直在我旁边，就算我处置失当，黎明的灵魂也只会在一定阶段内不太稳定，完全不可能离谱到通过电话去找她的地步。

　　而且，那些"寻尸启事"也根本没法解释。

　　除非……

　　"你还记得那个电话号码？"我试探性地问道，"之后，他还去找过你吗？"

　　车小车的回答，完全没有出乎我的意料。

　　"不记得了。第二天早上醒来后，我虽然还记着这件事，却把号码忘得干干净净。厕所里那些小广告也消失了。我觉得奇怪，又翻了下手机里的通话记录，上面竟然也是一片空白。所以，直到现在，我甚至都不知道那到底是一场梦还是真实发生过的事……"车小车有点担忧，"之后，很长一段时间里，都没发生过那种事。但就在我刚买完车没两天，那些怪事接二连三发生的时候，它也又发生了。而且，这次比之前更为邪乎。有好几次，我根本没有打电话，却会在深夜里，朦朦胧胧地听到电话里传来他的声音！"

　　她的这些话，几乎坐实了我的猜测。

　　"你们约的几点？"我随意地笑了笑，看看桌上的闹钟，换了个话题，"时间应该快到了吧？"

　　"是啊！你要是不说，我差点忘了！"她一下拉住我，抬腿就往门外冲，"快走快走，不然就来不及了。"

　　"没关系。那地方确实离这里不远，就算走路，最多也只要五分钟。"

我上下打量着她，饶有趣味地问，"我觉得，你现在需要担心一下自己。如果我没猜错，她要给你介绍的朋友，是男朋友吧？"

"你怎么知道？"车小车的脸红了红，声音也小了好几个度。

"这还用说，不然你怎么能这么着急。但是，你也不看看你现在的样子，衣服破成这样，头发乱成那样，这样去见人，哪个男的敢要你？"我转过身，从衣柜里拿出一套女装，随手扔给她，背过脸去，"试试这个，看看合不合身。"

"这么长时间不见，没想到你还这么细心。"车小车接过衣服，七分感激，三分诧异，"不过，你不是说你单身吗？怎么会有女人的衣服？"

"放心，我不是异装癖。你要知道，单身不代表禁欲……"

"这样，我懂，懂。"车小车三下五除二穿完，重新站到我面前，"怎么样？这次还行吧？"

我前前后后地看着她，决定还是顺着她的意思来，夸她两句比较好，虽然——因为胸围的问题，整个前胸的布料看着都有点怪异。但是，退一万步说，就算这样，也总比破破烂烂的好。

"嗯，还不错。走吧。"我熄灭蜡烛，打开门。

一阵风"呼"地灌进来，穿过了整条走廊。也正常，据天气预报说，今晚有暴风。

也许因为心有余悸，一路上，车小车紧紧地贴着我，两只手死死抓着我的胳膊，不断回头、偏头，尽量向四周张望，就连脚步，看上去也是小心翼翼的。

也不怪她，这种天气，强大的气流从四面八方袭来，呼啸在各式各样的建筑物间，肆虐在行人的头顶上，不断发出呜呜咽咽的声音，听起来就像鬼哭一样。

我倒是无所谓，此时此刻，我只想着尽快赶到楼下。

如果晚去了一步，说不定会有什么后果。

我们即将要去的那个停车场有三四个足球场那么大，几乎和这座城市一样古老。事实上，它正是为这座城市的第一条公交线路建造的。

因为方便、快捷，这条公交线路辉煌一时，只要稍微上点年纪的市民，就没有没坐过这趟车的。但是，随着城市化进程的不断加深，公交线路越来越多，公交车越来越先进，它因为线路不合理，运营范围过小，逐渐没落，最后被取消了。

与迅速飞奔的形势相比，它就像一个步履蹒跚的老人，惊恐地看着抛弃自己，大步离去的儿孙们，挥舞着拐杖，摇晃着脚步，大声地喊叫着，拼命想赶上去。但追了又追，始终无济于事，最后只能大口地喘着气，老泪纵横，目送着儿孙们冷酷无情、渐渐远去的背影。

最后，连背影都消失了。

什么都不剩了。

按理说，在寸土寸金的今天，只要稍微有点优势的城市，房价都高得要死。哪座城市都不会允许这么一大块地闲置。可是，这块地风水不好，不适合盖房子，就算降价出售，也没有开发商愿意要。弄个商圈吧？附近又实在太穷，根本搞不起来。

最重要的是，这附近总是发生一些怪事，据说邪乎的很，所以，关于这块荒地，政府一直睁一只眼闭一只眼，懒得管。

当初修建这里的时候，条件比较艰苦，时间也仓促，连围栏都没设，柏油也没铺，只是沿着边界，用几块路基围住这块地，直接垫的沙土。也许当时看着还算整齐，但这么多年过去了，回头看看，可不是一般地寒酸。

尤其是荒废后，沙土上争先恐后地长了很多野草，你争我赶，茂盛极了。最高的一种，甚至可以掩住半个成年人。如果是矮一点的小孩，站在里面，完全看不到头顶。

我们就这样踏着野草，被大风推进来。场景却让我有点意外。在我的印象里，这里向来只有荒草。但现在，荒草的深处，竟然横七竖八地停着一些很老的车型。

它们有的玻璃坏了，有的轮胎没了，有的只有前半截，没有后半截。

最离谱的是，就在它们的后面，竟然停着一辆锈迹斑斑的公交车，车身上还缠着一圈一圈彩灯，五颜六色，一闪一闪的，看起来格外诡异。

"这么多僵尸车。"我走在前面，努力为车小车开出一条还能下脚的路，打量着四周，感叹了一句，"没想到，市政最近真是勤劳。"

"别！不能那么说！"话音未落，车小车一下伸出手臂，用力掩住了我的嘴唇，低声说，"我、我听前辈们说，不能叫它们僵尸车，就像说鬼招鬼一样，说僵尸车，车里有可能真会出现僵尸……"

"算了吧，都是骗人的。人死之后，肉体剩了空壳，灵魂会随风而去，也许会尸变，会诈尸，但根本不可能存在像港片里那样的僵尸。"我一边透过车窗，戏谑地看着正躲在里面，张牙舞爪的鬼魂们，一边安慰车小车。

都不是厉鬼，只是一些普通的鬼魂，力量很弱，成不了什么气候。因此，它们的龇牙咧嘴，上蹿下跳，看起来不但一点都不可怕，甚至还带着点喜感。

不过，这么多鬼魂一下子冒出来，倒真是有点反常。

又有得忙了。

美琳也真是特别，竟然把约定的地点选在这里……刚巧，空气里传来烤肉的香气，细致绵长，带着令人垂涎欲滴的焦香。

我吸了吸鼻子，按着我的玄铁匕首，只期盼，那不是人肉。

踏过高高的荒草，脚下不时传来"簌簌"的声音，我们离那辆废弃的公交车越来越近，却依然看不清里面的情形。因为所有的窗户边，都清一色拉着纯白的帘子，把里面挡得严严实实。

从我们的角度看去，只能看到不断透出来的，惨白的光线，让人不得不联想到外科手术时用的无影灯。

难道，里面正在进行一台诡秘的手术？

忽然，车小车停下脚步，轻轻拉了拉我的袖子，声音低得就像耳语一样。

"有东西在响！"车小车一把握住我的胳膊，吓得声音都变了，"你听，就在那边的草丛里！"

她说得没错。

昏暗的星光下，呼啸的大风里，一只苍白的手猛然从公交车下伸了出来。

手很瘦，几乎是皮包骨头，指甲是正常人的三倍长，上面涂满了鲜血一样的红色。

一只手，一只胳膊，半身……慢慢地，一个东西渐渐从车下爬出来。

她披着一身白衣，上面染着大片令人触目惊心的血迹，头发很长，被风吹得很凌乱。

透过一头浓密的黑发，苍白的脸颊上，那张鲜红的嘴唇缓缓张开，一开一合。

"你们终于来了……"

第四章　谁是活人

"啊……"车小车再也受不了，凄厉地尖叫一声，一下跳到我身旁，紧紧地抱住我，吓得瑟瑟发抖。

"哎呀，你怎么这么胆小。"忽然，女鬼抬起头，利索地从地上站起来，撩了撩头发，摘下面具，露出一张美艳的脸，笑着对我们说。

眼前的人，赫然是车小车刚才给我看过的美琳。

"吓死我了，吓死我了……"车小车一见是她，一下大哭起来，"早知道是这样，打死我，我也不来……"

"别呀，我错了我错了。我给你道歉，道歉还不行吗？"美琳三下五除二脱下身上的白床单，随手扔到地上，凑了过来，亲昵地拉着车小车，"我这不是听说你最近遇到的事有点多吗，就想给你冲冲，没别的意思，看你那点胆子。"

"哪有这么冲的……"车小车的声音里依然带着哭音。

"当然有啊，这叫以毒攻毒，不然，你以为我想来这里呀？这种天气，阴风阵阵，荒草纷飞的，我还觉得瘆人呢！"美琳转了转眼珠，扫了扫四周，看了看我，"不过，这也得怪崔尚，是他说这里最近新开了家烤肉，挺别致，挺好吃。你看，确实很别致吧？对了，这位是？"

崔尚？那个崔尚？这也太巧了……竟然是熟人大杂烩。

我礼貌性地笑了笑："我是小车的朋友。她没来过这边，自己找不着路，我就送送她。现在既然到了，我还有点别的事要办，就先走了。"

说完，我转过身，想赶紧离开这里。但车小车紧紧地抓着我，就是不放手。

"洛哥，你能待会儿再走吗，我、我还是害怕……"她绕到我面前，抬起头，可怜巴巴地看着我。

"就是就是，帅哥，相遇即是有缘。既然都来了。好歹喝杯酒再走吧。东西我们都点好了，很方便的。"美琳扭动着腰肢，也凑了上来，轻轻点了一下我的肩膀，妖媚地笑着，"看你的样子，应该还是单身吧？"

妲己、褒姒、《聊斋》……蛇、狐狸，没办法，她这个样子，实在妖得不像人。

不过，对我的胃口。

"眼神很利嘛……"我沉稳地笑了笑，一下抓住她正要往回缩的手，"约吗？"

她不过是个纸老虎，说得漂亮，真遇到什么，就没什么方寸了——就在被我握住手的时候，她一下子软下来，脸上现出难得的惊讶，就连目光也乱了几分。

眼见她略带娇羞地垂下头，我的兴趣更浓了。

"小车和我说，你拍照从来不修图，怎么现在我觉着，真人比照片还要漂亮很多分？"我勾起嘴角，用另一只手拂过她的脸颊，拨过了几缕青丝。

"那当然。不过，我拍照也是修图的。只是，别人都是往漂亮修，我是往丑了修。不然，发到朋友圈里，可要被嫉妒得没朋友了，你说是不是？"她扬起头，飞快地冲车小车使了个眼色，"小车，你先进去，我和这位帅哥单独聊聊。"

车小车点了点头，一边擦着眼泪，一边抽抽搭搭地踩上了公交车的台阶。

"这位帅哥，你是不是发现了什么？"车小车一走进车里，美琳就像一只受了惊的猫一样，一下子蹿过来，贴到我身上，两只手直接揽上了我的脖子。

"你想让我发现什么？"我感受着脖子上冰凉的触感，终于板起脸，"还有，我有名字，我叫洛老板。"

"哎呀，别生气嘛……"美琳踮起脚，把嘴凑到我耳边，吐气如兰，"人家只是不想把你和那些老板相提并论呀。老板……我做车模的时候，可见过不少老板呢！但是，他们都有一个大肚子，满脸油光，脑满肠肥，不像你这样。不过，我猜，你们有一点肯定是一样的……"

她慢慢地说着，语气越来越轻，手也越来越向下滑。

我皱了皱眉，刚要躲开，就听见公交车里传来一声尖叫，随后就是各种餐具相继落地的声音，噼里啪啦，在一片寂静的停车场中，听起来显得格外诡异。

这次，不是车小车，而是崔尚。

而且，听声音，这个崔尚，果然就是小学门口的那个保安。

我当下推开美琳，一个箭步蹿到车里，一把拽过愣在当场的车小车，厉声问道："怎么了？"

"我、我也不知道啊。"车小车一脸迷茫地指着桌子下面的崔尚，"他一看见我，就像见了鬼一样，大叫一声，直接钻到那儿了。幸亏这里没有别人，不然，别人还不把他当成疯子啊？"

美琳没说错，这里的确比较别致。本来四排的座椅拆了一半，中间的空间被钉上了平面，改造成了桌子的样子，每个桌子的上面还装了排风口，乍一看，就和正常的烤肉桌没有什么区别。

只不过，每张桌子上，都铺着雪白的桌布，上面开着大朵大朵的血花，在惨白的灯光下，看起来有点阴森可怖。

崔尚正蜷成一团，惊魂未定，拼命往角落里躲，似乎尽量想离车小车远一点，哪怕只远一厘米，也是天大的幸运。

很快，美琳也循声追进来。惊魂未定的崔尚见到美琳，就像见到了救星，也不管地上的灰尘和汤汁狼藉到什么样子，直接手脚并用，蹭过摔碎在地、四分五裂的碟子残片，似乎感受不到割伤一样，径直爬到美琳脚下，转头瞟了瞟车小车，一双眼睛里充满惊恐。

"她，就是你要介绍给我认识的朋友？"

"是啊，怎么了，不是挺可爱的吗？"美琳不明所以地看了看车小车，又看了看崔尚。

"是，是可爱，"崔尚不住地点着头，嘴唇颤抖着，"但我早就认识她，她就住在我家隔壁，虽然不是经常遇到，偶尔也会看见彼此，略微打个招呼。可是，她最近不是出事了吗……她，你确定她还是活人吗？我早就听说你能通阴阳，不会是想……而且，我认识她这身衣服，这不是一般人能穿的……"

"你这人怎么这样！你说谁死了！你再说一遍！"听到崔尚这一连串逻辑混乱的话，车小车竟然准确抓住了重点，气得直跺脚，边抖着自己的衣服，边指着崔尚的鼻子骂，"还有，我这衣服怎么了？虽然不太合身，也不是寿衣，怎么就不是一般人穿的了！今天你要是不说清楚！我跟你没完！"

崔尚害怕地看了看衣服，把目光落到我身上，嘴唇动了好几次，都没有说出什么。

"别紧张。我叫洛老板。我们之前应该没有见过吧？"我故意做出若无其事的样子，一脸严肃地看着崔尚，"也许，你见过我的双胞胎兄弟，他脑子不好，一直被关在家里，不久前跑了出去，似乎还给你惹过麻烦。得罪之处，实在抱歉，抱歉。"

也真是巧，如果早知道车小车要见的人是崔尚，再怎么样，我也不会让她穿这套衣服！

听完我的话，崔尚总算松了口气，也没再提衣服的事。但他脸上的惊恐依然没少几分，警惕地抱着桌子腿，死死盯着车小车。

"说清楚，我现在就说清楚。你要是没出事，为什么几乎每天晚上，楼下总会有人给你烧纸？不只烧纸，还烧照片！一开始，我还没注意。后来，我有几天回家晚了，无意间看见上面的名字和照片，那照片上的人分明就是你，还有名字，你、你是不是叫车小车？"

"是啊！"车小车又害怕又愤怒，伸手就去拽崔尚，让他来摸自己的胳膊，"可是，我真的是活人啊！不信的话，你自己摸！"

"好像确实是……"崔尚一碰到车小车，表情顿时平静了不少。他甚至扶着桌子，从地上爬了起来，拿起桌上的啤酒，一口气喝了一瓶，然后从盘子里夹了一块半熟的肉，连筋带血，嚼得满嘴汁水。

"哎呀，都还没熟，你急什么？"美琳白了崔尚一眼。

"哦，哦……不好意思，我太紧张了，太紧张了。最近总是做梦，奇怪的梦……"崔尚用梦呓般的声音说道，竟然还腼腆地笑了笑。

"算了算了。"美琳挥了挥手，低头看了看一片狼藉的地下，对我和车小车说，"老板刚出去买东西了，又没服务员，我们自己收拾收拾吧。好歹东西也要了，总不能浪费。崔尚，你也帮着点儿，虽然你和小车早就见过彼此，但是，总要有进一步认识的……"

"美琳，你真的没动什么手脚吗？"车小车紧紧地皱着眉，转过头，瞪向崔尚，"这个人说的，确实都是真的？"

第五章 结仇与遗忘

"你看你说的。我能动什么手脚，还不是见你最近总遇到怪事，想帮帮你。"美琳半嗔半怒地瞥了车小车一眼，停了停，继续说，"至于崔尚说的是真是假，我怎么知道？你要是想知道，他就在那儿，你直接问他好了。"

她不说还好，这么一说，车小车那股刨根问底的劲儿彻底被激了出来，不依不饶地看向崔尚。只可惜，崔尚正忙着挪桌子，收拾东西，刚好背对着她，没看到她的目光。

短暂的沉默。

"我知道你觉得很奇怪。我也觉得很奇怪。可我真的已经把知道的都告诉你了，你要是不信，或者觉得哪里有问题，反正我们也是邻居，今天晚上，你可以亲自跟我去看，那人烧纸很准时。每天都是从半夜十二点开始，一点结束。"崔尚把东西都收拾好后，回过头，云淡风轻地看了车小车一眼，诚恳地说。

我的心沉了沉，那是子时的最后一段时间，阴气最重的时候。乘着最后的阴气，如果操作得好，不出什么纰漏，很多事情都能办成。

这件事果真越来越诡异。关于崔尚的话，我一点都没怀疑。这是他和车小车第一次正式见面，又是这种事，何必说谎？

看样子，美琳也是这么想的。

"小车，不是我吓唬你，你最近真得注意点了。先别开车了，最好连门都别出，在家安心画画吧。不管什么事，都过段时间再说。当然，你也可以找个寺院拜拜，上上香。我虽然对这些东西有研究，却不太了解烧纸这方面。关于这个，我只知道，虽然在古代，有些老人会给自己烧纸，存在阴间，以备自己死后所用，但从来没有活人给另一个活人烧纸是出于善意。一旦发生，十有八九是招鬼、养鬼之类的邪术，轻则给受体招来麻烦，重则直接害死受体！"

美琳拉着车小车，坐到新的桌子边，收起满不在乎的表情，严肃地握着车小车的手，语气很是忧心忡忡。

"也许，你最近遇到的怪事，也都是因为这个。你好好想想，是不是得罪了什么人，招致他们的怨恨？"

车小车提心吊胆地陷入了回忆，没过多久，沮丧地摇了摇头。

"我把最近的事想了个遍，没什么可疑的。说出来不怕你笑话，我妈信教，从小就教育我打不还手，骂不还口。我也一直都是这么做的。因为这个，还多次被同学笑话成软柿子。所以，我在世上活了二十多年，可以说一直都是循规蹈矩，从来没得罪过什么人，更别说跟人结仇。不过，你这么一说，我倒是想起了一件事——最近这段时间，我的脑子里经常会无缘无故地出现一串莫名其妙的数字，不分时间、不分地点，也没什么规律。但是，它们牢牢地印在我的脑子里，而我的眼睛就像能看到它们一样，特别真实、特别奇怪。"

"什么数字？"崔尚像触电一样，猛然抬起头，目光里是深深的诧异和恐惧，"你说，你快说啊！"

"161014。"车小车疑惑地看着崔尚，不知道他为什么会有这么大的反应。

"好了，都弄得差不多了。"我拍了拍手，望向门口，转头倒了杯酒，举杯向大家示意，"我真的该走了。"

"哦，哦，好……好……"崔尚随口应了一句，紧跟着又看向车小车，压低声音，小心翼翼地问了一连串问题，"它们是什么颜色的？它们是在燃烧着吗？它们，有七彩的光芒吗？"

"颜色……红色吧……"车小车皱着眉，努力地回忆着。

"这就对了！"崔尚狠狠地拍了下手，腾地站起来，探着身子，几乎把脸凑到了车小车面前，激动地继续问，"状态呢？最后呢？"

"不知道。"车小车茫然地摇了摇头，"很模糊，记不清了。"

本来，我打算喝完酒就走，但崔尚的话简单直接地勾起了我的兴趣。

七彩的光芒，七彩的瞳仁，七彩的……他和冥界有什么关系？难道他知道一些秘密？难道，他和这诡异的一切都脱不了干系？

我用力握着酒杯，大口大口地呼吸，一点都没注意到自己是多么激动，直到清脆的"咔嚓"声从手中传来，才感受到了一种模糊而疼痛的快感。

不知不觉中，足有半寸厚的酒杯已经被我捏得粉碎，玻璃碴儿混合着酒液和鲜血，绚烂地从我颀长的指缝间流下来，染到桌布上，很快为阴森的桌布添了一抹漂亮的花色。

车小车惊讶地看着我，崔尚还沉浸在听到车小车答案后的萎靡中，只有美琳像完全没有受到影响一样，紧张地拉过我的手，抽了几张纸巾，关心地叫着："帅哥，你这是怎么了？怎么没喝就多了？不要紧吧？要不要包扎一下？"

"不碍事。"我感激地笑了笑，第一次觉得这个女人其实也没有表现出来的那么放荡不羁。

也许，一切都为了保护自己吧。

我缩回手，目光如剑般射向一直在不断喝酒、现在已经快变成一团烂泥的崔尚："你继续说，你的七彩光芒是怎么回事？"

崔尚没有理我，只是定定地看着车小车，目光中竟然反射出了浓浓的歉意："真不好意思，今天没有准备充分，真是失礼。说了这么多，我竟然还没有介绍自己。我叫崔尚，是一个保安，不过，几年前，我是一支地质队的队长。对，就是最有名的那支。"

车小车默默地听着，似乎被崔尚的故事所吸引。

"也许，我们真是有缘，竟然都会梦见数字，这简直太巧了……"崔尚的声音越来越低，忽然又拿起一瓶啤酒，直接灌下去，抹抹嘴，略显蠢笨地笑着，"你不知道，那些神奇的数字，它们，它们已经折磨了我好几年。每年，每月，每天，每个日夜……它们时刻折磨着我，让我求生不得，求死不能，它们在燃烧着，在山崖上燃烧着，周围都是黑暗，一片黑暗。而我，我看不清它们是什么，只能觉得它们很立体，血红色的立体。"

说到这里，崔尚长长地出了口气，声音也提高了好几个度，明亮的灯光下，他的眼角似已有泪花闪烁。

"而他们！我的兄弟们！他们都被夹在数字中间，身上燃着幽蓝的火焰，绝望地呼救着！他们在喊我的名字！他们想让我救他们！但是，我过不去！我扔掉所有的装备，拼命往前跑，拼命想要靠近他们！但我每前进一步，他们就退后一步！他们就站在不远的地方，绝望地呼救着，绝望地被烧死！而那些火焰，那些该死的火焰，在吞噬了他们之后，终于变得和整座山崖一样高，终于释放出绚烂的七彩光芒。

　　"那是多么绚烂的光芒啊……我从来没见过那么美丽的景象，我还在读研究生的时候，就跟着导师走过无数的地方。参加工作后，更见过各式各样的名山大川，珍稀矿石。地震、火山爆发、雪崩、洪水……各种各样另常人匪夷所思的地质现象，但是，没有一种，没有一种景象，可以和那种景象媲美，可以像那种景象一样震撼人心！

　　"然而，你知道后来发生了什么吗？当我醒来的时候，发现自己正躺在山洞里，我的队员们正在整理装备。这时候，我才发现，这只不过是一场梦。我既庆幸又失落，庆幸的是，我的兄弟们都还活着，失落的是，也许，穷极一生，我都再也看不到那么美的景象了。但是，三天，仅仅三天，所有的兄弟，我的兄弟们，就都在一场事故中遇难了！而那场事故，竟然和我的梦境分毫不差！

　　"我不知道这是怎么回事。完全不知道，直到现在也不知道。我只能把它归结为超自然的力量。可是，什么又是超自然呢？我学过那么多东西，见过那么多东西，到了最后，竟然完全无法解释这种现象！我，甚至，不知道，我的兄弟们，都是怎么死的！我回去后，把这一切如实上报，可是，领导们因为我拿不出证据，根本就不相信我说的。你知道吗？你们知道吗？他们连一个字都不相信，甚至，他们因为怕担责任，受处分，竟然只把我的兄弟当作失踪，连张死亡证明都不给开！失踪！他们，就在我的眼前，在熊熊燃烧着的火焰中，这样失踪了！

　　"也许我应该感谢他们，因为他们说，死了的已经死了，活着的还要活着。看看，对活人多么仁慈啊！他们慷慨地给了我机会，他们郑重地向我许诺，只要我不把这些东西说出来，只要我到死都保留着这些秘密，虽然我没了那些队员，只要我一句话，立刻可以转调到别的队当队长，就像什么都没发生过一样。但是，这一切真的没有发生过吗？我不相信！我不甘心！我怕！我怕那些死去的兄弟，我怕就算我带领其他队员，他们也依然会遭遇到同样的命运！而如果真到了那一刻，我依然什么都不能做，什么都不能做！面对他们撕心裂肺的呼救，我只能眼睁睁地看着，看着！

"所以，我没有答应他们。当天下午，我递交了辞职报告。我不干了。他们见我要走，非常惶恐，想要补偿我一大笔钱，但我拒绝了他们。我从来不缺钱，也从来不需要钱，我选择地质，完全是出于兴趣，我不要钱，我要良心！我要我自己的良心！自那之后，我就变成了一个保安，一个秘密的守护者。之前，因为工作的原因，总是天南海北地跑，我一直没结婚，之后，我也没有结婚的打算，因为，我一直在照顾我那些遇难兄弟的家人。那些失去独子的老人，那些年轻的妻子，那些尚在襁褓中的孩子……平心而论，现在有哪个女孩会接受这些？至少，在这个世界上，应该已经没有了吧？所以，我干脆没有找。因为，我已经有了他们。他们，他们的家人，他们就是我的一切，就是我的世界！"

崔尚大声地控诉着，大声地发表着一场伟大的宣言。而就在这些浸满了酒精的话语里，终于动容的车小车一下扑到崔尚身上，紧紧地抱住了他。

在苍白的光芒里，崔尚东倒西歪地站着，像极了一个拯救了世界，最终却被全世界遗忘的英雄。

第六章 洛有三急

"看来我还不算太失败，好歹你们俩互不讨厌……"美琳微微叹了口气，脸上满是得意，"对了，小车，我刚才想了下，你说的数字，160414，表面看不出什么规律，不过，我觉得，很可能是个编码，也许，是一个专属于你的编号？"

"怎么可能，我又不是犯人。"车小车拉着崔尚坐下，把美琳赶到了我这边，"算了，还是先吃点东西吧。待会儿，我还打算看看那烧纸的到底是怎么回事呢！"

"哎哟，你胆子不是挺小的吗？刚才还被吓成那样，怎么，只怕我，就不怕烧纸的？"美琳白了她一眼。

"当然，烧纸的肯定是活人，又不像你那样，装神弄鬼吓唬人，有什么好怕的？"车小车大大咧咧地操起了筷子。

那可不一定……我和美琳对视一眼，秒懂了对方目光中的担心——这件事实在扑朔迷离，就算抛开烧纸，那串神秘的数字也透着一种说不出的诡异。

如果这些数字确实是编号，关于它的含义，只能有一点解释——如果不是犯人，不是某些军队，就只能源于某些杀人狂。

这些杀人狂通常会盯上一连串猎物，按照只有他自己明白的规律编出一个数字，再按照数字标出的顺序，一个一个，有条不紊地杀掉被害者。

所以，车小车说的话是真的吗？她活了这么些年，真的一点仇人都没有？

所有的迹象明明显示，她得罪了某个人，或者某些人，而且还是很厉害的人，他们或许拥有某种神奇的能力，或许拥有极其扭曲的心理。

或许，这两样都占了。

难道是她？或者是……

就像有条线终于绷紧了一样，我的脑子里忽然浮现出这样一个画面。

大学校园里，高大的梧桐树荫下，有的女生花枝招展，牵着男友的手，开心地笑着；有的女生清丽脱俗，牵着闺蜜的手，开心地笑着；而在她们的后面，一个不高不矮，不胖不瘦，不美不丑，普通得不能再普通的女生，谁的手都没有牵，脸上也没有一丝笑容，而是抱着一大摞厚厚的书，独自低着头，面无表情地走在路上。

那种清寒的气场，似乎全世界都和她无关，她也不关心全世界一样。

她叫默默，沉默的默。

"小车，你这话就不对了。什么叫装神弄鬼！这可属于神秘文化的一种。毕竟，人类现有的科技水平是很有限的。总不能因为目前看不到，就当一些东西不存在吧？"美琳瞪大眼睛，看了眼车门的位置，"就拿这里来讲，很邪门的！我听说，不久前，有个老头，因为儿媳妇总是对他不好，一气之下，离家出走，在这里服毒自杀了！据说他死的时候，表情非常痛苦，一张脸完全变成了青黑色，就像要找人索命一样！"

"你误会了，我不是否认它们的存在……"车小车不由自主地打了个寒噤，却并没有害怕的意思，目光中反而飘起了几丝黯然，"可是，这种事，谁又能说得清呢？就像我，从小就能看见我已故的爷爷。他对我很好，总是陪我玩、逗我开心，虽然我从来都没有见过他活着的样子，直到现在，他也没和我说过一句话，可这都没什么关系。不管怎样，他都是我的爷爷。这和阴阳无关，和生死无关。"

无关，这关系可大了……死了这么长时间没走，对人类还没什么恶意，一定是心愿未了……我撩起窗帘，看了看外面的天色。

说鬼招鬼，我可不想在被一群鬼魂包围的同时，再接待其他的。

但是，外面什么都没了。

天黑得很彻底，僵尸车里的鬼魂没了，美琳装鬼时扔下的那块白布也没了。

毫无疑问，一股强大的阴气正在笼罩这里。

不用去老楼了。

我果断地放下窗帘，站起身，礼貌性地冲大家笑了笑，凝重地看向车小车："不好意思，我真的该走了。确实有急事要办，再不走，就真来不及了。这是我电话，你记一下，如果需要，随时给我打。"

　　车小车点点头，记下了。美琳张了张嘴，似乎要说什么，终归什么都没说。

　　我仰起脖子，喝干最后一杯酒，头也不回地走出去。

　　风比刚才更大、更冷，呼啸的声音掠过层层的荒草，盘旋在黑夜里，凭空添了数笔悲凉之意。

　　悲凉，却熟悉。

　　街上行人渐少，个个步履匆匆。也正常，这本就不是繁华的地段。我警惕地看看四周，裹紧领子，大步走向客栈的方向。

　　没办法，这种天气，不得不多留意一点。

　　那面小镜子，已经静静地躺在客栈门口了。

　　样式端庄古朴，花纹也复杂得很。最重要的是，在四面飘散的尘土里，它像一颗璀璨的钻石一样，不断向四面八方反射着耀眼的白光，似乎正浸润在无边的月光中，又似乎，它本身就是月亮。

　　怎么可能，如此大风，连星星都没有，更别说月亮。

　　是她，她又来了。

　　她还是这么准时。

　　我弯下腰，默默捡起镜子，仔细擦了擦，走进客栈。

　　一进门，就能感受到一种强大的、诡异的温暖。我知道，那来自烛火。此时此刻，那张无比舒服的大床周围，必定已经点满白色的蜡烛，而她，也必定裹着被子，妩媚地卧到上面了。

　　我深吸口气，推开房间门，脸上挂出邪气的笑："他又睡熟了？"

　　"当然。"李萱微抬下巴，风情万种，"我的汤向来有效。"

　　"你煲汤的技术，当真能和孟婆抢生意了。"我轻松地脱掉长袍，靠到床头，斜斜地看着她，"如果之前的那些女孩能有你一半好，现在的一切，估计也都不会发生了……"

　　"可是，你不总是说，我还不够好嘛……"李萱翻了个身，侧卧起来，饶有趣味地看我，忽然沉了沉脸色，"没关系。我知道你想说什么。你放心，他那个前女友，叫车小车的。跟我一点关系都没有。不过，就她，你让她穿我的衣服，真是够机智了……"

"衣服这种东西，你不会这么小气吧？虽然她没有你料足，我也总要想想办法啊……"我干笑两声，毫不掩饰地盯向李萱的胸前，把一直拿在手中的镜子小心地立到了桌子上。

就在立好的一瞬间，镜子像一块强劲的磁铁一样，紧紧地吸引着烛火们。所有的烛火像有了生命似的，飞快地抛弃死气沉沉的蜡烛，奋不顾身地扑向流光溢彩的镜子。

人只道飞蛾扑火前仆后继，却不知火扑古镜是多么幸福而壮烈吧……

说到镜子，李萱没别的爱好，就是特别爱照镜子，梳妆，补妆，逛街……就算偶然路过停在路边的车，也要停下来，在窗玻璃上照一照。与这种爱好相匹配，她拥有很多镜子，大的、小的、圆的、方的……这种对镜子强烈的占有欲，一度让我怀疑她是不是有某种怪异的恋物癖。

在所有的镜子里，她最喜欢这一面。无论何时何地，都会随身带着，最近这段日子里，她更是通过它，穿透黑暗的夜色，空降到我的客栈里。

关于这些，我一句都没问过她。活了这么多年，谁还没有点奇怪的爱好？不过，有一天，她还是向我吐露了实情。

原来，她小时候在孤儿院里，因为天生丽质，不太合群，特别受同龄孩子排挤，尤其是女孩们。毕竟，只要是雌性动物，无论年龄大小，总是爱打扮自己，想让自己变得美一点。只可惜，那些女孩不管怎么打扮，不管穿什么，怎么保养，也都比不上李萱。

久而久之，她们对李萱又羡慕又嫉妒，一见李萱照镜子，就借机把它摔碎，或者把她的镜子藏起来。

如果只是孩子之间的猜忌，也就算了，随着年龄的增长，李萱变得越来越漂亮，情况也越来越发展到了一种不可收拾的地步。最后，甚至连一些女老师，一见李萱照镜子，也都忙不迭地找各种借口，逼着她摔碎自己的镜子。

面对大家的排挤和刁难，幼小的李萱十分愤怒。但是，她长得又瘦又小，又没有父母亲戚给她撑腰做主，除了乖乖服从、忍气吞声，又能怎么样呢？

所幸，没过多久，这面镜子就出现了。

据李萱说，当时，她正上小学，刚刚被迫摔碎自己的第三百六十四块镜子。她又委屈又伤心，放学后，一边哭一边往孤儿院走。

忽然，路边一个卖杂货的中年妇女叫住了她。

那女人长得慈眉善目，语气也特别温和，她见李萱那么难过，就问她怎么了。

李萱见有人关心她，心里更委屈了。她坐到那女人旁边，边哭边说，那女人听完，一边安慰她，一边从货物里捡起这面镜子，笑着递给她，说它是面摔不坏的镜子。还说，如果她能一直留着它，还会发现很多其他的用途。

李萱接过镜子，高兴极了。但是，自那以后，她就再也没见过那个女人。

房间里的光亮逐渐消失，我的思绪也渐渐地收回来。镜子里正在燃起一阵冲天大火，我轻轻地叹口气，定定地看向那耀眼的光芒，心里竟然泛出一种很熟悉的感觉。

那似乎来自冥河。

昏暗又美好的冥河，迷蒙又悲悯的女人。

是她。

很多年来，都是她。

一头浓重的长发，一袭华贵的长袍，一张冷艳的容貌，一个庄严的房间，一群迷茫的灵魂，一撂圣洁的印记。

一株红白二色的仙客来。

红的叶，白的花。叶源血，骨生花。

那是谁的血，又是谁的花……

第七章　红颜祸水

　　每次和李萱在一起的时候，不知道为什么，我都会不由自主地想起璃轩。

　　这是一种很奇怪的感觉。千百年过去，在我这具身体上，在我这颗越来越趋于冷硬的心上，几乎已经见不到任何"不由自主"的行为。

　　所有的事物，包括因素，包括人，包括自己的行为和感情，在时间的打磨下，在痛苦的浇灌中，都已经理所当然地沉淀下来，变得可以精确控制，分毫不差。

　　但是，一切，从玄铁匕首上冒出蓝光的那一刻起，都变得不一样了。

　　我是高大英武，满身披挂的将军，正在告别一身红裙的李萱，准备冲出营帐，做最后一场绝望的厮杀；我是淡泊名利，风流潇洒的隐士，正潜身于夕阳下，炊烟中，和李萱举案齐眉，和和美美；我是潜心向佛，虔诚忠贞的信徒，正游走于涧水边，云堆中，笑听古刹风铃，梵唱声声。

　　哪个是我，哪个又是李萱？李萱和我，到底有着怎样的过去？她，到底是谁？

　　我不知道，我什么都不知道，我只知道，为了我，为了黎明，也为了李萱，我应该和李萱发生一点什么，哪怕仅限于暗夜中，哪怕可能会因此而付出惨重的代价。

　　我必须那么做。

　　越接近李萱，越了解李萱，璃轩的形象就越来越清晰。在一次又一次的激情中，在一波又一波的激动下，我甚至已经分不清，此时此刻，正陪在我身边的人，到底是李萱，还是璃轩。

　　我只能确定，璃轩，如果是璃轩，肯定不会这么温暖、这么柔软。也许，穿越尘封的记忆，在那些已经不知岁月的老时光中，以前的她，远比李萱更加和煦，也更加婉转，但不知道从什么时候起，她忽然就变得那么冷酷，冷酷而坚硬，只在一念之间，就拒我于千里之外，似乎一座亘古不化的冰山。

如果说，信任的碎裂源于她那次对我的教训，灵魂的粉碎，无疑源于另一次尴尬而悲伤的相见。

她轻巧地剥夺了我私自见她的权利，而我感激于她黄钟大吕一般的提醒，在很长一段时间内，都很长记性，没有再去找她。事实上，用不着她提醒，我也比任何人都明确我自己的身份，比任何人更精通客栈的业务。

我没什么要汇报的，也没什么要请示的。她知道，我也知道，如果一直这样下去，我根本没机会再见到她，除了在一年一度的年终总结大会上。

而那个时候，人间已是大雪纷飞，冥界也会不可避免地沾上寒冷的气息。

而那个时候，她会站在台上，高高在上；我会坐在台下，随众仰望。

而那个时候，我们之间的关系，有一分算一分，再清亮不过。

当然，我可以故意放水，把工作弄出一些纰漏，借机去见她，但，既然她的意思都已经这么明确，我又何必自作多情，做个跳梁小丑？

然而，就在我以为，一切都会这么平静地走下去的时候，竟然意外地接到了她的召见。

不得不承认，直到那时，我的心里依然存在着很大的侥幸，我依然自以为是地觉得，我们可以回到从前那段美好的时光，她会微笑地看着我，亲昵地称呼我"小洛洛"，而我会装模作样地单膝跪地，戏谑地叫她一声"主上大人"。

就在暗无天日的冥府，就在暗不见底的冥河畔，我们会一起谈论一些无关痛痒的话题，而我会拔出匕首，故作不经意地，为她变出大把大把的白色雏菊和红色满天星。

那是个月明星稀的晚上，我乘着清爽的微风，踏上那条泛着珍珠光泽的路，去见她。

白光、碎石、铁桥，这一次，在我的眼里，所有的一切都蒙上了温和的光辉，所有的一切都变得那么明亮而可爱。

事实上，由于刚处理完"老师事件"，我的能量消耗殆尽，正虚弱得不行，所以，我理所当然地以为，她就算不看往日的情面，为我开点小灶，修补下身体，只说公事，也非常应该奖励，或者至少是夸赞，我这段时间送走了那么多厉鬼。

没想到。

万万没想到。

"洛老板参见主上大人。"我撩起衣襟，漫不经心地单膝跪地，施礼。

她却没有看我，只是冷冷地笑了笑，手中瞬时多了一根长达丈余，无比灵活的鞭子。

有点眼熟，却想不起在哪里见过。我皱了皱眉，完全不明白这是怎么回事。

也容不得我多想，迅雷不及掩耳之势，柔韧的鞭梢便夹着凛冽的风声，狠厉地打在了我的背上。

力道之大，差点让我一个不稳，伏在地上。

疼，很疼。

一阵彻骨的疼痛迅速从背上传到全身，凌厉非常，简直在一瞬间燃烧了所有的神经。我能敏锐地感觉到，那每一丝每一毫，都化身于她铺天盖地的愤怒。

可是，这到底是为什么？

我紧咬牙关，尽量弯下腰，双手死死地撑在地上，即便如此，我的指尖也毫不受控，正在微微颤抖。

也许，皮肉已经少了一大块吧？

后来，我才知道，这不是普通的鞭子。由于嫌鞭子的威力不够，亲爱的主上大人，在召唤我之前，特意让人把它在忘川里泡了三天三夜。

忘川之水，至阴至寒。我当时几乎已经没有阳气，再遇到这种鞭子，痛苦自然会翻倍。至于是十倍，二十倍，还是一百倍，就得看我自己的造化了。

一鞭，两鞭，三鞭。

随着一连串短促的风声，暗红的血绚烂地飞溅出来，肆意地沾到已经破得惨不忍睹的黑袍上，又很快渗到纤维中，变得毫无痕迹，就像什么都没有发生过一样。

在剧烈的烧灼感中，我弓起指尖，狠狠抓到地上，试图转移自己的注意力，但这没用，冷汗还是大片大片地从背上渗出来，浸在模糊的血肉上，让它们变得更加敏感。

终于，耳边传来鞭子落地的声音，以及一声短促的冷笑。

"是不是觉得眼熟，但是记不起来？"她轻轻摩擦着双手，慢慢坐到宽大的椅子上，居高临下地看着我，"没关系，终有一天，你会把一切都想起来的。"

我已经没有力气抬头。只要一动，就会牵扯到背上的伤口，引发新一轮销骨蚀髓的剧痛。

"来人！把他扔进冥河，浸刑，刑期三天。"她饶有趣味地欣赏着我的一举一动，优雅地招呼那群如狼似虎的下属。

三天……那可是冥河水，不是忘川水。如果说忘川水可以让我疼上三天，冥河水就足够我缓上一个月。

真是场彻头彻尾的灾难。最尴尬的，还是她亲自带人，一路把我押到冥河边，亲眼看着那群狗腿子把我扔了进去。

冰凉刺骨，连灵魂都被彻底冻住的感觉。但是，很快，麻木的感觉迅速消退，随之而来的，是绵长无比，更为猛烈的疼痛。

最重要的是，自始至终，我都不明白这到底是为什么，而她，只是面无表情地看着我在冥河水里痛苦地挣扎，得意地望着我脸上不断滚下的冷汗，冷冷地说了一句："没关系，你总会知道，现在的一切，都是在为你错误的想法负责。"

错误的想法，我想什么了？哪里错了，凭什么你总是对，我总是错？我愤恨地想着，几乎想一鼓作气，跳出冥河，掀翻整个地府。

只可惜，我已经心有余而力不足。

我知道，她依然敏锐地觉察到了我的想法，是的，没有什么是她不知道的。

只不过，这一次，她竟然没有说破，更没说这是错误的想法，只是淡淡地瞥了我一眼，头也不回地离开了。

她忙，她日理万机，只是一会儿的工夫，又有好几拨人给她送来好几摞的文件，而她的办公桌上，文件山比上次高了不止一倍。穹顶上的光芒，也暗淡了不止一倍。

我咬牙看她离开，重新投身到那堆文件山中，我自己，则足足被泡了三天三夜，一分不差，才被那群狗腿子像捞死鱼那样粗鲁地捞出来，随手扔回了人间。

正在我遍体鳞伤、苟延残喘的时候，一个深夜，李萱满脸笑容，热情非常地来找我。

那时候的我，又有什么理由拒绝这样一个女人？

璃轩？在这场尴尬的相见之后，那个璃轩早就死了。

黎明？

是了，只有黎明。

此时此刻，那个连身份都不合法的黎明，正像一尊雕像一样，定定地站在门口，冷冷地看着我们。

一片黑暗中，那双狭长俊美的眼中闪着异样的光芒，残酷得像狼，冷得像冰。

"洛老板，李萱。"他就那样盯着我们，上上下下看了很久，终于咬着牙根，吐出这两个令他伤心透顶的名字。

不用他说，朋友妻，不可欺，这个道理我懂，对于这世界上的大部分道理，我远比大多数人都懂得多。

但是，我更懂，我要的平静，我要的快乐，只有李萱能给。

我和李萱，我们一起买菜、一起做饭，一起听清晨的风、一起看傍晚的云霞，一起干一些能令人快乐的事，也一起忘掉那些不快乐的过往……我们一直都过得很快乐、很平静。

在我漫长而无意义的人生中，我几乎从未获得过如此的快乐和平静。

也许，李萱也是这么想的。因为，面对愤怒的黎明，她的脸上居然没有一丝一毫的惊慌，反而有点惊讶。

"那碗汤……我明明看到你喝下去的。"

"没错，我确实都喝了。但是，就在你没注意的时候，我趁去厕所的机会，又都吐了出来。"

"你是怎么发现的？"

"别担心，你做得很缜密、很小心。我也是最近才发现的。你不知道，我从小睡觉就不踏实，因为这个，我妈一直笑话我的床像狗窝。最近一个月，我每天早上起来的时候，竟然发现身下出奇地平整，那副样子，就像上面从来没有躺过人一样。我想了很久，才感觉是那碗汤的问题。可是，我实在不能接受，你每天晚上处心积虑地熬那么一碗汤，费尽心思地让我喝下去，就是为了来见他！说到底，李萱，你最终还是做了。你不是已经有我了吗，你怎么这么贪心！"

"有你？你恢复得简直太慢了。而且，洛老板可比你有本事多了。他是第一栈的老板，冥主眼前的红人，而你，你又是什么？不过是被他救回来的一条可怜虫，一个连身份都不合法的、阳不要阴不收的黑户！不用我说，这点你也知道吧？如果你存在的风声被走漏了，哪怕一点，只是一点，很快，你就会灰飞烟灭，从这个世界上彻底消失！"

"洛老板，是男人，你就出来。"黎明完全忽略了李萱的一番话，直截了当地看向我。

第八章　男人女人

"这你可真找错人了。我不是男人。我根本连人都不是。"我戏谑地看着他，狠狠亲了李萱一口，云淡风轻地爬起来，披上袍子，"但是，看在她的面子上，我跟你出去。"

黎明什么都没说，他向来说得少，做得多。

现在也是一样——他似乎瞬间化身为一条敏捷的黑豹，矫健地扑向我，用足全身力气，一拳打上来，顺势拽过我的衣领，毫不留情地把我拖了出去。

整套动作花费不过三秒，行云流水，一气呵成。

而李萱呢？不用说，她就像一只高贵的波斯猫一样，虽然有点惊讶，有点不解，却始终保持着骨子里的优雅，一直面带微笑，怀着欣赏的眼光，认真地看着两个几乎同样坚毅的男人，一对历经生死的兄弟，在为自己大打出手，反目成仇。

一定是大打出手的。

怎么会不是呢？

李萱慵懒地靠在床头，竖起耳朵，嘴角含笑，静静地听着外面的声音。

虽然外面的风很大，大到一直在鼓动玻璃，拂过枝头，卷折树干，偶尔还把什么东西从十几层的高楼吹落下来。但是，它们怎么能掩住那么美妙的声音呢？

多么美妙啊！拳头划破浊风，衣料被迫撕裂，骨头发出脆响，肉体摔在地上……唯一不足的，是没有喘息声，没有惨叫声，连常人吃痛时常有的闷哼声，也一直没有响起。

真是两个沉默的男人啊。李萱悠悠地叹了口气，灵巧地爬起身，站在床头，连衣服都没穿，只慵懒地挽了个发髻，慢慢走到窗前，划着火柴，一支一支，无比小心地点燃了早就冷下来的蜡烛。

风静了些，夜却已无法再深，昏黄的路灯下，街道像喝醉了酒一样，兜兜转转，摇摇晃晃，最终定格在最黑暗的时刻。

不远处，两个人，一条影子，依然在你来我去，纠纠缠缠，不死不休。

其实，休不了的，就算死了，也休不了吧？李萱挑起邪魅的双眼，扫过明亮的烛光，轻轻地转着圈。

与此同时，烛火像收到感应似的，跳动着映在玻璃上，将李萱曼妙的身姿和玲珑的体态清晰地拓印下来。

忽然，所有的声音都消失了。

许久之后，我带着一脸疲惫，满身伤痕，拖着脚步，慢慢走进来。

"他呢？"李萱百无聊赖地伸出玉手，轻点滴下的蜡油，似笑非笑地看着我。

"走了。他说，他以后，会永远消失在我们的生命里。"

"真好……消失，简直是这世界上最好的事情了，你说，是吗？"李萱长长地叹口气，抚上我的左臂，"我知道，你在故意让着他。实际上，如果可以，你宁愿自己替他消失，对吧？"

"承蒙美人高看，在下不胜感激。"我顺势把她揽入怀中，轻声笑了笑，脸上现出满满的残酷，"但是，我真没那么多愁善感、玻璃心肠……现在，我们还是把没做完的事情做完吧……"

如果是平常，她早就该走了。今天既已被撞破，多留一段时间，便也无妨。

李萱挥挥手，灭掉所有蜡烛，脱了我的长袍，笑着缩回床上。

李萱，璃轩；璃轩，李萱……不知不觉，天边悄然浮出一抹青色。而李萱，也终于随着这一抹曙光，悄无声息地回到了该回的地方。

我长长地舒口气，坐起身来。白天到了，该见活人了。与晚上比起来，这简单得多。

车小车的事，如果不是李萱，只能是她。

这么多年，她向来早睡早起，作息规律得就像个老人。今天又是周末，此时此刻，她应该正穿着利落的背心短裤，跑在前往学校运动场的路上吧。

真不明白，明明那么活力四射的女孩，怎么那么爱好灵异事件。我翻身起床，硬生生掐断了绵延的旧事，简单收拾一下，戴上墨镜，出了门。

黎明现在虽是不生不死之身，但在强大的怒气下，能力真是涨了不少。昨晚那场，有一拳算一拳，当真是拳拳到肉，让我这张脸上平添了许多狼狈。

有这种兄弟，也是没谁了。你×，你把我打成这样，我现在还得替你还债，继续还……

没错，如果我的推测都是对的。眼前的这一切，依然都是因为黎明。

学校离客栈不远，十几分钟后，我在运动场上如愿见到了她。

她穿的、戴的，甚至于脸上的表情，都和我想得一点不差。

"哎呀，好巧，你也来这里运动？"在微细的晨光下，她表现得阳光而正派，简直和昨晚判若两人。

"你不是不认识我吗？"我随口应了一声，跟上她的脚步，和她并肩跑着，"怎么？就一晚上，恢复记忆了？"

"一个大男人，没想到这么小心眼。我不是怕小车误会嘛！"美琳瞟了我一眼，漫不经心地推脱，"毕竟我们的关系，一直到毕业，也没几个人知道。"

"你倒是收敛了不少。怎么，这次要不要我帮你一下？"我淡淡地笑着。

旧事依稀地翻上来，凝结成美好而透明的泡沫，一个个，一群群，上升，上升，一直升上蔚蓝的天空，飘上圣洁的白云，终究消散在稀薄的空气中。

眼前，是那个寒风凛冽，又藏着一丝温暖的初冬。

"你好，同学，我们打算拍一部微电影，资金道具都准备好了，就差男主，不知道你有没有兴趣？"美琳蹦蹦跳跳地来到我面前，热情地问道。

而我，正坐在山坡上，雪地中，一块大石上，遥望对面山坳里层层的松林。

身边熙熙攘攘，欢笑阵阵，热闹得简直可以融化整个冬日。毫无疑问，他们都很幸福，而且会一直幸福下去，可这都和我没什么关系，也许，永远也不会有关系。

和我有关系的，只有风过松林，涛声阵阵。

除了必须看到黎明的那些时刻里，每天，无论春夏秋冬，我都会来这里看一看、坐一坐。虽然很少有人知道，对面的那片松林里，很多年以来，都藏着由雪白到模糊的墓碑，飘荡着穿越时光，早将自己荡涤得通体纯白的灵魂们。但是，感谢近百年来的人情淡漠、世风不古，这么久了，尽管我一直安静地坐在这里，却始终都没人来问我一句，或者怀疑什么。

而这个女孩……我微微偏过头，目光斜斜地掠上去。正是夕阳西下，灿烂的阳光带着最后一点温度，毫不吝惜地裹住她的全身，像极了一件金黄的羽衣。

她的腿很直、很匀称，腰很细，脸很小，眼睛很大，睫毛很长、很弯。形体练得不错，应该是学影视或者表演的。

"什么微电影？"我想了想，问道。

"微电影啊！"她坐下来，耐心解释，"微电影呢，其实就相当于一个很短的电影，但它有电影的完整性……"

"这个我知道。"我当即打断她的话，收回目光，继续遥望远方，"我的意思是，什么题材的？"

"灵异啊！当然是灵异！多么有意思的题材，多么吸引人啊！"她兴奋地瞪着我，显得一双眼睛更大，"帅哥，你可千万得帮我这个忙。我已经找了十几个男生，但都被导演拍死了，也不知道他怎么想的，非说他们阳气太旺，太浮躁，不成熟、不厚重，和他的故事一点都不搭。本来我还不相信，直到刚才见了你，才有点明白他的话。对啦，你相不相信有鬼，爱不爱看鬼故事啊？"

"当然。也许你不知道，我本身就是一本鬼故事……"我笑了笑，"不过，和电影相比，我对你更有兴趣。"

"你、你不是要潜规则我吧？"她故作惊恐，欲拒还迎。

最后，我跟她去见了导演。那个苍白的小导演看到我，大呼合适，一脸满意。但是，鉴于璃轩定的规矩，我只是给他们的剧本提了几点建议，没有出演男主。

事实上，我确实对美琳本身比较感兴趣。

像大多数大学情侣一样，我们交往了一阵。很快，我了解了她的一切。出于身份的考虑，我努力说服了她，一直没有公开这段如朝露般短暂的感情，毕业后，也始终没有任何联系。

美琳听到我的话，竟然没有说什么，只是默默地向前跑着。但是，我知道，她也一定想到了那段过往，毕竟，那段时间，我们在一起确实是很快乐的。

"既然想起来了，你还记得默默吗？"我故作漫不经心地问，"你们现在还有联系吧？"

"怎么可能！"她一下跳出好远，像看一个陌生人一样，"我怎么会和死人有联系？"

第九章 默默的老时光

"真的没有吗？昨天晚上，你好好一个大活人穿成那样，还故意选那么惊悚的地方见面，以至于招了那么大的阴气，真的只是为了帮车小车？古往今来，好像没你那么帮人的吧？"

"你以为我想害她？我和默默想害她？笑话！我认识她又没几天，我害她干什么？"美琳停下脚步，有点恼怒。

"也许你不想害她，但默默可就不一定了……我冷冷地看着她，"难道默默从来没和你说过，车小车是和她一起长大的？"

"她只说之前有这么个朋友，后来绝交了，别的什么都没说。一直到那次车展前，我和车小车都没有任何交集！我根本听不明白你在说什么！"美琳一头雾水，更生气了，"这到底是怎么回事！"

怎么回事……一切的孽缘，都源自黎明那个种马。

因为天生玉树临风，清新脱俗，刚入学没几天，他就以一匹白马的身份，秒败了一众的萝卜白菜，不可避免地受到了万千女生的追捧。

都说男生追女生会追到智商为负，却没见那些女生追起黎明，绝对是巾帼不让须眉——不仅有每天早上等在寝室楼下佯装偶遇的，有中午等在食堂门口佯装偶遇的，就连黎明去洗澡，也有一些奇葩女生，专门等在浴池门口，佯装偶遇——"哎呀，真巧，你也来洗澡啊……"

其实，那段时间也不错，对我来说。不管走到哪里，黎明都会收到各种各样的巧克力。然而，他一看到巧克力的颜色，就想立刻把它们扔掉。于是，嗜巧克力如命的我就顺理成章地充当他的救星，美美地吃了很长时间的免费巧克力。

话说回来，虽然这些女生煞费苦心，穷追猛打，黎明却一直对她们不屑一顾，冷淡非常，反而每天和我成双人对、比翼齐飞。当然，不是他有意的，是我有意的。但这一点都不妨碍万千因爱生恨的少女们一边翻着腐文，上着腐网，一边尽情地 YY 我和黎明。也许，也只有这样，她们失落的小心灵才会得到些许的满足——怪天怪地，都怪爹妈没把她们生成男的……

没多久，这些流言蜚语就自动散了。因为，黎明看上了车小车，那个在旁人眼里简直没有一点优点的女孩——长得不漂亮，学习成绩不好，家里也不富裕，甚至连基本的生活自理能力都没有，买东西的时候，几乎没 次不算错钱。

黎明到底看上她哪一点了？

这么长时间以来，只有我知道——黎明不仅有物质上的洁癖，还有精神洁癖。他对纯洁的灵魂有一种怪异的偏好。也正因此，他才会不断去找各种各样的女孩，实际上，他只是想找一个从没被污染过的灵魂。

当时的车小车，是他见过的最纯洁的灵魂。

她静如处子，动如脱兔，既可以安静地坐在月光下画油画，也可以洒脱地跑在阳光里踢足球。她浑身都闪耀着白色的光芒，就像一朵快乐的小雏菊，时刻摇动着自己的枝叶和花瓣，散发出与世间格格不入的独特气质。

她平和、善良，从来不会参与到女生们的八卦中，也不会被扯入到任何纷争里，不管外面如何污浊，如何不堪，她都是那么干净，那么纯洁。

这就是黎明当时的感觉。为了这种在我看来很荒唐的感觉，他还专门筹备了一场浪漫非常的表白。

他花了一笔不小的数目，去五金店买了大剪刀，等到月黑风高，拉着我悄悄潜到女寝楼下，借助我一点小小的能力，花了大约三小时，把所有的绿化带和所有的树冠，剪成了一幅十分美好的画面。

等我们忙活完，点完蜡烛，摆好道场，太阳刚刚升起。

车小车懒懒地从床上爬起来，迷迷糊糊地打算去洗漱，随眼往窗外一望，被吓了一跳，一下尖叫起来。

六棵粗壮茂盛，足有三层楼高的大树上，枝叶们一改往日随性的伞形，整整齐齐地呈现出"车小车，我爱你"六个大字，一棵树上一个字，分外平均。其他的小树和绿化带，也都被处心积虑地修成了各种心形，简直就是浪漫满树。

虽然那句话简直太俗，但大俗即为大雅，车小车尖叫过后，无比感动，当下连脸都顾不上洗，飞快冲到楼下，从此上了黎明的贼船。

看着幸福的一对，有些人的心里却很不幸福，当天中午，有些心术不正的"干部"处心积虑地跑到辅导员那里，大大参了黎明一本。

辅导员一听，大为震惊，赶紧开车来看。本来，大家都以为，这么严重地毁坏学校的公共设施，就算不被开除，好歹也得落得个警告，记过之类的，没想到，指导员一看犯罪现场，二话没说，一张脸笑成了一朵花，开心地走了。

没过两天，黎明就接到了学院的处分——从此以后，本校区的绿化养护工作，全由黎明一手操办，工资与正常工作人员等同。

幸亏这是新校区，面积不太大，树也不算多，外加车小车总是帮他，他才算逃过一劫。

也正是在那段时间里，车小车总和黎明腻在一起，基本不理好闺蜜默默了。

默默和车小车是世交，自小一起长大，情如姐妹，小学、初中、高中都是同班同学，直到大学，才选择了不同的专业——车小车油画，她中文。

她家是开驾校的，比车小车家富裕，长得也比车小车漂亮，不过，她性格孤僻，沉默寡言，非常不爱与人交往。这么多年来，只交了车小车一个朋友。

在外人看来，默默也不需要朋友。她有那些书就够了。确实，与人相比，她更喜欢和书在一起，大多数时间，她一直独来独往，只把自己埋在小说堆里，沉浸在虚拟的世界中，忘记了别人，也忘记了自我。

用现在的话说，也算是骨灰级的文艺女青年。

她最喜欢看言情小说。无论大陆、港台，还是日韩、欧美，只要你能想得出来，就没有她没看过的。

真正打破这种平衡的，是黎明。

那是个阳光明媚的午后，默默抱着一大摞书，正打算去图书馆，迎面撞上了毛手毛脚的黎明。

天啊，真麻烦，好不容易来找点书，竟然发生了这种事。看着稀里哗啦掉了一地的书本，黎明烦躁地皱着眉，动了转身离开的念头。但是，看着默默一个小女生蹲在地上，慌乱地收拾书，他最终还是过意不去，叹口气，蹲下身，一言不发地帮着默默收拾起来。

整个过程中，两人并没有说一句话。默默也始终没有正眼看黎明，就好像黎明撞了她或者没撞她，帮了她或者没帮她，都没什么区别一样。

所以，她当然也不会注意到，黎明趁着收拾书本的机会，悄悄拿走了她亲手制作的书签。

那是片大得出奇的枫叶，在鲜红的叶脉上，用蝇头小楷工工整整地写着这样一句话——

在我的世界里，你依旧纯洁，脏了的只是这个世界。

正是清秀的字迹，坚定的语气，莫名其妙地撩动了黎明的心弦，让他对这个女孩产生了一种前所未有的感觉。

他不知道这是不是"爱"，他只是隐隐约约地觉得，他想认识这个女孩。不管是做恋人，还是做朋友，认识就好。

一直到晚饭的时候，默默才发现丢了书签，她想来想去，觉得有可能丢在了图书馆，便对车小车说了。

"怎么可能丢了！"车小车的脑筋破天荒地清楚，"我敢对灯发誓，一定是被你说的那个男生偷走了！"

"你这话也太……"默默歪着脑袋，担心地看看灯。她可不相信车小车。每次车小车一提"对灯发誓"，那些灯都很难幸免于难。

"偷，多邪恶的字眼……而且，他穿一身白，长得挺帅的，怎么会是那种人？"

"怎么不可能，你不知道，现在的男生和女生也没什么区别，女生和蘑菇也没什么区别，都是长得越漂亮的越有毒！"车小车慷慨激昂地说着，忽然注意到了什么，"你说一身白？难道是黎明那个变态？"

"他叫黎明？你认识他？"默默心中一阵窃喜。

"天啊，你真的是古墓派的小龙女吗！消息这么滞后！"车小车压低声音，故作神秘，"那可是全校闻名的变态！据说，他比女生都爱干净，而且，很有可能取向不正常！"

默默略微惊讶地张开了嘴，暗地里有点莫名的失落。

"算了算了，别提他了！"车小车潇洒地挥挥手，"我劝你呀，有那闲工夫，还不如考虑考虑杨燚呢！人家可是一直在孜孜不倦地追你，人也不错，活力四射、魅力十足的。我要是你，早就挑个良辰吉时，把他收了！"

"可是，我觉得他太不正经了……"默默低低地说了一句，语气里藏着些许的不甘心，"而且，我的书签……"

"也是，那片叶子可是本小车爆发了洪荒之力，才从湖边采来送你的。为了它，我还差点掉进湖里。这么珍贵的东西，可不能便宜那个变态。你等着，明天一早，我就去找他要回来！"车小车拍着胸脯，十足一个路见不平、拔刀相助的女侠。

"这样不太好吧……"默默一对眉毛拧成了疙瘩，"要不，就让他留着吧。"

第十章　另有其人

车小车虽然是个女生，神经却比大多数男生都粗得多。她一点没注意到默默的羞涩和踌躇，更推测不到，仅仅一面之缘，默默就已悄悄喜欢上了黎明。

对车小车来说，黎明那个变态简直是太过分了，竟然连女生的书签都偷！现在偷书签，谁知道以后会偷什么？内衣？内裤？她越想越担心，越想越生气，一夜都没睡好，第二天一大早，连早饭都顾不得吃，就冲到男寝楼下，扯开嗓门，冲楼上大喊。

正在睡觉的黎明听到喊声，揉了揉眼睛，一脸蒙圈。虽然他昨天没听到那女生说话，但看那个沉默的样子，总不会有如此豪爽泼辣的声音。所以，一开始，他还以为是误会，只是翻了个身，用被子蒙住头，打算继续睡。但车小车不见黎明，不仅没走，反而不依不饶，喊得越来越难听。

黎明家教颇严，素来温良，家里的女性亲属大多勤俭淑德、轻声慢语，哪有这样胡搅蛮缠的？他忍无可忍，掀起被子，穿着背心短裤就冲了下去。

直到那时，他才发现，自己大错特错，车小车这个女孩，不是豪爽泼辣，而是根本蛮不讲理，一看到他，就挥舞着拳头，一口一个小偷地叫着，好像自己就是为民除害的女侠一样。

黎明怒火中烧。他本来以为会等来默默，没想到来了这么个刁蛮的辣椒。于是，他气不打一处来，当下也反唇相讥，一鼓作气，把车小车气了个半死。

自此，二人便结下了梁子，一有机会，就变着法儿地气对方。没想到这么一气，竟然气出了感情。尤其是黎明，总是有意无意地往车小车身边凑，一天不见，就茶不思饭不想。

在诸多借口中，他最百试不爽的，就是请车小车和默默吃饭。当然，车小车始终对他爱答不理，很多次，都是被默默说服，才勉强同意的。

黎明虽有耐心，也禁不住一再遇冷。终于有一次，他喝得酩酊大醉，打电话把默默叫出来，各种吐苦水，说到最后，还拉着她去开了房。

他们到底是哪种睡觉，谁都不知道。反正，第二天，默默整个人神清气爽，心花怒放——她以为，黎明这个迷途羔羊终于要放弃车小车这根鸡肋，回归正轨，喜欢自己了。却没想到，还不到二十四小时，就迎来了黎明向车小车表白的消息。

"后来的事，你都知道了吧？"我讲完这么一个冗长的故事，看向美琳。

"黎明和车小车在一起后，默默心如死灰，很快答应了杨燚的追求。从那以后，她就像变了一个人一样，浓妆艳抹，放荡不堪，总和杨燚一起开房，后来干脆同居了。但是，杨燚却并不满足，在和默默交往的同时，还和好几个女生勾勾搭搭。默默发现后，三天两头和他吵架。终于，一天深夜，默默喝醉了酒，从家里跑出去，不幸出了车祸……肇事司机见撞死了人，非常紧张，趁着夜色逃窜了，一周后，竟然也离奇地出了车祸。大家都觉得是默默怨气太重，回来复仇……可是，这件事已经过去了很长时间，和我有什么关系？洛老板，你绕了这么大圈子，到底想说什么？"

"我想说的很简单——以你和默默的关系，早就知道她的死和杨燚一点关系都没有！杨燚确实朝三暮四，但默默自始至终从来没有喜欢过他，就连当初答应他的追求，也不过是自以为，这样可以报复黎明，让自己好过一点！所以，就算和杨燚在一起，她也无时无刻不在爱着黎明！她怎么也想不明白，为什么黎明会选择车小车，却把她当成空气。是啊，是她先遇到的黎明，不管从哪方面看，她都比车小车好太多。也正因此，一直到死，她都固执地认为，在她的世界里，黎明依旧纯洁，脏了的，只是车小车，只是这个世界！"我转了转手腕，从衣袋里取出一张书签，用力地挥了挥。

这片宽大的叶子，原本静悄悄地躺在美琳的衣袋里。只可惜，刚才，趁美琳离开跑道、披上外衣的时候，被我敏锐地发现了。

在原本那句话的后面，多了这样一行字——

一念之后，永堕无明。

"你手还真快。这确实是默默留给我的，我总随身带着，没想到被你发

·129·

现了。"美琳见我拿出书签，表情中多了一种慌乱的沉稳，"怎么？你觉得这就是证据？这足以证明——因为怨恨车小车抢走了黎明，默默冤魂不散，想要报复她？而我做的一切，都是在帮她害车小车？"

我没说什么，按照车小车遇到的那些诡事，除了这个，不可能有别的解释。

"对！你没看错，我确实在招鬼。"美琳甩了甩头发，冷笑了几声，"但是，我没你想得那么阴暗。我只是想请它们赶走缠上车小车的那只。"

怎么可能，自古请佛容易送佛难，更别说招鬼。就凭美琳这个半吊子，招来容易，想把它们原封不动地送走，除非把自己搭进去。

她和默默还不至于好到——为了帮默默复仇，可以牺牲自己的程度，除非是被胁迫，或者根本不知情。

"算了，你爱信不信吧。反正我是真想帮她。"看我一脸怀疑，美琳更加冷漠，伸手夺回了书签，"我本来也不知道该怎么办，这个办法，还是崔尚想的。"

崔尚？！

"不过，这也得怪崔尚，是他说这里最近新开了家巴士烤肉，挺特别的。"

"我一直没结婚，之后，我也没有结婚的打算。"

脑海里猛然响起这两句话。

一切的碎片似乎都朦胧地穿到了一起——崔尚想的招鬼，崔尚选的停车场，崔尚从来没有结婚的打算。

如果他从来不想结婚，为什么让美琳给他介绍车小车？

难道，他早就盯上了车小车？他早就想对车小车不利？

他是术士还是杀人狂？

无论他是什么，如果一切成立，烧纸的人，多半也会是他。至少，应该和他有关系。

"你们有没有看到烧纸的人？"

"没有。我们回去的时候，遇到了鬼打墙，被困在了立交桥上，一直在上面转到凌晨三点。"美琳简短地说了一句，云淡风轻地看了我一眼，"不过，我奉劝你一句，虽然这些事确实难以解释，但你心理阴暗是你自己的事，别把别人也想得那么阴暗。"

阴暗？这世上阴暗的事多了。发生这么多诡异的事，我还得当它们没发生？算了吧。所谓的鬼打墙，还不是因为崔尚无法自圆其说——他和车小车在一起，怎么能分身去烧纸？如果真带车小车去看，岂非露馅。

至于弄出鬼打墙的，到底是鬼还是人，都无所谓了。

这一切的背后，一定隐藏着一个巨大的阴谋。

可是，如果那个人真的是崔尚，他是怎么影响车小车，让她产生那么多幻觉的？最重要的是，他和车小车有什么深仇大恨，为什么要这样害她？

没人能解答这些问题，美琳说完话，便大步离开了运动场。我眯了眯眼睛，揉了揉发胀的脑袋，打算先回客栈晒会儿太阳再说。

在一系列诡异事件的穷追猛打下，车小车的精神已经高度紧张，几乎处于崩溃边缘。不管幕后主使是谁，都不可能在这个时候停止动作。而我现在什么都不清楚，只能静待其变。

果然，还没等我走出运动场，车小车就给我打来了电话。

"洛哥，你能不能来我家一趟……我的车自己回来了，还有，我今天早上，亲眼见到了我爷爷……"

"可以，你现在在家？"

"没有，我已经不敢住在家里了。我在崔尚家，他今天请假，说是见我太害怕，要陪陪我……"

"别动！给我具体地址，我马上过去！"

这简直就是羊入虎口！我一边咬牙切齿地骂着，一边飞速赶到那个小区。

"小车呢？"我找到崔尚门口，敲开门，死死地盯着一身整齐，就像要赴一场盛宴似的崔尚。

崔尚什么也没说，只是一脸无所谓地往后退了退，示意我进门。

"洛哥，你总算来了！"我左脚刚踏进去，车小车就扑上来，紧紧地抱住我，好像在躲避什么可怕的事情一样。

眼前的场景和崔尚一样整齐有序，一尘不染，目光所及之处，没有一点带颜色的东西，到处都是由黑白灰三色组成的几何图形，就像是一张褪色的老照片。

或者……灵堂。

我正这样想着，身后的门"咔嗒"一声，关上了，顺便还反锁起来。我警惕地转过头，看了崔尚一眼。但崔尚就像完全没注意到一样，若无其事地打了个哈欠，自顾自地回了自己的房间。

车小车正穿着一身粉色的睡衣，头发蓬松地散着，脸色比昨天更差。

她的脚上是一双男式拖鞋，显然是崔尚的。

"昨晚，我们遇到了鬼打墙，被困在立交桥上，三点多才回来。我非常累，一回家就睡着了。但是，还不到一个小时，我就听到楼下有汽车鸣笛的声音！我特别反感，又觉得身子很沉，不想起来，可是，那鸣笛声越来越清晰，到了最后，简直就像在我耳边一样！我实在忍无可忍，便拉开窗帘，想骂那个司机几句，没想到，我看到窗外飘浮着一连串的车灯，亮如白昼！最可怕的是，开在最中间的那辆，就是我的那辆！我非常害怕，脚下滑了一下，脑袋不小心撞在柜角上，晕了过去。"

车小车浑身发抖，声音里带着哭腔："但是，也许，我并没有晕过去，因为，我又陷入了那个可恶的梦里！只是，这次，我终于听清了那个苍老的声音，那竟然是我爷爷！在梦里，我爷爷微笑着走向我，伸出双臂，做出要拥抱我，保护我的样子，他、他真的要保护我……然而，他还没碰到我，我就醒了过来。当时，天还没有亮，我想起那辆车和那个梦，越想越害怕，实在不敢再在屋里待下去，就来找崔尚了。洛哥，你说，这到底是怎么回事？它到底要缠我到什么时候……"

第十一章　车饰上的数字

"带我去你家看看吧，也许可以发现什么。"我草草地看了看眼前，没发现什么异常。

就算崔尚是故意作恶的术士，也需要阴气旺一点再施法，现在光天化日，没必要逆天而行。更何况，看这里的气氛，十有八九，他根本不会法术，只是个比较危险的普通人。

"原来那些传闻是真的？洛哥，你真的会捉鬼？"车小车虽然害怕，却还在好奇这些。

"怎么会，都是瞎说。"我始终惦念着上楼时在车小车门口感受到的独特气息，挥挥手，笑着掩饰，"我只是相信，这一切，到最后，一定都会有一个合理的解释。"

车小车不置可否地看看我，打开门，带我走到自己家门口。

我站过去，下意识地抽抽鼻子，没办法，灵魂的痕迹非常重，虽然不是恶灵，执念却不是一般强大。

"你、你能不能自己进去，我害怕……"车小车掏出钥匙，打开门，侧过身，脚下像生了根一样，眼睛始终望着崔尚家。

怎么可能？如果车小车回崔尚那里，他要做什么，我绝对没法尽快赶过去。

事已至此，也管不了许多。晒了这么长时间的太阳，刚好试试效果。我叹口气，悄悄把手伸到车小车脑后。

一道金光闪过，车小车翻着白眼，整个人软到了我身上。

我看看四周，拖她进门，把她安置到沙发上，一步步走上楼梯，直奔卧室。

这房子风水很不好，采光尤其差——两层的 loft，楼梯竟然打到了进门的一侧，导致上面的卧室一年四季，一天四时，完全照不到一点自然光。

虽然现在天已大亮，上面还是一片昏暗。

问题就出在这里。

一踏上楼梯，空气里便回荡起灵魂颤抖的声音。越接近卧室，声音就越强烈。

显然，它发现了我。

我并不担心，只要是灵魂，就应该明白规矩——私自藏匿，最多被问责一通；强硬拒捕，可就是直接灰飞烟灭。

我微笑着踏上最后一级台阶，看到了卧室的全貌。

陈设很简单，一张床，一个床头柜，一个衣柜，衣柜上有个小架子，上面摆着那辆车小车最喜欢的玩具车。看样子，她平常也不怎么在这儿睡觉。早在上大学的时候，她就更喜欢在车上睡觉。

在和黎明在一起的那段日子里，她总是晚上开车出去，累了就把车停在路边，直接开睡。

床头柜上放着淡淡的、幽绿的光，那来自一个陈旧而精致的车饰，是中国结加葫芦的形状。葫芦是镂空的，中国结上的红色已经褪色，有点发白。

我走过去，慢慢地把它握在手中。

就在这时，我突然发现，葫芦的底部，被人为地刻上了一串歪歪扭扭的数字。

931201。

1993 年 12 月 1 日，是车小车的阳历生日。可是，看它的风格和老旧程度，绝对不会是车小车的。难道是她家人的？可能性不大，她已经跟家人吵架了，没必要把这东西带出来。更别说，这里面还藏着一个执念很深的灵魂。

那绝对不是她死去的爷爷。

160414。忽然，我脑子里闪出这样一个数字。

这两个数字之间，会不会有什么联系？难道，160414 也代表一个生日？如果是，又是谁的生日？

问问就知道了。

我握紧车饰，加紧力道，试图逼出那个藏在里面的灵魂。随着金光的逐渐显现，绿光慢慢弱化，最终完全消失。

但是，在如此高温的迫使下，那货竟然还是一声不吭，死死地赖在里面。

真是异常强大的执念。

这几乎是最麻烦的一种灵魂。一旦遇到，除非它自愿出现，否则，只能用玄铁匕首连将车饰带它一起摧毁。

"属王八的啊！"我不耐烦地骂着，狠狠把车饰扔到地板上，一脚踩住，"最后一次机会，赶紧给我出来！"

纹丝不动，鸦雀无声。

"算了，我走了。"我无所谓地抬脚，走出几步，同时终止呼吸，悄悄压制住老板的气息，隐没在空气中。

本来，我没指望这种小把戏会奏效，只是抱着试试看的心理。没想到我一隐身，葫芦口里竟然真的泛出了一点珍珠白的色泽。

那个死不要脸的灵魂正在偷偷地往外张望。

等的就是这时候！眼中划过一丝肃杀，我瞬移到车饰面前，迅速出手，一把捏住它的脑袋。

当了这么长时间的老板，还真没见过这么死心眼的，都已经被抓住了，还死命地把脑袋往回缩。

"非要我动匕首是不是！"我大喝一声，一下把它的全身都从车饰里拽了出来，一把扔到墙上，掏出匕首，死死地顶着它，"说！什么情况？！"

也许是恼怒之下，用力太大，根本不用我顶着，它就被粘到墙上，抠都抠不下来，活像被粘住了的苍蝇一样，在墙上扭来扭去，却始终动不了分毫。

见它跑不了，我顺势收了匕首，坐到床上，一手指着它，又指了指楼下，严厉地问："车小车碰到的怪事，是不是你干的？"

"是我是我，"它哭丧着脸，点了几下头，又猛然醒悟过来似的，连连摇头，"不是我不是我。"

"到底是不是！"

"我、我只干了一丢丢的事儿……"它偷偷地看着我，用指头比着手势，"真的，真的只是一丢丢……"

"好好说话！一件一件交代！先说你怎么死的，又怎么藏到车饰里的？"

"好，好，我好好说……"它下意识地咽口水，忽然意识到自己已经没有口水，只好尴尬地笑了笑，"我是出车祸死的，死了还不到一年……不过，也是报应吧，有天晚上，我应酬回来，急着回家，在一所大学附近撞了个女孩，当时天黑，我很害怕，也没看清怎么回事，后来看新闻，才知道她死了。知道这个消息后，我每天战战兢兢，又怕被抓到，又怕她回来报复，也许是心理作用，没过多久，就也出了事。"

心理作用……还是复仇的因素人些吧……听到大学名字的时候，我心里猛地沉了一下。

"那个女孩是不是看起来，似乎，喝多了？"

"是啊是啊！"它连连点头，"我本来想躲开她，还按了好几下喇叭，可她一点反应都没有，就像一心求死一样，死死盯着我的车头，一头撞了过来。更奇怪的是，大夏天的，她竟然穿着羽绒服！还有那双眼睛……直到现在，我还记得那双绝望的眼睛，血红的眼睛……你说这叫什么事儿啊！世界多美好，人生多可贵，你要自杀，也有那么多种办法，随便找个简便安静的都行，怎么偏偏找上我啊？"

原来，它就是当初撞死默默的那个司机。

"行了，别抒发感情了。这么说，这个车饰是你的？上面的数字也是你刻的？你死后，马上就藏到了里面？"我猜出了大半，却想不出一点——"可是，你依然已经死了，为什么还要赖在这里，不去冥界报到？"

"对，车饰是我的，是我媳妇买给我的，上面的数字，也是她亲手刻的。你没见过她，你要是见过她，就知道她是个多好的媳妇了。她虽然长得不算漂亮，身材也不算好，但她一直很关心我，对我很好。虽然有时候也会要点性子，发点脾气，但只要哄哄就好了。她一直都记得我喜欢吃什么，总把家里收拾得干干净净。我不会说话，不知道该怎么说……我只希望，如果有下辈子，我还想让她做我的媳妇……"说着说着，它又开始絮絮叨叨，脸上流满了哀伤。

这次，我没有打断它。

"我很小的时候，就出来混社会。一开始很不容易，什么都干。后来认识了我媳妇，在她的帮衬下，才渐渐有了起色，日子越过越好，还有了自己的生意。这个车饰，就是她在我生日那天为我挑的。她说，葫芦保平安，她不想要我挣多少钱、管多少人，有多大的买卖。她只要我们都平平安安的，我们一起过日子，她说平安是福……就在去年的 4 月 14 号，她还给我生了个儿子。八斤二两的大胖小子！长得特别像我！只可惜，他刚出生没几天，我就出事了……当时，我和媳妇还说好，要一起给儿子过一周岁生日的……"

4 月 14 号，160414，2016 年 4 月 14 号，是他儿子的生日。

"这么说，那个数字是你放在车小车脑子里的？"

"我不是故意的，真的不是故意的。"他叹了口气，可怜巴巴地望着我，"也许是因为我一直想着，就影响到那个女孩了。还有，我也不是不想走，我只是想等给我儿子过完一周岁生日再走，你看，这也没几天了，能不能宽限两天……"

"你就是这么求当初来接你的老板的？两天两天，结果多了这么多两天？"我挑起眉峰，讥诮地笑着。

"没有啊。我死的时候，根本没人来接我。不然，我也不能轻而易举地藏到车饰里。说到这个，我也觉得比较奇怪，但是，这些东西毕竟也不是我能想的事。"他略显局促地笑了笑，"说起来也挺，唉，怎么说呢，本来，我也不会在这里。但是，我出事后，没过多久，就有人收了我的车，收拾了一下，转手卖给了车行，过了一段时间，又被那女孩买下了。也真是巧，当时车撞得很严重，被发现的时候，车饰被压到了一个不起眼的角落里，一直没被人看到。这女孩买完车，倒是发现了。不过，她觉得能有和自己生日相同的车饰，很有缘，就留下了。后来，出了怪事后，她才觉得哪里不对劲，把我放到这儿。但是，你们都误会了，我真的没做什么坏事。我只是想着我儿子的生日，无意识地影响了一下她。还有车上的广播，那也是我干的。没办法，我实在太想我媳妇了。我现在很虚弱，没法回家，我媳妇特别爱听交通台，每天晚上都会听。虽然现在和她阴阳相隔，看不见她，也摸不到她，但我还是希望能和她听着同样的东西。这样，我可以假装她还在我身边……"

我没有说什么。古往今来，唯情一字，最难参破。与此相比，我还是更关心现实问题。

"可是，还有好几天才到日子。你已经特别虚弱，最多只能再待一天，超过了时间，如果不走，就会永远消失。"我说着说着，忽然意识到了什么，目光中多了一丝怜悯，"正是因为这个，你才不想从车饰里出来？"

"是。虽然我不知道为什么，但是，我觉得在车饰里，消耗得会慢一点，也许，就这样一直等下去，还可以撑到最后一刻。虽然我没法见她，也没法见儿子，他们也都永远不会知道我做了什么，可到了那时，我已经完成了自己的诺言。就算永远消失，也没什么遗憾了……"

"都这个时候了，还这么重的执念。"我瞪了它一眼，双手搭上它的肩膀，用力把它从墙上拽下来，"站着别动，我看看能不能给你换个地方。"

说着，我扫了一眼四周，拿过车小车床头的玩具车，放到地上，让它站到我的手掌上。

这种事，不能用匕首。匕首代表官方，只要一动，就可能惊动璃轩。

这件事，本来就是坏了规矩。

"说个地址，到日子的时候，我会把它快递到你家，让你见你儿子和媳妇最后一面。但是，见完之后，当晚十二点前，必须来我这里报到。"

"一定，一定。"它满脸感激地说出一个地址，变得越来越小，最终凝成一颗微微发光的珠子，缓慢地转了两圈，完美地与玩具车融合。

瞬时，整辆车蒙上了一层莫名的光芒。

那来自人情、人性，来自最原始的冲动，来自最纯粹的爱与善良。

第十二章　断线·车队

把玩具车揣到长袍里，我马上转身下楼。虽然这个灵魂提供了很重要的线索——那个数字并非来自崔尚，但是，只凭这个，还是不能排除崔尚的嫌疑。

美琳说的话，我一个字都不信。她不可能在明知道搭上自己的情况下，做出那样一场有去无回的法术，还是那句话，不是不知情，就是被胁迫。

那天晚上，她之所以能全身而退，完全是因为李萱恰好来了客栈，释放出强大的阴气，辐射方圆几公里，也逼走了车上的鬼魂。

不然，它们被招来却走不了，一定会毫不犹豫地缠上她，不死不休。

难道，这件事还和李萱有关？美琳早知道她会来？还是崔尚早知道她会来？抑或，是默默早知道她会来？

这一系列诡异的事情，崔尚、美琳、默默、李萱，到底出自谁手？还是他们合力为之？这背后的一切，难道真的只是因为一段陈年旧情？

真相似乎正在一步步浮出水面，却又像空中弥漫的轻烟一样，影影绰绰，模模糊糊，无法穿成一条完整的线。

也许，该去问问崔尚了。不管他是术士还是杀人狂，只要落到我手上，都绝对不可能不说实话。

除非，他根本不在了。

没错，他根本不在了。

车小车也不在了。

不知道什么时候，楼下的房门开了，本来好好地躺在沙发上的车小车，消失得干干净净，连一根头发都不剩。

我难以置信地看着自己的双手，这根本不可能。以我的能力，她至少会熟睡两个小时，现在最多才半个小时，她怎么可能醒过来？

别人把她弄走的？崔尚？美琳？

不可能是默默或者李萱，默默是个游魂，没有动实物的本事，如果是李萱，那么重的阴气，我绝对会感觉到。

我大步迈出门，冲到崔尚那里。

他家的门也大开着，里面的东西却都很整齐。这只能说明两种可能。第一，他们被人一招制住，被迫离开；第二，他们发现了什么，走得很仓促。

是第二种。那张纸足以证明这一点。

客厅的茶几上，最醒目的位置，放着一张很大的纸，上面爬着车小车向来歪歪扭扭，比平常潦草了不知多少倍的字迹——

洛哥：

默默！烧纸的是默默！她要害我！我要躲出去！我要躲出去！

黑色的纸，红色的字迹，一个个感叹号巨大无比，触目惊心。

惊得了别人的心，却惊不了我的心。我非常确定，烧纸的绝对不是默默，默默已经死了，不可能拿动任何东西。能烧纸的，肯定是个活人。这点，早在那天晚上，车小车自己也很确定。

但是，在这半小时内，到底发生了什么，让她这么肯定，烧纸的是默默？是崔尚故意误导？还是她真的看到了什么？或者，默默根本就没有死？

如果不是默默，烧纸的又会是谁？

也许，是谁都和我没什么关系。该来的，始终都躲不了。我无所谓地想着，皱眉望向窗外，今天的天气真是魔性，早上还晴空万里，现在就乌云压顶了。

大团大团的乌云飞速从西边涌来，气势磅礴，锐不可当，不断吞噬掉脆弱的光明，在身后留下大片大片的阴影，看这个速度，要不了几秒钟，它就可以彻底盖掉整座城市。

乌云带来冰冷的大风，迅猛地穿过未关的窗户，一股脑冲到我身上，让人觉得莫名地压抑。

三秒钟后，凉气更重，我的身后，默默地围上了小半圈的灵魂。

我没有转身，连眼睛都没有眨一下，因为，随着满屋子弥漫的凉气，一只肥短的手已经悄悄地搭上了我的肩膀。

"你大爷的！"我一声怒骂，飞快抓住那只肥手，一个漂亮的过肩摔，把一身赛车服的陈承结结实实地扔到了地上。

"天啊！你怎么这样！"死胖子像个球一样滚起来，一脸埋怨，"怎么每次见面都这么不友好。要是再这样，以后真没朋友做了……"

他转了转眼珠，努了努嘴，往后看了一眼，抻着脖子，努力把嘴凑到我耳边。

"都是我下属，帮忙给点面子……"

"下属？"我倒是小小惊讶了一下，"哪儿来的？"

"你转身看看就知道了。"陈承得意地说着，半推半就地把我扳了过去。

不看不知道，一看吓一跳。眼前的这些灵魂，虽然有缺胳膊少腿儿的，有脑袋没了半个的，各种奇形怪状。但是，有一个算一个，无一例外，都穿着和陈承同款的赛车服。

"最近没有哪个车队出事吧……"我皱眉问道。

"当然没有！"陈承挺了挺宽阔的胸膛，一脸骄傲，"这是我的车队！我的！"

"你们城里人真会玩。"我瞟了陈承一眼，"说正事。"

"正事啊，其实也没什么正事，就是想来找你玩玩。不知道为什么，最近我那里特别闲，连续半个多月，一个来报到的都没有。我这么勤劳的人，当然要申请干点别的，结果，领导掐指一算，发现你那个停车场里突然出现了一大堆鬼魂，就让我来帮你。我一想，这种事也没有期限，就把亡灵车队带来了，打算和你一边玩一边干……"

这死胖子真会这么勤劳？笑话。

"噢，对了，刘孝强还托我跟你说，有段时间，他感到有鬼魂要害他。实际上，就是那个被他猥亵，然后自杀，死活不走的男孩，一直怨气不散，变着法儿想弄死他。不过，这不是重点，重点是，刘孝强觉得有人在暗中保护他，他不知道是谁，只觉得似乎是个女的，很厉害。"

"他告诉我这个干什么？"我忽然想到那个女鬼的话——她也坚定不移

地说过，一直有人在阻止她杀刘孝强。

这个人到底是谁？

我疑惑地想着，猛然意识到一点："刘孝强怎么会找上你的？"

"你以为我想被他找啊！还不是因为我送李勇浪的时候，他在恍惚之中看到了我，和我说的。"

"李勇浪死了？什么时候死的？怎么死的？"

"车祸，有段时间了。那时候，领导还没召见你。当时，他一边过马路，一边给刘孝强打电话，迎面忽然开来个大货车，那男孩一直跟着他，看见大货车，赶紧干扰了他的脑电波，让他直接撞了上去。刘孝强得知李勇浪出事后，捶胸顿足，悲痛欲绝，在葬礼上，差点没哭昏过去。没办法，又能怪谁呢？毕竟他有错在先，恩恩怨怨的，谁又说得清楚。"

多么深的执念。刘孝强对不起那孩子，那孩子就要带走刘孝强最看重的东西，哪怕明知谋害活人会受到多重的惩罚，也义无反顾，在所不惜。

李萱从来没和我提过这件事。不过，也正常，我们之间，向来只谈风月，不谈其他。

"好了好了，不说了，你会开车吧？要不要赛一场？"陈承挥挥手，热情地邀请道。

"车……"我盯着陈承，忽然明白了什么，"昨天晚上，车小车的那辆车，是你送回来的？"

"车小车？"陈承愣了一下，随即对答如流，"是啊，我昨晚领着车队赛车，在路边发现的，我看没人要，就顺便给她开回来了。"

"你怎么知道是她的？"

"这都不知道，我还玩什么车。最近，每天晚上，我都在路上遛，附近的车，有一辆算一辆，我都知道。不过，我也明白，对于正常人来说，看见自己扔在路边的车突然出现在车库里，会觉得有点诡异。但严格说来，我这也不能算打扰到正常人的秩序，她都遇到那么多诡异事儿，早就吓得没秩序了，也不差这一件，你说是吧？"

"所以，昨晚他们遇到的鬼打墙，也是拜你所赐？"

"这都被你发现了。洛老板，你简直太机智了！"陈承得意地一拍手，

"当然。这里可是有十四车道啊，十四车道！这么好的条件，我怎么能不玩玩呢？但是，你看，白天我们出不来，只能晚上，还得找深夜、凌晨。那时候路上的车本来也不多，所以我就使了个小法术，把它们都困在立交桥上，好腾出路来，带亡灵车队过把瘾，你懂的，玩玩嘛，也就几个小时。"

"如果我没记错的话……"我故意拖长声音，斜眼看着陈承，"私自扣留灵魂组车队，擅自设鬼打墙，数罪并罚，被领导知道了……"

"别，我也就这点儿爱好……再说了，领导这段时间忙得很，根本没工夫搭理我。"陈承满脸讪笑。

忙什么？无所谓，和我无关。

我什么都没说，笑了笑，轻飘飘地消失了。

当然，带着顺手从陈承腰带上摸下来的车钥匙。

感谢崔尚家的大落地窗，早在那群亡灵出现的时候，我就盯上了停在下面的、那辆白得耀眼的牧马人。

无疑，那是陈承的座驾。

第十三章　无路可逃

陈承果真是爱车之人。虽然自己看上去油光满面，邋邋遢遢，却把整辆车的里里外外搞得一尘不染，光洁如新。

很久没开车了。

之前玩过一段时间的悍马 H3，但自从默默死于车祸后，黎明除了果断地和车小车分手，还开始极度忌讳一切和车有关的东西。考虑到他脆如玻璃的小感受，我不得不低价处理了那辆价值不菲的座驾，就此与所有机动车彻底绝缘。

既已无明，理应归车。

车小车那边已经陷入了僵局——不告不理，老板的基本准则。既然她和崔尚是自愿躲起来的，在他们再次出现之前，我什么都做不了。

点火、离合、给油，透过昏暗的光线，挡风玻璃上模糊地映出当年那个轻松悠闲，笑看生死的洛老板。

引擎开始轰鸣，为空气添上一抹浓烈的温度。与此同时，天上的开关似乎也已被启动，顷刻间，电闪雷鸣，大雨倾盆。

下雨？更好玩了。

开雨刷，转向，拐弯，一脚油门，后视镜里马上闪出陈承慌乱地站在雨水中，捶胸顿足的样子。既然我开着他的座驾绝尘而去，他自然会急得跳脚，赶紧招呼队员上车追我。

速度永远是最好的刺激，追逐永远是唯一的主题。我缓缓勾起嘴角，眼睛里却现出深不见底的阴郁。

感谢这里向来荒凉，罕无人迹，又遇上如此天气，行人更是稀少。

急转弯，上二环。

潮湿的空气飘进来，两边的景色像被挤进时光隧道一样，飞速地倒退着，很快丧失了原始的形状，模糊成一片灰暗的光影。

不到半小时，除了一辆车，亡灵车队里的其他车都被甩得很远，看不见了。很正常，人死后，虽然经过老板的处理，可以组成车队，继续开车，但它们本身很轻，没法像人，更别说像老板一样，飙出这么离谱的速度。

最后，当然只会剩我和陈承。

而胜负完全是无所谓的事。在经历了一些东西后，我只是需要一点刺激而已。

红灯，过；红灯，过；红灯，过。

一路奔驰，一路破碎。

车窗摇下一半，大风呼呼地灌进来，让人清醒，也让人窒息。随着极致的高速，雨滴从天上砸下，还没落地，便被远远地抛到后面。

低温之下，浓烈的土腥味弥漫了整个世界，带着死亡的诱惑，也带着新生的气息。

下一个十字路口，红灯，转弯，加速，打方向。

一声刺耳的摩擦，路面上烙下两道长长的胎印，倾盆的大雨中，整辆车像一道横空出世的闪电，斜了一个完美的角度，漂亮地掠过弯道。

但是，转向灯失灵了。

突然就失灵了。

与此同时，眼前的斑马线，真的像车小车说的那样，变成了一个又一个巨大的墓碑，雨水哗哗地打在上面，发着诡异的白光，与满地的大字交相辉映，煞是好看。

每一条白色的斑马线上，都用红色写着三个大字——

归梓车。

是古体字，最早的文字，形成于仓颉造字时期，冥府自存在起便通用至今。

这种字，车小车不认识简直太正常了。但是，现在，它们竟然如此肆无忌惮地出现在我眼前。难道，这一切根本不是什么特有的幻象，而是一种大势所趋？只不过因为车小车的体质比较敏感，所以才会感受得到？

有可能，不过，即便如此，这三个字，一定也和她有关系。

雨水越来越急，斑马线上的白光也越来越亮，当它们达到一种耀眼的程度时，粗粗的斑马线忽然被卷了起来，

斑马线的下面，静静地露出一双双苍白的手，每双手都很细、很长，好似洁白的枯枝，僵直地往上伸着。

在所有斑马线都被卷起来的时候，众多没有实体的灵魂飘出来，笼罩了整个路口，像极了一场终日弥漫、无休无止的大雾。

这是最低级的游魂，不仅没有能力，没有思维，连最基本的形状都没有，支撑它们存在的，只是一缕微薄的意识。

斑马线马上恢复了原样，游魂们模模糊糊、漫无目的地飘着，很快把周围盖得伸手不见五指。

干什么？求助？

没法救。

要送走它们，必须先让它们恢复实体，这不仅需要强大的加持力，更需要一段时间的绝对黑暗。

现在的天色，明显不合适。

熄火，下车，平静地看向它们。所幸，它们也感受不到我的无奈，这可真是件好事。

不过，马上，我就嗅到了一股淡淡的血腥味。

比土腥味甜了不知道多少倍的血腥味。

穿过模糊的雨帘，前面的十字路口隐约闪着红蓝相间的光，偶尔反射着明亮的黄色，洒在围成一圈，低低撑伞的人们身上。看样子，应该是警察们在处理交通事故。

游魂们已经留不了多长时间，也许过一会儿，其中的很多就会消逝，永远。

本来，它们应该去我那里报到，不知道为什么，一直留在这里。不过，如果真的有这么游魂，我一定也会有所觉察，不会任它们留到现在。

这到底是怎么了？

"你终于看到了？你看，我没骗你吧？"就在我想离开的时候，忽然，车小车拉着崔尚，蹦蹦跳跳地走过来。

"你们怎么在这儿？"我皱了皱眉，招呼他们一起上车。

"误会，都是误会。"车小车一边上车，一边叹了口气，"原来我错怪默默了。她、她不是要害我，而是要引领我。"

事情要从车小车昏迷后说起。

我的能力似乎确实减退了——半小时后，车小车醒过来，见我在楼上，便打算去找崔尚。刚好，崔尚也要来找她。

两人去了崔尚家里，崔尚迫不及待地拿出了自己的新发现。

一个背后刻着"m^2"的金镶玉吊坠。

原来，崔尚见我和车小车走了，本来想去下楼买点吃的。没想到，路过经常有人烧纸的那个地方，忽然看到草丛里闪了一点金光。他有点好奇，就走过去，把东西捡了起来，想给车小车看一看，也许会有进展。

他想得没错，车小车见到这个吊坠，马上大叫一声，操起纸笔，给我留了那个纸条。

因为，这个吊坠，没有人比车小车更熟悉。就在默默十八岁生日的时候，她精心挑选了它，把它送给默默，作为生日礼物。

背后的 m^2，正是默默的拼音缩写。

虽然她想不出默默为什么要害她，但两个女生交往那么长时间，谁还没点亏心事？更何况，车小车虽然神经大条，却还不至于到负情商的地步，当初她和黎明在一起，已经隐隐约约地觉得默默在故意疏远她。

她真正明白这一切，是在和黎明分手的时候。

默默出事后，不到两天，黎明就提出了分手——本来，黎明以为车小车是纯洁而轻松的灵魂，却没想到，默默的死，让这段感情和车小车的灵魂同时背上了无比沉重的负担。他非常清楚，以后，就算他继续和车小车在一起，也很难再找到之前的快乐和幸福。

因为，他们之间，无论悲伤还是愉快，无论是迷茫还是惆怅，所有的感情之中，都永远横着一个逝去的生命。

她藏在身边，看着他们；她躲在黑暗里，听着他们。她看着他们笑，听着他们哭，却无可奈何，无能为力，只能体会到深深的绝望与隔阂。而这种深深的负面情绪，会无可避免地影响到他们。

黎明把一切都告诉了车小车，直到那时，车小车才明白，原来默默早就喜欢黎明，而不管是按先来后到的顺序，还是各方面条件，黎明都不应该选择自己。

黎明选了她，只是因为黎明想选她。

车小车虽然没心没肺，却也有自己的骄傲和自尊。既已如此，她也就故作潇洒地答应了黎明的分手，并无可救药地陷入了深深的自责中。

没错，几年来，她始终都走不出这样一个阴影——正是因为她下意识地抢走了黎明，才间接地导致了默默的死亡。如果她没有和黎明在一起，默默就不会赌气选择杨燚，如果一切都没有发生，默默根本不会死。

所以，当她看见那个吊坠的时候，会是如何惊恐，也便可想而知了。

在极度的惊恐下，她飞快地给我留完字条，拉着崔尚，跑到车库，坐上了车。虽然她并不知道要开去哪里，但她当时的思维已经濒临崩溃，不管是哪里，只要离那里远一点就好，只要离与默默有关的事物远一点就好。

所幸崔尚还残存一点理智，在路上尽力劝她，逃避不是办法，要去面对问题，解决问题。可是，这些话又是多么苍白，崔尚自己也明白——如果这种问题真的可以这么容易地被解决，他又何必日复一日地被噩梦折磨？如果他真的可以这么容易就解脱，他又何必深陷其中，苦苦挣扎？

该来的，始终都躲不掉。

车小车听着崔尚自相矛盾的规劝，自然惊慌没有得到一点缓解。在这种情况下，她机械地在路上开了一圈又一圈，却忘了油箱里本来就没多少油。

就在雨刚开始下的时候，车熄火了。

幸亏附近有个加油站。他们也没太担心，合力把车弄到那里，想加点油。然而，到达加油站的时候，他们惊奇地发现，偌大的加油站里，一反常态，一片死寂，空无一人。

很静，静得都能听得到呼吸的声音，在一团反常的安静中，只有电灯在忽明忽暗地闪着。

车小车觉得不太对劲儿，便想把车先放在这儿，先去旁边的旅店里歇歇，缓缓脑子，等雨停了再说。崔尚觉得她说得也对，就想拉着她离开。

就这样，他们像千百个转身一样，自然而然地转身，却并不自然地、清清楚楚地看到了半个女孩。

第十四章　殡仪馆中的默默

没错，就是半个女孩。

它只有上半身，没有下半身。

早在很多年前，它的下半身就被飞驰的车轮碾得粉碎。

它穿着一身洁白的羽绒服，领口挂着一圈柔顺的白毛，看起来很可爱，只不过，几乎一半的布料上，都染着大片大片灰白色的血迹，不停地往下滴着，滴答滴答，滴答滴答，和雨水的节奏很吻合。

它的身形瘦削而飘忽，面容姣好而苍白。

车小车一看到它，马上瞪大眼睛，尖叫一声，直接晕了过去。

它，正是死去多年的默默。

从车小车的反应中，崔尚已经可以猜到这一点，但这丝毫减缓不了他的恐惧。虽然他见过灵魂，但那都是他的队员，丝毫没有威胁性，而这个，却像极了来索命的厉鬼。

崔尚瞬间被吓得浑身冰凉，转身就跑。不过，由于实在惊吓过度，还没跑两步，他便两腿一软，结结实实地摔到了泥水里。

也正是这时，他才意识到车小车已经晕倒，赶紧拽过车小车，背到背上，迈着颤抖的双腿，试图继续逃离。

怎么可能跑得出去呢？该来的，始终都是躲不了的呀……默默盯着崔尚，看他费力地背着车小车，一圈一圈地跑着，直到满头大汗，筋疲力尽，才又轻飘飘地来到他的面前，面无表情，一张一合，启动着薄而透明的嘴唇，吐出了这样一句话。

"你们，能带我去一个地方吗？"

"哪、哪里？"崔尚见实在跑不出去，索性一屁股坐到地上，上下牙打着架，结结巴巴地问。

默默微微一笑，说出一个地址。

"你、你真的只是想干这个，不是……"崔尚如蒙大赦一般，大口大口地喘着气。虽然他从来没去过那里，但听上去，似乎离这里并不远。如果默默来找他们，真的只是想做这个，真是太好了……

"我只能说，我即将要做的一切，和你一点关系都没有。"默默的声音听起来很空洞，一双血红的眼睛死死地盯着车小车。

对崔尚来说，这承诺明显不够。和他没关系，难道和车小车有关系？他下意识地咽着唾沫，张了张嘴，刚想再问，车小车就长出一口气，悠悠地醒了过来。

"你、你到底要干什么？跟我没关系，跟我没关系……"车小车一看见默默，吓得声音都扭了好几个度。

默默却完全无视她的反应，什么都没说，就像根本不认识她一样，只是示意崔尚赶紧去加油。

"加……加油，上车。"崔尚拖起车小车，动作慌乱无比，语气却十分坚定。

"为什么？！"车小车看着飘在不远处的默默，目光里流露出难以掩饰的惊恐，思维陷入新一轮混乱，"它到底要干什么？你是不是知道些什么？你们，你们到底想干什么？"

"别说了！"崔尚提高声音，狠狠地瞪着车小车，拎着她的衣领，粗暴地把她塞到车里，"照它说的做！"

车小车完全没想到崔尚竟然会这么对她，但在如此情况下，她也无计可施，只剩下任人摆布的份儿了。

五分钟后，他们加好油，带着默默，开上了一条偏僻的小路。

刚开始的十五分钟，并没出现什么异常。默默安静地坐在后座上，一句话没有再说，就连手指都没有动一下。然而，越到后来，车小车就越觉得不对。

她无比惊讶地发现，他们正开向自己多次经历的那个梦境——随着路程逐渐地加长，路的两边也逐渐出现了很多灵魂，它们有不同的装束，不同的样貌，但都是出车祸死的，表情、动作，也都和她梦里的一模一样！

万幸的是，它们都没有恶意，只是默默地站在那里，伸开胳膊，伸出一根手指，齐刷刷地指向路的尽头。

一路，将近半个小时的车程里，路边始终飘着这种面无表情的灵魂。

在它们坚持不懈地指引下，车小车一行终于到了目的地——本市最大的殡仪馆门口。

"谢谢，就是这里。"默默优雅地飘下车，温和地微笑着，"不过，你们能把我送进去吗？"

车小车一路都在担惊受怕，后背早就被冷汗湿透了，浑身不由自主地发抖。她无论如何都想不到，默默竟会带他们来这种地方。眼看默默顺利下车，她本来松了一大口气，想让崔尚马上离开。没想到，默默竟然又提出了这种诡异的要求。

雨仍在下，天空中不时划过几道闪电，把默默苍白的脸上映上几道狰狞的幽蓝。随着强烈的大风，它围着车，跳动着飘了几下，始终没有停住。

它的背后，是一片漆黑，堪称安宁的殡仪馆。

黑暗中会藏着什么？更多个默默？还是所有出过车祸的人？它要干什么？它们要干什么？车小车惊恐地想着，死命地摇着头。但是，不管她做什么，默默都一直坚定地，脸上带着微笑，定定地看着她。

在车小车的眼里，此刻的默默，就像是一只狡猾的狐狸，在看一只被捉到爪下无路可逃的小白兔。

"走……快走。"车小车一扭头，咬着牙，抹了一把头上的汗水，示意也已经被吓得浑身冰凉的崔尚，"快走！"

"好，好……"崔尚的脚伸向油门，不住地点头，"马上走，马上！"

"走不了……走不了！"很快，崔尚一张脸扭曲得像只老苦瓜，嘴唇微微颤抖着，死死把着方向盘，半个身子都伏在上面，疯了似的踹着油门。

车明明没有熄火，却始终不能前进一步。

"来吧，来吧……"默默甜甜地笑着，挥舞着双手，慢慢地靠近车门，一张苍白的脸几乎贴到了车窗上。

很奇怪，它的语气里没有丝毫恶意，反而浸透深深的诱惑和怜悯，散发着一种莫名其妙的魔力。

正是在这种魔力的驱使下，车小车和崔尚像着了魔一样，目光发直，径直打开车门，僵硬地走下车，跟着默默，一直向殡仪馆里走去。

灰暗的走廊，空旷的大厅，脚步一点一点地响着，透着无尽的空虚和无尽的庄严，在混混沌沌的思维中，车小车和崔尚隐约看到了一扇门。

默默停止了飘动，车小车和崔尚也不由自主地停住了脚步。就在这一瞬间，车小车的脑子里忽然恢复了一丝清明，心底泛出一种奇怪的感觉，这感觉很亲切、很温馨，好像她很期待进到里面，好像里面有什么东西正在等她一样。

那是一种极为强烈的感觉，源自血液，深入骨髓。

默默依然在笑，它笑着伸出白到几乎透明的手，随意地指了指锁。

"吱扭"一声，门开了半扇。

默默侧过身子，看了看车小车和崔尚，依然转过去，飘在前面引路。这个屋子让人觉得很压抑，因为从门口到里面，房间里摆满了成排的，一人多高的木头架子。

架子很结实，看上去有些年头，上面均匀地分成一个一个的小格子。每个格子上面，整齐地摆着坛子或者盒子。

所有的容器外面，清一色地包着大红的绸布，上面落着或薄或厚的灰尘。很明显，那来自不同的岁月和年份。

一直向前走，一直向前走，越往里面，光线就越昏暗，不过，因为被封闭了神识，车小车和崔尚根本不知道什么是害怕，他们的心里，只剩了默默想要让他们看见或听见的东西。

终于，在一个落着厚厚灰尘的骨灰坛前面，默默举起双手，扭动着身躯，渐渐隐没在了黑暗中。

与其他的骨灰坛不同，这个骨灰坛的前面既没有照片，也没有牌位，似乎早就被人遗忘在尘埃里。

默默消失后，车小车和崔尚的神识迅速苏醒，在发现自己身处这里的时候，崔尚一下瘫倒在地，双手死死地抱着脑袋，死命地控制自己不要叫出声。

车小车的反应却好了很多。她呆呆地站在那里，这么些天以来，所有的恐惧第一次消失了，脑子里变得无比清醒而平静。

就在她的眼前，大红的颜色瞬间流动起来，让她头晕目眩，随着红绸慢慢地飘动，一阵怪风袭来，渐渐地吹起了上面的灰尘。

一个尘封已久的名字，终于在多年以后，重见天日——

车望梓。

这三个字就像磁铁一样，瞬间吸住了车小车的目光。紧接着，一股巨大的悲伤和渴望紧紧地包裹住她，让她措手不及，迷惑不堪。

她完全不知道这是怎么回事——默默为什么要带她来见这个骨灰坛，车望梓是谁？和她有什么关系？

"车望梓……"我深吸口气，缓缓吐出这个名字，随着模糊的气流，一些陈年往事不自觉地涌到我的脑子里，为我的目光自然地添了一丝柔软，"也许，你该回家看看了。"

话音未落，外面响起一阵指关节与玻璃相撞的声音，是陈承带亡灵车队赶了过来，正在得意地敲着我的车窗。

我淡淡地看了他一眼，没说什么。他疑惑地看向我，又看了看车小车和崔尚，终于停下手中的动作，意味深长地回了我一眼。

"我、我现在回家，真的好吗？"车小车上上下下打量了自己好几遍，疑惑地看着我。

"没事，我送你。刚好，你也可以带崔尚见见你的家人。"我开着车，匀速行驶在路上，前往车小车家的方向。

后视镜里，陈承也上了车，正带着他的车队，保持着和我相同的速度，无比安静地跟在后面。

"如果这一切和你没关系，你为什么要建议美琳招鬼，还要选在那个停车场见面？"路上，我故作不经意地问崔尚。

"我想帮小车，它们虽然是鬼，但曾经是地质队的队员，是我的兄弟……它们从来就没有离开过。那次，我听美琳说小车遇到了麻烦，觉得人多力量大，就想请美琳引来它们，再让它们帮小车赶走恶灵。至于选在那里，是觉得那里阴气重，能让它们的损耗更小一点。"

我微微地点了点头，忽然想到了美琳，那个妖娆而真实的女孩。

"虽然有些事确实难以解释，但你心理阴暗是你自己的事，别把别人也想得那么阴暗。"

也许，很多事，确实是我想得太阴暗了。

第十五章　归去来

雨下得小了些，天依然晦暗不明。装潢优雅的客厅内，一盏精致的水晶吊灯照亮了整个空间。长长的真皮沙发上，两个保养得很好的中年女人正坐着聊天。

有着利落短发，穿着一身丝绸衣裤的，便是车小车的母亲。

而另一个，拖着一地长裙的，赫然是默默的母亲。

"她们，她们怎么……"车小车惊讶地瞪着眼睛，充满质疑地看着我。

我笑了笑，没说什么。

该说的，两位母亲正在替我说。

"你说，最近，小车过得应该还好吧？"车妈妈一脸担忧地问默默的母亲，"这孩子也真是的。一个女孩家，脾气那么大，就说了她几句，竟然一气之下，跑出去闹独立了。要不是你每天暗中看着，说不定会出什么事儿呢……"

"放心，你让我办的，我都办了。每天晚上，我都按时去那里烧纸，最近你给我的那些照片，我也都烧了。按理说，她应该安全了吧……"默默的母亲由衷地安慰道，语气中却透着一丝质疑，"但是，这到底是怎么回事？难道小车真的惹上了什么不干净的东西？"

"都是命……这么长时间，她一直觉得，因为她是女孩，我们才特别反对她开车。实际上，我们始终没敢告诉她，这一切都是因为她爷爷——她出生的时候，她爷爷特别喜欢她，每天哄着抱着，一分钟看不见，心里就发慌。那天下午，小车刚好没奶粉，他急着开车去买，不小心撞上了别的车，别的车又撞上了另外的车……数车连撞，死了好几个人。她爷爷被撞得尤其惨烈，尸体四分五裂，费了好大的劲儿才拼全。也正是因为死得特别凶，还和小车有关，我们怕有不好的影响，才一直没把他埋进祖坟，也没祭祀，还烧了所有和他有关的照片。就连骨灰，都寄放在殡仪馆，一直没取回来。"

"可是，这样不太好吧？"默默的母亲沉吟道。

"谁说不是，但又能怎么办呢？都是规矩。这么多年过去了，也倒没出什么事。就是小车，她从记事的时候起，就说她能看见她爷爷，也不知道是真是假，现在她自己出去住，我就更担心了。不然也不能大半夜的辛苦你。我们也找人看过好几次，其中有个很厉害的师父说，她爷爷想她也正常，但只要多烧点纸钱，再把她照片烧过去，就应该没什么事了，可惜，不能由有血缘关系的人干，我没办法，这才拜托你……"

"车望梓，就是我爷爷？"听到这些，车小车的惊讶顿时上升了一个级别。

她说得没错，在得知这个名字后，我终于隐约地想起了那次车祸，也终于记起了这个名字。车妈妈所说属实，现场确实惨不忍睹，当年那些被撞得支离破碎的人，都是被我送走的，只不过，因为送走的人太多，每个名字，我只是稍微有个印象，并不是很深刻，谁知道，他的孙女，就是车小车。

"那她们说的真的有效吗？"车小车又问道，"我怎么觉得，这种做法非但没有减轻我的情况，反而加重了呢？"

"当然没用。你爷爷执念太深，又未入土，不可能随随便便走了。算起来，还是你们家人对不起他。而他，只不过想回家。你看到的那三个字，是'归梓车'，归就是回；梓在古文里代表家，同时也是你爷爷的名；车，是你家的姓。这三个字，是你爷爷显现给你看的。他想让你知道，他想回家。"

车小车的表情很伤心，默默地伤心。

我深吸口气，又吐出了最后的真相："我也是刚想明白，你当初看见你自己的车在后面追你，也是你爷爷干的，他幻化成了你的样子，开车追你。但是，他不是想撞你，而只是想近距离地看看你。还有，那个梦，也是他在一遍一遍地重复当时那个现场，他在尽自己所能地告诉你，他想和家人在一起，他想得到应有的祭祀，他想回家，他想回家。"

"既然他那么想回家，为什么不直接告诉我们？"

"没有用，人们习惯用阴暗的心理去衡量一些东西。刚才你妈不是也说了吗，按照规矩，横死的人不能进祖坟，更何况这件事本就因你而起。所以，他就算直接告诉你们，你们也不会同意的。实际上，不管是怎么死的，死了多长时间，至少在这一世，你们是血浓于水的亲人，他不会对你做什么的……活人有可能会对不起死人，会觉得死人有报复心，但大部分死人是不会在乎这些的，在逝去的那一刻，它们已经和世界没有了关系，洗清了所有的罪恶，获得了如初生般纯洁美好的灵魂。这可以帮助它们更加清楚地去看待世界，自己和他人。退一步讲，它们就算不甘心死去，就算有怨气或者怒气，也不会随便向不相干的人发泄。冤有头，债有主，因果循环，报应不爽。所以，如果真的有灵魂来找你复仇，肯定是因为你做了一些坏事，既然如此，你又有什么理由逃避那些报应呢……至于你爷爷，除了因为直接告诉你们没用，也因为，作为一个灵魂，他能弥留这么长时间，已是实属不易，越到后来，他就变得越虚弱。到了最后，他只剩下回家一个念头，已经不能很好地控制自己的行为了。很多时候，他脑子都很不清楚，甚至不知道自己要干什么，他只想跟着你，看着你，他只想回家。"

"那，现在，我可以和他永远在一起了吗？"车小车飘浮在半空中，期待地看着我。

"太迟了，他已经彻底消失了。你们在骨灰坛前见到的那一股风，就是他最后的幻化。其实，这也都无所谓了。他至少让你知道，他要回家。他不顾一切地想回家，想你，想和家人在一起。"我转头看向崔尚，"你还有没有什么未了的心愿？"

"没有。"崔尚的语气里透着一丝愉快，"我觉得很轻松，我终于可以再亲眼见到我的队友，我的兄弟们了。不过，在走之前，我有一件事要提醒你。那天晚上，在那个故事里，我隐瞒了很重要的一点——他们死前，万丈的白光中，显现出了一个女人的身影，我看不清她的脸，但她身上穿的，就是车小车当晚穿的那件衣服。所以，在看到车小车穿那件衣服时，我才会那么害怕。"

李萱？我的脑子里飞快地划过一个念头，又被我自己强制熄灭了。

"好了，天马上要晴了，你们停不了太久，该走了。"我扫了一眼外面，对车小车和崔尚说。

"我总以为自己是对的，没想到，到头来，全是满满的误会。父母、默默、爷爷……现在，再也没机会解开了……"车小车感伤地说着，张开透明的手臂，慢慢走到车妈妈面前，轻轻地抱了抱她。

车妈妈当然感觉不到，她根本就看不见我们三个。但是，就在车小车抱上她的一瞬间，她的眼神竟然意外地空洞了一下。

该走的，终归要走；失去的，不会重来。

我惋惜地看着车小车。而她正在对这一世的身份，做一个最后的告别。她瞪大眼睛，看来看去，贪婪地打量着家里的一切，似乎之前从未见过，现在，要尽自己的所有力量，把它们全都烙入自己的灵魂深处一样。

之前送过的无数灵魂，也都是这样，在最后的时刻，他们终于明白了一切。

可是，还来得及吗？

很多年后，我依然记得那次宏大的送走仪式。那几乎是我几千年老板生涯中最酷炫、最喜庆的一次。

那不像是在迎接死亡，走向审判，却像一场彻底的新生，一场幸福的婚礼。

宽阔的车道上，我和陈承开在前面，亡灵车队行驶在后面，中间手拉着手，走着一脸平静的车小车和崔尚。

一环，二环，三环，四环，五环……一路呼啸，一路重生。

就在引擎的轰鸣声中，就在令人眩晕的高速中，就在一排大灯的共同闪耀中，随着车小车和崔尚越升越高，压顶的乌云终于爆裂成一朵黑色的花儿，金色的阳光终于射开层层的乌云，重新洒满人间。

车小车和崔尚，借着这缕灿烂的阳光，一路向上，升到了他们该去的地方。

"你真打算继续搅和活人的事，让他家把车小车和她爷爷埋到一起？"望着迅速退去的乌云，陈承用少有的严肃问我。

"做老板，总要犯点规矩，不然多无趣。"我落寞地笑着。

"随你，但是，在做这个之前，我建议你先把默默送走，那是个名副其实的钉子户。你可别指望我能帮你。"

"我也没指望，但我现在也送不走她，她对黎明的爱已经转化成了一种深深的执念。见不到黎明，是不会走的。而黎明……"

"真巧，我刚好知道那好色之徒在哪里。"陈承斜着眼看我，似乎在玩味我的表情，见我没什么反应，忽然正色道，"其实，我也一直错怪他了。如果他真是好色之徒，应该也干不出那些事儿吧……"

"什么事？他干什么了？"我目光一凛，急切地问道。

"哎哟，紧张什么呀？刚不还没反应吗？你可别让我以为，其实，你们俩才是真爱。"陈承又开始调侃，"算了，我就直接告诉你吧。也没什么。就是——他被你打了之后，鼻青脸肿地跑来求我，让我带他去见领导。"

"我靠！他有病吧！"我下意识一把拽住陈承的衣领，咬牙切齿地瞪着他，"你带他去了？"

他为什么要见璃轩？他不知道那会引发多么严重的后果？还是他宁愿自己消失，也要让我得到该有的惩罚？

心里有什么东西迅速降到冰点，让我变得无比清醒，也无比麻木。惊讶、愤怒、无奈、恐惧……所有的感觉就像裂缝里的水流一样，一点一点，逐渐从地下涌上来，渐渐爬满我的全身。

"别别别，你先别激动。"陈承试图扳开我的手，而这当然是徒劳。所幸，他终于说了一点能让我松开他的话。

"我也很清楚，带他去的后果很严重。先别说他的灵魂是你偷偷扣下来的，被领导发现，不只他活不了，你也够呛。就算他的身份合法，是个正常的鬼魂，想直接面见领导，也是越级上访，不仅他要灰飞烟灭，我也没什么好果子吃。他不想活是他的事，我可没空陪他。"

"所以，你没带他去？"

"我肯定不想带他去啊！但我实在没想到，这小子阴损得很，竟然敢威胁我。他说，如果我不带他去，他就马上自杀，然后和上面说，是我扣了他的灵魂。你说，他都把话说到这份儿上了，我又能怎么办……"陈承一脸委屈地看着我，目光躲躲闪闪的。

这倒真是黎明的风格。

"然后你就带他去了？"我紧握着拳头，从牙缝里吐出几个字。

"是啊。我也没办法啊。拯救灵魂可是大罪，我不像你，我承受不起。和这个相比，我还是更愿意帮他越级上访……"

"他到底要干什么？"鉴于陈承这种狡猾的装无辜，我非常想把他这只圆球拍成一张大饼，再狠狠地踹上几千几万脚。

"这我真不知道。领导一见他，脸色当时沉了下来，不过，谢天谢地，总算没追究我的责任，只是把旁边的人都打发出去了，说要单独处理他。"

我的心猛然沉了下去。千万年来，璃轩要单独处理的人，通常没什么好结果。

忽然，我想到了一点。

"你说你知道他现在在哪儿？难道在冥府？你总不会脑残到，让我从领导手里抢人吧？"

"滚，你才脑残。要是那样，我还跟你说个什么劲儿。他现在不在冥府。说来也挺奇怪的，本来，我也以为他肯定在劫难逃，没想到最后，他竟然被毫发无损地放了出来。你要是见到他，赶紧好好问问，他到底怎么在领导手下活下来的，说不定，以后我也可以借鉴下。"

"少废话，他现在到底在哪儿？"

"我也就纳了闷了，这还用我跟你说？你当初救他的时候，不是在你们之间埋下感应了吗？怎么？现在失灵了？"

"我早就把和冥府有关的一切感觉都关闭了、包括他的。就算现在打开，一时半会儿的也不会有效果。"我的语气很淡，"最近事情有点多，我想安静地过段日子。"

"哎哟，还要归隐了？真看不出来。"陈承讥诮地看着我，"这可就是你不对了。当初是你哭着喊着把人家救回来，弄得人不人鬼不鬼的，现在一句你想安静，就当一切都没发生过？没关系，我大概可以猜到你在别扭什么，我可以告诉你，我之所以在这里，也是因为领导怕你出事，才让我来协助你。最近，她的状态比之前更差，你处理完这边的事，赶紧回去看看吧。"

没错，我关闭了那些烦人的感觉，尽管我每天晚上依旧会去老楼下，机械地监视李萱，怕她再闹出什么事；尽管在一次深夜，我发现她贴身带着一张黎明的照片，而这张照片就是车小车说的寻尸启事上的那张；尽管我越来越清楚，车望梓不可能发出这种愿望，显出这种痕迹，而斑马线下的游魂之所以没有去找我报到我却毫无察觉，也是因为脱离了冥界的控制。

没错，只要我稍微开启一点感觉，就可以注意到随处可见的征兆。

这种征兆，足以让我端着我早就碎了一地的尊严，再次违背一些东西，去找那个一反常态的璃轩。

只不过，在那之前，我要先去看看黎明，再送默默最后一程。

第十六章　只若初见

迎着丝丝缕缕的阳光，最后看了陈承一眼，我转身离开，不紧不慢地奔向那片废墟似的存在。我知道，就在背后，陈承一定极为同情地看着我。那种眼神，应该就像在看一只刚被网出水面，正在惊慌失措、不断挣扎的王八。

感觉刚刚开启，用得并不熟，就像一个残疾很久的人意外接触到生平第一条假肢——很想触碰、很想操控，却始终朦朦胧胧，不得要领。

确实关闭得太久，不过，如果可以，我宁愿永远残疾下去。

呵呵，还是算了吧，又能怎么样呢，不过是个美好的愿望，喊归隐的总是大官，喊退休的总是老板，在没有解决某些事之前，我依然一丁点儿的权利都没有。

胡思乱想的思维中现出一条微弱的联系，指引我一路向前，拐来拐去，最终踏上一条熟悉的街道。

街道的尽头，是一个破破烂烂的客栈，客栈的对面，是一栋即将被拆的二层小楼。

原来，他一直就在附近，从未走远。

这栋小楼的历史很简单。危房，原来是家饭店，后来因为资金周转出了问题，饭店被砸，老板也跑路了，只剩这座摇摇欲坠的空楼，至今没人问没人管。

进门，拐弯，上楼。

虽然遍地都是断壁残垣，但在二楼靠西南的角落里，被砖头隔开了一个非常整洁的小空间，不管是墙上还是地上，一点灰尘都没有。

在围起来的三面墙外，统一糊着干净的白纸，上面横七竖八地写着墨黑的大字，在一片废墟的环境下，显得分外诡异而突兀。

未了因。未了因。未了因。

与君世世为兄弟，更结来生未了因。

就怕流氓有文化……更怕黎明有文化。

来生？搞笑！老子才没有来生！

我瞪着满墙的大字，在心里狠狠地骂了一句，信步走进并不狭窄的空间里。

里面的墙也各有特色。一面墙上，刻着一排整齐的"正"字，似乎在记录着什么、推算着什么。每一条刻痕都很深，因此，划到墙面上的东西一定很尖锐。而灰色的水泥墙面就那样无奈地站在那里，由于失去表皮，露出难看的砖红色痕迹，乍一看，就像一道道别有用心的伤痕。

另一面墙上，贴了一张作息时间表，上面工工整整地写着各项安排。作息表下面，放着一个不知从哪儿捡的、方方正正的小柜子。

我下意识地看了看表，三点多一些。

下午三点，跑步。

哦，跑就跑吧。

第三面墙的墙角，摆着一面圆圆的小镜子。样式端庄古朴，花纹也复杂得很。最重要的是，在毫不起眼的角落里，它就像一颗璀璨的钻石一样，不断向四面八方反射着耀眼的白光，似乎正浸润在无边的月光中，又似乎，它本身就是月亮。

怎么可能，太阳还高高地挂在天上，连星星都没有，更别说月亮。

有意思。我皱了皱眉，一闪身，隐没在虚无的空气中。

不远处响起一阵若有若无，再熟悉不过的脚步声，随着空气的流动，脚步越来越轻。终于，一个一身洁白的人出现在楼梯口的位置。

身形还是那么瘦削，表情却一反常态的冷峻。带着那张堪称棺材板的脸，他平静地走进来，习惯性地仔细吹干净地面，坐到上面，捡起一块尖利的石头，在墙上深深地划了一道。

"又少了一天……"他小声嘟囔着，打开柜子，拿出各色药品，摸摸索索地，开始给自己笨拙地上药。

别的都是皮下淤血，还好，就是额角上有一道长长的撕裂伤，一直延伸到接近眼角的位置，皮肉红肿，深可见骨。

"×的……"他用棉签小心地蘸着药水，小心地涂着伤口的四周，疼得龇牙咧嘴，连连倒吸冷气，一双上挑的丹凤眼中弥漫出深深的怨气。

算了，算了，就这样吧，反正死不了。牙一咬，手一抖，他赌气似的把沾了灰尘和黄水的棉签扔出很远，胡乱抽出纱布，轻手轻脚地贴上，身子往后一仰，从裤兜里摸出一只纯银打火机。

外表很简单，只做了磨砂处理，除了底部，其他部分没有任何杂乱的标志，只是从上到下，均匀地闪着清冷的光泽。

冰凉的质感，清脆的摩擦，一蓬橙红色的火苗腾跃而出，最中间包裹着一点若有似无的幽蓝。

他半靠在墙上，静静地看着这火苗，似乎呆了。

他万万没想到，就在漂亮的火光中，身侧忽然伸出一只宽大干燥的手，抚上自己受伤的额角。与此同时，一个浑厚而磁性的声音响起来，浸着不可抗拒的威严。

"偷工减料，拆下来，我给你弄。"

手指修长而有力，指甲修剪得很干净。黎明侧过头来，随意地瞟了一眼，却什么都没说，似乎很无聊地把目光投向窗外。

"不要想太多，我只是独自在街上散步，走得累了，看到这里有亮光，就上来看看。"我轻咳两声，把手伸向打火机，试图掩饰自己的尴尬，"哎哟，原来是它。还留着呢？都穷成这样了，还以为你早把它低价处理了。"

"不要想太多，我倒是想处理，卖了好几次，都没人要。有一次，竟然有个小贩拿出一堆几乎能以假乱真的仿品,质疑我要那么高的价，是在抢钱。"还没等我碰到打火机，黎明就一松手指，一缩胳膊，重新把它揣到裤兜里，一眼都不看我，只是对着窗外轻轻地笑，"所以，我看这就是赔钱货，也就这样了。"

你×，竟然说我这高达四位数的打火机是赔钱货……这小子纯心气我。我瞪起眼睛，挥起拳头，刚想结结实实地给他一拳，就听他微微抬高语调，不咸不淡地补了一句。

"还有，我碰巧记得，你送给我的时候，千叮咛万嘱咐地说，虽然我不抽烟，但还是必须要留着，总有一天，会用得着。"

这还像句人话……我一下子泄了气，硬生生放下了拳头，笑了笑，半蹲下来，尽量靠近，试图小心地撕掉他头上的纱布，好好处理下被他马马虎虎弄过的伤口。

从他上来，直到现在，他的一举一动，我都清楚地看在眼里。我就知道，这小子长得像个纯爷们，不知道为什么，浑身的神经却比娘们还要敏感，普通人根本不能感觉到的疼痛，一旦放到他身上，就像放大了几十倍一样。

估计这么长时间，他都是这么处理伤口的，不然也不会弄成现在这个样子。照这样下去，这身体非被他糟蹋坏不可。

"衣服都脱了，看看身上。"我一边忙着蘸药水，一边吩咐他。

"这，就不用了吧……"黎明的态度很迟疑，动作竟然也扭捏起来。

"哎呀，还不好意思上了。你长几根毛，我还不知道？看你那德行，行吧行吧，不脱算了。我也有分寸，身上没下那么重的手。"我不耐烦地摆摆手，一棉签按到他额角的伤口上。

一阵声嘶力竭的惨叫震彻寰宇。

"洛老板，你大爷！都说了别打脸别打脸！你个阴损的东西……"他牙关紧咬，死死地抓着自己的衣角，用力到指关节都已经泛白。

"这你可不能怪我。做戏就要做得真一点，不打脸怎么能显得我们反目？"我一脸坏笑，完全无视他的反应，继续一板一眼地进行手上的动作。

没错，当天晚上，我跟黎明去客栈外面，只是为了向他说明一些早该说明的东西——我和李萱做那些事，并不是因为真的喜欢她，而是要随时监视她，以防她对黎明不利。

她想对黎明不利，已经不是一天两天的事儿了。早在黎明失踪的时候，她就和这一切脱不了干系。这一点，陈承已经推断过了。十有八九，所有的阴谋，都是李萱一手策划，虽然我暂时还不知道她为什么要这么做，也不知道她为什么忽然对我那么感兴趣，但既然她当时肯下那么大的本钱，摆那么大的局，就一定别有用心，势在必得。

当然，一开始，黎明对我说的话并不是很相信。毕竟，他好像真的喜欢上李萱了。但是，循着所有的蛛丝马迹，他又无论如何都找不到可以反驳我的证据，外加站在我的角度上，根本没必要骗他。所以，最后，他总算相信了我。

"原来是这样……那，我们开打？"当时，黎明一度非常犹豫。毕竟，这么多年下来，我们虽然偶尔会闹别扭，却从来没发展到要动手的地步。

我却没那么拖泥带水，只是戏谑地看着他，迅雷不及掩耳之势，一记直拳，狠狠地砸上了他英挺的鼻子。

看着黎明又气又恨的表情，我又潇洒地抬起右腿，一个凌空侧踹，瞬间，他的脸上就又多了一个清晰的鞋印。

接下来，我们就顺理成章地演戏了。

"行吧行吧，你对你对你都对，手上轻点，疼。"黎明微微抬起手，想把我推开，忽然，他的目光中多了一丝柔软，扭过头，轻声问道，"小萱她最近怎么样了……"

"黎圣母，你倒真是不计前嫌。"我小心地提起棉签，擦过最后一道，仔细贴上最后一点纱布，"不过，这我真不知道，我最近都在忙别的。"

"忙什么？"黎明不假思索，脱口而出。

我没有马上回答，而是转移了话题，问出了我最想知道的一点。

"听说你最近做了一些不该做的事儿？总不会是想坑到我吧？"

"什么？"黎明一脸无辜，故意装傻。

"你自己清楚。"我语气很淡，"下面怎么样？很好玩吧？"

"别问了。我知道，你很想知道我和你们领导之间发生了什么，但现在还不是时候。这件事非常重要，不是随便想说，就能够说出来的。时机到了，你自然会知道；时机没到，我也没法说。还是转回主题吧，你这次来找我，应该也不是为了这个吧？虽然我不是老板，却可以敏锐地感觉得出来——你身上沾着一种既陌生又熟悉的味道，那似乎来自……一种巨大的悲伤？"

"对，默默，大学的时候，那个总和车小车在一起的女孩。你还记得她吧？"既已被识破，我也懒得再兜圈子。

"记得，毕竟，她真的是太可怜了。"黎明的目光在一瞬间黯淡下来，长长地叹了口气。

"没错，她现在需要你。她出事后，因为一直牵挂着你，没有去冥府，始终游荡在世间。"

"她现在在哪儿？"黎明的目光里多了一股难得的关心。

"就在这里。"我微微弯下腰，做了个"请"的姿势。

第十七章　永堕无明

黎明惊讶地看着我的身后，那里正隐隐约约地显着只有半身的默默。确实令人感到有点意外，虽然过了这么多年，再次见到黎明的时候，她却一点都没有变。

时光似乎依然流在当时的图书馆中，在光滑的大理石地面上，映出一个沉默的女孩。

羞涩，躲闪，欲迎还拒。

可怜的默默……人生若只如初见，你早就遍体鳞伤。我默默地想了一句，叹了口气，从身上摸出那张枫叶书签，递给黎明，转身退了出去。

我知道，她和黎明在经历这些事之后，一定有很多话想说，有很多事想做。

也许，主要也是默默。这么长时间以来，从生到死，她除了亲眼见证黎明和车小车的分分合合之外，还见证了黎明和其他很多个女孩的分分合合。

在那些各有千秋，高矮胖瘦的女孩中，在这些五光十色、纷乱复杂的感情里，她只是那样看着，什么都做不了，什么都不想做，她只是飘在那里，沉默地看着。

说到底，这也是她终极的追求了。终其一世，她真的只是想看着黎明，就那样看着。面对自己刻骨铭心的爱人，就算不能在一起，能始终如一地看着他，便也是一种莫大的福分了。

莫大的福分，也是莫大的悲伤。

所以，此时此刻，弥留世间的最后一幕，默默一定不会希望，再有任何的外人，去打扰她和黎明的相遇。

一遇，即为永诀。

说到底，无论生前死后，默默始终没有做过一件伤天害理之事。她没有去害撞死她的那个司机，因为她当时心如死灰，本就一心求死，她的死，和那个司机一点关系都没有。后来，那个司机之所以会出事，全都因为他自己心虚。

她死的时候，应该是很幸福的吧，她不仅心里想着黎明，身上还穿着那件和黎明有关的羽绒服。

那是黎明在名义上给她买的唯一一件衣服。当时，她和车小车要出去逛街，黎明听说了，便也恬不知耻地一路跟着。进了商场，一开始倒没什么，后来，默默敏锐地注意到——尽管转了一圈又一圈，黎明一直在盯着那件羽绒服看，便理所当然地觉得，黎明一定很喜欢女孩穿它，就想买下，无奈一摸钱包，没有足够的钱，而那个年少无知的黎明，为了在车小车面前显示自己多么慷慨、多么大方，十分大度地垫了全款，为默默买下了那件衣服。

默默是如何冰雪聪明，怎能看不出黎明的居心。但是，虽然她很清楚这一切和自己一点关系都没有，却宁愿装作不知道，也要咬牙留住那一瞬间，拼命告诉自己，自己很满足于这种虚假的幸福。

尽管，一回到学校，她就取了足够的钱，一分不差地还给了黎明。尽管，这种幸福虚假得可怕，可这毕竟也是幸福呀！默默卑微地想。

只可惜，张爱玲的故事并没有重演。沉默的默默卑微到了尘埃里，却始终没有开出一朵哪怕小如星尘的花儿来。她拼尽全力地想靠近黎明，拼尽全力地喜欢黎明，却始终因为羞于启齿，导致在黎明的眼里，只有那个活泼跳跃的车小车。

既然如此，也便罢了。他幸福就好，如果真的喜欢他，这个幸福是不是自己给的，又有什么关系呢？默默努力地说服自己，逐渐转变想法，开始为黎明劝车小车，也为黎明出谋划策，排忧解难，而就在那一晚，她终于亲手毁掉了自己最后一道防线，在听黎明一通大吐苦水后，决定把自己当作祭品一样，放在鲜红的祭台上，献给她心目中最崇高的神祇。

可结果又是什么呢？就算两人已经赤裸相见，早已酩酊大醉的黎明，嘴里喊的依然是车小车的名字。

她，死心了。

终于。

她接受了不喜欢的杨燊，试图用毁灭自己的方法，减轻那刻骨铭心的痛苦，但那就像精神鸦片一样，会越来越上瘾，越来越沦陷，在这种情况下，痛苦即便被减轻，清醒过后，依然什么都没有改变，等在眼前的，反而是加倍的痛苦。

黎明，黎明，黎明。她在心里不断念叨着这个名字，开始每天晚上失眠。这搞得四肢发达、头脑简单的杨燊异常恼火，他无论如何都不明白，为什么一个新时代的女孩，会像一个将近暮年的老太太一样，整夜整夜地坐在扶手椅上，面对着宽大整洁的落地窗，两眼空洞，一言不发，只为看到凌晨过后，天边映起的一点可怜的黎明。

他也无法理解，她为什么无论春夏秋冬，总是把那件并不好看的白色羽绒服，精心地挂在衣柜里最显眼的位置，就像一个老牌的守财奴在吝啬地收藏一块金砖，每天都要看上好久，摸上好久，自言自语好久。

对于这一切，他只能觉得，默默有心理问题，她有病。

没错，默默有病，这种病，就叫爱，默默式的爱。

杨燊再也受不了这样的默默，实际上，他追默默，本来就是图个新鲜，没想到新鲜没图上，反而惹上了麻烦。为了摆脱麻烦，他开始逐步疏远默默，继续流连于莺莺燕燕之间。他理所当然地想着，如果默默知道了这一切，应该就会知道悔改了。

但是，默默却对此熟视无睹，好像两个人本来就是没有任何关系的陌生人。为此，杨燊不得不更加愤怒，他觉得默默变了一个人，她不爱自己了，她什么都不说，什么都不做，只是坐在那里，迷茫而空洞，似乎整个人都掉进了停滞的时间里。

他不知道，默默，始终都没有爱过他。

是的。默默看上那件羽绒服，只因为，黎明在万千的衣服中，多看了它一眼；默默喜欢那件羽绒服，只因为，在付款的时候，黎明轻轻地说了一句："你穿这个真好看。"

黎明，黎明，黎明。

能在思念爱人的心情中，始终怀念着爱人的夸赞，哪怕只是一句微不足道的敷衍，对于默默来说，也便已经足够。

所以，她才会穿着那件羽绒服自杀，所以，她甘愿受冥府自杀之罚，也无法忍受再也没有黎明的日子。

在那个炎热的夏夜，她就这样带着炽烈的爱，带着永恒的遗憾，化作一缕迷茫的幽魂，永远地陪在了黎明身边。

而现在，黎明终于也已不是活人。一切，是该结束的时候了。

从默默出现，一直到它最终消失，我都没有去理会他们。

这一切本就因他而起，理应由他去结束。也许，他还不清楚应该如何送走灵魂，但有打火机的指引，估计也不会出什么差错。

是的，这才是我送给他打火机的真正目的，我早就选中了他，决定让他来做我的助手，才会在打火机里藏了些东西，再不动声色地送给他。

通俗来讲，那个打火机，也就相当于他跟我学徒的工具。所以，我才会说，总有一天，他会用上它。

这一切，本来都是设计好的。

包括我每天二十四小时和他形影不离，也是因为，我要谨慎地挑选助手，对他进行全面彻底的评估。

选中他，杀死他，重塑他，条条都是灰飞烟灭的罪名，幸好，直到现在，他还一点都没有发现。

也许，他永远都不会发现。

而既然踏上漫漫的冥府路，他要做的第一件事，必然，也必须是斩断无明。

一念之后，永堕无明。

实际上，默默一直非常白这一切。如果仅仅是一个叫黎明的男孩，还不至于让她永堕。

无明，是十二因缘之首，天地间最为深刻的苦难。

空实无华，病者妄执，由妄执故，非唯获此虚空自性，亦复迷彼实华生处，由此妄有，轮转生死，故名无明。

无明缘行，行缘识，识缘名色，名色缘六入，六入缘处，触缘受，受缘爱，爱缘取，取缘有，有缘生，生缘老死。

见、欲、色、有，不明五蕴，执著颠倒，无始无终。

断一切无明，尽万千轮回，舍报他我，终得涅槃。

只是，我不知道他能不能断得了，就像，我不知道，我自己能不能断得了一样。

第十八章　血泊中的自我

很快，楼上燃起一阵绚烂的火光，带着恰好的温度，渐渐温暖整座小楼。我抬起头，微笑地向上看去，透过漫天的火光，默默的脸上，分明浮现着无比满足的笑容。

她，终于干干净净地走了。

脏的不是谁，也不是这个世界。这个世界从来很干净，人们也很干净。只是，在这个纷乱复杂的染缸里，在这块无法割裂的社群中，每一个人都在害怕，每一个人都在焦虑，每一个人都在迷茫，每一个人都在担忧。

每一个人，都因此而跌跌撞撞，不见前路。

望着天边逐渐升起的霞光，我小心地摸出匕首，悬到空中，轻声念起一段日趋陌生的口诀。

在安静的呢喃声中，我双脚离地，飘到空中，渐渐贴近匕首，直至与它彻底融为一体。

一阵耀眼的金光闪过，匕首消失了。

带着冥界固有的速度，它迅速剥离世界，穿破穹顶，落到那张长达一百米的办公桌上。

随着清脆的金铁交击之声，还冒着金光的匕首刚好立在璃轩眼前。而我，像很多次一样，自动与匕首分离，微微低头，恭敬地站到璃轩的侧面。

"终于来了？"璃轩拔起匕首，递给我，有气无力地半伏在桌上，厌倦地望着如山的文件，随手拉过一张椅子，"坐吧。"

我的心顿时冷了大半——这是从来都没有过的事——她从来不会虚弱成这个样子。但是，周围的一切似乎都在向我说明一个可怕的道理，一切皆有可能。

本来高高的穹顶，现在竟已低得不到五米，矮矮地压在头顶上，上面闪现的光芒也完全消失了，四处飘拂的帷幔，居然从蓝色变成黑色，材质也更厚，让人不自觉地联想到死气沉沉、灰尘遍布的坟墓。

"出事了？"我再也顾不得繁文缛节和之前的恩怨，赶紧坐下来，关切地望着那张苍白到几乎透明的脸。

"也没什么……"璃轩疲倦地笑了笑，站起身，伸出凉到近乎冰点的手，用近似耳语的声音发出一个十分平常的邀请，"你，还愿意和我去冥河边走走吗？"

我静静地看着她。是的，这是非常奇怪的事。她很久都没有这样对我。而现在，她竟然在一瞬间蜕掉所有的外壳，变得无比温和、无比柔软。

一种莫名的慌乱慢慢向我袭来。我忐忑地应对着，心中升起非常不好的预感。不得不承认，虽然千百年过去，在时间的打磨下，在痛苦的浇灌中，我几乎已经可以完全控制自己的任何方面。但是，在她拉起我手的瞬间，看似坚固的一切，居然像从来都没有坚固过一样，四散而去，溃不成军。

到底是怎么了？我疑惑地看向她，很想问个究竟，却始终什么都没有问。

我已经知道，这件事到底多严重了。

铁桥、彼岸花、石头滩……一切都失去了控制，陷入一种癫狂的状态。花草或者疯长，呈现出张牙舞爪的样子，变得异常可怖，或者大片大片地枯死，化作无边无际的枯枝，铺在血红色的土地上；远远的铁桥上，火光由红色变成了白色，锁链锈迹斑斑，残破不堪，很多都飘荡在半空中，似乎年久失修，马上就要坍塌；石头滩上的石头完全变成了墨黑色，形状也更加尖利，每一块都拔地而起，高耸入云。

忘川，冥河，一路走过，很少看见卫士，也很少看见老板，就连报到的灵魂都少了很多，偌大的冥府，竟然给人一种荒凉无比，人迹罕至的感觉。似乎，这曾经庄严无比的地下世界，此时此刻，只剩了璃轩一人。

而璃轩，自从拉上我的手，便一个字都没有再说，只是淡淡地微笑着，坚定地往前走着，就像一位高高在上的女神，正在走向一个预演了很多遍的终结。

终于，眼前呈现那道几近断流的瀑布，附带着下面那个不大不小的深潭。

纯粹，墨黑，深不见底，寒气逼人。

我下意识地停住脚步，一种熟悉的感觉悄悄漫上心底。我不知道这是为什么，却很清楚，无论如何，也不能再往前走了。

这是冥界最深的禁忌，不管活人、死人，还是老板，只要有东西敢闯进来，都会在须臾之内，被那道从上古时代便一直存在的古老符咒打得灰飞烟灭，彻底消失。

腕上紧了一下，是璃轩在用力。我疑惑地看向她，而她故作不经意地瞟了我一眼，依然紧握着我的手，一步一步，愈加靠近那个令人毛骨悚然的深潭。

近了，更近了。

非常意外，虽然我们已经站到潭水边缘，却什么都没有发生。

不到两米的距离外，红色的水流飞快地从山崖上落下来，带起一连串晶莹的水珠，狠狠地砸到潭水里。不过，不管水流多急、多宽，潭水里始终现不出一丝波澜，甚至连一丝水波都没有被打动，就像一个可以吞噬一切的无底洞一样。

"一开始，你留在这里，做的一切，就都是为了我。"璃轩终于依依不舍地放开我的手，空洞地望着雾气弥漫的潭水，轻声询问，"是吗？"

"记不得了。"我微微一笑，似乎在刻意回避着什么。

是，或者不是，其实都无所谓了。很久之前，我就丧失了关于自己的全部记忆，我所有的记忆，只开始于做了第一栈老板之后。

但是，有没有记忆，真的那么重要吗？眼前的人，现在的感觉，不都是真真切切存在的吗？难道，人们应该纠结于那些虚无缥缈的现实，而放弃当下的每分每秒？

"没关系，我知道。"璃轩悠悠地收回目光，好像在看我，又好像在看她自己，"一旦我的形象坍塌，你就会把自己变成脆弱的蛋壳，钻到成堆成堆的浮躁与无聊中，甚至连老板也不想再做了，是吗？"

"是。"我犹豫片刻，终于微微抬头，大声地承认。

自从那次尴尬的召见，我的情怀几乎消耗殆尽，再也没法去好好送走一个灵魂，也确实不想再和这里产生任何联系。

它们走了，有我送；我走了，又有谁送？

似乎看穿了我所有的思维，璃轩无所谓地笑了笑，微举双手，冲着光如镜面的潭水，轻轻挥了挥宽大的衣袖。

霎时，漆黑的潭水排山倒海地涌动，无声地演出了全部的过往。

青山绿水，红日黄花，山腰茅屋，山顶古刹，一块方正整洁的院子内，一袭黑袍的年轻人独坐篱下，饮酒赋诗，怡然自得。

风拂晚霞，倦鸟归巢，明月渐起，繁星闪耀，远处的山林中，忽然炸起一阵粗野的喊杀声，与之相伴的，还有利箭破空声、烈马嘶鸣声，纷乱繁重的脚步声。

年轻人轻挑醉眼，摇晃着起身，想一探究竟，没过多久，那扇歪歪扭扭的柴门"吱呀"一响，被一个慌不择路的红衣女子撞开了。

女子身姿窈窕，眉目如画，却因着彻头的慌乱，花容轻微地失了色。她撞进院子，两眼失神，四处顾盼，看见呆在当场的年轻人，不禁双腿一软，瘫坐在地，蛾眉微蹙，双目垂泪，低声而快速地说着什么。

惊讶、诧异、同情、坚毅……年轻人听着她的话，脸上的表情迅速变换，终于伸出双手，小心地扶起女子，把她带到屋子里，仔细地藏好。

院里响起粗暴的喧哗和刺耳的打砸声，一群全副披挂的兵士簇拥着一个清丽华贵的白衣女子，横行霸道，四处破坏。

很快，他们发现了红衣女子，白衣女子微微一笑，轻轻颔首，两个五大三粗的军官便凶神恶煞地冲过来，不耐烦地推过年轻人，试图拽过红衣女子。

年轻人被推得靠在墙上，急促地呼吸着，微眯着眼睛，死死地盯着桌子上几本摊开一半的佛经，目光中满是愤怒和矛盾。白衣女子得意地看着这一切，怡然自得地拔剑，那剑狭长精致，分外闪耀。

军官拽过脸色苍白，浑身瘫软的红衣女子，架起来，一步一步，沉重地走向白衣女子，白衣女子手中的剑斜斜地挑着，反射出清寒的剑光。

剑光闪过，血溅五步。

众人惊呼，四处逃窜，他们做梦都没有想到，就在一眨眼的工夫里，两个身经百战的将军，就这样丢了自己的脑袋，而他们不仅没看到年轻人是怎么出手的，就连他怎么拔剑的都不清楚。

头在地上，剑在手中。

动动手指，人头凭空消失，白衣女子恶毒地瞪了年轻人一眼，领着兵士们，在一瞬间便也烟消云散。

很明显，他们不是普通人。

年轻人却顾不得这些，他甚至顾不得扶起红衣女子，只是满脸痛苦，以剑拄地，一步一步挪到桌前，扔下利剑，伸出双手，难以置信地看着大片大片的毛细血管快速充血，然后绚烂地爆裂。

一部分血留在筋肉之间，另一部分血撑破皮肤，鼓鼓地渗出来，顺着指尖蜿蜒地流下去，很快把整只手掌都变成了漂亮的红色。

整本佛经，也全被染成了鲜红的颜色。

属于她的颜色。

破戒，争斗，见血，千百年来，类似的戏码从来都没有变过。黎明留的那张纸条，既是整个故事的开始，也是早就被掩藏的结局。

我呆呆地看着璃轩，不知道应该说些什么，也不知道应该问些什么，迷茫的大雾中，一些碎片似乎在眼前凌乱地飞舞着，却又像富有灵性的拼图一样，一边一角，逐渐拼成一幅巨大的画卷。

一缕斜阳，炊烟袅袅，深山中，一座低矮的茅屋下，年轻人和红衣女子举案齐眉，和和美美；战旗猎猎，残阳如血，高大英武，满身披挂的年轻人正满眼柔情地告别红衣女子，准备冲出营帐，做最后一场绝望的厮杀。

山林间，藏着满脸恨意的白衣女子；营帐外，等着杀气腾腾的白衣女子，后面跟着密如牛毛的敌军。

红衣女子，是璃轩；白衣女子，是李萱；而那个年轻人，竟赫然是我——洛老板。

也许，那个时候，我还不叫洛老板吧……

"记起来了么？"漫天的喊杀声从潭中传来，响彻寰宇，振聋发聩。就在一片浑厚的呐喊中，耳边忽然响起了璃轩的声音。

轻柔，清脆，犹如古刹铃音，从容而强势地灌入我的脑中，令我清明无比，也迷茫无比。

"你本出身名门，无奈生于乱世，你父亲年少之时，便看破红尘，皈依佛门，却终究被女色所惑，坏了修行。而你，自小于寺院中生长，聪慧非常，好习佛经，年长后，才听从父命，还俗立业。只可惜刀兵频起，伤了人间，也动了冥界。为了抢过我的位子，李萱不惜召出妖魔，集结阴兵。由于事发突然，我猝不及防，被一路追杀，最终在山林中遇到了你。你为了保护我，被迫杀了第一个人，第二个人，然后，是第三个、第四个……你非常痛苦，你不想杀人，也不想名利，你只想过安静的生活。但是，自那以后，你为了我，却杀遍天下，涂炭众生。"

这，是我吗？

真的是我吗？

我竟然还有父母，我竟然不是完全孤独的？

我竟然为了救她，轻而易举地违背了自己的信仰？我竟然为了救她，毫不犹豫地变成了嗜血好杀的恶魔？

我，最后真的把她扶到了这个位子上？我……如果没有我，她真的做不了冥府之主？

我不知道这些问题的答案，我荒唐地希望，这些问题根本就不存在。没错，这只是一个梦，一个冗长而蹩脚的梦，我快醒了，很快就醒了。

梦醒之后，我还会变回那个简简单单、不问俗事的洛老板；我还会随时随地，冷漠地俯视芸芸众生；我还会抿着嘴角，带着一颗无比坚硬的心，去嘲笑他们，也去拯救他们。

不可能。

随着璃轩空灵的叙述，如岩浆般炽热的洪流从脑中涌起，强硬地冲开被我，也被她生生封住的记忆。

真是无间地狱。厉鬼、精怪……所有的魑魅魍魉化身为精壮的兵士，外加由战乱新鲜而死的阴兵，一起怒号着、杀伐着，无休无止，永无宁日。

黄沙，血流，白骨……日复一日地缠身于无尽的杀戮中，纵使早有慧根，心向慈悲，在如河的鲜血里，我也早将世尊所言，觉者所行一股脑抛进阴云，终归陷入无念无明。

剑上沾满血，滴滴答答地流着；身上浸着血，湿湿紧紧地糊着。血，血，血，到处都是血；肉，肉，肉，到处都是肉。

新鲜，真新鲜。

红色喷薄而出，染透了我的双眼，疯狂了我的动作，也直接导致了——在带领兵士手刃全部敌军后，我高高举起不断滴血的长剑，把剑锋对准了自己的阵营。

何必妄谈无辜，不如一起毁灭。

在不断的砍杀中，一种奇异的快感像吸饱了血的蝙蝠那样，迅速在我体内升腾，快乐地升腾。看着眼前的一切，做着眼前的一切，我没有任何不忍，也没有一丝愧疚。

血和肉，铁和火，我从这里感受到的，完全就是一种至上的极乐。

可是，终于，夹着凛冽的风声，一根长达丈余、无比灵活的鞭子从半空中挥下来，狠厉地打在我的背上。

所有的皮革和布料应声而裂，化作一道深达数寸、触目惊心的血痕。

一鞭，两鞭，三鞭。

随着一连串短促的风声，暗红的血绚烂地飞溅出来，沾到坚固笨重的铠甲上。兵士们一边惊讶地看着这一幕，一边惊慌失措，连滚带爬地后退。而我也惊讶地看着那个年轻的洛老板，尽管受到如此重的惩罚，依然像失掉所有痛觉一样，面目狰狞，锐不可当地冲向自家阵营，直至杀得满头满脸，尽是鲜血。

风在呜呜咽咽地吹着，太阳变成了纯净的惨白色，天地间散开一片莫名的冷。放眼望去，苍茫的大漠上，没有其他，唯有一片血红。

这血红诡异、新鲜，绵延不绝，几近凝固。目力所及，所有的土地好像都被包围在一个巨大黏稠的红湖中，飘飘摇摇，浮沉不定。

此时此地，"红"早就不仅代表一种颜色，它囊括的，已经是整个世界。

红，只有红。

红的地，红的墙，红的兵器，红的战衣，红的人。面对红的入侵，所有人都毫无还手之力，也毫无悬念地被同化。

血，浓浓的血的味道。

脚下是足有一尺多深的血水，里面横七竖八，平均摞了最少两个尸体的厚度。而年轻的洛老板，终于悲壮而迷茫地站在那里，似乎丢了整个世界。

杀，为你杀，为你夺天下。

第十九章　突如其来的自由

"还疼吗？"不知何时，璃轩悄悄靠到我心脏的位置，微伸双臂，轻轻地环上来，小心地摸索着我背上尚未完全愈合的伤痕，语气中竟透着浓浓的悔意和深深的心疼。

原来，她看着我，却比我更疼。

原来，无论年华流转，沧海桑田，她所做的一切，都只是为了唤醒濒临迷失的我。

是了，连我自己都没有觉察到的，她敏锐地觉察到了。

老板，第一栈的老板，手握无限时间，坐拥万丈光芒，却始终逃不掉一种深入骨髓、无休无止的孤独。

安静，冰冷，纯净，麻木，周而复始地往返于空间的纽带中，所有的元素就像一张用黑暗制成的巨网，纯粹而强大地勒进我的每一寸肌肤，每一个毛孔，每一次呼吸，让我无力挣扎，也让我终于陷入一种绝望的疯狂。

没错，我一直存在，我代表永恒。我存在于永远的最远处，游走于喧嚣的人世间，我想做什么都可以，想活多久都可以。生离死别，人情冷暖，我什么都见过，什么也都送走过，我看着他们走向无尽轮回，万劫不复，灰飞烟灭，却始终参不透什么，放不下什么，反而变得更加执迷、更加放纵。

岁月，时光，风云，天地，都在存在，我也在存在。只是，我在存在中消失了存在，在永恒中迷失了永恒。我就像一个即将溺死的人，受困于无形无边的孤独，大口大口地喘着气，几近癫狂地渴望着声音、温度、颜色、感觉。

一点也好，一点就好。

但是，它们也都不能证明我的存在，从来都没有东西能证明我的存在，哪怕我自己也不能。人们都说，身体和灵魂，总要有一个在路上。但又有谁知道，当灵魂真的被卷入一场没有尽头的旅行中，到底是一场多么可怕的事情。

数千年形影子立，数千年冰冷风霜，我始终都不明白，不生不死，不垢不净，到底是一种成功的进化，还是一种可耻的退化？

我，洛老板，永远走在路上，无所谓衣食，无所谓冷暖，无所谓生死，甚至无所谓无所谓。

我终于越来越沉迷俗事，越来越贪恋世间，越来越忘却自我，越来越渐入无间。对我来说，只要能重新找到感觉，重新像人一样活着，就算逆天而行，就算万劫不复，又有何妨？

璃轩，她始终平静地看着我，心里早已翻江倒海，她想了很久，犹豫了很久。终于一厢情愿地觉得，只要能让我想起一切，一切便都可以迎刃而解。却没料到，我沉迷已久，安逸已久，早埋了自己的心性，被万丈红尘迷了眼。

一念成佛，一念成魔。

空旷的地平线上，大风斜斜向上扬起，沙场，兵士，血肉瞬间消失得干干净净，唯剩漫天晚霞，笼罩着魔性大发的我和一袭红衣的璃轩。

不知何时，璃轩手里的鞭子已经消隐不见，取而代之的，是一个浑圆的、透明的宝珠。她微微向前伸着胳膊，稳稳地托着宝珠，严肃而悲悯地走向我，嘴里不断地念着一段听起来很奇怪，我却再熟悉不过的经文——

拯救。

灵魂。

拯救灵魂。

我稍稍低头，看向一脸平静的璃轩，脑子忽然变得一片空白。很奇怪，她的身体明明已经没有温度，却一直散发着一种强大的暖流。

这暖流散发着冥河花草的香气，就那样轻而易举地击穿了我，融化了我。

原来，早在很多年前，她就做过如此禁忌之事。

为了我。

独立而脆弱的灵魂极难被拯救。若想成功，主体必须撕裂一部分灵魂，融合到客体身上。这非常危险。不仅会引发锥心的痛苦，也会在主体身上烙下最为黑暗的罪恶。

一个行为，改变两个灵魂，本是逆天而行。正因此，拯救灵魂才是从古至今，冥界最不可饶恕的罪名。

所幸，要实施这种行为，必须有摩尼宝珠做辅助。而摩尼宝珠，如果不出意外，一直都会握在璃轩手上。

天色渐暗，晚霞逐渐褪了血色，变成一堆灰蓝。在一片安宁的呢喃声中，宝珠似乎迅速吸收了四处弥漫的血气，放射出耀眼的鲜红光芒。

稳定的光芒照亮了她、吞噬了我，最终占领了整个世界。

多好笑，早知如此，我拯救黎明的时候，何必费尽心思地躲着她？古往今来，天地之间，她竟是第一个破禁之人。

"不用自嘲，你没躲得了我。"璃轩轻易地洞穿了我的想法，似笑非笑，轻轻地说，"从你动这个念头开始，我就在了。"

是了，我是有着多大的自负，才会妄想瞒得过她。

我呆呆地看着潭水——里面的璃轩正垂着一头黑发，一脸痛苦，五体投地跪在地上，双拳紧握，死咬牙关。本来白皙的手心上，因过度用力，长长的指甲深陷到肉里，带出几道深深的血痕；本来略弯的嘴角上，也因四肢百骸的翻江倒海，硬生生地逼出几点血迹。

有过之而无不及。

看着强忍挣扎的璃轩，我突然觉得自己在拯救黎明时受的痛苦简直微不足道——虽然我付出了三分之二的血肉、三分之一的灵魂，再辅以忘川之冰、北冥之雪，几乎耗尽全部的能力，但在整个过程中，除了撕裂灵魂的一瞬间，我始终没有感受到太多的痛苦。

都是因为她，所有的一切，都是因为她。

天色越来越暗，霞光初收，繁星升起，偌大的天空全部染上来自幽冥的蓝色，连带着地上所有的鲜血都被罩上了一层无比安静的微蓝。

宝珠升在她的手心，缓慢地旋转着，慢条斯理，却又无比残酷地带出她的一部分灵魂，外加憋在嘴角的闷哼，极似坠落的流星，闪过耀眼的蓝光，如离弦之箭一般，飞速射入我的心里。

就在这一刻，那个疯狂的洛老板，终于安详地闭上双眼，满足地露出一抹笑容，不管不顾地向后倒去，最终躺进一地的幽蓝。

璃轩，那个璃轩，用尽最后一丝力气，把摩尼宝珠逼得化成一团模糊的光影，一分为二，精魂的部分化作一个巨大的罩子，悬到我的头顶，完整地罩住我的全身，渐渐与我溶到一起。

从此，摩尼宝珠的精魂与我共存，实体与璃轩共存。

所以，我才能在没有摩尼宝珠的情况下，顺利地拯救黎明。所以，在我拯救黎明的时候，璃轩一直亲眼看着，亲手消除了本该加在我身上的、所有她能消除的痛苦。

她受过，她不想让我再受。

眼看潭水渐渐变黑，最终重归平静，我僵硬地站在那里，不知道该说些什么，不知道该做些什么，甚至不知道应该呈现出什么样的表情。

我终于想起了一切——那是冥界的最后一场战争。从那以后，她消除了我那些黑暗的记忆，把我带回来，给了我最高的荣耀，让我做了第一栈的老板。

为了不再刺激到我，她甚至把自己的一切由原来的红色变成了现在的蓝色。

本来，她可以在我入魔的时候，直接让我灰飞烟灭。至少，也可以先杀了我，再拯救我的灵魂，那比直接拯救生魂容易得多。但是，她一直期盼，也许，我能够自己停下来。

她比任何人都清楚，生命有多么可贵，活着有多么不易。非到万不得已，她绝对不会结束我的生命。哪怕牺牲摩尼宝珠，哪怕牺牲自己，她也无怨无悔，在所不惜。

只有爱和拯救，才能真正地抚慰一个受伤的灵魂。

"蓝色，蓝光……我早该想到，在送走那群孩子时，我奄奄一息，匕首中闪过的那道蓝光，就是你。"我回想起那个月凉如水的夜晚，忽然恍然大悟。

当然是这样的。怎么会不是呢？

除了冥府之主，谁有那么大的本事，可以让那个吊死的女鬼在最后的时刻良心发现，最终放过了我；除了冥府之主，谁有那么大的本事，可以让那个吊死的女鬼在那么短的时间内，就被轻而易举地救赎。

"对，你拯救黎明后，我就料到李萱会有动作。因为她是我，又不是我……

上次大乱后，她被压在深潭下面，加盖了符咒。而逃到人间后，她会变得很虚弱，只能靠吃灵魂维生。对她来说，像你和黎明这样被拯救过的灵魂，简直是特等的珍馐美味，一旦吃到，不仅会实力大增，更有可能直接推翻我，颠覆冥界。"

"所以，你那次让我去处理那些老头，就是在暗示我，李萱已经吃了他们的灵魂？而在那之前，你抢来黎明的头，从上游放了下来？"随着谜团一个个地揭开，我回想起当时她身上的黎明气息，脑海中的一切变得愈加清晰，"现在，也正是因为李萱，你才会有那么多文件需要处理？"

"没错，这么长时间以来，我已经尽了自己最大的努力。而你，这一切，其实和你都没关系。我知道，你一直都很想要自由。"璃轩平静地说着，语气里掺杂着极为复杂的感情，"自由，现在，我给你。从这一秒起，你可以彻底摆脱老板的身份，不再为冥府效力。对，你自由了。"

自由，那真的是自由吗？

我不知道，我似乎在一瞬间就什么都不知道，就像个嗷嗷待哺的婴儿，被硬生生地拉离自己熟悉的一切。

璃轩却轻轻地笑着，目光里充满深深的平静。没错，是平静，不是绝望。

此时此刻，她的状态，就像我送过的无数灵魂一样，在摆脱了红尘俗世后，现出的纯粹而幸福的平静。

"我可以左右一切，却左右不了自己，可以控制一切，却控制不了自己。你知道吗？问题，责任，真的是太累了，太累了……"

璃轩伸出双手，就像从来都没有看过我一样，轻轻地、无比珍惜地抚上我的脸，目不转睛地盯着我，目光中流露出深深的遗憾和爱怜。

也许，只有在那段陈旧的老时光里，她才能肆无忌惮地陪着我，爱着我。作为冥府之主，她没法像之前一样对我，甚至，连自己的感觉，都要有意识、有计划地封闭。

我们不生不灭，永远存在，感情却风云变幻，难以捉摸。在我们之间，只有保持上下级的关系，才能达到真正的永恒。

多么深刻而悲痛的爱啊……我终于明白，我为什么会如此沉醉于和李萱在一起的感觉——那正是脱胎于那些尘封的过往。那正是一种久违的、前所未有的平和与安静。

我定定地看着璃轩，情不自禁地伸出双臂，想紧紧地抱住她，想就此和她融到一起，想让时光凝固在这最后的一刻。

来不及了。

她依依不舍地看了我一眼，全身一点一点，逐渐化作无数点影影绰绰的蓝光，一直向上飞，一直向上飞，终于笼罩了整个冥府，消失在暗淡的空气中。

红的叶，白的花。叶源血，骨生花。

冥河之底，灵魂之岸，璃轩之宅，众生之殿。

无疑，这是最后一道屏障。

我微微低下头，用从未有过的郑重，严肃地单膝跪地，行了在冥府的最后一个大礼。

主上大人，让我最后叫你一声；璃轩，让我送你最后一程。

我不知道，她以牺牲自己为代价，换来的这个屏障，到底可以支撑多久。我只知道，从此以后，我可以抱着来之不易的自由，继续沉浸在平和与安静中，继续享受那些从自己生命中偷来的时光。

无始无终，无休无止，不问世事，不管世人。

早在很久以前，我就和世界没有了任何关系，现在，这个世界是什么样子，和我又有什么关系呢？

但是，自由，真的有吗？

第三个故事　**醉飯海**

第一章　梦槐

刀光绚烂，大雨滂沱，一片纯黑的背景中，大朵的红色喷薄而出。

人声鼎沸，脚步凌乱，人们呐喊着、欢呼着、跳跃着、舞动着，姿态各异，形式纷呈，既带着猎尽时鹰犬的意犹未尽，又似极刚刚从九玄幽冥中逃出的妖魔。

这是什么？屠杀吗？不知道。他们是谁？来自何处？不知道。

我什么都不知道。

我甚至不知道自己在哪里——是站在多数人那里呢，还是孤立无援？是独立于混乱之外呢，还是仅仅飘浮在空中，默默地看着这一切的发生？

茫茫黑暗，我只可以意识到模糊的人影。没有四肢，没有五官，什么都没有的人影。他们虚空着、存在着、稀薄着、充实着。他们不断挥舞闪着寒光的刀，不断消灭与自己类似的个体，他们肆意扭曲自己的形状，随意行动到各处。他们哭，他们笑，他们毫不受控地发出各种声音，也毫不顾忌地做出各种行为。

世界被他们充塞了，实体彻底地消失了。黑，世界是彻底的黑；白，世界被蒙上了一层白。

旋转、颠倒、震动，运动，剧烈而无休止。

嗅觉休眠，听觉混乱，视觉消失。人影们以迅雷不及掩耳之势齐刷刷地聚集到一起，形成一个紧密的圈子，快速向我逼近。

我想躲，却无处可躲；我想逃，却无处可逃。所有的感觉彻底消亡，我只能下意识地感觉到雨、刀，然后就是透彻骨髓的恐惧。

厚重的雨帘挡住了去路，无数道刀光毫无章法地交织。近了，近了，那些人，那些影子，飘浮着，狂舞着，逐渐把我围住，越来越紧，越来越紧……

刀雷霆万钧地挥起。它那么轻，又那么威力四射。它斩开凝重的雨幕，划开了一大片血红的彼岸花。

香气大幅度地蔓延，淹没了雨土交合而出的腥气，淹没了所有的影子。

璃轩……那似乎是璃轩，她就站在冥河的尽头，向我安静平和地微笑，却一步一步离我越来越远。

女人……似乎是那个女人，她给了我身体，却堕入了无尽的轮回。

一世、两世、三世……这么长时间过去，我本该看穿什么，却依然无比渴望逃离孤独，感受到哪怕一丝一毫的温暖，就好像早已忘记，早在成为老板的时候，我就已经不假思索，自动放弃了一切。

包括，自己的家人。

无他，斩断无明，是踏上冥界的第一步。

也许，我不该自责，毕竟，从一开始，我的家人也不假思索地放弃了我。

父亲，得道高僧，虽犯色戒，终潜心改过，修成正果，从此与地上地下再无半点关系；母亲，平常普通，堕入轮回，早有过无数个身份，无数个孩子，无数次平凡而甜蜜的幸福。

灰烬感，巨大的灰烬感，我什么都不缺，又什么都没有。

选择，眼花缭乱的选择，我，应该怎么做？早在收服吊死鬼的时候，我就想走进那个光圈中，但我清楚，就算走了进去，也没人来接我，冥府之主，更是永远不会原谅我。

冥府之主……现在，终于不用担心这个了。可是，我要这么结束吗？

很怪异的，我每天都会怀念她手里的鞭子，每天都希望一切可以重来一次，我甚至不希望快乐再来一次，因为每次的快乐都转瞬即逝，就像我为她变出雏菊和满天星的时候，她通常都只会匆忙地笑一下，随即又投身到无尽的问题和责任中。

我该怎么办，我该怎么办，我该怎么办……

脸上好像扫过什么东西，痒痒的。我微微皱眉，挣扎着睁开眼睛，终于长长地出了一口气。

两只大眼睛，金黄的睫毛，小巧的鼻子和嘴，白皙的瓜子脸，一身带蕾丝的浅黄连衣裙……我上下地打量着眼前的女孩，暗地里调整表情，半坐起身，往后面的断墙上靠了靠，眯了眯眼，吐出这样一句话。

"终于肯出来了？"

"我，我再不出来，你都要睡到晚上了，多没意思……"小树妖眨着水灵灵的眼睛，天真无邪地挥着手里的一串槐花。

"少废话！我的粽子呢！"我瞪着眼睛，故作凶狠地站起来，俯视着她。

"哇……你怎么这么凶，我就是想吃点粽子……"好歹也应该有几百年的修为，竟然真被吓哭了，她一边哭着，一边从背后拿出一大袋粽子，一把塞到我怀里，伤心地跺着脚，抽抽搭搭地说，"不吃了不吃了，都给你都给你！"

"你想吃也不能偷啊……"我望着眼前那棵高大的槐树，夕阳的余晖正洒在上面，树影疏斜，暗香浮动。

无疑，那是她的本体。

"什么叫偷？东西都放在那里，难道不是随便拿的吗？"她十分委屈地抹着眼泪，眼睛里满是不解。

我已经无奈到无语，只好自认倒霉。谁让这些成精的植物总这么天真无邪，不谙世事。它们通常连什么是"钱"都理解不了，更别说复杂的人类和复杂的社会规则了。

今天端午节，往年，黎明都要和他母亲一起过节，但他现在处于不死不活的状态，我在消除人们关于黎明已死的记忆的时候，又唯独没有消除他母亲的。因此，今年，黎明没法回去，他母亲只能一个人过节。

我当初那么做，只是不想欺骗一个可怜的母亲。因为，就算我消除她的记忆，她也没法儿再见到黎明，不如干脆让她知道真相。但是，在这么做后，我又实在过意不去，便只能买点粽子，悄悄送到黎明家里，只求心安。

本来，这是件非常简单的事，却没想到，我刚挑好一袋粽子，付过钱，正要拿走，它就凭空消失了。摊主见我空手走了，还以为我没拿粽子，赶紧招呼我去拿，却没想到，我看中的那袋，其实是被这小树妖偷了来。

我神秘地冲摊主笑笑，随着妖气，一路追到这片白桦林里，一棵老槐树下。也真是巧，黎明家刚好就在附近，于是，我先去黎明家偷偷走了一趟，确定一切安好后，才回到这里守株待兔。

不，是守树待妖。

阳光太好了，槐花太香了，我等着等着，不知不觉地躺在花草遍布的青石板路上，陷入到错乱迷踪的梦里。

"你，你不会是生气了吧？这，这可怎么办才好……"小树妖见我不说话，急得团团转，终于，她微微地抬起手，小心翼翼地拉着我的衣角，仰头看着我，急切地递过手里的槐花，"我，我也没有别的，只能送你槐花了，你不要生气好不好？你要是觉得一串不够，我还可以多送你一点儿……"

"哦，没事，我没生气。槐花很漂亮，谢谢。"我回过神来，接过槐花，随手插到胸前的口袋里，笑了笑，把粽子还过去，"既然你那么想吃，就留着吧。"

"真的呀真的呀？"她接过粽子，一下子跳起来，满足地拉着我的袖子，轻轻地摇着，"就知道你最好！你简直和那个穿白衣服的小哥哥一样好！以前，他家里做了好吃的，总会送到树下一份！但是，他很久都没来过了。今天，他妈妈倒是做了粽子，可她好像很不开心，一边做一边叹气，还时不时地抹眼泪，当然也没心情记得我……"

"你一直和他们母子有联系？"

黎明的母亲文弱善感，家教颇好，与丈夫离异后，更是深居简出。黎明出事后，她的精神状态一直很差。到了最后，几乎和亲朋好友断绝了一切来往，每天只是幽居山中，潜心养性。

"是呀，有什么问题吗？不过，也不算联系吧，他们从来都看不见我，只是觉得我长了很多年，应该有灵性，才总想着我，给我送点吃喝。作为回报，我也偶尔帮他们做点事，尤其那个小哥哥走后，我见他妈妈太孤单了，一直陪着她。好几次，她都把我误认成了她儿子。"忽然，她好像意识到了什么，歪着脑袋，调皮地看着我，"对啦，我才想到，你既然能看见我，应该也不是人类吧？难道，你和我一样，也是树妖？"

我默然一笑，从掌心里变出一根漂亮的五彩线，半蹲下来，为她仔细戴上。

太阳渐渐下沉，此时，刚好落到槐树顶端，把整棵树染得金灿灿的。

很奇怪，就在我为她戴好的一瞬间，一阵浑厚低沉的埙声像长了翅膀一样，轻巧地掠过整片树林，低低地回荡在半空中，一直穿到了我的心里。

"你别看我，和我没关系。"她敏锐地注意到我疑惑的目光，赶紧连连摆手，撩起裙摆，坐到槐树下，一脸陶醉地向我解释，"是山下的一个小姐姐，不知道为什么，每天这个时候，她都会去海边吹埙。可惜，虽然我每天都准时来听，却只远远地看过她一眼，不知道她长什么样子，也不知道她住在哪里。不过，你听，确实挺好听的吧？"

好听，我微微点头，敛了神色，心里却五味杂陈。我虽不是很通乐理，却可以清楚地听出，埙声中蕴含的感情十分浓烈，就像一位垂暮的老人独坐在月光下，呜呜咽咽、自言自语地讲着一个关于全人类的故事。

一个悲惨绝望的故事，一个蕴含着深深的痛苦与孤独的故事。

不能，不能再听了。

"我还有点事要办，先走了，有缘再见。"我紧紧地皱眉，勉强挤出一个笑容，轻轻摸了摸小树妖微黄的头发，转身大步离开。

"哎，你还不知道我的名字呢，我叫小怀……"小树妖的声音远远地传来，就像晶莹透亮的蛛网，肆意地飘荡在渐起的山风中。

第二章　真是被生活所迫吗

　　夜色初现，华灯渐上，破破烂烂的客栈门口，黎明一张脸扭成了破抹布，双手下意识地背在后面，焦灼地来回踱着步，像极了一只热锅上的蚂蚁。

　　白蚁。

　　还好，他眼睛轻微近视，如果走运，也许还能找机会溜进去。我轻手轻脚地躲在街角，远远地盯着他，提心吊胆地想。

　　打死我也没想到，我洛老板万世英名，竟会栽在一条狗身上——还没等我迈开步子，那只叫哈比的死狗就像发现了一根美味的骨头一样，满足地嗅了嗅空气，瞬间张开狗嘴，甩着舌头，撒开四蹄，飞快地从黎明身边蹿到了我的腿上，一条狗尾巴简直摇开了花儿。

　　哈比，是前两天我花了最后的存款，让黎明从犬舍弄回来的一只哈士奇。

　　年龄三个月，性别母，属性二。

　　我之所以养狗，本想壮壮黎明的阳气，所以特意嘱咐他弄只公狗，没想到他却搞回来一只母的。关于这个，他的解释非常充分：去晚了，只剩了这么一只，而且，看它长得一脸桃心，两只大眼，又漂亮又威风，应该也不比公狗差。

　　这都是假象，真正打动黎明的，是它源自骨髓的狡诈。

　　据说，黎明去挑狗的时候，它正和一群比它大了不止两圈的阿拉斯加一起玩耍。其中有只阿拉斯加欺负它，这货深知自己势小力薄，表面装得一脸可怜，趁阿拉斯加转身的工夫，狠狠咬了它一口，再以迅雷不及掩耳盗铃之势，一头钻进了狗堆里。

　　那阿拉斯加遭到暗算，疼得一声惨叫，恶狠狠地转过身来，想进行惨绝人寰的报复。只可惜狗头攒动，每只狗都一脸友好，根本找不着凶手。于是，它也只剩下瞪着狗眼暗自诅咒的份儿。

为了简便易懂，我们打算叫它哈哈，结果没养两天，实在被它的逗比气质打动，便非常科学地把它的名字改成了哈比。

其实，我对它还挺有好感的，但考虑到刚才它蹿过来，迅速暴露了我的位置，引来了黎明，我对它的好感就瞬间磨灭了。

"好啊！洛老板，我找你都要找疯了，你竟然在这儿！"黎明蹿过来的速度简直和哈比有一拼。他高挑着眉峰，气急败坏地指着我，非常尖锐地说出了重点，"工资呢！我的工资呢！说好的开工资呢！"

大家也许会疑惑，既然他要找我，为什么不开启我们之间的联系。实际上，他根本开启不了，在璃轩消失后，我就及时地把这种联系由双向变成了单向，只能我找他，不能他找我。

我即将要办的事，很危险，终有一天，他会再也找不到我。

与其如此，还不如一开始就不要有的好。

看着又愤怒又无奈的黎明，我装模作样地清了清嗓子，抱起哈比，做出一副无赖相，慢条斯理地解释："我一点都不否认，我当时跟你说，只要你老老实实地出去遛狗，外加给客栈拉客，两个月后，就给你发一笔丰厚的工资外加奖金。但是，你看看你这段时间都拉来什么客了？明明长着那么一张脸，也精通各种把妹秘籍，怎么脑子就是不开窍呢？和你说了多少遍，不是把她们带来就行。你倒是把她们带来了——但每次开房，都是你花钱，花的还是从我这儿预支的钱，你这么干，我怎么可能有收入，我都没收入，怎么给你开工资？"

"你是不是在逗我，客栈没收入，你给冥府干了那么长时间的活，领导也不给你发工资？"

"这你就不知道了吧？我是干了不少活，问题是，我们发工资是十年一发，而且经常拖着，毕竟，那么大个冥府，也需要资金去周转的。我们这些当老板的，原则上来说，不吃不喝也死不了，所以也不用花钱，拖个几十年也就拖着吧，哪敢伸手跟领导要钱？要不然，你看那个陈承，你见过那个，怎么都落到修车维生的地步了？"说着，我指着路边一个矿泉水瓶，一脸无奈地看向黎明，"人家陈承好歹会修车，你看看我会什么，还不是什么也不会，告诉你个秘密，最惨的时候，连捡破烂我都试过，虽然收入微薄了点，但苍蝇虽小也是肉，要不你也试试？"

一听这话，黎明一张脸瞬间变成了猪肝色，猛地扑到墙边，做出一副要吐的姿态。天都知道，就他那种洁癖，让他去捡破烂卖破烂，还不如直接杀了他。

"真的……真的没有别的办法了吗？"黎明一边干呕着，一边虚弱地靠在墙上，翻着白眼问我。

"啊……让我想想，好像是有的。"我做出一副沉思状，拿出早就准备好的手机，一脸诚恳地伸到他眼前，划拉了两下，"你看，他们公司刚好招网红，你可以去试试啊，你又不是不知道，现在网红多火，只要随便做做，月入过万不是梦。"

说着，我收起手机，用两根手指捏了捏他精致的下巴。

"你看你这张小脸，还有先天优势，活儿据说也不赖，就是陪各色的女性同胞聊聊天，讲讲笑话，你不是最擅长了吗？这一两个月，虽然你没拉来几个客，尽做赔钱的买卖，好歹也积攒了不少经验，该从幕后转到台前了。等你赚得多了，记得分我口汤喝就行。"

"你，你是不是早就设计好的？"黎明回想起这段时间我的种种罪行，忽然恍然大悟。

"我这不是怕你一下接受不了吗……"看着黎明凶狠的眼神，我抱着哈比，故意做出一副害怕的样子，一下跳出好远。

"行，算你狠，我明天就去。"黎明终于离开墙，重重地抚着胸口，似极生无可恋。

路上行人渐少，两人一狗拖着两个影子，拌着毫无意义的嘴，就这样晃晃悠悠地回到客栈。

一切照常运行，至少在程序上，我没认同璃轩的做法，依然在架子上维持着老板的样子，虽然不再出去多管闲事，但只要来到这里的灵魂，还是照常接待，照常送走。

这一点都不奇怪。

这段时间，我的脑子里一直闪着这样的想法——没有璃轩，就没有自由。

我不知道这是为什么，它根本和我的想法格格不入，甚至完全背道而驰。这种感觉，就像是被谁从哪里提炼出来，又粗暴地塞进来一样。可是，我竟然在深深地认同它、呵护它，似乎它就是黎明草叶上的露珠。我虔诚地、专注地凝望着它，小心翼翼地捧着它，生怕一不小心，就会损耗了它的存在。

至于黎明这个身体，正处于最关键的恢复期，特别需要阴阳调和。因此，每天晚上，他必须住在客栈里，多吸点阴气；每个白天，他也必须出去转转，多沾点阳气。

这才是我让他出去的根本原因。

而我自己，虽然不能在客栈里睡觉，幸好也从来没有睡觉的生理需求。现在，更是完全失掉了睡觉的心理需求，便一直在这里守他也无妨。

没错，我很久都没睡过觉了。不然，我也不会在等小怀的时候，幸福而轻松地睡着。自从送走璃轩后，我就不敢再让自己陷入混沌。每次，无论白天黑夜，只要一闭上眼睛，我就会不由自主地被各种场景包围，身处各种新鲜而老旧的记忆碎片中。

这些，让我疲惫，让我惊惶，也让我恐惧。

所幸黎明的睡眠质量倒还好，哈比更是能吃能睡，草草安排他们睡下，轻手轻脚地回到自己的房间，坐到破旧的蒲团上，苦笑着望向那一地颜色各异的酒瓶。

因为无聊，我把它们摆得很整齐，无论从远近看去，都像极了一个训练有素的方阵。

但是，它们，还能再组成七彩的颜色吗？

我迷蒙地勾起嘴角，三两下脱去长靴、扔掉长袍，去除一切束缚，虔诚地单膝跪地，张开双臂，半仰起头，忘情地拥抱窗外那变幻莫测的月光。

今夜，浓厚的橘红色，黏稠而喧嚣。它穿透无数微粒，安静地照进来，照在我这副早就千疮百孔的躯体上，也流进我不断滴血的心里。

那里，有什么东西，被硬生生地撕扯走了。

墙角，那面神秘的镜子静静地立着，却失去了所有的光华，看起来简直普通得不能再普通。李萱当时给我讲的那个故事，我虽然一直听着，却一句都不信。自始至终，这面镜子散发出的气息不是一般强大，就凭这一点，它存在的时间就一定远比我还长。

那么长的时间，灵性肯定早就有了，甚至可以幻化成形也说不定。

但是，李萱为什么要把它留给黎明？黎明又为什么会轻描淡写地转交给我？

不知道。

醉乡有路宜常至，他处不堪行。

清脆的瓶盖落地的声音，液体倒流的声音，痛彻心扉的声音，半瓶，一瓶，两瓶，三瓶……炽烈的酒精从瓶里冲到嘴里，又从嘴里流到胃里，最终从胃里透到心里，于千万片回忆之间流转。

只可惜，这些可爱的化合物，虽然可以麻醉我的神经，终究无法缓解我的痛苦，更难以拯救我的灵魂。

只有她，只有她，只有她……

第三章　红色的花

　　不知不觉，被无数酒精浸透的月亮终于从中天转到西边，变得越来越淡，越来越淡，最终消失在云层中，和乳白融为一体。最东边的天空上，隐隐露出了微微的青色。

　　"啊……"忽然，一声美妙的尖叫声从我散落四地的衣物间响起来，紧接着，一双大眼睛凭空出现在空气中，紧紧地盯着某处不该盯的地方，语气中透着妖类最原始的好奇，"你、你怎么长得和我不一样？"

　　微微上翘的眼角，金黄的睫毛。

　　小怀。

　　说不惊讶是假的，但表现出惊讶是丢脸的，轻尴尬的同时，我不得不以最快的速度扔下酒瓶，轻点手指，挥过长袍，迅速披到身上，再做出一副若无其事的表情："噢，是你啊。"

　　"是啊是啊。忘了告诉你，只要有我槐花在的地方，我就可以以槐花为载体，去那里看上一看。怎么样？厉害吧？"小怀快乐地眨着眼睛，得意地说，不过，说着说着，她竟有点黯然，"只是，因为能力有限，目前为止，我还只能显现两只眼睛……"

　　"没关系，继续努力，继续努力。"我心虚地笑着，把长袍裹得更紧了些，继续轻车熟路地转移话题，"你来找我，是有什么事，还是……"

　　谢天谢地，还是只小树妖，注意力很难集中在一件事上，总没抓着长得不一样的问题不放。然而，听我说到这个，她的情绪竟然更加低落，一双眼睛里更是充满了深深的迷茫。

　　"我也不知道。我就是觉得应该来找你，我好热，好热，我想喝水，我很渴很渴，也许，我很快就会被渴死了……"

这……敢情把我当送水工了。微微地惊讶后，我无奈地笑笑，指了指旁边的一个杯子："去吧，那里面有水。"

话音未落，只见那双眼睛飞一样地飘到水杯上，稍稍地倾斜了角度，却因为过于着急，竟然选了另外一个杯子，调高了角度，一饮而尽。

我坐在那里，继续喝我的酒，根本没注意到她喝的是什么。不过，忽然，我想到很重要的一点，不禁皱了皱眉，转过头，看向她，沉吟着问道："你不是棵老树吗？好几百年的树，根基总不会太浅吧，怎么会喝不到水？难道，那里的地下水一夜之间都枯竭了？"

"我不知道，我不知道……"小怀半眯着眼睛，眼睛里的迷茫更深了，应该正在不断地摇头，"昨晚天一黑，漫山遍野就都变成了红色，我最怕的红色。你不知道，我最害怕红色了。可是，那些红色蔓延过来，竟然开成了花，漫山遍野的花，红色的花，红色的花……"

红色的花？火灾？！我的心一下提起来，猛地站起身，冲到那双眼睛面前。然而，我刚想再问，忽然闻到了一缕若有似无的酒气。

直到这时，我才注意到，那个放水的杯子依然很满，旁边放酒的杯子却已经空空如也。

我哭笑不得地看着越来越晕的小怀，那两只大眼睛正变得越来越小，越来越小，眼皮也疲惫地垂下来，似乎马上就要睡着了。

看来是问不出什么了，我沮丧地想。但是，这种情况，让人不得不担心，火灾？水火无情，山火更是可怕。她那里离黎明家不远，黎明的母亲……我越想越焦躁，不禁想拉着小怀，立刻赶过去看看。

只可惜，小怀这只小树妖似乎从没喝过酒，只一杯下肚，便神志不清，跌跌撞撞起来。那两只眼睛也忽上忽下、翻来倒去，最离谱的时候，甚至都斜了过来。

"哈哈，真好看，小哥哥，你看你看，真好看……"小怀就那样顶着两只眼睛在空中晃来晃去，最后竟然跑到那面镜子前，悬到镜子中央，满脸陶醉地照了起来。

"离开！"我马上大喊一声，三步并作两步地跑过去，尽力伸出手去，

·197·

想把她抓回来，让她恢复正常。

但是，就在这时，可怕的事情发生了。

随着小怀一连串银铃般的笑声，一直缩在墙角的镜子就像璀璨的钻石一样，忽然照出了一阵耀眼的白光，似乎正浸润在无边的月光中，又似乎，它本身就是月亮。

就在这片白光的笼罩中，东倒西歪的小怀竟然被快速吸到了光亮的镜子里，就此消失。而我，也忽然感受到一种久违的眩晕，随后便是快速坠落。

坠落，强烈的坠落感。

这种坠落感十分霸道地包围了我，不断张牙舞爪，把我像纸团那样抛来抛去。

下坠，下坠，下坠……我再次失去了笨重的实体，意识变得前所未有地清明，整个灵魂里，似乎只剩下了纯粹的自由和终极的平静。

白色，白色，白色……哪里都是白色，突然，光线骤然暗了很多，尖利的、高耸入云的黑色巨石出现在眼前。

石林尽头，是一道宽约数十丈，暗不见底的河水，死寂，宁静，终年不泛波浪，哪怕连一圈小小的涟漪也绝不会出现。

河的两岸，阴风阵阵，荒凉一片。

河上有桥。

平直的，铁板打成的桥。

桥上却已无铁链，只是优雅地燃着幽冥的火焰。那火焰是纯净的白色，永远不减，也永远不灭。

桥的对岸，没有孟婆，也没有璃轩。

人的执念太可怕，该忘的早晚都会忘，忘不了的，终归无济于事。

想忘记，其实也很简单——那些所谓的刻骨铭心，山盟海誓，都抵不上告别过往，再来一世。

只可惜，我没有来世。

洛老板，没有来世。

如果这时，有人飘浮在空中，一定可以看见这样平衡的一幕——桥的尽头，站着一袭白裙，绝代风华的李萱，桥的中间，走着醉眼蒙眬，一脸迷茫的小怀；桥的起点，跑着心急如焚，却又无限激动的我。

像某一次见面一样，李萱没什么表情，也没什么言语，只是摆出冷胜冰霜的姿态，伸出纤细苍白的手臂，坚定而准确地指向小怀。

近了，更近了，我的脚步更急，所有的酒水瞬间化成了满身的冷汗，让我的头脑无比清醒、四肢无比灵活。我操控着这具一切数值几近巅峰的身体，着急地跑着、忘我地跑着，却终归被一道强大而纯净的阴气笼罩，再也不能前进一步。

眼前明明是一片虚空，但我知道，李萱也知道，那是一处几乎坚不可摧的屏障。靠着这扇屏障，她不仅可以轻而易举地吞掉小怀，更有可能间接地摧毁我。

我紧握双拳，紧张得甚至连呼吸都已停滞，而小怀，忽然扭过头，像终于清醒过来一样，扭曲了脸色，挥舞着双手，绝望地对我呼喊着。

我听不到，一个字都听不到。因为，她根本喊不出声音，没人能在这么强大阴气的压制下，还能发出一点声音。

妖也一样。

不行！绝对不行！

轻撩衣襟，暗摸匕首，我一跃而起，祭出万道金光，终于将无形的屏障冲出一道微小的裂口，闪电般地冲了进去。

须臾，还迷迷瞪瞪的小怀摆脱了李萱的控制，迅速移到我这边，说时迟，那时快，我一把抓住小怀的衣带，绷紧肌肉，举起手臂，瞬间发力，把她甩到身后，远离了整座铁桥。

几乎与此同时，耳边响起一阵绵长而尖厉的冷笑声，李萱眼见小怀逃走，不禁仰天长啸，重重地往前走了两步。马上，一阵更为宏大的气流排山倒海般直冲过来，一路前进，一路爆裂，最终霸气无比地罩住整个铁桥，生生把桥面逼出了几道轻微的裂痕。

强大的压力早已让我无法呼吸，莫名的强迫却又让我不得不呼吸。心跳越来越快，呼吸越来越急促，整具身体似乎不再属于我。几千只带着倒钩的火手却凭空出现在面前，狞笑着扭曲在一起，迫不及待地钻进我的鼻子，烧灼我的咽喉，呼啸着，席卷着，一路钻进我的五脏六腑，四肢百骸。

血液在沸腾，筋肉在燃烧，肉身实在承受不住，我弯下腰，剧烈地咳嗽着，嘴角不禁流出几丝鲜血。但是，由于火焰太过猛烈，这鲜血一流出来，便像清水滴在炽热的铁板上一样，瞬间被蒸发得了无痕迹。

全身的皮肤变得越来越透明，透过皮肤，可以很清楚地看到一簇簇青白相间的火焰，正在下面放肆地燃烧着。

太阴业火，情想俱炽，酬其宿债，皆自虚妄业之所招引，若悟菩提，则此妄缘，本无所有。

就在濒临成灰的前一瞬，我的脑中忽然跳出这样几句碎片，招来一阵突如其来的清风，轻柔地包围了我的全身，温和地抚平了所有的烈焰。

闭目、盘膝、静坐，蓝光从桥板的裂痕中一点一点，渐渐升起，轻而易举地把白光逼得无路可退，越来越小……最终，一声巨大的轰鸣响起，所有的一切都碎成粉末，在那阵清风中消失殆尽，几无尘埃。

我昏昏沉沉地睁开眼睛，终于重新看到了小怀虚弱的笑容和那个满是酒瓶的房间。

原来，这面镜子，是连接冥界与阳间的纽带。只是，这种纽带，只有在李萱需要的时候，才会被打开。

这次，李萱需要什么？

黎明？

不可能了吧……由于不想再耗费能量，我不得不翻出手机，打开地图，根据黎明随身带的那只打火机确定他的具体位置。

还好，安全。

但是，无意间，一条新闻蹦了出来——昨夜某山林突发大火，百年古树被烧，附近民房无一幸免。

"我、我这就被烧了？"小怀毕竟没我损伤得多，此时此刻，虽然和我并排躺在地上，还有力气歪过脑袋，勉强爬起来，难以置信地瞪着屏幕，如此感叹。

我放下手机，忙着继续喘粗气，没工夫理她。

"呜呜呜，这可怎么办呀？怎么办呀？"小怀不介意我的反应，依然十分难过地瞪着我，甚至还特别应景地哭了起来。

不知道情况的，一定会以为我刚死不久。

"我以后住哪儿呀？我以后还能活着吗？"哭虽是哭，她可一点没耽误说话，一边说，还一边坐到地上，相当伤心地抹着眼泪。

似乎是不能的，这种因具体物质产生的妖，一旦本体消失，灵魂也别想存在多长时间。逆天成妖，本就该受万千劫数，更别说是这种意外。

但是，她实在太可怜了，这么纯洁的妖，倒也是很少见……我转了转眼珠，悠悠地吐出这样一句话："其实，我倒是可以帮你，不过，你要答应我一件事。"

"什么事……"小怀赶紧爬过来，脸上却写满了难以控制的惊恐外加可怜，"我现在一无所有，连本体都没有了，连槐花也送不了你了，你还要什么……"

看她这样，我不禁哑然失笑："别想太多，没那么困难。就是，你以后不要叫我小哥哥了，我姓洛，你可以叫我洛哥……"

"好呀好呀！我答应你了！"小怀高兴极了，赶紧从地上爬起来，又蹦又跳，甚至还欢快地哼起了歌儿。

"等等，你扶我起来……"我伸出手，摸出口袋里那枝已经现出干瘪态势的槐花，指向墙角那个破破烂烂的花盆，勉强坐起身，"幸亏你刚才喝了点酒。来，帮我把你这枝槐花埋到土里，只要它还在土里，你就可以暂时存在下去了……"

"可是……"小怀扶起我，刚想再说什么，我就一下站起来，用尽全身力气，一把将槐花按到土里，再以迅雷不及掩耳之势，浇进去整整一瓶酒。

好了，她晕过去了。

这是很有必要的，不然，接下来的场面可真会吓到这只不谙世事的小树妖。

她最害怕红色了。

我默默地想着，晃起已经软绵无力的胳膊，捡起掉在地上的匕首，深深地割开附属的血脉，握紧拳头，调整节奏，让暖热的血流能够汩汩地流入花盆里。

只是埋在土里，没有至纯阳气续命，她怎么可能存在下去……

没过多久，血流便染红了整盆的土，这营养补得应该很足了。我满意地笑了笑，随便处理下伤口，"扑通"一声，继续仰面躺到地上，恢复我来之不易，却丢得乱七八糟的阳气。

程序上的事，不用再去证实。不管是谁引发的火灾，目的是什么，树终归是没了，人，终归也是没了。

只是，现在有个麻烦。这件事，我应该怎么对黎明说？

嗨，兄弟，你妈终于死了？还是，兄弟，来，我给你讲个很长很长的故事？抑或，什么都不说，就当一切都没发生过？

黎明从小就和他妈妈的感情特别深厚，是个绝对不打折扣的孝子。这么多年，除了上课的时候，一有空，他就要回家陪他妈。就算必须待在学校，他大部分时间也是在和他妈视频。为了这个，室友们还都私底下笑话他，不仅是个娘炮，还是个妈宝。

现在，他要是得知这个消息，我可真不知道会引发什么后果。

也许，所有的一切，再也无法挽回。

于是，我就这么愁啊愁的，躺在地上看太阳，躺在地上看晚霞，躺在地上看月亮。

看着看着，天就亮了，天又黑了。

终于，当一轮皎月升起的时候，一身风尘的黎明终于推开门，兴冲冲地闯了进来。

第四章　公司所引出的

也许与人群隔离得太久，黎明在述说今天经历的时候，就像变了个人一样，整个人都显得神采奕奕的，一双眼睛里，更是闪耀着一种十分特别的光辉。

这种感觉，似乎终于冲破了一个亘古以来的樊笼，即将走向新生。

不知道为什么，心里不太舒服。而且，与李萱大战一场后，我也迫切地需要休息。因此，对于他兴高采烈、喋喋不休的讲述，我没显出什么情绪，始终都是不咸不淡地应着。

即便如此，我也无比清晰地还原出了一些画面。

今天一大早，天刚蒙蒙亮，黎明就以从未有过的速度从床上跳起来，费尽心机，把自己打扮得人模狗样，怀着满心忐忑，走过人迹尚少的街道，来到早已人山人海的公交站。

人迹尚少，是因为这里挨着著名的艺术区，住着一些或有名或没名的艺术家，通常不过中午不出门；人山人海，是因为方圆数里房租便宜，环境僻静，配套设施齐全，向来是外表光鲜，实际却疲于奔命的文字民工们的乐园。

文字民工，又称都市底层白领。

虽然刚刚六点，晃晃悠悠的公交上却一如既往地挤满了同样晃晃悠悠的人们。那阵势，人挨人，人挤人，简直连多一只脚都放不下。黎明哪见过这种，眼见身边的神人摩拳擦掌，一窝蜂地往上挤，非但不激流勇进，反而下意识地往后退，尽管如此，还是被如狼似虎、奋不顾身的人们毫不留情又毫无意识地踩了好几脚。

本来，黎明还抱着侥幸心理，以为再等等就会好，没想到一连过去六七辆公交车，一辆比一辆灾情严重。万般无奈之下，便也只好随大流，被怀有无限力量的人民群众大力推上了一辆几乎已经挤得前胸贴后背的公交车。

因为人实在太多，司机关门的时候，还差几公分，他那张帅脸就被人压到车门玻璃上。

两辆公交，转一趟地铁，什么都没做，只是路上，就花了大概三小时，黎明看着表上飞逝而去的时间，不禁连连叫苦，只期盼那家公司能好一点，不枉自己费这么大劲跑一趟。

他万万没想到，那家公司名义上坐落在东五环，实际却藏在五六环之间一群商住两用楼里。整个楼群统一安着暗绿色玻璃，阳光照上去，看起来倒十分漂亮。只是，因为位置过于隐秘，黎明又找了接近半小时，才终于气喘吁吁地站到韩冰面前。

韩冰，某卫视前策划，某文化公司现总裁，年近半百，才华横溢，事业心极强，虽人到中年，依然另起炉灶，出来创业，并且颇谙忍辱负重之道，曾为谈成一单生意，不惜大半夜被客户骂，自从创立公司以来，凌晨三点前从未睡过觉。

考虑到韩冰相貌堂堂、一表人才，对自己又超乎寻常地热情，黎明的心情总算好了一点。而在听韩冰介绍完公司情况后，他更打算留在这里，大展宏图了。没办法，韩冰不愧是文人出身，一张嘴几乎可以把死人说活，尽管黎明比较疑惑这到底是公司在招聘员工还是传销组织在拉下家，但韩冰远观国家大势，近说个人发展，着实是字字珠玑、句句在理。那口才、那煽动力，让黎明根本没法插嘴，只剩连连点头称赞的份儿。

于是，在韩冰的百般游说下，黎明当下就签了合同，开始上班。

实际上，说是上班，不过是四处看看，熟悉下公司。

"对了，他们的员工特别有意思，设计部主管叫乔苏，江南来的。男的。虽然眉眼干净，却长得又矮又小，大家都戏称他为'小小酥'。还有个女设计师，叫张智霞，看着沉默寡言，却是个狠角色，才入职没两年，就成了乔苏的助手，相貌平平，脚腕上那串铃铛却不错，看起来很古朴，应该有些年头，说不好是家传的。"黎明眉开眼笑地补充道。

"你不会是对人家有意思了吧？"我斜眼看着他，"还有，你不是去当网红吗，怎么搞到设计部了？"

"还不是韩总，他说他们网红暂时没那么缺，却急需平面模特和文案，觉得我挺合适，就让我试试。至于张智霞，我可没那个意思，她虽然出身不太好，却很好打扮化妆，追求者向来不少，就连公司的送餐员，也暗暗地对她有意思。不过，据说，她正和乔苏谈恋爱，马上就到谈婚论嫁的程度了。"黎明的语速快得就像连珠炮，一边说还一边四处张望，"有没有吃的？我都要饿死了。也真是倒霉，上班第一天，他们就换了送餐员，那货是个新手，迷路了。等他到的时候，东西早就凉得没法吃了。"

这倒是真的，黎明向来对凉的食物深恶痛绝，并且相当有骨气，就算饿死，也绝对不会吃一口。

"你又不是不知道，我不用吃饭。"我淡淡地回了一句，尽量装得与平常无异，懒洋洋地爬起身，开始穿衣服，"走吧，出去吃。据说有伙新疆人开了家饭店，里面的烧烤挺不错。要不要试试？"

黎明酷爱羊肉，怎么会拒绝？于是，不到十分钟，我们就坐到那里，对着一堆羊肉串牛肉串羊排羊腿鸡心鸡胗鸡翅鸡架鸡腿大吃大嚼起来。

"这么多，吃得完吗？"看着满桌子飘香的各类肉品，黎明竟然有点担心，也有点诧异，"你、你不是说你不用吃饭吗……"

"对，我是说过。"我大大方方地承认，同时抓着一条羊排，咬下一大口，指了指旁边两箱凉气四溢的冰啤酒，慢条斯理地解释，"但是，吃饭可不只是满足生理需求，还有心理需求。再说，不吃点肉，怎么喝酒？"

"你最近总是喝酒。"黎明看似随意地接了一句，捞起一瓶，打开瓶盖，颇有风度地为自己满上一杯，开启了一个讳莫如深的话题，"有时候想想，也挺有意思的。你虽然活了那么些年，超脱的时候，就像个圣人；但执拗的时候，竟然比凡夫俗子还想不开。"

"这和时间没关系。"我抓起桌上的酒瓶，一口气喝了个精光。我不想解释什么，有些解释，要以深厚的背景为基础。

"那和什么有关系？"黎明一反常态，竟然刨根问底起来。

我没理他，只是略微斜了身子，伸手去拿下一瓶酒。

万万没想到，这个无知的小子居然不知天高地厚地伸手来挡我，就像无论如何都无法甩掉的牛皮糖，又像已经坏掉的复读机，固执无比。

"那和什么有关系？"他死死按住我的手，一双眼睛平静地看向我。

我依然没理他，只是挣脱了他的手，重新开了瓶酒，一饮而尽。

这次，他没有再说什么，却做了一个非同寻常的举动。

他缓慢地站起来，缓慢地弯下腰，迅速地抓起整整一箱酒，"咣当"一声，扔到并不结实的桌子上，引发了不小的震动，也引来了几乎所有食客的注目。

我略微惊讶地看着他，他却不觉得有什么，而是一脸平静地看向我，嗖嗖嗖开了所有瓶盖，一瓶接一瓶，不要命地往肚子里灌。

惊讶逐渐变为辛酸，辛酸逐渐变为麻木。我麻木地坐在那里，麻木地看着他，就像他已经变成一缕微不足道的空气。

他本来就该变成微不足道的空气。

长久的沉默，长久的安静，一箱酒却都空了。我挥挥手，招来服务员，嘱咐她再拿两箱。服务员故作镇静地点点头，走向吧台的时候，却总是不停地回头看我们。

疯子，没错。

早在一开始的时候，我们就都疯了。

随着瓶子间微弱的碰撞，酒很快到了，这是我的。那个没出息的黎明几乎已经烂醉，用不着再喝了。

但是，他模模糊糊地吐出了这样一句话。

"我看见吉风了。"

我没有问他吉风是谁。虽然最近确实比较颓废，却并不影响记性。对于新接待的灵魂，一时半刻，我还是很难忘掉的。

"我不想去那里上班。太诡异了。"黎明伏在桌上，呆滞地笑着，软绵绵地挥着手，"太诡异了，你知道吗？那里根本照不进阳光，一点都没有。而且，一听到张智霞的铃声，我觉得我整个人都乱了。还有，还有她和吉风的事竟然是真的。她虽然一直在和乔苏谈恋爱，私下里却一直在和吉风勾勾搭搭。"

我举起杯，抿了口酒，默默地听着。

我知道，他会把一切都说出来。

"本来，本来我不会回来这么晚，外卖也并没有凉到根本不能吃的地步。但一看到吉风，我真是没法下口。他，他死得太惨了，那青黑色的脸，简直和外卖里的凉拌茄子一个颜色。"可怜的黎明终于说出了真相。

"最主要的是，他发现我看着他，竟然缠上我，想让我帮他，我哪里知道怎么帮他。但他说，只要跟他去他家就行。我实在没办法，只好在下班后，跟他去了，没想到在他家，我竟然见到了张智霞！"

"哈哈……洛哥，洛老板，你知道她在干什么吗？"说到这里，黎明突然抬起头，神经质地笑了起来，"她，她一动不动，特别震惊地跪坐在血泊里，嘴里不断说着，是她妹妹干的，是她妹妹干的，我觉得很奇怪，问她为什么，她不知道，但就是很确定，是她妹妹干的。而吉风，那时候天还没有完全暗下来，在灿烂的阳光中，吉风仰面躺在沙发上，头往一边垂下来，耷拉着手腕，血流得到处都是，已经凝固成浓稠的深红色。他旁边放着两个酒杯：一个有酒，一个没酒。但是，他既然已经喝下带毒的酒，为什么还要割腕？他还穿着正装，一个要死的送餐员，在临死前为什么要穿正装？妈的，他什么都没和我说，他什么都不说。难道你们那边都这样吗？他什么都不告诉我，只是喊我去报警，让警察替他收尸，这就算完了是吗？"

我没说话，只是自顾自地喝着酒。阳间什么人都有，冥界也什么鬼都有，都无所谓。人都没了，什么都无所谓了。

"买单。"很快，最后一瓶酒见底，我尽量保持正常，随手摸出一根烟，晕乎乎地看向黎明，伸进他的口袋里，准确地摸到了那只纯银限量版的打火机。

翻盖，摩擦，点火，烟雾缭绕，随手揣进我自己兜里。

结了账，我拉着黎明晃晃悠悠地往出走。刚出门口，还没走几十米，黎明便弯下腰来，吐得天昏地暗。

前面是十字路口。

将近午夜的十字路口。

我醉眼蒙眬，稍稍地偏过头，不远处，一阵若隐若现的雾气正悄悄地飘起来，慢慢逼近我们的身后。

"你想知道和什么有关系是吗？"我拽过还在吐个没完的黎明，淡淡地说了一句，"很快，你就会知道了。因为，你带不走我了。"

也许吐过之后真的好了不少，至少，黎明的眼里现出了一丝清明。

"你带不走我了。他们来了。他们来了……"我跌跌撞撞地往旁边走了几步，狠狠地将后背砸到墙上，把身体弯成一个诡异的弧度，颓然而机械地重复着，"他们来了，他们来了……"

"他们是谁？谁？"黎明慌乱地扑过来，扶住正在不断下滑的我，努力瞪大眼睛，四处搜寻着。

但是，他看不见。在冥界，他还太过渺小，说得更直接点，就是级别还不够。

"没有，没有，洛哥，你看错了，什么都没有。你一定是喝多了。"黎明扯着嘴角，露出一个比哭还难看的笑，用已经在发抖的手紧紧地拽住我的胳膊，"没关系，没关系，不管是谁，我都可以把你带回去。把你带回去。"

"带不回去，回不去了。不用再欺骗自己了，一切都是幻象，什么都没有。没有第一栈，没有洛老板，没有黎明，什么都没有，凡所有相，皆为虚妄。凡所有相，皆为虚妄……你眼前的一切都是假的，只有死亡才是不变的永恒，只有消失才是永远的幸福。死了，对，你妈死了，我也快了，快了……"

"洛哥，你喝多了，你真的喝多了。你们怎么可能会死呢？真的，都是真的。我们都存在着，我们都是真的。"他大力地紧紧箍住我的手腕，带给我一种奇特的疼痛感，"回去，走，我们回去。"

旁边蹿过一只虎皮花猫，两只眼睛大得出奇，闪着绿莹莹的光。紧接着，又是一模一样的一只。只可惜，黎明什么都看不到，就像旁边的路人一样，他们只会觉得是两个醉鬼在自说自话，乱发酒疯。因此，还离着很远，就一脸厌恶外加惊恐地绕了过去。

黎明的力气虽不小，却终究唤不回已经自动放弃希望的我，我甩开他的手，像一摊烂泥一样，完全滑到地上，用最标准的姿势单膝跪地，向着所有来接我的同事们，做出一副最虔诚也最满足的姿态。

不到几米的距离，他们都在看着我。

璃轩走后，地府权力更迭，一切都变得不一样了。

"洛哥，你这是干什么，你快起来，我们回去。"黎明更加慌乱，很明显，他也感觉到了什么。

同事们越来越近，几乎把我们完全包围。我很自然地冲他们笑笑，掏出一根烟，摸出打火机，却怎么都没法再点着。

当然是点不着的。

"来，试试。"我温和地看着黎明，递过去打火机，说出一个最简单的破解之法，"他们来了。你点不上。你能点上，就证明他们都走了。"

"好，我点，我现在就给你点。只要你能回去，我现在就给你点。"黎明握住打火机，像握住整个世界一样，翻开盖子，小心翼翼地点火。

当然是点不着的。

那么浓重的阴气，火苗根本不可能蹿上来。

而那个固执的黎明，却依然要欺骗自己，他狠狠地握着打火机，一遍又一遍地点着。微弱的月光下，他的大拇指已经磨出了深深的印记，估计，过不了两下，就要磨出血了。

"算了，算了……你不知道，我早就该走了……"我拿过打火机，试图重新揣到兜里，"我走之后，你会明白一切……"

"我不想明白！"忽然，黎明大吼一声，狠狠将打火机摔到地上，拉起烂醉如泥的我，像只没头苍蝇一样，什么都不管不顾，只是疯狂地向前跑去。

第五章　李代桃僵

完全清醒过来的时候，阳光刚刚照进来，如同汹涌而纯洁的海水一样，透过将近金色的窗帘，把整个房间映得一片灿烂。

我竟然回来了。

他，真的把我带回来了。

那个一根筋的黎明，倒真是有种莫名的魄力。昨天晚上，当他摔打火机的那一刻，我用最后的理智，十分惊讶地发现，我所有的同事，竟然都用从来没有过的样子，在深深地动容。

这是很反常的事。作为老板，他们对世上发生的一切，早就麻木到司空见惯。

而黎明，似乎确实和以前也不太一样。难道发生了什么，他一直在瞒着我……我半坐起来，眯着眼睛，四处摸索。

没错，虽然他把我救了回来，我却丝毫没有任何改变，只想继续躲进酒精织成的世界。

没想到，酒没摸到，却意外地摸到了一张纸条。

又是纸条。我不禁苦笑。

只是，这次，真的是一张纸条。

安全性没有遭到破坏，内容却依然诡异而荒唐。原文太过拙劣，不便多说，大概意思是，今天早晨，张智霞给他打电话，让他陪她去打胎，他就去了。

看来这张智霞确实是个狠角色，才接触不到二十四小时，就大大方方地让一个属性新、性别男的同事去陪自己干那种事。也算她眼光不错，黎明碰巧是个有求必应的万金油，只要女孩张口，绝对不可能不答应。

至于她肚子里的孩子，当然不是黎明的。

这么多年来，黎明虽贪蝶恋花，处处留情，却始终有着分寸，乐而不淫，哀而不伤，从没把哪个女孩的肚子真的搞大过，话说回来，就算他想对张智霞动手动脚，这么短的时间，也不可能找得到机会。

但是，黎明这么一个大孩子陪一个女人去医院堕胎，心情自然十分之复杂。在黎明二十几年的生命里，从来没干过这种事。因此，虽然整件事和他完全没关系，他依然比张智霞本人还要紧张。

两人如约见面后，各怀忐忑地来到一家本市著名的妇科医院，一通各种检查后，坐在外面的椅子上等结果。

天气阴晴不定的，阳光虽然很灿烂，却总会被外面偶尔飘来的大片大片的云彩挡住，形成形状各异的阴影。

"我是第一次……"沉默许久后，张智霞捏着满是冷汗的手心，偷眼看着黎明，十分担心。

"我也是第一次……"黎明也不知道在想什么，本来想安慰一下张智霞，显示一下自己的风度，没想到嘴里竟然溜出了这样一句话。

这样也不错，张智霞一听黎明这么说，不禁"扑哧"一声，笑了出来，脸色也好了很多。她盯着黎明的眼睛，由衷地感激道："谢谢你。真是麻烦你了。"

"他工作很忙？周末也要加班？"本来如坐针毡的黎明也稍微放松了下，看了看张智霞依旧平坦的肚子，随口问道。

"也倒不是。"张智霞吞吞吐吐，似乎在掩饰着什么，"事情比较复杂，我一直都没告诉他，只想这么悄悄地算了……可是，我又害怕，毕竟是第一次。但我平时只顾着工作，和谁都没太多的来往，身边连女性朋友都没有，更别说合适的男性朋友了，所以……"

黎明再没经验，好歹还长了脑子，既然张智霞把话说到了这个地步，他便只好随便敷衍了两句，识趣地没再问下去。

幸好这时候，一个小护士从旁边的房间里探出头，看向这边，叫了张智霞的名字。张智霞听到了，赶紧站起来，走过去，从护士手中接过一堆化验结果，茫然无措地听着护士的话。

看情况，似乎还很严重。那小护士的情绪很激动，一边说着，还一边时不时地瞪向黎明的方向。

黎明无奈地叹口气，想移开目光，眼不见为净，没想到小护士还来劲了，一见黎明扭头，噔噔噔几步来到黎明面前，张嘴便是一副教训的语气："还不想看了是不是？这可是你自己的女朋友，不珍惜就算了，连关心都不舍得给？没长良心的见多了，还真没见过你这样的。你还不知道吧？她是宫外孕，都快两个月了，麻烦得很，很危险的。能不能人流还不好说，如果不能，只能动手术了。真不知道怎么想的，看你这样，又不是十几岁的孩子，还不赶紧修成正果，尽弄这种荒唐事，算了算了，我也懒得说你，以后长点心，好自为之吧！"

一席话掷地有声，铿锵有力，直把黎明说得猝不及防，一愣一愣的。但既然已经来了，还被人强安了这个身份，也没法解释，尤其当看到张智霞一脸抱歉的时候，黎明更说不出什么，不管小护士怎么说，只是不断点头应承着。

小护士见他认罪态度还算好，总算闭上嘴，白了他两眼，伸手拉着张智霞，亲亲热热地安慰着，又开始去做另一系列的检查。

黎明见她们要走，终于也松了口气，继续坐在椅子上，又尴尬又百无聊赖，只好随便向四处望着。

怪就怪在，张智霞一走起来，脚腕上的那串铃铛便又叮当叮当地响了起来。

几乎同时，就像被谁强迫一样，黎明不自觉地扭动略显僵硬的脖子，转过头，直直地看向小护士和张智霞的背影。

两个人，一个半背影。

一片绿色的走廊尽头，竟然模糊地出现了一群孩子。

大的、小的，长的、短的，尚未成型的、已经成型的，干干净净的、血迹斑斑的，一脸和善的、一脸怨恨的……随着响个不停的铃声，它们上上下下地飘浮在张智霞周围，轻而易举地遮住了她的上半身，并且很快遮住了她的全身，和她们一起消失在一块小小的门帘后。

就在它们消失的一刻，黎明的眼里忽然浮现出一种前所未有的邪意，两只黑洞洞的瞳孔越放越大，越放越大，最终吞噬全部的眼球，只呈现出两眼深不见底的黑色。

　　在无边无际的黑色中，黎明一刻不停地在半空中行走着，脚下是他的144号房间，房间里半拉着漆黑的窗帘，外面隐约地射进来大束大束的阳光。

　　不是金色，是灰白色的，让人绝望的灰白色。

　　不是温暖的，是冰冷的，让人从心底发寒的那种冷。

　　阳光怎么可能是灰白色的呢？又怎么可能这么冷呢？黎明疑惑地想，脚下依然不受控地向前走着。

　　也许，他也不清楚那到底是不是前。毕竟，四周丝毫没有参照物，前后左右完全一样。

　　忽然，他发现自己又回到了那所医院。但是，与刚才不同，似乎短短的几秒里，整座医院里竟已空无一人，挂号处、药房、大厅……所有的地方，所有的空间里，没有一个人。

　　也没有一个死人。

　　没有医生，没有病人，也没有护士。大家都消失了，就连声音也消失了。

　　站在医院刚进门的位置，黎明瞪大眼睛，难以置信地看着。终于，随着一道白光，大厅中央，终于出现了一个货真价实的洛老板。不过，我，他亲爱的洛哥，一改往日的高冷，正在一脸谄媚，点头哈腰地陪一个一地长裙、满脸冰霜的女子，在我们的背后，还跟着一串看不清样子的人。

　　看那个架势，就像在视察这个医院一样。

　　除了我的脸，黎明谁的脸都看不清。不仅五官，连轮廓都看不清。那种感觉，似乎你正站在平原上，望着百里之外的山峰，你知道它正存在着，并且知道它就在你面前，却无论如何都看不清，摸不到。

　　"洛哥！"黎明往前跑了两步，急切地喊道，"洛哥！"

　　没人回应他，大家好像也都看不见他，只是目不斜视、若无其事地从他身边路过。有几个人，甚至还直接穿过了他的身体。

　　黎明惊讶地低头，看着自己实实在在存在的身体，努力地转过头，继续难以置信地看着这群人。

他们时而说说笑笑，时而严肃地谈着什么。

但是，他听不见，什么都听不见。

就在这时，我，洛老板，在路过他的时候，用几乎觉察不到的轻微动作，轻轻地捏了一下他的手，快速地在上面写了几个字——

出门，公交，973。

第六章　中阴之界

灰白色阳光，到处都是灰白色的阳光；车，到处都是形态各异的车。

轿车、货车、有轨电车、火车……甚至还有高铁。它们相当和平地走在不同的轨道上，就像根本感受不到彼此的存在一样。

雨在下，像云像雾又像风。模糊了黎明的视线，混乱了黎明的思维。

973，973，他脑子里不断浮出这几个数字，东张西望地搜寻着四周。但是，随着他的目光，四周竟然慢慢旋转起来，光怪陆离，飘浮不定。

他觉得有些眩晕，便闭上眼睛，用力晃了晃脑袋。当他再次睁开眼睛的时候，却发现自己的背后，不知何时多了一个破旧的早点摊。

窄小的门面、简陋的桌椅，顾客很多，却都飘在空中，空气微微有些发黄，就像是被谁指引了一样，只看了一眼，黎明便也走进里面，坐了下来。

不用他说话，老板立刻给他端来一杯清水、一个鸡蛋，黎明自然而然地看着这些，却无论如何都吃不下去。

"想要吗？想要吗？"一个声音从他的内心激发出来，在他的耳边炸响。与此同时，雨忽然变得很大，如万排明箭般狠狠地打着地面，发出愤怒的轰鸣。路上的积水以肉眼可见的速度，飞快地涨起来，越来越高，越来越高，高出了整个店面，却始终淹不到店里。

门口的招牌禁不住巨大的压力，哗啦一声，掉到了水里，很快被湍急的水流冲得不见踪影。

黎明看不清招牌上写着什么，他不该看清。

第一店。

"该走了，该走了……"又一个声音在他耳边洪亮地响起，像受到惊吓一样，他猛地抖了一下，不由自主地站起身，跟着汹涌的人流，一步一步挪向早点摊那扇被磨得漆黑发亮的后门。

973，公交，正在那里等着他们。附近干燥得很，一滴水也没有。

所有人都匀速地走着，隔着相同的距离，一个一个上车，一言不发地按顺序坐好。

车上没有司机，车本身就是司机。

眼看座位坐满，车门自动关上，一路向上，开上一条笔直的路，看上去有点像林间公路。虽然坡度并不小，路上石子也不少，一直坑坑洼洼，但车却行驶得很平稳，如果不是外面的景色在动，根本就发觉不到车在向前开。

桥，桥，桥。

摇摇欲坠，破破烂烂的木板桥；扭成几股螺旋形的冰拱桥，仅有手臂粗，却长达好几百米的绳桥。

公交车若无其事，轻车熟路地开过这三座桥，越往前走，黎明越疑惑，他还保持着之前的思维和正常的思考能力。他记得自己去冥界的时候，那和这里完全不同。可是，如果这里不是冥界，又会是哪里？

难道是一个独立的时间和空间，隶属于冥界，却独立其外？

三座桥的下面，统一流淌着深不见底的黑水，黑暗而黏稠，水中偶尔漂出白骨的一角，沉沉浮浮，带着幽绿色的磷光。磷光周围，不停地跳跃着一丛一丛的大红色火焰，一望无际，诡异而危险。

不知何时，公交车静悄悄停在绳桥中央，悄无声息地开了前后的车门，乘客们整齐划一地站起身，站成一排，一个一个地走下来，站到只能容下一只脚宽度的绳子上。

绳子前面不远处，有一块一米见方的土地，再远便又是绳子。等所有乘客下车后，一声巨大的爆裂声，公交车翘起前两个轮子，直立起来，冲到空中，爆成一朵红黄相间、绚烂无比的火花。

当所有的灰烬与残骸燃烧殆尽，轻描淡写地飘进黑水时，绳桥之下，忽然出现了一个高度旋转的漩涡，漩涡越转越大，越转越大，终于，从深处的空洞里，升起七个雪白的骷髅。

它们围成一个标准的圆圈，奇诡地变换着位置，深邃的眼眶里，不断闪现出穿透力极强的七彩光芒。

就在骷髅出现的一瞬，乘客们开始挪动脚步，慢慢向那块小得可怜的土地前进。可是，并不是所有人都能踏上去，大多数人，在离它还有区区几步的时候，便脚下一滑，坠入了万劫不复的黑水中。

多坠落一个人，七彩光芒便更强一分。

就算踏上土地，有的人也无法再向前走，只能痛苦地滞留在那里，永远停止，永远站立。奇怪的是，虽然那块土地看上去仅有一米见方，却能无限量地容纳成百上千，成千上万个人。

假使一人独堕，其身长大，遍满其中；设有多人，身亦遍满，不相妨碍。

不过，终究会有几人，能超脱于此，进入到下一根绳子扭成的世界中。

那是一根高耸入云的绳子，以六七十度的角度，从绳桥尽头斜斜掠起，一直延伸到最顶层的迷雾里。

没人知道上面是什么，黎明也不知道。但是，身前有人，身后也有人，被排在其中，他只是一个小小的元素，早已无路可退。

这根绳子比绳桥还破，很多地方，纤维大多断裂，只剩下随风飘扬的几根，似乎随时都会彻底断掉，坠入万劫不复的深渊里。

黎明爬了上去。

他不知道自己爬了多久，他甚至觉得，自己就要一直这样爬下去了。没有开始，没有结束，没有为什么，没有目的地。什么都没有，就这样一直重复着，重复着一种不断向上爬的姿态。

一开始，他还有点疑惑、有点期待，很快，这种微弱的感情都被自然而然地消耗殆尽，化成一片无休无止的空灵。

终于，他放开绳子，来到尽头，置身于一座金光闪闪的寺院中。

他惊讶地看着身前，又惊讶地看向身后。绳子早已消失无迹，前面的人不知道去了哪里，后面的人也似乎凭空消失。寺院的山门里，一尘不染的庭院中，行走着一个又一个模糊的幻影。影影绰绰地，他可以看到他们大致的轮廓，并从这些轮廓推测出他们的身份。

可是，具体的，看不清，依然看不清。

弥勒、韦陀、文殊、普贤、如来、观世音、地藏……众多佛像的面前，无一例外地跪满黑压压的众人，个个五体投地，虔诚无比，脸上却是表情各异，异彩纷呈，让人猛一看了，未免心生厌倦。

香风阵阵，梵唱声声。黎明站在原地，一会儿看看这里，一会儿又看看那里，却始终再也迈不开脚步，似乎陷进了终极的迷失中。

这就是该回的地方吗？我本应该在这里？为什么？怎么回事？

他微微张嘴，迷茫地看着眼前的一切，佛音、红莲、清露、金光，所有的一切，都没法解释他的疑惑，甚至没法让他重新归入平静与涅槃。

理由就在眼前。

"妈！"

一阵淡淡的绿烟飘过，黎明浑身的血液都在一瞬间争先恐后地涌进脑子，使他不得不激动地往前走了两步，大叫一声，一把抱住自己日思夜想的母亲。

好瘦啊，更瘦了……黎明用发抖的手摸索着母亲的后背，喜悦得完全说不出话来，只是用尽全身力气，紧紧地抱着她，似乎要像初生之时一样，与这具伟大的身体再次融为一体。

黎明的母亲却没什么过激的举动，甚至连一个字都没说，只是呆呆地站在那里，任黎明拥抱着，诉说着。

是我的问题，我本来以为，告诉她真相，便是对她最大的回报，却没想到，很多时候，冰冷无比的真相，万万还抵不上一句略带温暖的谎言。

我消除了除她之外，所有人关于黎明已死的记忆，唯独没有消除她的。是因为，当时我想，就算我让她错误地以为，黎明还活着，作为有血缘关系的活人，她也没法。再见到黎明。

莫大的讽刺，对吧？

黎明获救后，一些与黎明毫不相干的人，竟然可以毫无障碍地看到他，和他相处，而至亲至爱的家人，却从此再也见不到他一眼。

直到现在，母子情分，最后的一面之缘。

我造成的。

我，造成的。

"妈，你怎么了？妈，你怎么不说话？"终于，黎明意识到了什么，稍微松开了怀中的母亲，握住她的胳膊，仔细端详着她，"你说可笑不可笑，洛哥昨晚竟然还说，你死了，他也要死了。但你看，你这不是好好的吗？你会活着的，他也会活着的，对不对？对不对？你们是我生命中最重要的两个人，怎么会死呢？是吧？"

"回去吧，这里不是你该来的。洛老板说得没错，一切，都要结束了……"黎明的母亲低下头，顺了眉目，喃喃地说着，"是我自愿的，因为，我实在受不了没有你的日子，我生了你、养了你，我看着你呱呱落地，看着你一天天长大，我看着你开心，看着你难过，我看着你气愤，看着你迷茫，看着你从一个什么都不懂的小男孩，变成一个顶天立地的男子汉，你所有的所有，我都看过了。我也始终坚定地认为，我简直是这世上最幸福的母亲。所以，我才会受不了没有你的日子……我心心念念的儿子，我一手带大的儿子，怎么突然间就没了呢？怎么能就这么没了呢？我可是一直积德行善，没做过一件坏事啊。既然如此，上天怎么会这么惩罚我的儿子呢？要报应，就算要报应，也都应该报应在我的身上，为什么要去折磨我唯一的儿子呢？他没有犯过什么错，不应该受到这种惩罚啊……我受不了，我没法接受。我哭，我每天都哭，我难过，我每天都难过，我不知道应该怎么活下去，因为有人毫不留情地拿走了我所有的快乐，摧毁了我生命中最重要的依托。毫不留情，毫不留情……一直以来，没了你，我真的不知道应该怎么活下去……"

有泪水砸在金砖上的声音，啪嗒啪嗒，真好听。

"是谁？谁？我到底是怎么死的？"黎明竟然敏锐地抓住了重点，一下跪倒在地，抓着母亲的手，猛烈地摇晃着，"难道这从来就不是个意外？难道这其中另有隐情？"

"执念太深，终究伤了别人，也伤了自己。"黎明的母亲伸出手，爱怜地抚着儿子急切的脸，居然露出了一丝欣慰的微笑，"没关系的。一切都没关系。无论如何，我的离开终究不是场意外。我知道，在最后一刻，我一定还能见到你最后一面。虽然这一面之后，母子间的缘分，也便尽了。"

有泪水砸在金砖上的声音，啪嗒啪嗒，真好听。

"别哭，儿子。"母亲弯下身，轻轻擦去黎明脸上的泪珠，平静地安慰道，"有生就有死，每个人都要有这一天。而我，还是比较幸运的一个。虽然自杀要受到严重的惩罚，我终究是躲过了，非但如此，我还可以往生净土，永远解脱……"

"来，站起来。送我走，像个真正的老板那样，安静地、平和地把我送走。"母亲伸出双手，扶起黎明，目光落到附近两个女人身上，语气中满是惋惜与满足，"无论如何，我总算等到了我要等的人，而她们，已经留在这里很久了，很久很久，久到甚至都忘了要等谁了……"

顺着母亲的目光，黎明仔细地看着那两个女人。其中一位是个和善的老太太，鹤发鸡皮，老态龙钟，从面部轮廓看来，年轻时必定是个美女。只是，不知道为什么，左边的那条腿，从腰部往下，齐齐地断掉了。

另外一位，是个中年妇女，长得和老太太有七八分相似，虽为素颜，却自有一种说不出的风韵。看样子，应该是老太太的女儿。

不知道为什么，看着看着，黎明竟觉得这两人有些面熟，他闭上眼睛，努力在脑海里搜寻着，却无论如何都想不起来。

"老板？妈，你到底知道些什么？"忽然，黎明又发现一件十分诡异的事实，不由得睁开眼睛，连呼吸都变得急促起来。

"一念之后，永断无明……"母亲笑了笑，最后握了握黎明的手，然后转过身，一路向前，最终消失在了耀眼的金光里。

第七章　明暗交织的吉风

差不多了，该回来了吧？我慢慢地在房间里踱着步，望向花盆里还晕晕乎乎的小怀，目光里尽是担忧与焦急。

我，会这样失去他吗？这次赌局，结果到底会如何？

其实，也许都没有区别。

赢的是我，输的也是我。

这本来就是我自己与自己的一盘赌局——扭曲时间和空间，制造一个足以支撑一切的漏洞，让黎明混到一群中阴身里，去中阴之界见他母亲最后一面。

之前，我已经硬生生拿走了那么多时光，这次，断断不能了。

但是，一旦他顺利进入，一切便都脱离了我的控制。他母亲会对他说什么，他会做出什么反应，甚至，就算他要和他母亲一起走，或者永远留在那里，我也一点都左右不了。

一念，一箦。

"老板，老板……"忽然，对面墙上隐隐现出吉风的灵魂，半出半没的，看得让人眼花。

"不是早就跟你说过，我不找你，你就别来见我吗？"我瞟了他一眼，试图掩饰自己内心的慌乱，"怎么了？有话快说。我还有事要处理。"

"其实，其实也没什么事儿……"吉风见我如此态度，情绪一下低落了很多，甚至有点黯然神伤，"我就是想找人说说话……做人的时候那么孤单，做鬼的时候，我不想再那样了……不过，如果你没空，也没什么……"

"行了行了。过来吧。"心底某处竟然被触碰了一下，导致我伸手招呼道，"想聊点什么？"

"我，我也不知道……"吉风语气里透着惊喜，举止却仍是局促得很。

"得，放松，放松，你还没那么罪大恶极，不至于被我灰飞烟灭。紧张什么？话说回来，你当初连死都不怕，现在还怕和我聊天？"

"我不是不怕死，我很怕死，很怕孤独死。你不知道，无数次，无数次你走在街道上，旁边都是熙熙攘攘的人流，但你却一脸茫然地站在里面，感觉自己就像一座被人遗忘的孤岛，并且永远不会被人想起来。从白天到晚上，从晚上到白天，从一天到一个月，从一个月到一年，那种感觉，简直太孤独了，太可怕了……"吉风竟然认真而煽情地解释起来，"也许你不相信，孤独也是有味道的。而我，正是死于那种味道。"

我笑了笑，没说什么。我不知道……也许，我真的宁愿不知道。

"刚才，我隔着墙壁，又闻到了那种味道。而且，似乎比我遇到的还要强烈许多……"吉风见我面色缓和了些，抽了抽鼻子，终于试探着说出了真相。

"见过矫情的，没见过你这么矫情的。"我故作无所谓地挥挥手，故意在他手腕和脸上扫来扫去，"怪不得连自杀都要死两回。"

"不不不，我不是自杀，严格来说，真的不是自杀，虽然我确实有那个想法。但我不是死于割腕自杀，而是死于中毒。"吉风连连摆手，急着澄清，"那天晚上，夜已经很深了，我本来准备好刀子要割腕，没想到忽然接到了一个电话，对方自称张智云，是张智霞的妹妹，提出要来我家看看。"

"你和张智霞到底是什么关系？不是一直没公开吗？再说了，都那么晚了，她妹妹找你干什么？"

"不知道。我什么都不知道。我一直喜欢张智霞，但她，我不知道，现在，我真的不知道了。我甚至都不知道，当天晚上，来找我的人，到底是张智云还是张智霞……"吉风的眼里带着迷茫，同时透着一种深深的恐惧，"张智霞是个很奇怪的女人，虽然早就明白我对她的心思，却对我忽冷忽热的。而张智云，我只是听张智霞说过几次，说她们是孪生姐妹，长得一模一样，除了她们自己，谁都没办法分出她们。但她只说过这些，从来没说过具体的，张智云在做什么，住在哪里，脾气性格怎么样，我全都不知道。关于她深夜要来找我，本来，我也觉得有点奇怪，一开始想拒绝，但考虑到她毕竟是张智霞的妹妹，想了想，也就算了。我只是没想到，她不仅来了，还带了一瓶价值不菲的红酒，说要和我一起喝点酒。"

"就是那瓶酒里的毒？"

"也许吧，我不能确定。关于她的到来，我还是比较兴奋的，甚至还有点小小的激动，毕竟是初次见面嘛，为了迎接她，我还特意把房间收拾了一下。见到她之后，也一直表现得很热情，但她明显和她姐姐不一样，从进门到离开，眼神特别冰冷，也没她姐姐那么开朗健谈。进门后，她一言不发地打开酒，拿过酒杯，倒了两杯，并排放在桌子上，让我先挑，我虽然有点不解，还是随便挑了一杯喝了，我喝酒的时候，她的神色似乎变化了一下，不过马上又恢复了正常。看我喝光了酒，她也没喝另一杯，只是带着酒瓶，草草地向我告别，匆匆走了。"

"你一定很失落吧？"

"是，我根本就不清楚她到底想干什么，一切是怎么回事。所幸这时候，酒劲也慢慢上来，借着酒劲，我看着周围的一切，觉得生活简直就是个笑话。没错，就是个笑话。我从小就在孤儿院里，没有父母，也不知道父母是谁，长这么大，一直没人管没人理，只能自己照顾自己。难过了没人理，生病了也没人理……上学之后，我也不喜欢老师，不喜欢同学，对学习也没什么兴趣，只上完高中，没考大学，就出来做了快递员。但是，你也知道，现在快递行业竞争这么激烈，我们最底层的快递员，就算天亮上班，一直送到天黑，每天工作十几个小时，拼死拼活地干，也挣不了几个钱。还好后来外卖渐渐火了，虽然去送餐员挣的钱也不是很多，和快递比起来，已经很不错了。于是，原来的同事们纷纷跳槽去当送餐员，我见他们都那么干，便也转了行。"

"我从小性格内向腼腆，和陌生人几乎从来不说话，上学的时候，别说和女生，和男生都很少来往。直到走入社会，开始工作，才渐渐好了一些。可我从来都没谈过恋爱，甚至连女生的手都没拉过……张智霞，至少从感觉上来说，算是第一个。那天，我第一次给他们公司送餐，就是她接待我的。我本来还手忙脚乱，生怕自己出错，一看见她，我顿时觉得整个世界都亮了，周围的一切，所有人，所有声音，都在一瞬间消失了，我的眼里只剩她，我的心里全是她，虽然我在这方面全无经验，但我非常清楚，这个女孩，就是我全部的世界，就是我在万千人中，终于要找的那个人。"

"当时她已经和乔苏确立关系了吧？"

"是啊，是啊……"吉风苦笑着，"乔苏，不管对于哪个女孩来说，乔苏比我都好上一千倍、一万倍，我不过是个一无所有的穷屌丝，乔苏却是温文尔雅的小主管，虽然从外表来说，我们的脸长得不相上下，论身材，他还远没有我高大，但对于男人来说，这又有多少用处呢？乔苏比我有文化，比我有钱，比我有前途，比起这些，我简直连他的一个小指头都比不上。我只是个送餐员，微不足道的送餐员。别说当时她已经是乔苏的女朋友，就算她还是单身，一个送餐员和一个设计师，你能想象这种爱情吗？你能想象这两个人之间到底差着多少东西吗？古代说门当户对，固然是封建思想，但如果两个人身份背景相差太大，也许一开始因为有爱情的滋润，会过得很幸福，可是，过不了多久，用不着外力的阻挠，他们自己就会土崩瓦解、分崩离析的。我虽然没有多少阅历，却看过身边太多同事相似的经历了。我们在社会的最底层，我们很难翻身，一个送餐员，怎么配拥有那么一份高不可攀、遥不可及的感情……"

"所以，你只是把这份感情藏在心里，一直到死，也没有让她知道？"

"除了这样，我还能怎么办呢？如果张智霞还是个二十出头的小姑娘，我也许还有勇气对她说，等我，我会给你幸福。但她已经是奔三的女人了。时光不等人，女人美好的时光只有那几年，过了那段时间，生孩子都成高龄产妇了。所以，她家一直特别着急，不停催她和乔苏结婚。张智霞从小失去父母，由家里的各位亲戚，尤其是她姑姑一手抚养长大。她姑姑见过乔苏，觉得乔苏很好，不仅有车有房，家里条件也不错，还懂得心疼人，乔苏也带张智霞见过自己的母亲。他爸死得早，他妈一直盼着抱孙子，简直比张智霞家里还要着急。所以，他们的结合，几乎已经是板上钉钉的事，就差时间。如果不是张智霞一直犹豫，现在说不定连孩子都有了。而我，只凭我，你说，我又有什么机会去挽回，有什么理由去破坏她的幸福呢？"

"可每个女人都不是傻子。从九岁到九十岁都一样。你那么喜欢她，她怎么可能感觉不到？"

"对。没错，她感觉到了。时间一久，我才知道，原来人们看到的一切，不过都是光鲜的外表，实际上，她一直都在犹豫，她很明白自己喜欢乔苏，却不清楚要不要和他白头偕老、共度一生。她总觉得这里面缺了什么，又多了什么。她一直想着这些，很矛盾、很犹豫，她不知道怎么办，便和我也保持着关系。而我，能得到她的青睐，当然十分高兴。我本来以为，从那以后，我终于可以不再独自在这世间漂泊了，我终于找到了能供我停泊的港湾。事实上，我几乎不奢求和她在一起，只要她肯多看我一眼，就一眼，我就已经十分满足。但是，她竟然做了更多，她不只多看了我……也正因此，那天晚上，听到张智云要来，我想到她们俩长得一样，想把她当成张智霞，才最终没有拒绝，甚至差点就打消自杀的念头。可她匆匆地来，又匆匆地走，简直就是一个巨大的笑话，一个巨大的笑话啊！不只是她姐姐，就连她，她又把我当成什么？她到底要对我做什么？她姐姐，她姐姐张智霞，我那么爱她，那么喜欢她，到底会不会有结果啊！

"事已至此，我已经不想知道。我很累，我简直太累了。我不知道生命有什么价值，有什么意义。对我来说，短短二十几年的生命，非但没带给我一点快乐，反而赐给我一身伤痕。现在，我再也接受不了哪怕再多一点的打击。在这段感情里，与其坐等失去、追悔莫及，再次不得不承认自己是个失败的输家，还不如趁早消灭自己，好歹让自己败在自己手上，漂漂亮亮地退出这场必输的游戏。所以，张智云走后，我借着酒劲，终于笃定了自杀的决心，拿着早就准备好的刀子，深深割开自己的静脉。然而，我不后悔，一点都不后悔。我没有牵挂，也没有遗憾，我只是在退出，安静地退出。"

"真的没有牵挂，没有遗憾吗？"我深邃地看向他，他的眸子里，明显流露着浓浓的不舍。

无疑，他在贪恋这个世间。

深深地贪恋。

"也许是有的，也许是有的吧……"他悠悠地叹了口气，陷入了回忆，"如果非要找一点不舍，就是那只我养了快一年的猫。它叫姜片，不是什么名贵的品种，但为了养好它，我花了不少钱。我不觉得可惜，我实在太孤独了。哪怕养一只猫，屋里只是多了一个活物，也是很好的。不过，我也知道，前不久，张智霞已经收养了姜片，她向来喜欢猫，这只猫，说到底，也是为

·225·

她养的。自从有了姜片，她甚至都会偶尔去我那里。之前，就算我主动发出邀请，她也从来都是彬彬有礼地拒绝。虽然我很清楚，她去那里，更多的因素不是为了看我，而是看猫。但我不奢求别的，我只要能看着她，坐在那里，静静地看着她，就没什么遗憾了。"

猫……说不定，吉风蓄谋已久的吧……望着一脸失落的吉风，我不禁想起了那个想为儿子过生日，赖在阳间迟迟不走的司机。

猫和玩具车，实际也差不多，都可以被轻而易举地附体……

第八章　火柴人

"醒醒，醒醒。"忽然，一双略显瘦长的大手扶上黎明已经将近合在一起的肩膀，轻轻地摇晃着。

"怎么……怎么了？我这是在哪里？"黎明终于舒展开蜷成一团的身体，困难地睁开眼睛，虚弱地坐直，气若游丝地看向那双手的主人，望了望窗外，情不自禁地问，"已经晚上了吧？"

那人没有回答。因为，窗外，依旧灿烂的阳光已经无声地回答了他。

忽然接触到刺眼的阳光，黎明下意识地伸出手去挡，无意间瞄了一眼腕上的手表，十分惊讶地发现，原来，现在距张智霞离开，只过了不到十分钟。

一念，是一簧，亦是一生。

"这位先生，你确定不需要去检查一下？"还没等黎明完全回过神，那个满带戏谑和轻松的语气又烦人地响了起来。

直到这时，黎明才注意到眼前的韩佳辞，目不转睛地盯着，上上下下地打量起来。

火柴人，这是黎明的第一印象。

没错，韩佳辞又高又瘦又薄，身高不止一米八，体重却没到一百二十斤，尽管肩膀很宽，骨架也不小，无奈筋多肉少，从侧面看去，像极了一片勉强站在地上的纸片。

站着不动还好，一走起路来，他浑身的衣服就像被挂在竹竿上一样，随着步伐自动飘荡，自带无限飘逸效果。

古有骨感美人，近有骨感帅哥。

不管韩佳辞身材多么有特点，一张脸长得倒不错。比女孩还要白皙细嫩的皮肤，比雕刻还要线条分明的轮廓，比小怀还要水灵的大眼睛，又长又密又翘的睫毛……如果不是顾忌着那身白大褂，黎明差点都要看呆了。

"你，不会是这里的医生吧……"黎明盯着韩佳辞，喃喃道，"这里是妇科……你是男的吧……"

"男的学妇科怎么了？陪对象来做人流？"韩佳辞随口应着，坐到长凳上，有意无意地瞟着黎明手里的包，轻轻点了点自己的脑袋，表情总算正经了一点，"不过，你别误会，我虽然是医生，却不是这里的医生，而是，心理医生。"

"那你来这里干什么？也陪对象做人流？"黎明稍稍放了心，无所谓地聊道。

"噢，没什么。"韩佳辞依然盯着那个女式手提包出神，听黎明开口，才猛地回过神来，随便解释道，"没什么。我有个同学在这里工作，刚好离得不远，我今天工作又不多，就抽空来看看他。刚要走，看你歪在椅子上翻来滚去，觉得你应该在做噩梦，就把你叫醒了。"

"这个包有问题吗？"黎明顺着韩佳辞的目光，终于发现了什么。

"没、没问题。就是觉得很眼熟，应该是我一个患者的。"韩佳辞扯着嘴角，有点不自然地笑了笑，"这患者比较有意思，想听吗？"

"不会吧……看她也不像有那方面的毛病啊，言行都挺正常的，你确定吗？不会搞错了吧？"黎明有点不相信，同时又有点好奇。

"也许吧。不想听也无所谓，我走了。"韩佳辞说着，起身便想走。

"等等，"不知道为什么，黎明竟然开口叫住韩佳辞，转头看了一眼里面，"她应该过一段时间才会出来。闲着也是闲着，你要是有空的话，说说也好。"

"好，那就当闲聊了。"韩佳辞重新坐下来，眼里藏着一丝得意，似乎奸计终于得逞，"你知道拖延症吗？"

"知道啊！现在拖延症多火，多少年轻人都自诩'拖延癌'。"黎明一脸不以为然地应道，"你别是想告诉我，那女孩也有拖延症吧？如果真是，那可不算什么大毛病。"

"没错，她有。而且，你说得很对，拖延症并没什么，弗洛伊德都说过，我们大家都有病，包括你我，也很有可能存在一些连自己都没有觉察到的心理问题。但是，和一般人不同，她的情况有点麻烦，不仅有拖延症，还伴随着严重的焦虑症和轻微的精神分裂。"

黎明认真地看着韩佳辞，全神贯注地听着。不知道为什么，虽然韩佳辞的脸上总是挂着一副满不在乎的表情，但他认真起来的时候，就是有一种让人不得不信服的魔力。

"拖延症你知道，我就不说了。焦虑方面，她应该属于广泛性焦虑障碍——她无时无刻不在担心任何事。名词和理论我不多说，晦涩难懂，不好理解。我只简单给你举几个例子，比如，她觉得生活中的一切都不受控，尤其是工作和感情方面，什么都做不好。因此，每件事，包括这两方面的事，对她来说，每时每刻都是天大的灾难。而且，这种长期的焦虑已经严重影响了她的健康，导致免疫力低下，各种消化问题频频出现。但是，根据我对她的多方面了解，她之前并不是这样，这些症状，都是从某个时刻开始的。由此可以判断，是某个具体的事件触发了她的深度焦虑。可惜，这么长时间，我一直没找到。"

"至于精神分裂，这个也许比较难理解一点，也正常，就算专业人士也不一定能完全搞清楚，关于原因及治疗方法，业内一直存在很多争议。对她的病情，我也只是初步判断。不过，有一点需要澄清，那就是精神分裂和人格分裂不一样，一般影视作品里反映的精神分裂，大多与人格分裂混淆了。关于我那位患者的病因，虽然我做了很多了解和调查，却也一直不太清楚。我只能分析出，她所有的症状都出现在焦虑的同时，包括幻听、幻觉、言语贫乏、情感淡漠。"

"听你说的，好像都是因为一件神秘的事？会不会，是因为意外怀孕？"虽然黎明没听太懂韩佳辞这套长篇大论，却依然准确地抓住了重点，猜测道。

"有可能。但只凭这一件事，应该还不足以构成诱因。"韩佳辞说着说着，忽然比较奇怪地看向黎明，"你不是她男朋友吗？对她这么不了解？"

黎明顿时有点语塞，憋了好久才从嘴里蹦出这么一句："我们也刚认识没多久，所以，彼此也不算太了解。"

"认识没多久就来这儿……兄弟你也太有过人之处了。"韩佳辞不咸不淡地调侃了一句，凑得近了些，做出一副"我是为你好"的姿态，特别真诚地澄清道，"别误会，我是真佩服你，我之前遇到的那些患者，有一个算一个，在感情方面都有问题。你们现在能在一起，肯定也克服了不少困难，你也是够幸运的，竟然遇到了我，而我这人向来乐于助人，看你们这么不容易，干脆就给你透露透露吧。但你千万别误会，我很有职业道德的，要不是看你们是男女朋友，我才不会随便透露患者的情况呢！"

"懂。你最有道德了。"虽然暗暗感慨韩佳辞废话太多，黎明还是摆出一副十分认真求教的姿态。

"她情况比较复杂，出身不太好，却一直要强，干什么都要争第一。刚上学的时候，大家就都觉得，像她这么又聪明又勤奋的孩子，以后一定会有大出息。从小学到高中，她也一直是名副其实的好学生，特别受老师同学喜欢，只可惜高考失利，差了几分，不得不去了一所二流大学。因为家里困难，大学期间，她不仅努力学习，还一直利用业余时间出去做兼职，四年下来，她没跟家里要过一分钱，学费和生活费都是靠学校奖学金和兼职挣的。"

"这也太励志了吧……"黎明不禁感叹。

"谁说不是呢？因为成绩出色，各方面表现也非常好，一毕业，她就被那家公司高薪聘用了。工作之后，她依然延续着之前的习惯，勤恳做事，少说闲话。时间长了，虽然没交下几个朋友，却也从来没和谁闹过矛盾。表面来看，她和谁都合得来，偶尔被排挤，也没什么怨言，更不会想着报复。因为本来就有这方面的天赋，又一心扑在工作上，没过多久，她就成了全部门最好的设计师，也理所当然地拿到了最高的工资，如果不是因为资历尚浅，尚须历练，很可能已经成了新一任的主管。当然，老总之所以没这么快就升她做主管，还有一个很重要的原因，就是她有严重的拖延症。做任务的时候，她总不会按部就班，马上就干，非要等到交任务的前一天，才会加班加点地去做。虽然最后不会耽误事，质量也从来不差，但这么样一个下属，总让老总不太放心。她自己也意识到这样不好，但就是控制不了自己。"

"原来是这样……"黎明若有所思地点点头，忽然有些狐疑，"但是，这些事不是应该很秘密的吗？你怎么知道得这么详细？"

"我可是心理医生。病人怎么可能不对我说实话？"韩佳辞竟然说了一个不成理由，却又最让人信服的理由，又不自觉地陷入了回忆中，"这种还麻烦一点，如果遇上患有依赖型人格障碍的，简直更好办了。这种病人因为害怕自己被抛弃，极度缺乏自信，不仅在任何事上都表现出顺从、胆怯和被动，还会把大部分做决定的机会都交给别人，他们非常愿意相信我，几乎是最理想的病人，尤其有很多女患者，接触时间一长，她们甚至会像刚出生的婴儿那样依赖我，并觉得自己已经深深地爱上我了。事实上，女的依赖男的，这种关系在东亚文化圈中确实很常见，也是社会对男女性别分工的要求。所以，站在另一个角度，这也不能说是一种心理疾病。只是，在这种障碍的影响下，大部分人早就严重混淆了爱情和依赖的区别，错误而可笑地认为——放低姿态，无限量地依赖别人，便是一种伟大的爱情，甚至是爱情最高形式的体现。"

说着，韩佳辞最后看了黎明一眼，似乎终于卸下了一个沉重的包袱一样："好了，讲完了，我也该走了。"

"黎明，黎明！"还没等黎明说话，那个小护士就冲出来，大声对这边叫着。

"怎么了？"黎明慌得浑身一激灵，顿时手忙脚乱地站起来，好像张智霞真是自己女朋友一样。

一直被他放在腿上的女式手提包"啪"的一声，掉在地上，因为拉链没有拉好，里面的东西绚烂地洒了一地。

韩佳辞本来要走，见状，赶紧蹲下身，帮黎明收拾着。

忽然，他停下了手下的动作。

他的面前，摊着一个大红色钱包，钱包的最外面夹着一张支票，因为被折住，只能看见一半的内容。

那是一笔不小的数目，下方盖着一个鲜红的大印。

韩冰之印。

第九章　两家医院

"腹腔内出血严重，必须马上手术！"小护士三步并作两步跑到黎明面前，一把拉起他，"快点快点，赶紧收拾，那边还等着你签字。"

"可是，我……"黎明终于面露难色，犹豫起来。

他虽然可以凭爱心陪张智霞来做人流，却还没无知到随随便便签字的地步。

"人现在在哪儿？快带我去！"韩佳辞反倒嗖地站起来，把刚捡起来的钱包纸巾之类一股脑塞到黎明手里，十分急切地抓住小护士的胳膊。

"你是……"小护士一时有点蒙圈，看看黎明，又看看韩佳辞。

"快带我去！"韩佳辞瞪大眼睛，一声低吼。

小护士似已被吓呆，又觉得从表现来看，韩佳辞确实比黎明更像家属，便赶紧忙不迭地点头，转身带韩佳辞往观察室跑。

黎明怀里抱着一堆乱七八糟的东西，呆呆地站在那里，却没有叫住韩佳辞。

因为，他终于注意到，那个摊开的钱包里，细心地藏着一对男女的合照。女的亲昵地靠在男的肩上，笑得一脸灿烂，男的却比较严肃，脸上没什么笑容，似乎有心事一样。

背景，是大片大片金色的向日葵和一望无际的蔚蓝大海。

男的，是韩佳辞；女的，是张智霞。

黎明重新坐到椅子上，把张智霞的东西一样一样放回包里，脑子里忽然勾勒出了一幅十分混乱的画面。

大约五分钟后，他终于整理好了所有的东西。

他不想再留在这里，却又觉得不该在这个时候走，正在两难之际，韩佳辞风风火火的身影便又蹿了出来。

"手续弄好了，正在手术。兄弟，不管你是谁，和她的关系一定不浅，这里全靠你了。"韩佳辞冲过来，交给黎明一堆单据，又慌乱地掏出笔，写下一串电话号码，"我得马上走。我家出了点急事，我必须马上回去。拜托了。这是我电话，有事随时联系我。"

黎明点点头，继续坐下来，整理一票单据。他现在十分紧张，一紧张的时候，他就特别喜欢整理东西。

韩佳辞的背影很快消失了，只留下一头雾水的黎明。他甚至有点后悔，要不是因为自己那点泛滥的爱心，也不至于被搅到这么一团麻烦里。张智霞肚子里的孩子到底是谁的？韩佳辞真是心理医生吗？他火急火燎地跑出去，又是为什么？

他什么都不知道。

他不知道，在隔了不到两条街的医院里，抢救无效的韩冰，早已停止了呼吸；他也不知道，作为韩冰唯一的儿子，韩佳辞虽然马不停蹄地往那里赶，却还是迟了一步。

"后悔吗？"我站在医院的走廊里，与韩冰一起看着失魂落魄地冲进来的韩佳辞，轻声地感叹，"这辈子，他终归没见到你最后一眼。"

"不后悔！"非常意外，韩冰的态度竟然十分坚定，语气中甚至带着满满的喜悦，"死都死了，没必要说这个。见没见到，他都是我儿子，都要继承我的事业！我一点都不后悔，真的！我现在只是很高兴，因为，之前捅的娄子，总算能够挽回了！"

我侧过脸，认认真真地看着这个不折不扣的商人，我甚至有点明白，黎明为什么会被他煽动得五迷三道，最终决定当他的下属。

这个人，真的是拿命在做事业。

而现在，他得到这个结果，也算是死得其所——为了挽回之前那个失败的案子，拉回那个潜在的大客户，他罔顾自己最近在犯高血压，约了客户出去吃饭，席间红白啤轮番上，一箱接一箱地和客户豪饮，终于因为急性酒精中毒，恶性心律失常——猝死。

"赚钱？留名？光宗耀祖？来，你看看他们，看看你的亲人们，看看那些客户，看看你儿子，那些虚无缥缈的东西，真的有那么重要吗？"我指了指正围在他床前忙碌的人们，挨个地指给他看。

"很重要！很重要！人活一世，就是要做出点名堂来！就是要给子孙后代留点什么！而我，我最大的梦想，就是盖一栋属于公司的大楼！只属于我们公司的！"韩冰激动地说着，连下巴上那几缕稀稀落落的小胡子都翘了起来，"虽然韩佳辞现在还不明白，但总有一天，他会按照我为他安排的道路，一步步地走下去，总有一天，他会把我韩家的传统，一代代地发扬下去！"

"还有没有什么未了的心愿，有了赶紧说。"我略带厌恶地看了他一眼，例行公事地问。

没办法，我可以认同他的情怀，却无法苟同他的冷漠。我忽然可怜起周围的那群人。他们所有人，都在为他的离去而悲伤，而他，却觉得这些根本毫无意义。

名利，金钱……多么美好的词汇啊，多么诱人的东西啊。

与这些相比，感情，又算是什么呢？

至少，在此时此刻的韩冰看来，人们流的每一滴眼泪，都是懦弱的表现；人们感受的每一点痛苦，都是咎由自取。

"心愿，有啊！有个项目还在做，我需要随时跟踪！可不能再弄砸了！"韩冰渴望地看向我，兴奋地说。

我简直已经没法再说什么了。幸好这时，脑海里忽然传来了黎明的声音，听起来十分颓废而无助，"洛哥，你能来一趟吗？张智霞她……"

屋漏偏逢连阴雨，我无奈地叹口气，看向还在慷慨激昂的韩冰："行了行了，住口吧。从你死的那一刻起，活人的一切就都和你没关系了。你不该管，也管不了，更别想再去追踪什么劳什子的项目！从现在开始，不准离开我一步！"

"你个毛头小子，凭什么……"韩冰听我这么说，马上吹胡子瞪眼睛起来。但是，这种状态并没持续多久。因为，再也忍不了的我毫不犹豫地拔出匕首，顶住了他正在上下滚动的喉结。

"再多说一句废话，马上让你灰飞烟灭！"

"别，别，我知道你要去附近医院见张智霞，你放心，我不玩手段，我跟你去。"感受到匕首的力量，韩冰整只灵魂都不由自主地颤抖起来，嘴上也立马软下来，摆出一脸讪笑，"开个玩笑嘛，别当真。我死都死了，怎么还会那么执迷不悟呢？你看，毕竟她也是我公司的员工，于公于私，我也都应该跟你去看看。"

虽然比较疑惑他态度为何转变如此之快，有事在身，我便也没多想，而是马上带他去了那个医院。

"洛哥，你总算来了。"黎明看到我，一脸的愁眉苦脸，"她因为大量失血，脑部缺氧，昏迷不醒了。医生说，很可能会成为植物人……"

"笑话！什么植物人？你又不是正常人，还信这个？我就问你一句，你看到她灵魂了吗？"我一下撞开挡在面前的黎明，瞟了一眼病床上的张智霞。

"没，没有。"听我这么一说，黎明也终于发现了不对，"她的灵魂呢？丢了？"

"不清楚，不过，如果她不能按时回来，就永远都会这样了。"我侧了侧身子，坐到床边的椅子上。

"真会这样啊……"就在我侧身的时候，韩冰在后面阴恻恻地露了出来。

黎明被吓了一跳："韩总，你已经……"

韩冰没理他，只是无比轻松地围着病床，上下左右，来回地飘荡，就像只膨胀过度的气球，一张圆脸上是掩饰不住的兴奋。

"报应啊，都是报应……"他不停地重复着，似乎和张智霞有着不共戴天的血海深仇一眼。

"你少打什么歪主意！"我紧紧盯着韩冰，十分担心他趁机占了张智霞的身体。虽然不是不能把他弄出来，却需要费不少劲。

"哎呀，你放心。这女人的身体，就算你白给我，我也不想用。"韩冰的表情十分邪恶而轻蔑，"也许你们还不知道，要不是因为她，我还不至于这么早死——那个失败的案子，就是出自她手！我儿子韩佳辞，也是因为她，才不想继承我韩家的家业！"

黎明十分震惊，他终于隐约地意识到，那些心理问题的诱因，非常有可能，源自于那个失败的案子。

235 · 235 ·

他张了张嘴，想问什么，却被我拦住了。

韩冰的眼里泛着强烈的红光，正有变为厉鬼的征兆，现在打断他，非常有可能激怒他，加快这个进程。与其如此，不如站在这里，安静地听他把话说完。

"那是个很重要的项目，当时，对于这几个小兔崽子的勾当，我还一无所知。不然，我绝对不会容许自己犯这么低级的错误！那个客户很不好说话，要求也特别苛刻，在谨慎的考虑下，我没用张智霞，而是用了乔苏。没想到，这个该死的乔苏，因为他妈要来这里看他，接了案子后，扔下不管，跑去伺候他妈，还私下里把活儿给了张智霞！张智霞虽然业务精湛，终究少了点火候，客户看了案子后，很不满意，暴跳如雷，还要终止合作。我觉得很诧异，仔细看过案子才发现，那根本不是乔苏的风格，更像张智霞的。可是，他们竟然一直瞒着我，直到我找他们当面对质，才吞吞吐吐地说了实情。然而，问题已经存在了，就算我开除他们，扣他们工资，也换不回我一个客户，于是，我只是简单地打发走他们，满脑子想的都是怎么挽回客户。从那以后，几乎每天，我都在不断给人家说好话，赔不是。过了一段时间后，好不容易稍微有了好转，韩佳辞又在那跟我添乱。

"这么多年来，我们父子之间的关系一直不太好。造化弄人，他虽然是个男孩，但长相脾气都随了他妈，优柔寡断，胸无大志，妇人之仁，好好的MBA 不学，非要学什么心理学。什么叫心理学？还不是一群现代神棍？再说了，我儿子我还不了解，他哪是想学心理学，还不是想借口多泡几个马子？心理，人心那么复杂，岂是一门学科，几本破书就能研究明白的？但他不听，不管我怎么说都不听。后来，我索性也断了他的财路。不是要学吗？自己赚钱去学好了。没想到这小子竟然真去赚钱了。只是，从那以后，一直到毕业前，他都没怎么和我联系过。

"毕业后，他靠自己的能力，开了家心理咨询诊所，生意竟然还不错。也许是因为心情好，前不久，他竟然和我说起一个女病人。他说他好像喜欢上她了，想和她结婚，结婚后，他们还想一起去国外定居，过无忧无虑的生活。我本来觉得，他能跟我说这个，来征求我的意见。是懂事的表现，还觉得有点欣慰。没想到，那女的是哪里人，家里什么情况，干什么的，他一概都不知道，不仅如此，还说爱情只是两个人的事，跟其他无关，就问我同不同意。这不是笑话吗，这么幼稚的想法，我怎么可能同意？再说了，他去过无忧无虑的日子，家业怎么办？公司怎么办？于是，我当场就拒绝了他。再次不欢而散。

"从那以后，我陷入了深深的不安中，我觉得那女人简直就是红颜祸水，早晚有一天会坏了我韩家的家业。于是，我不惜花重金，请来私家侦探，让他们持续跟踪观察我儿子，没过多久，就得到了确切的消息。原来，那个女人，那个该死的女人，就是张智霞！

"得知这个消息，我一下明白了韩佳辞的想法，他不是不知道她的背景，他是明知道，我一定不会同意这段感情。没错。我怎么会同意他们在一起呢？韩佳辞什么出身？张智霞什么出身？本来就是两个世界的人，风马牛不相及。不过，这女人也真是有手段。当面一套，背后一套，以为我什么都不知道。她明里是乔苏的女朋友，暗里勾搭着送餐员吉风，肚子里又怀了韩佳辞的孩子。这样一个女人，就算抛弃门第之见，只看人品，我又怎么可能信得过她？怎么能放心让她做我韩家的媳妇？我不是没给过她机会。我私下找她谈过，我故意做出一副十分反对的样子，以一张巨额支票的代价，让她打掉孩子，本来，如果她宁死不从，我还会高看她两眼，考虑一下她和韩佳辞的事，毕竟，她肚子里怀的是我韩家的骨血。但是，让我万万没想到的是，她竟然笑眯眯地拿过支票，毫不犹豫地答应了！"

"原来，韩佳辞和我说的一切，都是骗我的。他才是孩子的父亲……"听着韩冰的叙述，黎明终于明白了一切。

实际上，韩佳辞一开始也不清楚情况，有一点，韩父说得还是没错的，韩佳辞确实玩世不恭，处处风流，也确实和大部分仰慕过他的女病人都发生过关系。那天晚上，他刚和韩冰在电话里大吵了一场，心情非常不好，考虑到即将接待的张智霞是治疗已久的病人，彼此熟识，就没太在意。于是，就随性喝了点酒，然后继续诊疗张智霞。

却没想到，张智霞那天心情也不太好，本来就是喝了个半醉来的。

两人聊着聊着，半推半就，醉眼蒙眬地，就发生了不该发生的事。韩佳辞当时已经大醉，脑子很不清楚。等他完全清醒过来的时候，张智霞已经离开了。屋子里的一切都没有变样，依然很整洁，所以，韩佳辞更加不确定，昨天晚上，自己到底有没有越界。

因此，他看到张智霞的包，又看到黎明后，才会十分好奇，他真的以为，黎明是张智霞新交的男朋友，才闪闪烁烁地对黎明说了这么多。实际上，他是想看一下黎明的反应，验证一下黎明到底是不是张智霞的新男友。

直到瞥见张智霞钱包里的支票后，他才隐约明白了真相，也才会毅然决然地承担起他该承担的责任。

"没错！他是孩子的父亲！"韩冰眼里的红光愈炽，几乎覆盖了他整个眼球，他就那样瞪着两只血红的眼睛，恶狠狠地扑向躺在床上的张智霞，"这个女人，虽然怀了我韩家的骨肉，却注定一辈子都当不了我韩家的媳妇！现在，我不仅要毁了她的身体，还要毁了她的灵魂！"

不自量力。

敛眉静气，略一挥手，已化为厉鬼的韩冰便被弹到了房间的另一个角落里，万般不甘地瞪着我。

我一点都不怀疑，如果有足够的能力，他恨不得马上就把我抽筋剥皮，敲骨吸髓。但是，没关系，别说你还没有那能力，就算有，我也绝对奉陪到底。

我笑了笑，无所谓地瞟了他一眼。但是，很快，我的笑容便凝固在嘴角。

不知何时，韩冰的身侧，竟然露出了一袭雪白的裙摆。与此同时，一个娇媚无比的声音响了起来。

"对极了，好极了，跟我走吧，我能给你想要的一切……"

第十章　真相

李萱。

李萱。

李萱。

韩冰渴望地抬头，一双眼里，红光更炽。李萱眉目含笑，慢慢伸出手，一直向前，一直向前。

眼看白嫩的指尖就要搭到韩冰头上，只见寒光一闪，一声惨叫，韩冰的魂眼上，赫然多了一把瘦削冷硬的匕首。

匕首出，七魄灭，黑烟起，灵魂散。

"几日不见，竟如此果断了？"

李萱似笑非笑地看向我，却并没缩回手，而是微微抬高手臂，做出一副拥抱的姿势，陶醉地闭上流转的美目，贪婪地吞吐着那团正逐渐消失无形的黑烟。

真是一点都不肯浪费。

"哪有，他一个刚成的厉鬼，最多也就算个点心，哪敢让您劳心劳力。"我看似随意地说着，很有风度地做出送客的姿态，"外面厉鬼千千万，哪个不比他价值大？您好走，不送。"

"洛老板，这就是你的不对了，俗话说得好，一日夫妻百日恩，好歹相处一场，还没说几句话，就急着赶我走了？"李萱幽怨地睁开眼睛，悠悠地叹了口气，"还是说，直到现在，你还不知道，对我来说，这世上有一些比厉鬼价值更大的东西？"

说着，她转头看向黎明，故意做出一副很惊讶的样子："哎呀，黎明，难道，都已经到了这个时候，你还没和他说一个字？"

我诧异地看着黎明，他的目光沉稳而迷茫，薄薄的嘴唇抿成一条坚硬的线，似乎正在努力控制着自己。

"哈哈哈……"李萱轻笑几声，轻移莲步，坐到旁边的椅子上，抬起手，故作姿态地擦着眼角，"倒真是令人感动的兄弟情呢……黎明，你还是快说吧，再不说，我可都要感动得哭死了。"

尽管李萱一直在惺惺作态，黎明却一动不动，只是死死地看着她，一言不发。

"呦，一个大男人，怎么还害着起来了。或者，你依然觉得，你这么做，就能保护得了你亲爱的洛哥？"李萱的语气里满是嘲笑，斜斜地摆了摆手，做出一副沉思的样子，"算了算了，你要是不说，我替你说好了。不过，实在过去太久了，我得好好想想……"

这到底是怎么回事？我看着似已变成雕塑的黎明，又看着如同波斯猫一般得意的李萱，心里不禁升起一种十分不好的预感。

"哦，大概想起来了……"

李萱稍稍偏头，恍然大悟似的拍拍手，"这个故事，就从我来到人间的时候开始说吧，真是个冗长的故事呢……幸好一开始比较简单——逃出冥界后，我转生人间，父母双亡，被李家收养，李家你们肯定都知道，就是李老头他家。唉，那可真是个好人，自从把我带回家，他对我不但一直悉心照顾，视如己出，最后，竟然一厢情愿地为了我，把所有罪名都揽到自己身上，还自愿撞上你洛老板的匕首，从此灰飞烟灭。你说，你们说，那是不是个好人？简直是个闻所未闻、见所未见的大好人啊……哈哈哈……"

她前仰后合，歇斯底里地笑着，就好像看到了人间最大的笑话一样。

"不尽然吧？"我轻挑眉峰，嘲讽地看着她，"也许，你还不知道，他消失之前，给我留下了一个很重要的线索——就是他，让我去你家的镜子后面找一样东西。"

"哈哈哈……我不知道？你还真的以为，那附近的一切，有什么能逃出我的眼睛？"李萱稍住了笑意，目光却更加冰冷，"所有的一切，都是我早就设计好的。线索？那根本是无足轻重的事。事情的发展，一直都在我预料之中。就算那个你珍惜无比的线索，就算他为你留下，你想明白了吗？我家镜子后面，明明什么都没有呀！也真有意思，就算你那时候没想明白，在我利用镜子每晚找你的时候，你应该也有所察觉吧？可是，真可怜，你直到现在，还一直被蒙在鼓里，什么都不知道，只能在那里虚张声势地吓唬我，真可怜。多奇怪，很多时候，我甚至非常不明白这样一件事——愚蠢至此，到底是怎么当上第一栈老板的？"

全明白了。

突然，一切都明白了。

她随身带的那面小镜子，就是那面大镜子，只不过被缩小了。这面镜子，可以开启一条特殊的通道，只要李萱愿意，她可以借助它穿越任何时间和空间。

所以，李老头才会说，让我去镜子后面找东西，实际上，他想表达的根本是另外一个意思——一定是有一次，他惊讶地发现，李萱一个活人，竟然轻而易举地从镜子里走了出来。正因此，他才会错误地觉得，镜子后面有什么问题，也才会那么和我说。

可是，如果这一切成立，她为什么要把镜子留给黎明？

"因为我已经不需要它了，我有了更好的东西。而黎明，这个傻小子，却因为担心你出事，需要用它时刻关注你。你都不知道，这小子脑子确实很有毛病。他竟然为了顺利说服我把镜子给他，不惜和我说，他对你一片真心。他真正爱的人是你，而不是我。不过，对我来说，这都没关系，我完全明白是怎么回事，所以，我才故作感动，故作惊讶地把镜子给了他。其实，你也应该能理解吧？既然他都演得那么像，我又何必不成全他，陪你们玩玩呢？"李萱毫不费力地洞悉了我的想法，满不在乎地说。

更好的东西，是什么？那个时候，应该是璃轩愈加虚弱的时候，这两者之间，会不会有什么关系？

"只顾说别的，都跑题了。还是说回来吧。"这次，李萱没理我，自顾自地说道，"在李家生活的日子里，除了李勇浪的性取向让我不太舒服，别的都还好。说到李勇浪，蠢老板，你应该也没想到，我一直阻止他和刘孝强，不是因为我还喜欢刘孝强，嫉妒他移情别恋，而是我早知道——他们注定没有好结果吧？没错，我是喜欢过刘孝强，但那不过是寂寞使然，一场大戏。呵呵，你当然不知道。你不知道，其实我什么都知道。"

假的，都是假的。关于她对刘孝强的控诉，关于她感人肺腑的一番话，都是假的。

她，到底什么是真的？

她到底是谁？竟然有着如此可怕的能力？

她到底经历过什么，竟然可以把这一切，都当成是云淡风轻的笑谈？

"为了淡化刘孝强对李勇浪的影响，避开那种结局，我把李勇浪送到精神病院，然后离开那里，去了陈承的辖区。我以为一切都可以暂时结束了，无奈我真的离开人情太久，都已经这么想当然。结果，没有避开，你们都知道。最终，刘孝强还是对我的学生做了那种事，导致那孩子含恨而死。那孩子怨念很深，他死之前，曾经发下大愿，宁愿自己灰飞烟灭，也要让刘孝强遭到世界上最深重的痛苦。一开始，他本来以为，死亡就是最深重的痛苦，所以，他觉得只要弄死刘孝强，他的愿望就可以实现了。因此，那段时间，他一直缠着刘孝强，想找机会下手。而我，为了李勇浪，绝对不会任由他伤害刘孝强。"

"所以，那段时候，一直保护刘孝强的，就是你。"我回想起陈承对我说过的话，终于解开了一直以来的疑惑。

"对。也正是因为这个，那孩子恼羞成怒，最终决定去找陈承，故意做出一副可怜相，让陈承为他做主。实际上，他那么做，不过是想借陈承之手收拾我。可怜那个陈承，简直和你蠢得不相上下，竟然还真的就这么被利用，处心积虑地追了我那么久。"

"那孩子也够单纯，后来，他才终于明白，想要报复刘孝强，最好的方式就是让李勇浪惨死，对吧？"我顺着她的思路，一直向下走去，却特别想看一看路边的风景。

"送走李勇浪的时候，你是什么样的心情？悲伤？释怀？平静？"

"我没有心情，因为我从来就没有心。"李萱平静地笑着，"心是一种多么软弱的东西啊，最好没有。不过，你可别说，陈承虽然蠢，却还有点能耐，我当时太虚弱，根本无法和他耗太长时间，想来想去，不得不回家找帮手。"

"停！让我猜猜，"我低头伸手，努力地想着，随着她的话语，一切都清晰得无法再清晰，"这几个帮手，一个是李老头，一个是棺材铺的老鬼，一个就是那吊死的女鬼？"

"是啊是啊，恭喜你，终于变得聪明一点了。"李萱的表情倒真的是很开心，也许，她处于绝对的强势，已经懒得和我一般见识。

"李老头自然没什么二话，老鬼也好处理，随便吓吓就好，女鬼虽然有点麻烦，但自从她儿子死后，她就极度痛恨男女之事。正是抓住这一点，我才与她做了这样一笔交易——她帮我收集可以供我吃的灵魂，我帮她增强能量。哦，对了，你们还不知道，我来阳间后，必须靠吃灵魂才能增强能量。"

"所以，经过周密的计划，你弄死了那些纵欲的年轻人和老人，把他们的头和身子分离，又让老鬼在文具店里挖了地道，通过那面镜子，把所有的尸体都运到文具店里。"我静静地看着她，眼前不禁出现了一幅惨绝人寰的画面。

血流满地，身首异处。

但是，我还有一点不明白。

"你完全可以处理掉所有的尸体，为什么要留下这些麻烦？"

"很简单。这些普通人的灵魂不是我真正想要的。我留着那些尸体，是为了测试，头和身子到底分离多久，效果才最好。"李萱兴奋地扭动着手指，热切地看向黎明，"这一切，你的好兄弟简直太明白了。早在很久以前，他就清楚，我做的一切，都是为了要得到他。"

"所以，你利用了女鬼，向她隐瞒了真相，只让她把黎明引到老楼里，然后，故意让陈承看到你精心的布局，再一次混淆了我的判断。你想让我认为，一切都是女鬼干的，和你没关系。"

"可以这么说吧。但这都是次要的，顶多是个障眼法，很快，你就会发现真相。所以，我这么做的真实目的，是为了方便我接收黎明。"她看了看黎明，眼睛里闪出戏谑的光，"是不是啊？小黎明？你做梦都不会想到，一个把你从女鬼手里救下来的漂亮女人，会是一切的主使吧？"

黎明什么反应也没有，也始终没有说一个字。

"本来，我以为一切可以这样顺理成章地发展下去，没想到黎明身上被拯救的气息实在太过浓重，那女鬼在跟我吃了那么多灵魂后，也越来越贪婪，竟然想分黎明的一杯羹。这怎么能行？灵魂这种东西，只能吃完整的，一旦分开，就没效果了。可是，出于长远打算，我又不能和她闹翻，于是，我仿造黎明的笔迹，写了一张纸条，偷偷送到你的客栈，想借你的手，除掉那个女鬼。"

"漂亮的借力打力，也许，还有调虎离山吧？"我冷笑着拍了几下手掌。

"你怎么能这么说那只女鬼呢？人家那么貌美如花、温婉贤淑的，哪里像老虎呀？"李萱熟练地对我抛了个媚眼，语气里依然充满讥诮，"她哪里都好，就是脑子和你们一样简单。我一做出慌张的样子，她就真以为大事不好了，竟然自告奋勇地带着小厉鬼去拦你。"

"你自然求之不得。"

"对啊，她要是不走，我怎么能独吞黎明的灵魂呢？说到这里，就该说说你兄弟的神威了。虽然我行动得处处惊心，步步为营，他还是觉察到了什么，激烈地反抗起来。不过，这也没关系，我早想到了这一点，不然的话，我也不能拿那些少年和老人做实验。感谢那些无辜的灵魂，正是有了它们，我才得到了一个非常精准的结论——被砍头后，人的灵魂会缩到头里，表现得非常恭顺。而只要在一定时间内，把头和身体归为原位，再施以一定的法术，灵魂的质量，非但不会受到一丁点儿的影响，效果还会增强很多……简直可以称得上是绝无仅有。这么一来，总算也不枉费我辛苦一场。"

"所以，你毫不犹豫地砍掉了黎明的头，又巧妙地把它扔到了学校里？"

第十一章　都是自愿的

"没错。女鬼很快就会回来，我绝对不能让她发现它。那么大一个脑袋，肯定也不能随身携带，只能弄到外面。外面又有哪里可存，当然只剩学校。所以，为了不被人发现，顺便躲过监视器，我就伪装成小两口吵架的样子，先扔下去一堆无足轻重的东西，再把头用布兜包上，一起扔进校园，打算时机成熟的时候，再把头和身子合二为一，慢慢享用。"

"身首异处，时间一长，灵魂就会消失，你也白忙一场，所以，那天早上，你才会去得那么早，连保安崔尚都有些怀疑。"

"他好歹比你和陈承聪明一点，事实上，和他一样聪明的人里面，几乎没有像他那么善良的。不然，在地质队那件事上，我也不会灭掉他的所有队员，只留下他一个。"

果然是她，崔尚临走前对我说的话，果然没错。

而崔尚那段时间经常会重复做那个梦，也是因为，李萱去那所小学任教，重新出现在了他的身边。

"本来，我想赶紧拿到黎明的头，换个地方处理一切。所以，我才会想送你去精神病院，省得耽误我的大计，却没想到，刚把你打发走，你亲爱的主上大人就气势汹汹地找来了。哎呀，你们到底什么关系啊。按理说，你违背规矩，拯救灵魂，她本来应该收拾你才对，竟然毫不犹豫地帮着你去救黎明，把我弄得那叫一个惨。你们得知道——虽然在阳间，她有很多禁忌，畏首畏尾，但瘦死的骆驼比马大，最后，我千辛万苦弄来的脑袋，还是被她抢走了。我十分生气，不骗你们，我简直要气死了。可是，后来想想，其实也算是件好事。她要这么个脑袋有什么用呢？难道还真要亲自复活黎明，如果真是这样，她一张老脸往哪儿放？所以，我绝对可以肯定，她最多，也就会暗中把黎明的头交给你。而你，这个货真价实的蠢老板，在拿到黎明的头之后，又会怎么做呢？"

不用说，当然是赶紧去找身子，复活黎明。

所以，她早就算准了，我一定还会再去老楼。所以，在她看到布兜的时候，什么都没有说。

她只需要等着就行。

她非常确信，我一定会复活黎明。她大可以等黎明复活之后，再吃不迟。

甚至，为了让我尽快找到黎明，复活黎明，她还收回了所有能够压制黎明气息的能量。

正因此，我才会突然感受到"有才文具店"里关于黎明的气息。

"可是，你怎么能保证，黎明在复活后，不会再反抗？"

"哈哈哈……"李萱忽然发出一阵得意至极的笑声，"说了这么久，终于说到了重点！我怎么能保证呢？来，黎明，之前那么多故事，我已经替你讲完了，最重要的一点，总该你自己说了吧？"

"她对我说，你和我一样，也是被拯救过的灵魂。"黎明转过身，迷茫地望着窗外，轻轻地吐出这样一句话。

"你竟然这么逼他！"眼见黎明无比平静，我却像吃了炸药一般，瞬间愤怒起来，大步走向李萱，狠狠地掐上她的脖子，"你，竟然这么逼他！"

"没有，没有……"虽然白皙的皮肤上很快显出了五道深紫色的印子，呼吸也瞬间变得困难起来，李萱的表情依然没什么变化，嘴角也依然挂着必胜的笑，"我没有逼他。我很人道的。我十分贴心地为他准备了两个选项，他可以选择牺牲自己，保住你，也可以选择加入我的阵营，帮助我，捉住你。所以，所有的一切，都是他自己选的……"

"她说的都是真的？"我的手竟然在不由自主地发抖，我转过头，直直地盯着黎明瘦削的背影。

"对，都是我自己选的。"黎明的语气依然很轻，似乎终于决定了什么一样，他坚定地转过身，悲悯地看向我，"放开她吧。和她没什么关系。"

瞬间被抽空了所有的力气，我瞪大眼睛，抽动嘴角，无力地垂下双手，后退几步，强撑着所有的意志，才终于控制住自己，没有瘫倒在地上，只是像只破麻袋一样，颓然地靠在了墙上。

"原来，都是你自己选的……"

我也不知道我为什么会有这么强烈的绝望，我甚至不知道，眼前的这一切，到底还有什么意义。

这种绝望，就像从温暖的光明里，被一股不可抗拒的力量，强压到寒冷的黑暗中，并被告知，你再也无法见到光明一样。

这种空虚，就像你的血液、你的骨头、你的思想、你的感觉、你的灵魂，被一股不可抗拒的力量，硬生生抽离躯壳，而你剩下的存在，早就不足以称为存在。

在冥界，在奉献和牺牲等一系列类似的行为上面，仪式不重要，目的也不重要，重要的是，要自愿。

自愿，才能奉献；自愿，才能牺牲。

而自愿，在很多时候，都代表着永远的放弃，以及永恒的消失。

"是啊，一切都和我没关系，都是他自己选的。看看，多么伟大的精神啊。他真的宁可牺牲自己，也不愿意让你受到一点伤害；他真的宁可自己消失，也不愿意站在我这边，稍稍地出卖你。"李萱揉着自己的脖子，又恢复了那种邪恶的表情，得意而嘲笑地说着什么。

听不清，什么都听不清了。看不到，什么都不想再看到了。

原来，黎明早就明白了这一切。

原来，黎明从一开始，就是自愿的。

原来，他的每一个表情，每一个字，每一句话，每一次呼吸，都是经过严格控制的。

"你总算来了。"

他那样深沉地说着，那样期盼再见我一面，却那样不正经地抱着我。

他十分厌恶地看着我，自然地冲李萱跪下去，脸上浮现出满足而幸福的神情。

他不是被美色迷住，而是被感情迷住。

都是真的，都是真的，但他不能显露，一丝一毫都不能。他厌恶着我，疏远着我，连看都不再看我一眼，而这一切，竟然都是一种彻头彻尾的保护。

他果然太擅长说谎了。可是，在说谎的同时，他就没有说过真话吗？

"新的开始，总要做一些改变的。""只要出于自愿，什么事都会做的。"

他宁愿搞得满身油漆，宁愿背叛自己所有的习惯，甚至自己的灵魂，只希望我不要有事。

"既然如此，伟大的洛老板，你可以从我的生活中消失了吗？""哦，不对，是我们的。我和李萱，我们的。"

"不用了。小萱，洛老板刚和我说，待会儿有急事要办，就不留下来了。"

跪拜李萱的黎明，刷油漆的黎明，抢着喝汤的黎明，捉奸在床的黎明。

"你每天晚上处心积虑地熬那么一碗汤，费尽心思让我喝下去，就是为了来见他！说到底，李萱，你最终还是做了。你不是已经有我了吗，你怎么这么贪心？"

是啊，李萱，你怎么这么贪心。你不是答应我，只要我献出自己的灵魂，你就可以放过他了吗？

与君世世为兄弟，更结来生未了因。

甚至，在我发现李萱要对他不利的时候，他还打着喜欢李萱的名义，故意混淆我的判断，假装不相信我的话。

实际，他比我更早知道这一切。

他，只是不想让我发现，原来，他一直都这样处心积虑地试图保护我。殊不知，终有一天，一切，会自动呈现在我眼前，到了那时，哪怕他付出天大的代价，也再无法掩藏。

"是啊，他费尽心机地想保护你，为此甚至不惜影响车小车。你肯定不知道。当初车小车见的那个寻尸启事上的号码，就是黎明那时候新换的手机号码。和我在一起的日子里，他几乎失去了所有的自由，越来越觉得力不从心，最后不得不借车小车的嘴向你预警，只可惜，他能力实在太弱，每次都没能逃过我的眼睛。更有意思的是，还把那个没本事的车小车吓得半死。你更不知道，在那段时间里，他所有存在的意义，就是能让我变得更强大……后来，最近，我终于足够强大了，便想试试自己的能力。洛老板，时隔不长，你应该还不会忘记那场对决吧？你也应该比任何人都清楚，如果不是因为那道蓝光，你现在已经彻底消失了吧？"

李萱依旧优雅地说着，曳着宽大的裙摆，一步一步地逼近我，目光无比深邃。

"我早就说过，他，本就该是我的。而你，也该是我的。"

该来的，始终躲不掉。

我大大方方地迎上前，握住匕首，蓄势待发。但是，就在拿出匕首的一瞬，我惊讶而恐惧地发现，随着李萱越来越接近，我的能量似乎正在飞速地流失。

她说得没错，当时，如果不是因为那道蓝光，我早就已经消失了。

这次。

这次没有蓝光。

"是啊，我就是想耗掉你。这么长时间，我做的一切，都是想耗掉你。你应该一直很疑惑，为什么在处理完和我相关的一系列事后，没有之前恢复得迅速？一切当然都是因为我。我无时无刻不在抓住机会损耗你、削弱你，从人皮灯笼，到活尸蜡烛，都是早就设好的局，包括让你送走那群小厉鬼和吊死鬼，也都出自于相同的目的。现在，你应该猜到了？我一直等的，也就是这么一天。"

原来，那一次，车小车之所以提前醒过来，不是因为出了意外，而是我已经被损耗；原来，我总是需要晒那么长时间的太阳，也不是因为出了意外，而是她想让我被损耗。

原来，所有的一切，都不是意外。

心像坠上一个铅块，猛地沉下去，脑子一片空白，冷汗瞬间湿透全身。也真是笑话，我明明见过那么死亡，送走那么多灵魂，轮到我自己的时候，竟然还是这么惊慌而不堪。

我万万没有想到，就在李萱和我还差三步距离的时候，一直沉默不语的黎明忽然大步地站过来，坚定无比地推开我，饶有意味地笑了笑，缓慢地伸出右手，掌心朝上。

我眼睁睁地看见，他宽大的掌心里，竟然逐渐显现出一个浑圆的、透明的、光芒四射的宝珠。

和璃轩拯救我的时候，用的东西一模一样——

摩尼宝珠。

华言离垢，光净非常，戒而无染，定而无杂，无明将尽，慧宝遍照。

那，是璃轩大殿里的最后一颗珠子，也是最明亮的一颗珠子。

现在，竟然，在他手上。

第十二章　乔苏在海边

粉色的云霞弥漫在天边，一圈一圈，像极无数个圆睁的眼睛。眼睛下面，又躺了一整块半圆的天空，好似被扭曲的一张脸，处处涂抹着纯净的蓝色。

放眼所及，每一寸皮肤，每一个毛孔内，都干干净净，没有一点杂质。

这是清晨还是黄昏？

乔苏不知道。

天上明明没有太阳，灰白色的阳光却像气体一样分散出来，无声地飘向四面八方，在大地上投射出形状各异、光怪陆离的影子。

大雪漫天地飘着，片片胜似鹅毛，被肆意的海风吹出一扇一扇的曲线，不远处，冰冷无边的海水随着风浪卷起，翻腾着，进退着，因着极低的气温，显出蓝得发黑的颜色。

近岸的地方，几近粉末状的海冰随意地堆着，浑浊、细小、近乎白色。海平面的上空，飘扬着数不胜数的白帆，看起来很古老，下面却没有一艘船，一望无际的海面上，只有光秃秃的帆。

白帆下面，游离着小片小片的莲叶冰，空灵而寂静。

海底隐约传来缥缈的声音，似乎在吟唱着什么。这声音很小，却可以轻而易举地穿透人最坚固的防线，直达内心的最深处。

虽然这里一定不是家乡的海，乔苏还是站在海边，远远地望着，静静地听着。

当然不是，东海怎么会有这么冷的时候。

没过多久，众多莲叶中涌出一群一群白色的身影，看起来很模糊，却一直顽固而执著地存在着。

站在最前面的，是一个一身水手装束，身材中等，眉眼干净，几乎与乔苏有八分相似的年轻男人。

"爸！"乔苏不禁往前走了两步，激动地喊道。

双脚踩到岸边的海冰，发出咔嚓咔嚓的响声，这似乎提醒了乔苏什么，他皱了皱眉，相当理性地停了下来。

他终于记起，早在二十年前，他父亲就已经在海上失踪了。

那么，自己眼前的，到底是不是活人？乔苏疑惑而惶恐地想着，忽然不太敢往前走了，可是，他又不甘心这么算了。

马上，眼前的一幕让他更加吃惊。

就在他的左手边，绵长的海岸线尽头，忽然出现了一个一身素花衣裙的中年女人，她的身边，紧紧地跟着一只长毛苏牧。

"小小苏？"乔苏脱口而出，诧异地张着嘴。

乔苏之所以叫乔苏，除了他出身苏杭，也因为他爸姓乔，他妈姓苏。

他生在海边，长在海边，从小最爱吃鱼虾，水性也十分不错。也许真是因为沾了水的灵气，他虽不十分聪明，却很机灵，尤通人情世故，工作以后，更是大方得体、八面玲珑、任劳任怨，从来不说一句不该说的话，不管和上司还是下属，关系都处得很不错。

他喜欢猫，各种各样的猫。他想买房买车，凭自己的能力。

事实上，他也只能凭借自己的能力，早在他五岁的时候，他做水手的父亲就在一次远洋航行中遇到了海难，一直生死未明。

那是他爸的首次远洋航行。之前，他一直跑国内或者近海。后来考虑到远洋的酬劳高、待遇好，为了年幼的儿子，他才想多拼两年，挣个虽不大富，好歹殷实的家底，只可惜，他做梦都没有想到，那次出海，竟成了和妻儿的永诀。

乔苏的母亲，是个柔顺却坚强的女人。

丈夫死后，她尽管伤心，却还是毅然决然地接替了丈夫的职责，一手撑起这个家。为了家庭，为了儿子，她什么都干，什么也都干得不错。凭借吃苦耐劳和坚韧不拔的品质，她不仅让儿子受到了最好的教育，更给了他比很多同龄孩子都要优渥的生活。

看着儿子渐渐长大，看着儿子大学毕业，看着儿子走向社会，她无疑是很欣慰的。但是，随着乔苏的年龄渐长，她逐渐不满足于这种欣慰，转而一天比一天担忧起来。

是啊，乔苏早已到了该成家立业的年龄，却一直连一丁点儿的消息都没有。哪怕还没确定关系，有个喜欢的女孩也好啊。感情这东西急不得，总是要慢慢培养的嘛！在这一点上，乔妈妈倒很是看得开。

问题是，乔苏那边，一连两三年，不仅没个女朋友，甚至真的连个喜欢的女孩也没有。乔妈妈看在眼里，急在心上，虽然乔苏自工作后，除了过年，平时很少回家。但乔妈妈每次打电话，都要语重心长地教育乔苏很久。

对于乔妈妈的着急，乔苏每次都是嘴里答应，实际却一直没有行动。乔妈妈哪知道乔苏的心思，他是想一心工作，争取升职加薪，尽早在工作的地方买房买车，好把母亲接过来享清福。

乔苏比任何人都清楚，母亲对自己有一种深重的依赖。自己刚离家上大学的时候，母亲便十分不适应。十八年，十八年的时光里，因为失去了挚爱的丈夫，大多数时间里，她都和儿子相依为命，随时随地，形影不离。现在，乔苏忽然这么一走，她简直觉得整个世界都塌了。

那段时间，每天早上起来，她失魂落魄一样，独自走进冷冷清清的厨房，不知道应该把手脚摆在哪里，不知道该呈现出什么样的表情，甚至不知道应该做什么饭。

就这样想着想着，她便慢慢地坐在地上，渐渐哭起来了。

关于这些，她也从来没有对乔苏说过，但乔苏怎么会不明白呢？

正是因为明白，他接连好几年坚持每天工作十五小时以上，除了少得可怜的睡眠时间，不管上班下班，脑子里没一刻想的不是工作。

为了工作，他多次加班到凌晨三四点，最后不得不睡在公司，二三十个小时不眠不休，更是十分正常的事。

关于这些，乔妈妈都不知道。或者说，她从来都不敢想象。从小到大，她对乔苏的期望从来不高，她觉得儿子能自己养活自己就很好，房子、车子，都是些虚无缥缈的东西，有了固然很好，没了也就那样。

乔苏却是个十分要强的人，他努力地拼搏着，艰苦地打拼着，他无比辛劳，却不想因此而增加母亲的担心。因此，这几年以来，不管多么辛苦，他一直没有向母亲透露过这些。说话聊天的时候，也向来是报喜不报忧。

终于，那年，过年的时候，乔苏终于为母亲带来了一个还算不错的消息。他说，他喜欢上了一个叫张智霞的女孩，出身虽然不太好，人却很不错。张智霞也很喜欢他，想要和他相守一世。两人正处于热恋期，很快就要商量结婚了。

乔妈妈当然非常高兴，一个劲儿地要看看张智霞。乔苏满口答应，第二年过年，就把张智霞带到了母亲面前。乔妈妈一看张智霞的言谈举止，果然不错，便终于放下心来，悄然地在心里把张智霞默认为了儿媳妇。

只是，从此，乔妈妈又多了一块心病——催乔苏和张智霞早日结婚。

其实，这也是很正常的事，现在这个年代，催婚早就是大势所趋。更何况，自从乔苏父亲死后，乔妈妈最大的心愿，就是能让乔苏尽早成家立业，给自己生个大胖孙子。她似乎觉得，只有这样，她才对得起死去的丈夫，对得起整个乔家。

但是，乔苏依然和当初一样，嘴上一直应承，手上迟迟不行动。乔妈妈觉得很奇怪，多次问起是怎么回事，乔苏总是遮遮掩掩，就是不说原因。乔妈妈又疑惑又着急，前两天，终于找了个机会，大老远地跑来看乔苏和张智霞，打算再当面劝一劝。

两人虽已确定关系，却一直没同居，一方面因为都觉得婚前同居不好，一方面也因为两家本来就住得不远，也无所谓了。

所以，乔苏和张智霞接回乔妈妈后，先把她带回乔苏那里，歇了一会儿，吃了一顿丰盛的晚饭，又带她去了张智霞那里。

早在几年前，由于怕母亲觉得孤独，乔苏专门为她买了一只苏格兰牧羊犬。

"起个什么名字好呢？"乔妈妈一向喜欢小动物，看到毛茸茸的小苏牧，乐得更是合不拢嘴。

"叫……就叫小小苏吧。"乔苏忽然想到自己在公司的绰号，灵机一动，"以后，虽然我不能随时随地陪在你身边，但它却可以。所以，一看到它，也就像看见我一样了。"

乔妈妈连连点头，从此，她真就把小小苏当成自己第二个儿子一样，不管干什么，都随身带着小小苏，一人一狗，简直无时无刻，形影不离。

也别说，小小苏倒也真是特别通灵性，不仅比一般的狗，甚至比大部分的苏牧都要通灵性得多。平日里，不仅随时随地陪着乔妈妈，逗她开心，更会叼报纸、扔垃圾，简直聪明极了。

这都不算什么，乔妈妈视力不好，又不喜欢戴眼镜，过马路的时候，总是看不清对面，要不是有小小苏，好几次，她都差点出了事儿。

从那以后，乔妈妈更喜欢小小苏了。不仅在家的时候，随时随地把它带在身边，就连出去玩的时候，也一定要带着小小苏。

她万万没想到，就这么一带，竟然带出了麻烦。

像大多数女孩一样，张智霞也很喜欢花花草草，无奈工作太忙，买来之后，总是没时间打理，养了不少，死了也不少。后来，乔苏实在看得无奈，干脆建议张智霞把所有的植物都换成多肉，还十分贴心地送了她十几盆。

张智霞觉得这个建议不错，当下就接受了那些多肉，摆了满满的几窗台。

还别说，多肉果然比那些娇气的花草好养多了。自从来到张智霞家里，它们长得挺拔旺盛，水灵极了。

没过多久，张智霞认识了送餐员吉风。

吉风养了只猫，就是那只姜片。张智霞一见姜片，便爱不释手，还总想把姜片带回自己家住几晚。吉风见张智霞这么喜欢姜片，自然毫不犹豫地同意了。

说来真是邪性，那猫跟张智霞回了家，处处乖巧听话，就是看张智霞那几盆多肉不爽，每次，不管张智霞把它们藏到哪里，非要又抓又挠，意图除之而后快。那种恶狠狠的样子，就像和这几盆可怜的植物有不共戴天之仇一样。

乔妈妈向来是个细心谨慎的女人，怕耽误乔苏和张智霞的工作，特意等周五晚上才来看他们。

也正是那天，吉风割腕自杀。

因为接下来两天是周末，公司休假，大家也不知道吉风出事了。直到周一，那边换了送餐员，张智霞觉得情况不太对，才疑惑地赶到吉风家里。

吉风死前的一周，姜片一直赖在张智霞家里。也许是感到主人命不久矣，也许是吉风确实动了什么手脚，那几天，尤其是周末那两天，姜片前所未有地焦躁，每天无精打采，不吃不喝，连动都很少动了。

而乔妈妈又恰好带了小小苏来。谁不知道，猫狗天生是冤家，而这对猫狗，简直比普通的猫狗还要敏感几十倍。

那天，乔妈妈刚把小小苏带到楼梯口，小小苏就不安地狂吠起来，吵得周围的邻居纷纷侧目，弄得乔苏和张智霞连忙点头哈腰地赔不是。

这只是大战的开始，进门之后，战火瞬间蔓延起来，姜片一看见小小苏，就像看见仇人一样，张牙舞爪，气势汹汹地扑上来，连抓带咬，连叫带挠；小小苏也不是好惹的主儿，见姜片这么嚣张，立马也龇牙咧嘴，扑了过去。

就这样，一猫一狗打得那叫一个难舍难分，热闹非常。

猫飞狗跳。

对，就是猫飞狗跳。

乔妈妈和张智霞一看大事不好，赶紧一起冲上去拉架，没想到不拉还好，这么一拉，姜片竟然连乔妈妈一块挠，那凶狠的小眼神，就像乔妈妈抢走了它的张智霞一样。

张智霞顿时就觉得哪里不对，送走乔苏和乔妈妈后，她静静地盯着姜片，越想越觉得不对劲，不知道为什么，她甚至影影绰绰地从姜片身上，看出了吉风的影子！

也正因此，周一上班后，她才坚持要去吉风家里看看。

这些，乔苏当然都不知道。

此刻，他只是近乎本能地觉得，眼前的父亲、母亲和小小苏一齐出现，是件十分诡异而复杂的事儿。

正常情况下，这是绝对不可能发生的。

尤其，再加上张智霞。

第十三章　不生不死，不死不生

　　不知何时，张智霞已经默默站在了乔苏的侧后方。可是，直到前一秒，乔苏才迟钝地觉察到。

　　他慢慢地回头，讶异地看着那一头长发。它们正如万千柳丝般，在风中凌乱地飞舞。

　　"你怎么会在这里？"乔苏转身，迷惑地问。

　　"不知道。"张智霞一动不动，表情却比乔苏还要迷惑，"你怎么也在这里？"

　　"我也不知道。"乔苏叹了口气，苦笑地望向已经空无一物的海平面和海岸线，"就像做梦一样，忽然就在这里了。也许，这确实是个梦吧……对了，我刚才还看到了……"

　　"我们出生的时候，天上飘着的，也是这样的云霞。漫天的云霞。"没等乔苏说完，张智霞便打断了他的话，仰头看向天空，语气里充满怀念。

　　"你们，你和谁？"乔苏更疑惑了。

　　"我和我姐姐啊。也正是因为这个，我才叫张智云，我姐姐才叫张智霞。你连这个都不知道吗？""张智霞"眉间一蹙，忽又舒展开双眉，黯然而释然地喃喃道，"你当然是不知道的。认识这么久，我从来都没和你说过我还有个姐姐。其实，不只是你，这世上，本来就很少有人知道她的存在……"

　　"你，张智云？你到底是谁？你不是张智霞吗？"乔苏惊恐地往后退了两步，再联系到刚才看到的一切，两腿不禁发软，差点坐到地上。

　　"张智霞，她已经死了呀。"张智云伸手撩了撩头发，露出一副十分苍白的面容，"忘了告诉你，她刚死，流产死的。"

"她死了，她竟然死了。张智霞，她竟然死了……"乔苏一点都不关心张智霞怀的是谁的孩子，现在在哪里，只是痛苦地重复着这几句话，似乎无论如何都不能接受这个可怕的事实。

"真奇怪。"张智云收回目光，望向波浪滔天的海面，"你们是什么关系？你为什么要因为一个毫不相干的人，如此浪费自己的感情呢？"

"你怎么能这么说！"乔苏抬头看向眼前的神秘女人，目光如炬，"你怎么能这么说！她！她是我的女朋友！"

"果然世上多的是负心的郎君……"张智云悠悠地叹口气，双目暗自垂泪，"喜欢你的，一直都是我呀……她，那个张智霞，她喜欢的是吉风。不然，我又怎么会杀了他呢？我，是我一直在喜欢你，小苏……"

"你！我从来没有见过你！怎么会喜欢上你？还有，还有你竟然杀了吉风，那个送餐员？天啊，你这个杀人犯！"乔苏的恐惧终于达到了极致，他一边大声喊着，一边转身，没命地往前跑去，终于一路来到高高的沙滩上。

他当然跑不出去，不管他跑到哪里，张智云始终如影随形地跟着他，哭丧着脸，一脸幽怨地看着他。

"你，你到底想怎么样！"乔苏站在沙滩的尽头，尖叫道。

他已经濒临崩溃了。

"不怎么样。我只是想一直和你在一起啊……"张智云伸出双手，一点一点抱住乔苏，诡异地笑着，"小苏，一直以来，我只是想和你在一起啊……"

"放开他！"

忽然，一个浑厚而磁性的声音响起来，把张智云吓得一哆嗦，两只冰凉的胳膊，也马上垂了下来。

"你是……你是？"乔苏赶紧往我这边挪了几步，尽量离张智云远远的。但是，很明显，我的出现，更加增添了他的不解。

"带你走的人。"我收回匕首，随意地吹了吹上面的雪花，冲乔苏比画了两下，"你完全不用怕这个女人，她不能把你怎么样。实际上，除了我手里这把匕首，你现在什么都不用怕了。"

"为……为什么？"乔苏着迷地看着凛冽的刀光，却依旧一幅迷惑而好奇的样子。

"因为，你已经死了。"我瞟了他一眼，"不过，别担心，是个还不错的死法，除了失去生命体征之外，你看上去和活着没什么两样。换句话说，你的遗容还算漂亮——比大多数死人都漂亮得多。"

"这，这怎么可能？我怎么会死？"乔苏当然不会在乎自己死得漂不漂亮，而像大多数人一样，更加难以相信自己已经故去的事实。

他瞪着眼睛追问我："我真的死了吗？我是怎么死的？"

"记性还真差。"我哂笑一声，随意地解释着，试图唤回他逐渐变得冰冷的记忆，"还记得你伟大的韩冰韩总吗？他最近交给你一个十分重要的案子，还对你千叮咛万嘱咐，一定要尽快完成？"

"是啊，是啊……"乔苏忙不迭地点头，"他还专门给我放了假，好方便我在家全身心工作。可是，自从接到案子以来，我已经连续好几天没有睡觉了……"

说着说着，他忽然明白了什么。

"我……我是猝死，过劳死？"

我默认。

但是，我真的特别想知道——"你每天那么卖命工作，从来没想过要好好生活一下吗？甚至，从来都不用考虑，如何平衡工作和生活的关系吗？"

"没有工作，哪来生活，我还这么年轻，哪有资格享受生活。所以，在当前，工作就是我的生活。"乔苏谦逊地笑着，眼里闪着莫名的光辉，"更何况，和大多数人比起来，我已经好很多了。每次凌晨一两点从公司走出来，看到街道两旁一栋栋依旧灯火通明的写字楼，我都会有一种莫大的幸福感。要知道，很多人就算名义上在休假，精神也要处于随叫随到的状态。在这一点上，韩总已经很人道了。"

看啊，正是这群年轻的生命，无私或有私地燃烧自己，照亮了一座又一座看似繁华，实际却如同无底洞一般可怕的城市。

对此，很多飞遍世界的老鸟会语重心长地对菜鸟们说，年轻人，人生并不只有工作，工作这种东西，符合自己的兴趣，能养活自己就行了。但对于孑然一身的乔苏们来说，用仅有的健康和时间，去换得金钱，机会，晋升，发展，竟是一件无比值得的事情。

因为，他们别无选择。

因为，除了那些，他们真的一无所有。

从这个角度说，过劳死，总比不劳不获，要高尚许多。

我同情地看着乔苏，忽然不知道应该说些什么好。幸好这时，一直在一边的张智云凑了过来，小心翼翼地问："那，既然他死了，我不会也死了吧？"

我扭过头，定定地看着她。她是一种十分少见的灵魂，也许在乔苏眼里，看不出她和自己有什么不同，但在老板们的眼里，任何灵魂都会瞬间剥离掉所有的伪装，露出最真实的样子。

她脖子的地方，有着一个碗口大的洞，伤口处的鲜血已干涸，隐隐透出难看的血痂。但是，她自己一直毫无觉察，还是好奇地盯着我。

"放心，你还没死。"我仔细打量了她一圈，回答道，"你只是暂时迷失，还有复活的可能。"

"但是，你，你刚才说，乔苏，他是累死的？"张智云慢慢地问，似乎私下里在想着什么。

"对，又叫过劳死。"我简短地回答，"可这和你一点关系都没有，你还活着。"

"怎么可能没关系？怎么可能没关系？"张智云喃喃地说着，眼神很是空洞，"他都累死了，怎么可能和我没关系呢……"

我没说什么，事已至此，说什么都没必要。而乔苏，听着她这些真情流露的话语，脸色竟然缓和了许多。

"那，我也不活了好不好？"忽然，张智云半歪了头，天真地看着我，那神态，那语气，竟活生生如小怀附体一般，"对，我也不活了。"

"生死不是你说了算的。阳寿未到，想死你也死不了。"我对她的想法着实觉得啼笑皆非。

"我知道，这我知道。"张智云连连应着，终于吞吞吐吐地说出了真正的想法，"我是说，我的意思是，你能不能帮帮我？其实，应该也很简单。你既然是送走灵魂的人，应该也能轻而易举地杀人吧？你能不能杀了韩冰，替我为小苏报仇？如果，如果你真的可以答应我，我愿意把我的一切都给你，我愿意把我剩下的生命都给你。"

"这是不合规矩的。我不能帮你。"虽然她的语气确实十分真挚，感情也特别浓厚，我依然干脆地拒绝了，为了说服她，我还看向乔苏，非常诚恳地劝说道，"就算我肯违反规矩帮你，乔苏，他真的愿意让你因为他，生生地夺去另一个生命吗？"

乔苏没有说话。我很清楚，从感情上来说，他对韩冰的恨并不比张智云少。但是，从理智上来说，他应该很清楚利弊。所以，面对这个问题，他根本找不清立场，也根本没法开口。

"看看，连乔苏都默认我说得对。你就不要再执著了吧……"我充分发挥着自己的机智，重新看向张智云。

"可是，可是，可是这个结果，我真的不甘心啊……"说着说着，张智云竟然像个小女孩一样，无助地蹲到地上，把头埋在膝盖上，呜呜地哭了起来。

"其实，你应该甘心。忘了告诉你，半天前，韩冰在和客户应酬的酒桌上，已经因饮酒过量而猝死，几个小时之前，因为过于贪婪，化作厉鬼，他连灵魂，也已经彻底消失了。"我微微地笑着，扶上她不断耸动的肩膀，"所以，你可以放心地跟我回去了。你的身体还躺在病床上，只要回去，你就能醒过来，继续活着了，继续享受生命了。"

听说韩冰已经死了，张智云一下高兴起来，猛地站起来，连眼泪都顾不得擦，难以置信地看着我。可是，当听说我要带她回去后，她犹豫地扭着手指，竟然又提出了另外一个令人匪夷所思的请求。

"我，抱歉，我还是不想回去，我要和小苏在一起。既然，既然我现在躺在医院里，还没有醒过来，既然你刚才说，你不能帮我去杀人，但总可以帮我结束自己的生命吧……放心，你只要去做就好，不用你负责，一切，都是我自愿的。"

这倒是很容易，只需要拔掉她身上那些乱七八糟的管子就行了。

最主要的是，一切，都是她自愿的。

"其实，就算你们现在在一起，过不了多久，也要各自走向轮回。到时候，你们很快就会忘了彼此。"我略带担心，最后向她确认了一遍，"你确定，在知道这个之后，你还要放弃自己剩下几十年的阳寿，只为了能和他度过一段十分短暂的时光吗？"

"当然，我很确定。"张智云抬起脸，明朗地笑着，竟然稍显生涩地吟起诗来，"有的人活着，却已经死了；有的人死了，却还活着。我，从一开始就知道，我愿意去做后者。我爱小苏。他就是我的生命，我爱他，我就会活着，失去了他，我也就失去了生命。既然如此，就算能活再久，又有什么价值呢？"

　　"好，那就这样吧……"我无奈地叹口气，看向乔苏，"在走入轮回前，你们还会经历一段短暂的时光，虽然不太长，也足够她给你讲一个关于你们的故事了。到时候，你什么便都明白了……"

第十四章　夜已经深了

夜已经深了。借着微弱的光线，可以模糊地看见，一个不到十五平方米的房间里，麻雀虽小，五脏俱全。进门便是一个开放式厨房。不锈钢材质的水槽里，胡乱堆着几个沾着油污的泡面桶和几双方便筷子。

纯白的地砖上，到处扔着方便面的包装袋，有些已经长了绿色的真菌，现出颓败的态势。再往前，挨着窗户的位置，摆着一张双人床，床前是一张看起来就很简陋的桌子。桌子上面，摆着笔记本电脑和各种各样的文件。

已经停止呼吸的乔苏，就静静地伏在上面。脑袋下面，隐隐地露出那个还差一点就要完成的案子。

床的斜对面是一个小衣柜，衣柜不远处是卫生间。

卫生间里，水龙头因为没有关严，不断地滴着水。啪嗒啪嗒，啪嗒啪嗒，水流不大，却绵延地流了一地，并且丝毫没有停止的趋势。

空气被水分子晕染，平添了数截湿润。茂密的水汽中，一只姜黄色的小猫蜷成一团，窝在窗台上，有气无力地叫着，仔细听来，竟然似乎在叫自己的名字。

姜片，姜片，姜片，姜片。

夜已经深了。借着微弱的光线，可以模糊地看见，一个整洁的单人病房里，医生和护士们正面无表情，忙碌而有序地收拾着病床，仪器……各式各样的东西。不到一小时前，还睡在上面的张智霞毫无征兆，突然停止了生命。

张智霞，直到离开这个世界的前一刻，她在这里的代号，还是不得不叫张智霞吧？

她本不该死的，但她死了。

长长的走廊里，星星点点的绿光闪烁着，一具逐渐冰冷的身体正被推向更深的寒冷，可是，那个曾在上面生活过的灵魂，却已走向短暂却灿烂的温暖。

夜已经深了。借着微弱的光线，可以模糊地看见，一个早已被人遗忘的角落里，一只穿着正装、颇有几分英挺之气的灵魂，正盘旋在殡仪馆高高的木架上，安详地闭着双眼，似乎满足地睡着了。

鉴于国家最近一直号召海葬，吉风又无人照管，如果长期留在殡仪馆，估计下场也不会比车望梓好多少。于是，在我的建议下，吉风决定为国家做最后一次贡献，响应一下海葬。

明天一早，他就要终得解脱，魂归大海了。

虽然是被毒死的，他的骨灰却依然很白。平心而论，那几乎是我最近几年见过的最白的骨灰。尽管，作为老板，我只管灵魂，不管躯壳，其实也没见过几次葬礼，几次火化。

魂既已归，壳有何用？

至少，下辈子，他会有个好结果的。如果，他选择有下辈子的话。

夜已经深了。借着微弱的光线，可以模糊地看见，三个男人正坐在一家破破烂烂的客栈门口，望着尖锐如钩的月亮，喝着成箱成箱的罐装啤酒。

月光如水，却无论如何都沾不湿他们的衣袂。

我，黎明，韩佳辞。

韩佳辞还不知道韩冰的灵魂发生了什么事，也许，他根本就不相信，这世界上竟然还真的有灵魂。

不信也好，不信最好。

千百年来，无数秘密随着风尘，一点一点地沉入我的心底，时至今日，有些依然存在，有些却早已腐烂，多这么一个不多，少这么一个，也不少。

张智霞并没留下什么东西，其中最多的，就是一笔数目不小的钱。关于它们，我已经按照她的遗愿，全部捐给了一个专门帮助聋哑人的组织。她没说为什么要这么做，只是不断地重复，以前，她觉得只要有钱，就会幸福，所以才一直拼命工作、拼命赚钱，直到知道乔苏已死的那一刻，她才终于明白，原来，这世上真的有比钱更重要的东西。

重要得多的东西。

在和乔苏一起消失之前，她还给我看了这样一段晦暗不明的故事。

说是故事，其实不过是一个场景。

初春的晨雾里，缥缈的阳光下，两个快乐的小女孩扎着小辫，光着双脚，自由自在地奔跑在一望无际的田野上。她们没有回头，一直没有回头，她们一直向前，一直向前，一直去往地平线的方向。

她们跑着，笑着，一路将银铃般的笑声洒在绿草如茵的山坡上。

那是多么美好的山坡啊，一片嫩如生命的绿色上，怒放着漫山遍野，大大小小，高高矮矮，五颜六色的野花。

蝴蝶围绕着她们，清风拥抱着她们，而她们，一直跑在无边无际的绿草上，最终满足地消失在烂漫无比的鲜花里。

"我是你的耳朵，一辈子。"

就在她们消失的一瞬间，稚嫩的声音清脆地响起，回荡在整个场景中，慢慢升得很高，很高，终归包住了整个故事，放射出灿烂而耀眼的光华。

"你们知道吗？也许是我疏忽了。"

韩佳辞一口气灌下一罐啤酒，深重地呼吸着，略带犹豫地说："我只诊断出了一些表象，一直没有注意到，也许她有着很严重的分离性身份障碍。"

"分离性身份障碍？"黎明抬起头，试着猜道，"是不是说，她会在两种人格之间转换，会在很短的时间内，就变成另外一个人？"

"可以这么理解。"韩佳辞悠悠地叹了口气，"直到刚才，我才忽然想到这样一件事。她接受治疗的时候，总是和我说，她能看到我的帷幔后面，坐着另外一个女人，还说她已经努力地看了很多次，但就是看不清那女人的身形和样貌。当时，我觉得是她的幻觉，一直没在意。因为，我非常清楚，我每次只会接待一名病人。房间里除了我和她，不会再有第三个人。

"后来，她一直这么强调，我终于发现了一点不对，但依然把这当成一种幻觉。我开始逐渐去找能引发她幻觉的东西，一样一样地试，最终发现，引发她这种症状的，是我墙上挂着的那只埙。"

"埙？"我猛然抬起头，忽然想到了什么。

"是啊，我从小就比较喜欢乐器，也陆陆续续地学过几种。但在这些乐器中，我最喜欢埙，那种幽沉的声音，太迷人了。"韩佳辞解释了下，继续讲起张智霞的故事，"不过，我发现这个原因后，每次她来的时候，我都会把垌藏起来。渐渐地，也就没事了。现在想来，这很有可能属于分离性身份障碍的一种，一旦看到那个可以引发转换身份的东西时，她的另一个人格就会出现。"

"那你怎么还会和她产生那种关系……"黎明用奇怪的眼神看着韩佳辞，"你怎么能保证，你的加入不会让她的病情更加严重？别告诉我，这也是为了治疗。"

"还真让你说对了。这正是治疗。不是我自愿的。我不是和你说过吗，依赖型人格的病人很麻烦，尤其是女病人，她们通常都会依赖上我，并自以为那是爱。而我不能轻易打破这种关系，就算打破，也要找个合适的时机，不然，后果往往会非常严重，尤其像她这种。除了这个，还有其他那么多问题。当然，我不否认，之所以会这样，也有我的责任。那天晚上，我因为心情不好，确实没有认真地治疗她。可是，要知道，我虽然是心理医生，却也是一个普通的人。也许我可以看清别人的问题，却始终难以看清自己……"

"好了好了。"我挥挥手，适时地打断他，"其实，我也早就怀疑她的人格有问题，但已经到了这个地步，也仅仅是怀疑，真相是怎样，谁都没法知道了……"

如果张智霞真的患有分离性身份障碍，那她妹妹张智云就是她幻想出的一个人格，这也就解释了——为什么她的灵魂上有个碗口大的洞，同时又存在着张智云。因为，那个大洞，正是张智霞脑袋曾经所在的地方。

但是，她临走前给我看的最后一个画面是什么意思？

如果张智霞没有分离性身份障碍，那她妹妹就是真实存在的，这也就解释了，她临走前给我看的最后一个画面。

但是，如果张智云真实存在，又为什么要杀吉风？她喜欢乔苏，张智霞喜欢吉风，姐妹俩喜欢不同的男人，无论怎么看，似乎都并不冲突。

更重要的是，为什么她的离去，会导致张智霞的死亡？

"算了，就这样吧，天晚了，我要回去了。"韩佳辞站起来，冲我们摆摆手，"虽然我爸活着的时候，我们的关系一直不是很好，对他做的很多事，我也不太同意。但是，如今他走了，我总要尽一个儿子的本分。"

"去吧。节哀顺变。"脑海里再次浮现出韩冰灰飞烟灭的那一刻，我叹口气，拉起黎明，"我们也该休息了。不管怎样，生活还是要继续。只要还存在一天，就要好好过下去。"

黎明却没说什么，一直等韩佳辞的背影完全消失，才没头没尾地感叹了一句："你说，世界上到底有没有张智云这个人？"

"不知道……"我的语气里弥漫着些许的迷茫，"也许，到了明天，我们就知道了吧……"

客栈的房间里，酒瓶依然一排一排地摆着，每个上面都插着一根蜡烛，颜色不同，粗细不同，交相辉映，倒是相得益彰。

安排黎明回房间睡下，又看了一眼早已幸福地睡着的哈比，我迈着不缓不急的脚步，安静地回到自己的房间，破天荒地，没有想再喝酒。

小怀也已经睡了，每天有至阳之气的浇灌，她美得都要不成树了。

也许，很快就要从树妖变成树仙了。

夜已经深了，他们都睡了。

它们，也都睡了。

而我，还有更重要的事要做。

这件事也许很隐秘，也许很可耻，也许很不好。但是，我还是一定要做。

我要知道真相。

我，要，知道，真相。

第十五章　摩尼归明

记忆是什么？

高级心理活动的基础？化学成分的产物？已经失去生命，化为化石的脑电波？一切欢乐的源泉？还是，一切痛苦的本源？

最近几十年里，我听过无数人说，如果能变成一只鱼，只有七秒钟的记忆，七秒钟后，一切都是新的，那该多好。但是，每次，我都真想说，现在环境污染那么严重，水质那么不好，钓鱼炸鱼的人那么多，也许，连鱼的脑结构，也早就悄悄地改变了吧？

生而为人，惜而为人。

黎明的记忆，实际上是黑暗而混乱的。这是个非常诡异的世界，简直与他的洁癖格格不入。不过，既然潜进来了，也就要一直向前。

就在一片漆黑、电闪雷鸣中，穿越那道深蓝色的闪电，我深吸口气，屏息凝神，终于潜入那一连串场景，看到了我一直都想看到的东西。

那些黏稠如胶体，杂乱如银丝一般的记忆，那些被掩藏在内心深处，不对任何人所吐露的秘密。

那个黎明，那个璃轩。

高大透明的长方体建筑，颀长飘逸的蓝色布幔。

浅蓝、天蓝、深蓝、宝蓝、幽蓝……所有的蓝色在这里完美地结合到一起，因了特殊的理由，不断在半空中飞舞着。

"都退下，我要单独处理他。"璃轩盯着站在下面的黎明，扫了一眼身边围着的一众下属，一张脸冷若冰霜。

以陈承为首，大家齐刷刷地深施一礼，忙不迭地走了，谁不走谁傻，这样一个惹麻烦的小子来了，还不赶紧离得越远越好？

璃轩坐在上面，十分有耐心地等着，直到最后一个人消失，才慢慢地走下来，站到离黎明三五步远的距离上，再次开了口。

"我还没去找你，你竟然来找我了？"

黎明定定地看着璃轩那张脸，一言不发，一动不动，一颗心却晃晃悠悠地沉下去，一直掉到了深不见底的冰水中。

许久之后，他才稍微恢复镇定，语气里依然饱含着惊惶和绝望："我，你，我没想到会是你……"

"我？"璃轩微微挑眉，随即双目一敛，"对，就是我。怎么？后悔了？"

"有用吗？"黎明扯了扯嘴角，笑得简直不能再苦，"我本来以为，你在上面做的，你想吞噬我、吞噬洛老板，是件不合你们规矩的事，所以才决定面见冥府之主，寻求帮助，讨一个公道。但现在，原来一切都是你干的……你干的，既然如此，我又能怎么样呢？我还能去找谁帮忙呢……"

"没错，你又能怎么样呢？"璃轩附和着，嘲讽地笑着。

"好像，我已经不能怎么样了。可是，我记得，你曾经和我说过，我有两个选择——你只需要吃一个被拯救的灵魂就好，所以，我可以选择献出自己，保护他，也可以加入你的阵营，帮你抓住他。坦白说，这么长时间以来，我一直在犹豫，一直不知道怎么选择。毕竟，我也是个普通人，我也怕死，活着的时候，我就很怕死；死过一次后，我更怕彻底消失。所以，我陷入深不见底的矛盾中，始终没有告诉你答案。但是，现在，不管我怎么怕，也该做出选择了。"黎明深吸口气，直直地看着璃轩，坚定地吐出这样一句话。

"我，选择献出自己。"

"确定？"璃轩盯着他，目光诡异地闪烁着。

"确定。"黎明不自然地笑了笑，面容却坦然了许多，"我和洛老板是兄弟，生死与共的兄弟，不管怎样，我都一定要救他。不管你是李萱，还是冥府之主，我都不能放弃。虽然，这次是我自作聪明，纯属意外，但，我还是要试一试。毕竟，既然你是冥府之主，应该不会言而无信，出尔反尔吧？"

"当然不会。可你似乎忘了这样一件事——就算你献出自己，他也犯了不可饶恕的罪过。"璃轩现出一抹笑意，一手扶住黎明的肩膀，抬了下巴，饶有趣味地看着他的眼睛，云淡风轻地问着，"你应该知道，如果不是他，你现在，本该是个死人了吧……"

"知道。"黎明的目光里没有躲闪，却也没有丝毫勇气。

"所以，你觉得，在这件事上，我能轻饶他吗？就算在上一件事里，我可以吃掉你的灵魂，放过他，但在这笔账上，他真的可以逃得掉吗？"璃轩一转身，挥起宽大的袍袖，潇洒地转过身去，只留给黎明一个冷峻的背影。

黎明已无话可说，在惊惶和恐惧之下，他的身上不断冒出一层又一层细密的冷汗。

你以为，你献出自己，就可以救他了吗？

实际上，就算你肯为他付出一切，他也没法逃过属于自己的一死。

沉默，一阵尴尬而必死的沉默。

"所以，你再考虑考虑？"终于，璃轩优雅地转过身，提出一个听着非常不错的建议，"站在客观的角度，我劝你还是选另一种。毕竟，如果那样，你至少还可以保住自己。何必做无谓的牺牲呢？你献出了自己，他也依然要死的呀……"

黎明没再说什么，豆大的汗珠汇集成流，滚下额头，涔涔而落。

"我在这世上存在很久了，久得你根本无法想象。在这么久的时间里，我只明白了一件事，而且，这件事，我比任何人都明白——这世界上，没有一个人会不爱惜自己。自私，本来就是人的本性，也是人类存在的根本。如果不自私，整个人类，也就会在须臾之间，彻底不存在了。"

璃轩轻轻走向黎明，贴心地抬手，替他擦了擦额头上的汗珠，语声前所未有地轻柔，"你也是人吧？或者说，你现在也非常渴望——自己可以重新像人一样活着吧？人的感情、人的感觉、人的感受……现在，我就可以向你保证，只要你帮我捉住洛老板，你不但可以真正复活，还可以再次见到你爱的人，见到你那可怜的母亲。不仅如此，你还会取代洛老板，成为第一栈的老板，拥有无穷无尽的生命，永永远远地存在下去……"

阳光、土地、生命、母亲……随着璃轩极具诱惑力的声音，如惊雷般的词语一个接一个地在黎明的脑子里炸响。

他确实渴望，他深深地渴望，他没法不渴望这些，没有人不渴望这些。

就算对其他的东西不屑一顾，他也宁愿付出自己的一切，只为再见自己的母亲一面。

他想着这些，念着这些，嘴上依然什么都没说，心神却显然乱了。

"至于他，洛老板，你那样想救他，你那样不想让他有事，可你们，又到底算是什么关系呢？"璃轩敏锐地观察着黎明脸上细微的变化，就像在看一场必胜的赌局，"同学？室友？兄弟？如果仅仅是同学或者室友，你绝对不会这样对他吧？至于，兄弟？简直是场笑话。亲兄弟，明算账。手足相残，同室操戈。这样的事，这世上还少吗？更何况，你怎么能保证，一直以来，他和你想的一样呢？你可以好好想想，自从你认识他以来，他什么时候不是一副高高在上，拒人于千里之外的样子？你只不过一厢情愿地觉得你可以走近他，可以了解他，殊不知，他可是一直在嘲笑你们所有人呢。我认识他的时间，远比你更早。我可以很负责任地告诉你，古往今来，千百年过去，从来都没有人能走进他的内心。孤独？你真的觉得，他在承受着无边的孤独和无边的痛苦？实际上，这一切，所有的一切，不过都是他自找的。"

自找的，自找的，自找的……不屑而傲慢的眼神，毅然决然离开的背影，随时随地嘲讽的笑……无数个冷酷无情的洛老板在黎明的脑海里高速旋转，吵得黎明头晕。

可是，这些又明明都是真实存在的。璃轩什么都没有说错。这一切确实都存在。而黎明，尽管一直想忘了这些，却始终都无法忘记。这些阴暗的东西，这些悲伤的过去，就像有毒的烙印一样，深深地刻在黎明的灵魂中，只需要一点恰当的引子，就如火山爆发一样，彻底地冲出来。

毁灭他，也毁灭我，而他和我，则会毁灭一切。

黎明急促地呼吸着，半低下头，眼里的感情在急剧变化。坚定，动摇，悔恨，遗憾，妥协，释然，平静……

对，就是平静。

"你怎么那么确定，他是自找的？"终于，黎明无力地问出了这样一句。

"我就是知道，我什么都知道。"璃轩的脸上挂着胜利而不容抗拒的笑容。

"哦，原来是这样。"黎明淡淡地应了一句，脸上的表情却凝固成一种复杂的状态，"我不得不承认，你开出的条件，确实很有诱惑力。但是，很可惜，我和洛老板，我们，是兄弟。我，黎明，绝对，不会对不起兄弟。"

璃轩盯着他，目光中的感情竟然也很复杂。

就这样，她沉默了很久，忽然随意地一笑："所以，这就是你的选择了？"

"是。"

"那看来，我们需要公事公办了。忘了说，我真没想到，你会蠢到自己送上门的地步。如果你一直藏着，一切不过是风传，就算他真的做了，我也不能把他怎么样，可是，现在，你来了，你的存在，就是最好的证据……"

"可以，没关系。既然如此，我不存在，是不是一切就都可以结束了？"黎明忽然抓住了非常重要的一点，"如果我不存在，你也不用觊觎我的灵魂，洛老板做的一切，也便死无对证了。"

"还真有点小聪明。"璃轩爽快地点头，"对，你说得没错，只要你消失，一切便都可以解决了。可是，你愿意就这样永远消失吗？你刚才不是还说，你很怕消失吗？"

"原来真的是这样……"黎明的瞳孔陡然紧缩，细小得就像一根尖锐的针，脸上却是彻头彻尾的轻松，"原来，真的只要我消失，你就会放过他？"

璃轩已经懒得再说什么，只从袍袖中抛出一把闪着蓝光的利刃，流利地拿着，沿着黎明的脸颊，一路向上，直移到魂眼的位置。

"老板们用的匕首，专灭灵魂。对准了，往这儿插。"不知为何，璃轩的语气中也藏着一丝若有若无的轻松，"很简单，只要一下，一切，就都可以结束了。"

眼见黎明毫不犹豫地将匕首插进自己的魂眼，我的心里不禁狠狠地揪了一下。这个傻小子，原来，他竟然藏着这么多东西……

接下来，眼前霎时一片黑暗。

黑暗没有持续多久，很快，周围便又渐渐亮了起来。璃轩不知道去了哪里，偌大的大殿里，只剩了黎明。

他正躺在母亲的怀里，安详得就像一个初生的婴儿。

"你，你竟然真的这么选择了……我们母子的缘分，真的就这么浅薄吗？妈十月怀胎，生了你；妈含辛茹苦，养了你，你是我骨中的骨，血中的血，可是，这一切，竟然真的比不上一个毫不相干的人吗？"黎明的母亲悲痛欲绝地说着，泪如雨下地控诉着，"那个洛老板，他到底有什么好？"

黎明已经很虚弱，若非如此，他一定会翻身起来，为母亲好好磕几个头。

"妈，你不要误会，其实，他一点都不好。但是，他是我的兄弟，永远的兄弟。我不能背弃他。我无论如何，都不能背弃他。至于母亲的养育之恩，儿子永世难忘，不过，只有来世再报了。如果，我还有来世的话……"

"你这个狼心狗肺的白眼狼！"黎明的母亲听见黎明的话，忽然暴怒起来，瞬间勾起五指，曲如鹰爪，对准黎明的胸膛，"既然如此，你把我给你的心还给我！你把那一切都还给我！"

就像筷子插豆腐一样，血肉被穿透的声音，她真的轻而易举地将整只手插进了黎明的胸膛里。

心脏的位置。

血流了出来，却很少。黎明瞪着眼睛，大口大口地喘着气，眼睁睁地看到了自己的心脏。

那可真是一般人永生难见的一幕。一颗心脏，还在冒着热气，有力地跳动着，却被一只手掏出了一半。

一半在身体外，一半在身体里。

血黏稠地流着，滴滴答答，晕染在黎明的白衬衫上，看起来很鲜艳，竟有一种残酷而悲壮的美感。

但是，不知道为什么，虽然受此重创，黎明竟然没有感到一丝疼痛。他诧异地看向眼前的母亲，却发现，不知何时，母亲竟然变成了璃轩的样子。

"你……这是怎么回事？"黎明虚弱地问。

"没怎么，是你一直认错人了。我不是李萱。虽然，我们，几乎，一模一样。"

璃轩一只手依然抓着他的心脏，另一只手却伸向半空中，念动口诀，将穹顶上最后一颗珠子召唤下来，轻描淡写地解释，"而我刚才做的一切，都是想试试，你到底值不值得拥有它。"

"它是？"黎明望着足有半个掌心大的珠子，刚想问什么，忽然下意识地闷哼一声，浑身像只煮熟了的虾一样，猛地蜷成一团，疼得呼哧呼哧直喘气。

也正常，无论谁的心里被塞了这么大一颗珠子，都不会觉得好受的。

"没事，排异反应，习惯就好了。"璃轩强硬地按住黎明的手，又细心地把珠子往里塞了塞，"你想从李萱手里救洛老板，只能靠它。"

"可是，可是，如果你不是李萱，身为冥府之主，你一定很有本事，你为什么不能自己救他，为什么要让我去……"

"我不能，也不行了。具体的原因，你不需要知道。"璃轩无奈地笑笑，"过不了多久，也许，我也会消失了。如果真的到了那个时候，必须有一个人接替我，随时跟在洛老板左右，这个人，就是你。你们是兄弟。我相信，你刚才表现出来的一切也足以让我相信，总有一天，你们一定会一起打败李萱，让一切重新恢复到正轨上。虽然，洛老板可能一时想不明白，他还需要一点时间。但是，在他明白的这个过程中，你也不用做什么。你只需要看着，静静地看着他。他总有一天，一定会想明白一切的。或者，他想不明白也不错。至少，这对他来说，总算一个美好的结局了……"

黎明死死地按着还在流血的胸口，惊讶地看着璃轩。他实在难以相信，这个高高在上的冥府之主，竟然也有如此的无奈、如此的不舍。

"我知道，你不会演戏。而洛老板太过小心。如果你总待在他身边，他一定会发现一些什么。所以，我建议，回去后，你还是和他保持一点距离好……"璃轩拿开黎明的手，轻轻抚过那个触目惊心的伤口。

很快，伤口恢复如初，一切，就像从来都没有发生过一样。

"没关系。我承认，我不会演戏，但这根本不是戏。这是我和他，我们的生命，我们必须要经历的东西。我会一直坚持下去，直到成功，直到我消失。"黎明看着璃轩，目光里全是坚定。

"很好……既然如此，从明天开始，每过一天，你都可以记一下。因为，我也不知道，那一天到底什么时候会来临……而在这之前，你要知道，这一切的原委……"

记一下，画"正"字。

随着璃轩缥缈的语声，所有的一切都迅速变得模糊起来，虽然黎明和璃轩依然在我眼前，他们的身影和声音，却忽然变得那么模糊。

被加密过的记忆，除了主人，没人能开启。

这里面，到底藏着什么？

第十六章　有水真好

不知道为什么，最近又开始一天接一天地下雨，所幸没什么大事，我的能量耗损也不是很严重。

天渐渐地亮起来，雨丝一帘帘地抚在窗户上，破天荒地，黎明非但没有按时起床，反而睡得很熟，连小怀颇为刺耳的破土之声都丝毫没有察觉到，而姜片和哈比，也躺在各自的笼子里，你看看我，我看看你，摇着尾巴，挠着爪子，相安无事。

本来没想收养姜片，无奈黎明一见它，整个人都被萌化了。于是，也便如此。

一猫一狗，也算双全。

我淡淡地笑着，轻轻拿起那枝已经从淡黄色变为水红色的槐花，细心插到自己前胸的口袋里，就像不久前，它刚来到这里的时候一样。

小怀现在形神兼固，应该没什么问题了。而且，在这段日子里，海边也发生了不少事，随便哪件事，都可以让她回去了。

拿上门口的那瓶红酒，戴上那串古朴的铃铛，百无聊赖地玩着匕首，坐等黎明睡醒。

虽然被侵入记忆是件十分耗心力的事，但这样睡了一晚上，再加上摩尼宝珠的护持，过不了多久，也该醒了。

就算他不醒，我也不想把他吵醒。

他本来就不喜欢下雨，在我认识他的这些年里，每次下雨，他都会万分郁闷地坐在窗前，看着这个虽被雨水冲刷，却依旧无处不藏污纳垢的世界。

什么都不做，什么都不说，就那样静静地看着，看一整天。

更何况，在这种天气下，我还要带他去湿乎乎的海边。

更何况，湿乎乎的海边，据说还会有十几级的台风。

这些事实，无论让谁接受，谁都不会多开心，更别提那个对此深恶痛绝的黎明，让他接受这些，说不定会耗费我多少口水。在这之前，要是再吵醒他，可真就不一定会有什么后果了。

但是，无论如何，海边，今天是一定要去的。

黎明，是一定要出现的。

看着熟睡的黎明，我忽然想起了那个温良精致的乔苏。对于他的离去，他母亲自然悲痛欲绝。二十年前，她亲手送走了自己的丈夫；二十年后，她又不得不亲手送走自己的儿子。对任何一个女人来说，这都不可谓不是一件十分残酷的事。

黎明的母亲呢？

看到乔苏的尸体后，有好几次，乔妈妈都差点哭昏过去，幸亏，在众人的劝说下，尤其是在我让乔苏和她见了最后一面后，她终究坚强地接受了这一切。

另外，经过我苦口婆心的说服，她也很快做了决定——要为儿子举行海葬。

小小苏也哭了。

它哭得很伤心，一连好几天都在哭，几乎每时每刻都默默地流着眼泪。你几乎想象不到，一条看上去那么像狗的狗，竟然会哭得那么伤心，就像死了自己的亲生儿子一样。

没错，实际上，它根本不是一只真正的狗。

自从我第一眼看见它，就相当自然地发现——它身上牢牢地附着乔苏父亲的灵魂，两者融合得很深。由此看来，也许当乔苏把它买来的时候，乔苏的父亲就准确地抓住了这个难得的机会，毫不犹豫地附了上去。

那个常年漂泊、四海为家的男人，生前不可谓不潇洒，不可谓不放浪。但是，无论之前发生过什么，经历了什么，在魂归幽冥后，还是放心不下自己的妻儿。

这么些年，他虽然身在海底，承受着巨大的海压，忍受着冰冷的孤独，一副皮囊早已化为森森白骨。但是，他的一缕亡魂，始终徘徊在亲人身边。

也正因此，小小苏才会那么通灵性；也正因此，小小苏才会多次救了乔妈妈的命；也正因此，小小苏才会和姜片打得难舍难分。

姜片身上，并没有吉风的灵魂，吉风走得很安心，他真的只想退出，他没什么放不下，也没必要附在一只猫身上。

其实，就算他想，也不一定能如愿。

姜片不是一只普通的猫，它的灵魂异常强大，近乎通灵。这从它总想破坏张智霞的那些多肉上，就能很清楚地看出来。

那几盆多肉没什么问题，但是，花盆里的土，不干净。

从这个角度讲，这也是我同意黎明收养它的重要原因——这只猫，假以时日，也许会比哈比派上更大的用场。

如此胡乱地想着，黎明终于睁开眼睛，长舒一口气，悠悠地把目光落到了我身上。

"又下雨了……"

他摇摇晃晃地起身，近乎梦呓似的说着，一脸郁闷地走向窗前，又想开始他多年以来的习惯。

说时迟，那时快，我几步上前，一把抓住他的胳膊，故意做出一副十分严肃的表情："不行，今天，我们要出门。"

"为什么？"黎明难得见我如此正经，不禁惊讶，可是，一看到外面的天气，他就不得不抱住自己的脑袋，苦恼地揉起头发来。

"因为，真相。"我拉下他依然不停的两只手，继续一脸高冷相地蹦出几个不容置疑的字，"三分钟时间，收拾好，出门。"

虽然明知逃不过去，黎明还是一脸不情不愿。不过，这并不妨碍他在两分五十五秒的时候，真的把自己收拾好了，还用了最后五秒，又在墙上画了一笔，完成了又一个"正"字。

临出门的时候，黎明故意破罐子破摔，连把雨伞都没拿。

也许，这也是出于非常理智的考虑——那么大的风雨，打伞也根本没什么用。

这是自然，一路上，我们已经见过至少十把以上的雨伞残骸了。

只是，黎明做梦都没有想到，我坚持出门，坚持在能吹走人的风雨中，把他带到一片水迹，一半已经被封锁的海边，只为了像个脑残一样，蹲到近海的山坡上，一根一根地去揪路边那些刚刚结了穗子的狗尾巴草。

水，有水，真好。

看，一片焦土上，不是又长出了新的希望吗？

只可惜，黎明现在却没心情欣赏这些。

"洛老板！"看在多年交情的面子上，还行，他勉为其难地忍了五分钟，才终于忍无可忍，"你到底是怎么了？！你到底想干什么？！"

我毫不理会他撕心裂肺的控诉，尽管我很清楚，他现在的样子相当狼狈——那一头向来被引以为傲的发型，先是被至少八级以上的大风吹得凌乱无比，又被铺天盖地的雨帘不断贴心地洗刷，最后的效果，就和刚洗完澡的哈比没什么区别。那套本来十分整洁的白衣白裤上，由于一路奔波，更是溅上了数不胜数的泥点、草叶之流，脏乱不堪。

综合以上因素，现在的黎明，和一只张牙舞爪的斑点狗无异。

半斤八两，我也没比他好哪儿去。但是，有些事，是一定要做的。

槐花默默向人黄，一声横笛似山阳。昔年住此何人在，满地散金春草生。

甩了甩狗尾巴草上的水珠，仔细捆好，握住，颇有深意地看了一眼黎明，我一言不发地走进那片白桦林，轻车熟路地来到那棵大槐树下。

黎明闭上嘴，默默地望着我，随即，目光一黯，沉重地跟了上来。

他，远比我更熟悉这里。

水，有水，真好。

看，一片焦土上，不是又长出了新的希望吗？

我站住脚步，伫立在成片的雨水中，微微抬头，仰望这棵已经通体漆黑的古树。那天晚上，红色的花，看来开得真不小。

雨水很凉，背后黎明的呼吸却已变得愈加急促而炽热，他比我幸运得多，他虽然不死不生，身份尴尬，却至少有着清晰的记忆。生长，壮大，逝去，快乐，悲伤，迷茫……每一点细微的感觉，每一个美好的瞬间，他都记得。

他什么都记得。

他清楚地记得，这里承载着自己多少深刻的记忆；他清楚地明白，这里溶解了自己多少美好的年华。

他只是不明白，我，为什么，要在这种天气里，打着揭示真相的名义，非要带他来这里。这让他十分奇怪、十分疑惑。无疑，他是想问的，可是，他又不知道应该从何问起。

尽管没有完全看到他隐藏的记忆，我还是可以顺理成章地猜测到，自从他面见璃轩后，就知道了一些什么。也正是因为这些东西，让他对我和以前不一样了。

现在，他始终下意识地保持着一些看不见，摸不着的距离，自以为只要那样，就可以避免什么，挽回什么。

所以，他，就算好奇死，肯定也是不会问的。

他不问，我何必说？

似乎完全忽略了他的存在，我慢慢低头，蹲下身，在一片不断变化形状的泥泞中，一点一点，把那些毛茸茸的植物，均匀地铺成一个美好的形状。

小怀的形状。

随着最后一根草棍落地，水红色的槐花轻飘飘地飞出来，严丝合缝地盖到上面。与此同时，黎明瞪大眼睛，往后退了一步，脚下一个不稳，差点踩进水坑。

"哎呀，小哥哥！小哥哥！"小怀跑上去，一把抱上黎明，高兴得又笑又跳，"你回来啦！你又回来啦！"

我侧过身，看着整棵槐树，瞬间以肉眼可见的速度，抽枝长叶，重归茂盛；我笑了笑，看着那个黎明，脸上终于露出了难得的温暖，轻轻还给小怀一个穿越时光的拥抱。

雨似乎没那么急了，却越来越密，越来越密，像一张编织精良的渔网，不动声色，却轻而易举地网住了整个天地，压得人喘不过气。

外加，一阵浑厚低沉的埙声。

那埙声像长了翅膀一样，轻巧地掠过树林，低低地回荡在半空中，就像一位垂暮的老人独坐在风雨中，呜呜咽咽，自言自语地讲着一个关于全人类的故事。

一个悲惨绝望的故事，一个蕴含着深深的痛苦与孤独的故事。

在暴烈的风雨中，那声音显得格外零弱、格外飘摇。

"真好！小姐姐也来啦！她又来吹埙啦！"小怀想都没想，便一阵欢呼雀跃，过了好一会儿，才终于反应过来，"不对呀！之前下雨的时候，她从来不来的呀！更何况，今天风还这么大。这是怎么了呢……"

似乎是为了给她一个答案，渐渐地，埙声越来越近，越来越近。

随着悲凉的呜咽声，一个酷似张智霞的女孩，垂着一头乌黑的长发，穿着一袭白色衣裙，带着满身的风雨和一心的平静，慢慢从山坡下走了上来。

第十七章　埙铃合一

"张智霞复活了？"黎明担心地把小怀往自己身后推了推，疑惑地看着我。

我没说什么，稍加留心便可看出，这女孩虽然长得很像张智霞，气质却完全不同。她似乎完全不食人间烟火，无论外表或是内在，也浸着一种说不出的脆弱。

她就那样脆弱地站在那里，脆弱地看着我们，脆弱得好像马上就要消失不见。

三个字，便可很贴切地形容她——

瓷娃娃。

"你，终于来了。"我看都没看黎明一眼，自顾自地向前两步，迎了上去。

今天要处理太多的事，耗费太多的心神，让我根本分不开精力去回答黎明那些无所谓的问题。

"你，也终于来了。"女孩拿开埙，缓缓地开口，声音里却弥漫着掩不住的沉郁。

张智云。

这就是真正的张智云。

瓷娃娃一样的张智云。

当初我和韩佳辞推测得都没错，张智霞本人确实有分离性身份障碍，也确实造出了一个叫张智云的副人格。但是，这并不能代表，张智云不是真正存在的。

实际上，她最后给我看的场景，就是她和妹妹张智云小时候的样子。

本来，我也一直都想不通，一切到底是怎么回事，可是，就在无数次回放张智霞最后给我留下的场景时，我终于注意到了这一点——那两个跑在田野上的小女孩，无论哪一个，脚上都没有张智霞成年后，一直戴的那串铃铛。

这不合理，黎明有一点没说错，这铃铛确实是老东西。既然如此，无论如何，她一定会从小戴着。

实际上，我们都被蒙蔽了。

"也许你从来都没想过，梦里的场景，竟然会变为现实，而梦里的约定，竟然也会成真吧？"我伸开双臂，环视着漫天的雨水，最终把目光落到张智云身上。

"没错。我一直觉得，梦里的都是假的，不可信的。"张智云承认，话锋忽又一转，"可是，既然你说是姐姐的朋友，那么，无论是在梦里，还是在现实中，都一定是假不了的。"

"承蒙信任，不胜感激。这是你姐姐留给你的，现在，该物归原主了。"我摸出那串铃铛，交还给张智云，故意盯着她手里的埙，淡淡地说了一句，"其实，它们早该在一起了。"

没错，最后的钥匙，就是那串铃铛。

那不是一般的铃铛。

它的外面是纯银打造，里面，装的则是小颗的人骨。

人骨上虽无灵魂，却会附着精气，只要有精气，我就能查出一些什么。

于是，我在猜出大半后，马上利用老板们的专用渠道，查到了张智云的消息，并在梦里知会了她——今天此时，于此相见。

"谢谢。"张智云接过铃铛，微微地施了一礼，关心却又犹豫地问道，"我姐姐，她……还好吗？"

"好。她很好。"我简短地说着，毫无痕迹。

此时此刻，在另外一个空间，黎明曾经遇到的那两个女人，终于夙愿得偿。

她们已经留在这里很久了，很久很久，久到甚至都忘了要等谁了……

其中一位是个和善的老太太，鹤发鸡皮，老态龙钟，左边的那条腿，从腰部往下，齐齐地断掉了。另外一位，是个中年妇女，长得和老太太有七八分相似，虽为素颜，却自有一种说不出的风韵。

当时，黎明觉得这两人有些面熟，却无论如何都想不起来。

实际上，她们正是张家姐妹的母亲和外婆，她们要等的，是张家姐妹的外公。

当初，张家外婆因意外早逝，只留下一个年幼的女儿，便是张家姐妹的母亲。妻子死后，张家外公万分悲痛，日夜思念，幸好本身是个十分出色的乐师，便用妻子的残肢做了一个埙，随时带在身边，聊解相思之苦。

待张家外公年老之时，自知行将就木，仍想与埙长伴，便也用自己的骨头做了一串铃铛，还嘱咐自己的女儿，不管发生什么，一定把这两样东西作为传家宝，一直传下去。

对于父亲的遗愿，张妈妈一直谨记在心，丝毫不敢懈怠。但是，他们都不知道，正是这种做法拆散了两人灵魂中的精气，导致他们的灵魂始终不得完整，难得安息。

要解决这个问题，只有一种办法，那就是，铃铛和埙重新相遇，重归一人，入土为安。

"她过得好，便很好了……"张智云悠悠地叹口气，喃喃道，"这么些年来，她一直觉得，因为那次意外，我无时无刻不在怨恨她，实际上，早在很久之前，这种怨恨便随风散去了……无论如何，我们都是亲得不能再亲的姐妹啊……"

那次意外，缘于张智云的一场大病。

张智云自小体弱多病，却和大多数小孩一样，很不愿意吃药。而她们的姑姑，虽然是个好人，脾气却很急躁，每次见张智云生了病却不吃药，都会很生气。张智霞看着卧病在床的妹妹和愤怒无比的姑姑，又着急又为难。

终于有一天，为了哄妹妹吃药，她自以为是地想了一个好办法。

她趁姑姑不注意，把很多个胶囊里的药粉都弄到了一个胶囊里，然后和妹妹在暗中达成一致——不吃药，只吃空胶囊。自那以后，表面看来，麻烦倒是解决了，日子也还算平静地过了下去。

没多久，张智云又生了一场大病，张智霞早就忘了自己当初的伎俩，竟然不知不觉地用装满药粉的胶囊，一连喂了张智云好几天。

那本来就是强效消炎药，副作用很大，那么大的剂量，几次下去，张智云的耳朵，就自然而然地聋了。

虽然从来没有人知道这个秘密，张智霞还是陷入了深深的愧疚中。为了缓解愧疚，她不得不制造出另一个酷似妹妹的人格，来欺骗自己——其实，妹妹还是可以听见声音的。其实，她还很健康，她没有聋，从来不会聋。

这也是张智霞让我把所有的钱都捐给聋哑人组织的原因。

而关于张智霞和几个男人的感情——张智霞的主人格喜欢吉风，副人格，那个被幻想出来的张智云，喜欢的却是乔苏。可是，两个人格用的是一具身体，只能选择一个男人，副人格张智云为了得到乔苏，不得不去盘算吉风。

事实上，副人格张智云始终都没想杀吉风。一切都是吉风自己的猜测。他以为毒在酒里，实际上，毒在杯里。

副人格张智云想得很简单，她不知道应该怎么选择，她想让吉风消失，却又觉得这样不好，所以，她给了自己一个选择，也给了吉风一个选择。

她决定用两杯酒，来决定最终的结局。

一杯有毒，一杯无毒。

如果吉风被毒死，张智霞这具身体，自然要和乔苏在一起。如果吉风没被毒死，她就打算放弃抵抗，和吉风在一起。

只可惜，吉风输了。

副人格张智云呢？

她真的赢了吗？

事实上，这两个人格之间的界限本来就不是很明显，只有在看到一个能引发二者切换的东西的时候，她们才会切换。

这个东西，就是埙。

张智云出事后，音乐上的天赋被前所未有地激发出来，没有人知道这是为什么，大家只清楚地记得，张智云在双耳失聪后，得到了一个非常漂亮的埙，自那以后，每天黄昏，她都要去海边吹上很久。

所有人都觉得，如果她的耳朵还是好的，她说不定，或者，可以十分肯定地说，她绝对可以成为一个音乐天才。

每每听到这种话的时候，张智霞的愧疚，便会更深一分。

久而久之，在那个并不大的圈子里，埙，几乎成了张智云的代名词。

埙归了张智云，铃铛，也就归了张智霞。

谁让张家姐妹的母亲死得早，没来得及把两者不能分开的事告诉她们的姑姑呢？眼见张智云得了埙，张智霞却什么都没有，姑姑自然会想把铃铛送给张智霞。

韩佳辞发现了张智霞的特点，后来每次治疗的时候，都会提前把埙藏起来。所以，那天晚上，张智霞去找韩佳辞的时候，由于没看到埙，她的副人格没机会切换，和韩佳辞发生关系的，确实是主人格张智霞。

也正因此，副人格张智云才会告诉乔苏的灵魂——张智霞已经死了，流产。

当初，如果副人格张智云选择和我回来，就会转化为主人格，永远占据那具身体。只可惜，她拒绝和我回来，在那具身体里，主人格张智霞已死，副人格张智云也不复存在。

那具身体，也便真的死了。

"我是你的耳朵，一辈子。"这是张智霞的愧疚，也是张智霞的承诺。

虽然，当时，她还很小。小到根本不明白，这一切，到底意味着什么。

一阵浸透着雨声的沉默，张智云轻轻撩了撩被雨打湿的头发，定定地看了看我们，终于转过身，慢慢地走了。

不久，山坡上便再有埙声响起。

雨还在下着，哗啦哗啦，继续冲刷着这个世界。因为终于得知了真相，黎明的脑子却清明了许多。

"这也是你当初极力说服乔妈妈海葬乔苏的原因，对吧？"他像从来没有看过我一样，仔细地打量着我，也打量着我手中的红酒，语气中透着深深的不快，"原来，你每一句话，都是经过深思熟虑的。"

他说得没错，吉风是海葬，所以，乔苏也只能是海葬。只有这样，主人格张智霞和副人格张智云的灵魂，才能真正和他们在一起。

因为，她们的灵魂虽有两个脑袋，却依然只能共用一具身体。

它，就藏在我手中的红酒里。

这是我对张智霞的悲悯，也是我对张智霞们的悲悯。

多说无益。

"去吧，回去看看吧。"我转过身，指着不远处的那片废墟，云淡风轻地说。

　　黎明站在原地，定定地看了我几秒，头也不回地走了。

　　他当然会走。

　　他怎么可能不走。

　　他不想看到一个心机深沉的我，不想看到一个冷漠残酷的我，更不想看到一个屡次为人情触犯冥界规矩的我。

　　璃轩说得不错，他做第一栈的老板，倒真是比我合适得多。

　　远处的山坡上，小怀坐在树上，静静地看着站在原地的我，也看着正在大步离去的黎明。是啊，人活得很短，树活得很长。它无时无刻不在观看关于人们的一切，也终究是一种无限静好的见证。

　　只可惜，它看尽春花秋月，悲欢离合，却终归无法理解——这，到底是一种怎样的感情……

第十八章　水中的火光

漫长的海岸线上，一直空无一人。雨下得又大了些，一时也绝不会停。本来定在今天的海葬，怕是要耽搁了。

既然如此，张智霞的灵魂，便要先走一步。

只是，她要飘在这里等多久，才能再次见到吉风和乔苏呢？

无所谓吧？

只要最终等到了，多久，又有什么关系呢？

雨入苦海，风袭空山。天地间一片飘摇，狭窄的小路上，黎明拐了一个弯，消失在我的视野中。我收回目光，最后望了一眼小怀，踩着泛黄的山石，路过悲鸣的松林，一步一步，下到海边。

脚下并非金黄的细沙，而是细碎的小石子，像极了这繁华纷扰的世间，远望一马平川，大有作为，实际却步履维艰，到处硌得难受。

举到眼前，拔出瓶塞，瓶口向下，就着雨水，巨浪和全心的柔软，将满满一瓶红酒，尽数倾入大海。

白的浪花，蓝的海水，红的酒水，灰的天空，就像本是一体那般，很好地融合到一起，又很好地消失无迹，就像一切从来没有发生过一样。

入海前，张智霞的灵魂没有再和我说一句话，该说的，早就说过了。该办的，也早就办好了。

最后一滴倒尽，汹涌的海浪依旧用力拍打着脚边的礁石，不远处的半空中，却蓦然腾起漫天的泡沫。每一个泡沫都足有篮球大小，好似孩子们吹出的泡泡一样，五彩缤纷，轻盈优雅。

它们乘着海风，带着轻松，一直向上升，一直向上升。

是它们，也是她们。

她们终于得到了安息，她们的母亲和外婆，也终于可以去向该去的地方了。

我呢？洛老板呢？

既然，早在数月之前，黎明便已做出了他的选择。我，自从璃轩消失后，也已偷了这么多时光，多少，该偿还一些了吧？

很多事，总要去做，很多秘密，也总要去揭开。

与黎明相比，我是多么渺小而懦弱啊……嘴边掠过一丝苦笑，手一抖，酒瓶摔在礁石上，一声沉闷的撞击，完整的瓶子顿时碎成了好几片。

我定定地看着它，就像看着自己的未来。

似乎像约定好了一样，几波大浪卷过来，礁石很快便失去了自己亮晶晶的意外。不知何时，淡淡的海腥味中，竟多了一缕浓烈的甜香。

没有人。

没有人比我更熟悉这种香气。

那是冥河附近花草的味道。

不可能。

我飞快地转身，却没有运用额外的能力，而是像人那样，一步一步，脚踏实地，稳定而忐忑地走向那个最后的终场。

像人一样，我需要时间。

像人一样，我需要好好想想。

很多事情，过去得太久，隐藏得太久，就连自己，也都在轮转的日月间、喧嚣的年华里，变得愈加淡化，愈加模糊起来。

璃轩……那个璃轩。

这么多年以来，我和她之间，到底是一种什么感情呢？亲情？爱情？友情？似乎都有一点，又似乎都不是。我们已不是人，尽管在很多年前，我们曾经山盟海誓，荡气回肠，可是，自从我做了老板，那些东西，虽然维持着一些，却只是徒有其表。

真实的感情，再也不复存在。

璃轩说得没错，那不稳定，因此我们不需要。只是，要穿越千年的冰霜，要送走众多的亡魂，要一直不生不灭地存在下去，虽然必须永断无明，却需要具备另外一种持久而温暖的力量。

互相扶持，互相欺骗。

你看，我们这样很好啊。你看，如果一直这样下去，真的可以走到永远呢。

多么完美的角色扮演，多么荒唐的人物设定。

本来，我也沉迷其中，难以自拔，直到璃轩消失后，我才开始正视这一切。只是，我越去想这些，就越发现这样可怕的一点——似乎从一开始，我就从来不喜欢这样做。我们之间，只有在我把她扶上冥主之位前，在我从隐士变为将军，从将军变为妖魔的时候，才具备一些个人的意志和真正的平等。

后来，后来呢？

我被她带回冥界，做了光芒万丈的第一栈老板，活了一个又一个春秋，送走了数不胜数的灵魂，但，只可惜，这一系列的事件，都不是我自己的选择，而是被迫的接受。

她给我的，我不得不接受。

有她在，我不得不接受。

留在冥界，是因为她；做第一栈老板，是因为她；痛苦却又不得不存在，是因为她；冷漠而麻木地送走那些炽烈的灵魂，也是因为她。

一切的一切，都是因为她。

如果没有她，如果我可以自由地选择，我知道，她也知道，这所有的东西，所有的光芒，我都会不屑一顾。

于是，不知从何而起，我开始坚定不移地相信，总有一天，璃轩会突然消失，并且，会消失得彻彻底底，再也无法回到我的身边。

我不知道这种想法从何而来，想达到什么目的。但是，它一直暗暗地存在着，暗暗地萌动着，就像一条吸血的毒虫，不停地蠕动着，不停地钻透我的内心，从起点钻入，又尖锐地绕着圈，从起点钻出，最终从我的心底冒出来，在我一颗早已支离破碎的心上，留下一个、两个……很多个血淋淋的大洞。

这是条很聪明的毒虫。它不只会破坏，还会治愈。它张着鲜红的嘴，一边贪婪地从伤口中吸着血，一边摇动着缤纷的身子，分泌出具备强效麻醉性的毒液，一点一点，涂遍我所有的伤口，麻木我的肌肉，神经……全身。

渴望、期盼、庆幸……璃轩，你快点消失吧，你消失，我就可以自由了，我就可以去做真正的自己了。看着漫天的蓝色光芒，一个声音邪恶地尖叫着。

伤心、失落、痛苦……璃轩，你怎么会消失？你怎么能消失？你是我的璃轩，我永远的璃轩啊！看着漫天的蓝色光芒，一个声音声嘶力竭地呼唤着。

我，洛老板，哪个才是我？

我微微抬头，望向一片铅灰的天空，那里，果然已经渐渐地黑了。

下雨的时候，天总是黑得很早。

前面，却没有黑。

水火不容，是吧？此时此刻，在磅礴的大雨中，我的脚下，明明摆着两行长长的蜡烛，一路延伸，一路向前。

每一根蜡烛上，都跳动着高高的、亮白色的火焰。

距离太远，看不清尽头是什么，只能隐约望见一团耀眼的白光，凭空从地面腾起，笼罩了下面很大一片土地。

太阴业火，幽冥之光。

是时候了。

我下意识地笑笑，像早就知道结局一样，安然走上这条路，走向一个早就推演过无数次的约定。

是啊，我万万没想到，就在我的眼前，那个一身白裙、高高在上的女人，竟然真的低到了尘埃里。

不是尘埃，是泥水。

光火把方圆近百米照得亮如白昼，也把无处不在的积水映出各种诡异跳脱的形状，在呼啸的大风中，白亮亮的水面不停地扭曲着，像极了多次出现在我梦里的那些影子。

冥河的味道，也更浓烈。它不费吹灰之力地压过了风的味道、雨的味道、树的味道、土的味道、海的味道……霸气地占领了整个天地，微垂着眼，居高临下，整团整团地灌入我的体内。

声音，自然也是有声音的。

李萱在哭，很压抑地哭。泪水不断从她的眼角流下，像两条永不干涸的小溪，雾气弥漫了她整张脸。但是，她又在竭力控制自己，告诫自己，一定要忍住，一定不能哭出声音。

是啊，那么高贵，那么优雅的女人，怎么能像现在这样失态呢？我终于停下脚步，站在已经没过脚踝的雨水里，同情而惋惜地打量着她。

雨无声地下着，她穿着那身最爱的白裙，跪坐在泥泞不堪的积水中，似乎在虔诚地膜拜上古的神佛，低低地弯下腰，整个上半身都贴到了地上，就连那头靓丽的秀发，最下面的部分也如帘子一般，挡住了她大半张脸，悲伤地垂到了脏污的泥水中。

秀发前面，是那双我看过无数次，也握过无数次的纤纤玉手，只不过，现在，那上面已经溅满了污泥。

她，终于不可避免地被玷污。

她就用这双手，慌乱地从地上捞着什么，贪婪而机械地往嘴里塞着。

前方，不过几步的地方，半空中，像璃轩给我放过的场景一样，也回放着一些画面。

只不过，那上面，黎明，黎明，黎明，黎明，全是黎明。

黎明的脸，黎明的手，黎明的眼，黎明的笑，黎明的怒，黎明的平静，黎明的痛苦……李萱就这样看着那些黎明，也这样吸食着黎明。

当然是这样的。

怎么会不是呢？

黎明家的老宅，在一片山火过后，早成一片废墟，现在，竟又像什么都没发生过一样，重新恢复了原样。不仅如此，门前那些长长的台阶，也凭空长了两三倍，高了两三倍。

房子的上空，那团白光里，牢牢地包着一个浑身赤裸，只披着一袭白袍的黎明。他紧紧地闭着眼睛，一言不发，一动不动，身上却不断流出白色的液体，从空中一直流到李萱面前。

看得出来，李萱本想伸手去接，手却抖得厉害，根本接不住。黏稠的白色液体流过她的手心，又从指缝间流下，啪嗒啪嗒，一声一声地落到地上的泥水中，瞬间化为散碎的星尘，在积水中四处飘荡。而李萱，不得不用依然抖得很厉害的双手，一点一点地去捞，一点一点地把它们混合着泥水，一起送到自己的嘴里。

她抖得真是很厉害，不只双手，就连全身，也在一刻不停地颤抖着，好像在承受巨大的痛苦，又似在享受无上的极乐。

　　她，已经不攻自破了。

　　"你不会，假戏真做了吧？"我皱了皱眉，略带戏谑地蹲下身，看着她，"不过都是走走程序，真的会这么痛苦吗？"

　　"这是一种病，一种无药可救的病。"李萱抬起头，瞪大眼睛，不断地重复着，"我治不好，治不好，治不好啊……"

　　忽然，她停止了一切动作，猛地扑到我身上，像溺水的人抓住最后一根稻草一样，紧紧地抱着我，因为过于用力，双手尖尖的指甲甚至穿透了薄薄的布料，深深地陷入我的皮肉中。

　　就在血开始流出来的时候，她，这个神秘而美丽的女人，终于，张开喉咙，放声痛哭。

　　你几乎无法想象，一个看起来这么柔弱的女人，竟能在一瞬间就爆发出如此凄厉的哭声，就像自己存在的所有意义，都是为了发出这种痛彻入骨的声音，释放这种关于全人类的苦痛一样。

　　眼泪加热了雨水，沾到我的胸膛上，暖的。

　　一直在暖，也许，会永远暖下去吧？

　　并没有。

　　炽热的体温慢慢地蒸发了那种满是软弱的液体，干了。

　　感受着胸前的温度，我忽然有点羡慕黎明，他虽然即将面临可怕的下场，终究还有人，还有女人会为他流泪。还是，这么多，这么多的泪水，简直要盖过雨水，简直要流到天崩地裂、海枯石烂。

　　不知道，那个女人，那个长得和她差不多的女人，在某些时候，在应该，或者不应该的时候，会不会，稍稍地，为我流一点泪呢？

　　我抱着李萱，这个机关算尽，却终究坏在自己身上的李萱。不知道为什么，我竟然希望时光可以静止下去。我不否认，在今天之前，无论什么时候，我都不像那个肉眼凡胎的黎明，虽然她们长得差不多，几乎一模一样，但凭着高度的理智和冷静，我总会清楚地分辨出她们。

　　璃轩，是璃轩，不是李萱；李萱，是李萱，不是璃轩。

　　即使在医院，我出于愤怒，大力地掐上李萱脖子的时候，即使在医院，面对强势的李萱，我将要消失的时候，我也非常清楚，她们之间的分别。

现在，我真的分不清了。

理智，冷静……如果真的只有这些东西，我，洛老板，还会存在吗？

"治不好，就算了吧……让这一切都结束吧……"我轻轻地抚着她的后背，慢慢地安慰道。

只不过，这种安慰，却像极了胜利者的宣言。

她似乎完全没有听到我的话，还是自顾自地说了下去。

"你知道吗？你知道吗？一开始，确实都是一场戏。我逃离了冥界，我来到这人间，我见过太多感情，也经历过太多感情。只是，像我之前说的，那都是一场大戏。玩够了，也便算了。而他，一开始，是我的猎物。你说，你说这是不是很好笑，捕猎者，竟然会爱上自己的猎物，一只猫，会爱上自己爪下挣扎的老鼠……哈哈哈，这到底是怎样一种感情啊……"

她靠在我的肩膀上，仰天长笑，脸上却依然盖满了泪水。

"我告诉自己，不要动情，我警告自己，不要动情，却没用，没用，无论怎样，都无济于事。那天晚上，他喝多了。他喝醉了你知道吗，他因为你，喝醉了。但是，借着那清冷的月光，他就那样定定地看着我，轻轻地抚着我的脸，他说，他爱上我了，他要和我相守一生。哈哈……一生……多么可笑的词语，他以为，我也是肉体凡胎，我也只有一生？多么可笑，可又多么辛酸。因为，我知道，他，他只有一生。而他，竟然愿意，把他的一生都给我……那仅有的一生啊！"

"也许，你根本没必要感慨这么多的。后来，你不是改变了计划吗？我们不是约定好，你只吞噬他的灵魂，依然保留他的身体，然后，我们再进行一次重造吗？灵魂，说来珍贵，但是，我可以再造，你也可以再造……而你，是绝对不能消失的。说到这个，其实，我应该……"

我没有说完，因为，就在李萱抱住我的时候，那个光球正在一点一点地减弱，最终，被困在里面的黎明，逐渐恢复了意识，慢慢地睁开了眼睛。

李萱见状，马上要扑过去，却被我死死地拉住了。

成功了。

一声刺耳的爆裂，包围在光球外面的所有镜子，粉碎得彻彻底底。

既然这样，我也没必要把接下来的话说出来了。

我，依然不能让黎明知道。

我瞬间变换了表情，连语气都又恢复了之前的那种玩世不恭，冷酷无情。本来已经到嘴边的话，也硬生生地改了口。

我紧紧地抱着李萱，防止她再做出任何动作，却故意做出一副亲昵的样子，无所谓地扫了黎明那边一眼，低下头，笑着对李萱说。

"其实，我应该……贴心一点，替你下手，是吧？"我邪恶而魅惑地笑着，转向黎明那边，大声地说着，"既然，你还是念着那些虚无缥缈的感情，还是下不了手，作为完美的合作方，我帮你一步，又有何妨？"

闪亮的碎片一层一层，杂乱地落到长长的台阶上，像铺了一条通往圣堂的路。

那条路，简直比通往璃轩那里的那条，还要闪耀不止十倍。

黎明的白衣白裤，早就不知所终，取而代之的，是和李萱类似的白袍子，质地不错，至少看起来很垂、很滑。而这种质地，显得他本就不是很健壮的身体，更加瘦削、更加单薄。

黎明站在台阶的最上面，像一尊孤单的神像一样，站在无尽的时光里，留在晦暗的风雨中。

听到我的话，他什么都没说，只是轻轻瞟了我一眼，一步一步，踩着台阶，肃穆而虔诚地从上面走了下来。

那么锋利的边缘，那么尖锐的碎片……我紧了紧神色，想要阻止他。但是，我知道，这根本没用。

就算我没说刚才那些话，他，也一定要走下来的。

有血，很多的血。

因了自己的重量，也因了感情的重量，利刃割开脆弱的皮肤，引出鲜红的血液。一路上，那些鲜红的液体，从裂开的皮肤里不紧不慢地流出来，染红了碎片，也染红了台阶。

浓烈的血，连雨水都化不开的血。

它就那样留在黎明的身后，就像两行通往涅槃的飘带。

"不要再做无谓的反抗了。"我拉着李萱，一起站起来，看向黎明，尽量往脸上写满嘲笑，"一切，早都是设计好的。你，无论如何都逃不出去！"

第十九章 他什么都知道

是的，虽然一开始，每件事都是李萱设的局，可是，没过多久，我便也自然而然地参与了进来。

没有我，事情又怎么会走到今天这一步呢？

我清楚，李萱也清楚，无论怎么不想承认，原来那个黎明，也早就死了。

我就算可以利用法术、利用能量去拯救，去修补，去挽回，终归也没办法把一切都恢复成本来的那个样子。

修修补补之后，所有的一切，早都不一样了。

从另一个角度说，这个黎明，只是一个影子，一个由我亲手造出来的影子。他有着黎明的外表、黎明的喜好、黎明的记忆、黎明的一切，但是，无论多么逼真，他也不再是原先那个黎明了。

我不知道，这一切，我原本都不知道。

我之所以可以参透，也都是因为璃轩的消失。

在她给我看那些画面的时候，我十分疑惑地发现，虽然那上面确实是我，但是，那个千年之前的洛老板，他，明明又不是我。

他是我，又不是我。

灵魂，虽然可以被拯救，规律，虽然可以被扭转，总有一些东西，再也不一样了。

再也回不来了。

我一样，黎明也一样。

我，终于也明晰了自己拯救黎明的原因，之前，我一直觉得，是因为我顾及情义，不忍看见黎明逝去，想把他留在身边，但随着璃轩的消失。我逐渐发现，其实，这一切，不过都是为了我自己。

我怕孤独，很怕很怕，数千年的时间，非但没有让我看透什么，也丝毫没有增加我的勇气，我还是有常人该有的感情，尽管，这些感情已经被深埋，但，深埋，却并不代表不存在。

也正是因为深埋，当被触发的时候，才会比之前更激烈千百倍。

于是，黎明死后，我耍了点手段，找到黎明，处心积虑地拯救了他，希望他可以一直陪在我身边。

多么自私的想法。

我只消除了其他人的记忆，没有消除黎明母亲的，也是因为，我很清楚，一旦让黎明重拾亲情，我就什么都不算了。

孤独，多么可怕的孤独。为了躲避它，为了离开它，我又到底付出了多大的代价，做出了多少更加可怕的事。

所以，在很多时候，我总觉得眼前的一切都不是真的。我看着复活的黎明，看着他开心，看着他难过，却始终陷在一种巨大的恐慌之中，我总觉得，哪怕下一秒，就是下一秒，他会像一缕轻烟那样，从我眼前凭空消失，而所有的一切，我苦心经营的一切，也便会瞬间崩塌，了无痕迹。

总有一天，一切都会失去，不再回来。

看着黎明，就像看着一面镜子，对，就是一面镜子。镜子里映出的是自己，只有自己。而镜子，本来也是由自己造出来的。我不知道，它什么时候就会碎裂，而破镜，终归无法重圆。

黎明，黎明前是最黑暗的。

但是，如果，根本，就没有黎明呢？

那样，也便没有黑暗了吧？

没有黑暗，就会有光明吗？

我不知道，我什么都不知道。我只知道，我一直在逃避这样一个事实——在这件事上，一直，不是我去找黎明。

而是。

"是你杀的我，我知道。"黎明一步一步地走近我，脸上带着浓烈的平静，"我都记得，你一直以为我忘了，我也一直以为我忘了，可是，很可惜，我都记得。发生的一切，我都记得。"

寒气弥漫在空气中，一点一点，渗进我的心里，将我的身体、我的灵魂，一起，一点一点，慢慢冻住。

但是，事已至此，我是万万不能改变什么的。

"没错，是我干的。我很自私，从一开始，我就很自私。我渐渐发现，璃轩终归会走，而我的身边，不能没有人。这，也正是你想知道的原因。"

"你竟敢直呼她的大名？"黎明轻挑眉峰，"还真是以下犯上呢……不过，我倒是比较好奇，你为什么会选上我？你最想要的，不一直都是自由吗？你活了这么久，应该早就知道，无论是哪方面的感情，都不会十全十美吧？只要和另一个生物体接触，就未免会有摩擦，有矛盾，有数不清的麻烦。这些，真的是你想要的吗？你最想要的，不一直都是真实的自己吗？但是，真可笑，原本，从那件事之后，你不就迷失了自己吗？你不就埋藏了自己吗？你，就像一个怪物一样，你挖着土，盖着土，亲手，埋葬了那个最真实的自己！"

我看着他，很空洞。

因为，他说的，都很真实。

而我，终究不知道，哪一个才是真实的自己。

"而你，竟然也想让我走这条路，并且，连我那点可怜的知情权，都被你无情地剥夺了。我，我竟然什么都不知道，就头也不回地走上了这条路，我连拥有都未曾拥有过，就不得不狠下心来去放弃！"

"对，你说的没错。是我逼你的。是我没给你选择的机会，还亲手掐断了所有的选择。可是，可是……"我尽量控制自己，喉咙里却再也发不出任何声音。

含混的、哽咽的，多么懦弱，多么可耻，已经到了这种地步，我，竟然还不能把所有的一切都说出来。

我，不能说。

太痛苦了。

太，痛苦，了。

长久的沉默，黎明已经走到我面前，他就像一个最方正，也最严酷的法官一样，大大方方地看着我，目光尖锐得就像无数把神兵利刃，一刀一刀，自然而又冷酷地穿透我的身体。

没有感觉，却，已经麻木了。

我，必须，麻木。

"你……你还太年轻，你总想知道，山那边是什么。后来，你知道了，山那边是海。然而，你又会想知道，海那边是什么。"我冷冷地咬着牙，从牙缝里迸出这几段几乎毫无意义的话，"可是，海那边是什么呢？很快，你就会发现，海那边还是海，一切，根本毫无价值。"

苦海无边。

我、黎明、李萱，都在无边的苦海中，挣扎，沉浮，始终看不到归途。

如果，璃轩没有消失的话。

她，也在。

"真的没有价值吗？"黎明冷笑，轻蔑地看着我，"你知道，我刚才在那个光球里遇到了什么吗？那里面全是镜子，每一寸，每一分，都盖着镜子，严丝合缝地把我困在里面。我瞪着它们，观察着它们，它们每一个里面，都没有我。一个都没有，就像，我这个人，我的身体、我的灵魂，都根本都不存在一样。"

"太虚之境，本该如此。"我虚弱地解释着，试图掩盖一些什么。

"本该如此？可是，你知道，那上面都是什么吗？"黎明用发抖的手指着我，声嘶力竭地吼着，"你！那上面每一分每一寸，都是，你！"

"都是幻象，都是幻象……"我喃喃地说着，不知道是在欺骗黎明，还是在欺骗自己。

"我，我其实早就记得，你对我做过的一切。但是，不知道为什么，那一切都是模糊的记忆。而你，现实中的你，你对我又是多么好啊，你对人类，对世界又是多么好啊……你虽然嘲笑着他们，蔑视着他们，却也悲悯着他们，拯救着他们。你宁愿放弃一切，只要我能复活，你宁愿自己忍受各种痛苦，只要这个世界还能继续存在下去……更何况，我们是兄弟，我们是比亲兄弟还要亲的兄弟！所以，我不想相信那些记忆，我宁愿告诉自己，一切，都从来没有存在过！我不知道，这到底是我的幻觉，还是真实发生过的。我也不想去分别。真假，真的有那么重要吗？每天都活着，每天都开心地活着，难道不是世界上最幸福的事吗？"

我依然面无表情地看着他，而李萱，正怀着复杂的感情，呆呆地盯着我。

"每天，只要能看到你，能听到你，能存在着，我就已经很知足了。未来，未来始终太远，不是我能左右的。我只是一个小人物，一个非常卑微的小人物。我什么都不知道，什么都左右不了。我相信你，因为你是我的洛哥，你是第一栈的老板，你神通广大，你无所不能……是啊，你几乎什么都能做到，甚至可以为我妈消除一切业障，勾去所有惩罚，然后，让她永登极乐……"

黎明一口气说着，忽然两腿一弯，双膝直直地砸到地上，伏下身子，对我行了几个端端正正的大礼。

"洛老板，我是十分感谢你的。你虽然只把我当个木偶，当个玩具，或者，只是当成一个随身携带的物件，但我还是很感谢你，我还是要感谢你。如果没有你，也许，我连木偶、玩具、物件都做不成呢……"

人，真的会心疼死吗？

你，真的知道，为了拯救那个女人，我付出了什么样的代价吗？

噼噼啪啪，什么东西完爆的声音，绚烂地炸出漫天的渣渣沫沫，又尽数融化在雨里，一点一滴，深深地钻入我的心里。

疼。

很疼。

他说得没错。

一点都没错。

所有的，都没错。

我只是没有想到，原来，他一直都知道。

我只是没有想到，他一直都知道，却一直什么都没有说。

我只是没有想到，我本来以为，这么长时间，是我在陪他玩一场轻松无比的游戏，事实上，倒是他，一直在陪我玩着一场宏大而沉重的游戏。

是的，在无限的矛盾中，我早料到璃轩会消失。所以，我才会绞尽脑汁地去找一个替代品。

本来，我是要把他作为接班人来培养，但这并不妨碍，我动用一些私下的力量，去改变他的命数。

我，改变了一些东西，亲手杀死了他，然后抹去了他相关的记忆，制造了这么一个理想中的人。

理想中的，兄弟。

一切，都是我做的。

所以，一开始，当他失踪的时候，我才会那么慌乱——人的感情，总是和付出成正比的。

所以，当李萱找我说，要吞噬他灵魂的时候，我并没什么特殊的触动，而是几乎不动声色地，和她达成了某种程度上的统一。

这一切，不过是一个程序，一个和别的程序没区别的。

程序。

我本来以为，这所有的程序，都会顺利运行下去，这个游戏，也会永无休止。没办法，在我无穷无尽的生命里，实在是，太需要一点刺激了。

所以，我和李萱达成了一致。

为什么不呢？

璃轩已经消失，冥府风雨飘摇，我作为第一栈的老板，真的要听从璃轩最后的施舍，去珍惜那早已变得轻飘飘的自由吗？

就算拿了自由，我接下来，应该做些什么？

识时务者为俊杰。

可是，为什么这么疼呢？

为什么连呼吸都要停止了呢？

我，还能控制多久？

到底，什么才是真的？

到底，哪一个才是真的我？

黑暗中，疏斜的树影飘摇着，影影绰绰。是那片白桦林，那片年代久远的白桦林。雨还在下，就像要决心淹了整个世界，灭掉整个人类一样。

大洪水？神迹呢？诺亚呢？

我，洛老板，没有诺亚。

也许，我还是应该感谢黎明的吧。毕竟，是他顺理成章地说出了一切，这样，总比让我自己说出来好。

多么痛苦的回忆，多么残酷的自己。

我怎么能把这些事，亲口告诉这个宁愿舍弃自己、舍弃所有，只为能够救我的黎明？我怎么能把这些感情，亲口告诉这个本身就非常痛苦，宁愿毁掉自己的黎明？

绝对不能。

不过，把一切都说开之后，所有的事情，便都好办多了吧？无论是谁，在得知这一切之后，都不会再傻成那样了吧？

根本，就是，执迷不悟。

只不过，在了结一切之前，我还要再说一些话。

"黎明，不管你愿不愿意，你也要做老板了。实际上，你已经是老板了。你，终究比我强得多……"

是啊，那些人影，那些一直游离在我梦中的人影，都是我刚做老板的时候遇到的灵魂。做这一行，谁都不是天生的。

我，也一样。

我非常恐惧，每一次，每一次我见到他们，每一次我遇到意外，每一次，每一次，我都非常恐惧。

而在这之上，我最恐惧的，是，我的身边，千百年来，始终都没有一个人。

是，璃轩，也许算是我身边的。但她是冥府之主，她手下不止一个老板，每天也不止一件事要处理。我们之间，总是隔了太多太多人、太多太多的东西。

她，可以一直在我身边吗？

如果，连她，都那样消失了呢？

无论如何，黎明，终究是比我强的……

第二十章　初皈

黎明走了。

他又走了。

他该走了。

“还记得吗？”

不知何时，李萱已经恢复正常，她的身形、她的表情，就连一身的雨水和泥污，都消失得干干净净、彻彻底底，就像刚刚伏在泥水里痛哭失声的，完全是另外一个人一样。

“还记得吗？”她微笑着对我说，目光中却是一如既往的冰冷，“今天，是立夏。夏天的第一个节气。不过，最近，需要你操心的事情简直太多了。你也许早就忘了吧？”

立夏，太阳到达黄经四十五度。

“迎夏之首，末春之垂，斗指东南，万物生长。蝼蝈鸣，蚯蚓出，王瓜生。”我低低地吟着，“让你失望了，我没有忘，该记得的，我向来不会忘。”

“还不错。”李萱轻飘飘地夸赞道，猛然转了语气，“只可惜，我听过这样一句话，一个人的烦恼太多，完全是因为他记性太好。”

“我不是人。”

“你误会了。我想说的，其实是，你看，春天，那个万物萌始的季节，就这么悄无声息地过去了，一切，都没法再回头了。如果，可以重新开始，你还会那么做吗？”李萱凑上来，饶有趣味地看着我，“那个黎明，当真是很可怜的呢……”

“何必问这么无聊的问题，一切，真的可以重新开始吗？重新开始后，所有的东西，真的还是原来的样子吗？"我的嘴角挂着无所谓的笑，心里，却早已溃不成军。

"看来，你伤得真不轻……"李萱闪闪地笑着，靠得又近了些，一双手轻轻抚上我的腰际，适度地揉搓着，一路爬上了我的脸颊。

一阵莫名的悸动。

"这是黔驴技穷吗？"我拿开她的手，做出一脸讥笑，上下打量着她，"真没想到，如此美人，竟和驴有着相同的习惯。你应该知道，我并不完全是冥界的人，身体对我来说，不过是一副空壳。感官的刺激，前提也得是有感官，这，你总能理解吧？"

"真是铁石心肠呢……"李萱抱住我的脖子，凑到我的耳边，吐气如兰，"原来，你只喜欢做，不喜欢看？"

"算了吧。我们之间的事，早就扯平了。你爱的是黎明，我想的是璃轩，这样的关系，又应该怎么解释呢？我不知道你是怎么想的，反正，我很清楚。每一次，我心里想的都是璃轩，而你心里想的，应该也都是黎明吧？"

"原来，你只把我当成替代品……"

"不然呢？"我含笑看着她，目光闪烁，"还会是什么？"

"看来，爱情真是一件不可靠的东西。"李萱悠悠叹了口气，做出一副幽怨的样子，"算了，也便算了。不用说我，到头来，你心里想的，不也都是黎明吗？若非如此，你刚才何必那么痛苦呢？哎呀，尽管表面看来，你那么隐忍，那么冷漠，在心里，简直比我还要失态呢……"

"你都发现了？"我很平静，死寂的平静，"真可惜，我的演技竟然退化了。不过，也好，黎明没有发现就好。"

"也别妄自菲薄。你这些本事，虽然骗不了我，骗他还是绰绰有余。其实，事情到了这一步，也真是出乎了我的意料。我本来以为，你活了这么长时间，总应该明白生命之珍贵，却没想到，到头来，你比他还蠢。说到这个，我还是应该恭喜你的——你用你超乎寻常的智慧和演技，终于打败了黎明，成功抢到了被吃的名额。只是，洛老板，我现在比较怀疑这样一点——你，真的有灵魂吗？"

是的，黎明清醒之前，我是想说——"其实，我应该站出来。对吧？这样，我们便都没有痛苦了，是吧？"

只可惜黎明不知道。

他什么都不知道。

不知道也好。

不知道最好。

"有没有灵魂，试试就知道了。"我随便地笑了笑，伸展开双臂，微微仰头，敞开胸怀，看向李萱，"来吧。"

"你真的确定，这样就开始了？"李萱凑过来，目光中竟多了几分正经，"你，还有没有未了的心愿？"

真是奇怪的感觉，这句话，在我做老板的时候，无数次问过别人。男的、女的，老的、少的，美的、丑的，各种各样的人，都听过这样一句看似关心，实际却相当于废话的话。

"你，还有没有未了的心愿？"

怎么？有，你能为我完成吗？

一切，不过是走个程序，说白了，都是深深的套路。

就在今天早晨，我还十分忐忑，我明明知道，一切都要结束了。但是，在我的内心深处，依然弥漫着浓重的恐惧。

我怕。

我也怕。

从最初做老板，遇到各色灵魂，到眼睁睁看着璃轩消失，自己完全无能为力，再到现在，不得不说出之前早就设计好的一切，伤害黎明，让他放弃自愿向李萱献身的想法，每一步，每一时，每一刻，我都在怕。

可是，怕，就能不去做了吗？

如果这样，那可真好……

"看来是没有了？"李萱看着一言不发，陷入回忆的我。

我也看着她，静静地看着她。不知何时，雨已停了，风却依旧很凉，吹着本来就很凉的我，以及本来就很凉的她。

她果然小心。

见我不说话，她竟然又小心翼翼地问道："其实，我也一直在想，你，到了这个地步，真的会甘为鱼肉吗？这可不像是你呢。你，不是一直对生命有着深切的渴望吗？你，不是一直深深地热爱着这个世界吗？现在，难道，你真的累了，真的绝望了？"

"我确实很累，也快要绝望了……"我低低地说着，"不过，更大的原因，是因为，我很清楚，我打不过你，除非……"

"除非什么？"李萱死死地盯着我，一双瞳孔突然猛烈地收缩。

我没有回头，我知道，那一定是归来的黎明。

离开这里，一定要经过那棵大槐树，而小怀，那只善良的小树妖，一定会把事情的前因后果，都讲给他听。

虽然这并不是我的授意，但在亲眼见过我做了那么多事后，小怀，一定会把它们都说出来的。

不说出来也好，虽然我的命运黑暗了些，黎明，总算自由了。

但是，小怀，终于说了。

"洛洛，你也真能演，竟然连我都骗过了。"黎明摇了摇手里的槐花，一脸轻松，"要不是被她留住，也许，这辈子，我再也见不到你了。"

"你这么蠢，见不到，也没什么关系。"我笑了笑，一把搂住李萱，拔出匕首，稳稳地抵住了她的脖子，"其实，你还是很了解我的。我，洛老板，怎么会这么轻易就放弃希望呢？"

"我可以把你这种行为称为不自量力吗？"李萱虽然连动都不能动，脸上依然很镇定，"你自己打不过我，加上黎明，就能打得过我吗？你这把小破刀，也就吓唬吓唬灵魂吧。你，知道我是谁吗？你们，知道我是谁吗？"

她的声音忽然变得无比低沉，却带有一种不容抗拒的穿透力，在我们的耳边盘旋，也在广阔的天地间盘旋。随着浑厚的声波，周围的一切，都在以肉眼可见的速度碎裂，毫无征兆地飞向空中。

眼前顿时一片凌乱，早已黑暗的天空完全变为明亮的白色。地上的水越来越多，飞快地涨起来，很快就过了膝盖。

一道白光闪过，她，竟然从我手下消失了。

从容地消失了。

再看的时候，她已然离我十几米开外，高高地悬在半空中，优雅地伸着手臂，从拇指到小指，一个一个，诡异地动着，远远地看去，就像一个在风雨中飘摇的提线木偶一样。

随着她的动作，本来躺在台阶上的碎片被一种巨大的力量吸引，一片一片地立起来，整齐划一地升到了一人多高的位置。

"危险！"我一把抱住黎明，拔出匕首，举过头顶，挥出一个半球形的屏障。

金色的。

没错。

电光火石间，所有的碎片裹挟着李萱巨大的怒气，从四面八方冲过来，齐齐地袭向我们，那恶狠狠的劲儿，分明就是想把我们变成两只亮闪闪的刺猬。

她果然厉害。

虽然由于反应及时，大部分碎片都被挡在了屏障外，还是有一小部分，像具备独立的意识一样，孜孜不倦地戳着屏障。

后面，还有源源不断的后续。

在这种密集的进攻下，很快，我从站姿变为坐姿，又从坐姿变为跪姿，浑身的每一块骨头、每一根肌肉、每一缕神经，也都在承受着巨大的压力。

要支撑不下去了。

支撑不下去？

放弃好了。

凝势蓄力，默念口诀，金光消散，屏障撤离，我放开黎明，单膝跪地，仰面朝天，硬生生接住所有的碎片，为黎明，也为我自己，慢慢撑起一片闪耀着淡金色的天空。

黎明什么都没有做，他只是站在那里，静静地看着我。

他也做不了。

金光越来越灿烂，我的力量在迅速地聚集。终于，在到达一个峰值的时候，我咬牙屏息，轻转手腕，迫使碎片们慢慢转变方向，直直地对向李萱。

大喝一声，猛地起身，举手过顶，用尽全身力气，把所有碎片团成一个亮闪闪的光球，用了相同的手法，狠狠地向李萱砸过去。

李萱定在原地，似已呆了。

也许，她根本没想到，我会用完全相同的手法去破解她的招数。

更何况，金色的气息实在太强大，她不可能受得住。

毁灭的怒气，终究无法打破守护的力量。

她依然悬在半空中，却花容失色、惊恐非常，四肢慌乱地挥舞着，什么都做不了。

我，马上就要赢了。

但是，就在这时，一张几乎一模一样的脸猛然出现在我面前，须臾之间，两张脸诡异地重叠。而我，心中一动，手上一松，不假思索地放弃了所有的力量，所有的心神。

李萱，终于得到了喘息的机会，恰如其分地蓄力借势，一口气接了上来。

在两方共同的大力下，碎片们被压迫得更加之碎，在半空中，瞬间化为一蓬烟尘，消失不见。

心神竟然乱了。

我会不忍心？明明，我马上就要成功了。

我，真的喜欢上了她？

我来不及想，思维便被胸口的一阵剧痛所充满。

疼痛，却又冰凉。不知何时，那张美艳精致的脸已经离我很近，近到，我的每一次呼吸，都可以到达她的皮肤，再悄悄地反射回来。

只可惜，我的呼吸，已经不能称之为呼吸了。

我静静地看着她，轻松地看着她，快乐地看着她。她快乐地看着我，轻松地看着我，静静地看着我。

她的手里，紧紧握着一个长达数尺的冰柱，上面依稀散发出海盐的味道，那是海水，她，竟然把海水冻成寒冰，做了最致命的武器。

而我，已没有生命。

货真价实的心疼，真的，是被穿透的心脏在疼。

幸亏，我早已没有生命。

真是奇怪的感觉，长长的冰柱渐渐被心肌中的鲜血暖热，滴滴答答地融化，依依不舍地流到我的黑袍上。

真好，黑色的布料，看不出血迹。

伤口也不是特别疼，至少，还没到无法忍受的程度。看来，我和这具身体的融合度，当真是越来越差了。

冰水流下来，带出已被渐渐冷却的鲜血，盐分蜇在伤口上，带来轻微的刺痛感，前胸、后背，都一样。她下手不轻，已经把我穿透了。

看着身上这两个窟窿，我竟然十分可笑地觉得，自己这副样子，就像一串尚未被穿完的冰糖葫芦。

"怎么样？"李萱得意地歪着头，看着黎明，又看看我，似乎在等人夸耀她的作品。

黎明看着我，慢慢地扭过头去，眼里露出了一丝不忍，却依旧没说什么，也没有动。

"不怎么样。手法不错，力道却差了些。"我紧握拳头，尽量潇洒地笑着，一边笑，一边握住胸前的冰柱，一点一点，往后退着。

冰晶摩擦骨头，水流冲刷血肉，细细听来，竟然有几分悦耳。李萱再次被意外惊讶，微微地张着嘴。

心上，真的多出了一个大洞，如果不是因为我到了一种特别的状态，恐怕早就疼死了。

就在最后的时刻，我终究将自己剥离无边的冷漠和无边的残酷。

亲手。

血，喷出来，热的。

也许，这，已经足够偿还一些什么了吧？

咔嚓一声，我高举右掌，雷霆般劈向早被染得鲜红的冰柱，又以迅雷不及掩耳之势，飞快捞起碎裂的一截，直直地刺向李萱。

差一点，就要刺到了。

当然是差一点的。

李萱是个很聪明的女人。在同一个地方，她不会摔倒第二次。

冰柱已经刺透衣衫，即将穿破白嫩的肌肤，她双眸一紧，猛然后退数十米，释放出一阵强烈的煞气。

和她固有的阴气不同，是很霸道，破坏力很大的煞气。

霎时，天崩地裂，地动山摇。

树林成片成片地倒下，山石接二连三地滚落，一切却都无声。与此同时，我们的脚下，裂开了一道深不见底的口子，里面燃着亮白的火焰。

深渊。

有了火焰的助势，煞气继续增强，很快像无形的刀剑一样，割破了我和黎明的袍子。随着清冷的狂风，黑白两色的碎布旋到天上，漫天飞舞，整个乾坤，似乎都已化成一个宏大的灵堂，在为我祭奠，也在为黎明祭奠。

黎明，终于，有了一点反应。

没想到，在最后的时刻，他，终于有了这样的反应。

"是时候了。"他从未这样严肃，也从未这样悲伤，他的眼睛里含着一种莫名其妙的东西。而他就那样看着我。

"洛老板，有些东西，我一直没有告诉你。一切结束后，你都会知道。时间紧迫，无须多说，我，现在，就把一切都还给你。"

我，必须，把一切都还给你。

血肉，灵魂，忘川之冰，北冥之雪。

我，把一切都还给你。

在黑白交织中，黎明微笑着，最后说出这样一句话，然后，轻车熟路地，伸出右手，唤出那个我再熟悉不过的摩尼宝珠。

胸口上的伤，竟在一瞬间流了更多的血，是我在动心，是我在悲伤，是我在绝望。

直到此时，直到此刻，我才终于深深地体会到，到底，什么，才是深不见底的绝望。

眼看摩尼宝珠越升越高，静静放出绝世光华，越变越大，越变越大，而黎明，竟然像我无数次做过的那样，双手合十，盘膝而坐，一张脸写满平静，似乎马上就要往生极乐一样。

可是，他应该清楚，无论哪里，都没有极乐。

最终，宝珠笼罩黎明，把他整个人都装到里面。而我，鲜血突然止不住地流，它们热烈地、奔腾地，顺着衣角，滴滴答答地滑下去，轻而易举地染红脚下的水，脚下的土。

血管猛烈跳动的节奏，这世上很多东西，就像这些源源不断的血液一样，是无论如何都不可逆的。

一旦流出，便再也回不来了。

真多，真多的血。我没有试图阻止，我知道，这一切根本阻止不了。

我，在最后的时刻，终究还是没有永断无明。

如果，以后，真的要陷入无明，我，宁愿断掉自己。

忍受着已经消失无踪的痛苦，我微微低下头，用从未有过的郑重，严肃地单膝跪地，就像当初送走璃轩一样。

黎明，让我最后叫你一声；兄弟，让我送你最后一程。

我不知道，黎明把一切都还给我以后，到底可以支撑多久；我只知道，从此以后，就算我重得自己碎裂的灵魂，也再不会有一丝一毫的自由、平和与安静。

偷来的时光，已经尽了。

像沙漏里飞快流失的沙子一样，随着黎明的逝去，我的灵魂也在飞速地溜走。但是，那又似乎不是我的灵魂。

难道，是杂质？

我的灵魂中，有杂质？

那明明不是，而是一种，类似于守护性质的东西。

没了它，我既感受到莫大的惶恐，又觉得无边的轻松。

似乎，没了它，我才是我自己。

黎明坐在摩尼宝珠中，缓缓行向遥远的李萱。他的嘴里一直说着什么，但是，离得太远，我听不清。或许，我已经迟钝了五感；也许，是刚才的影响。

我站在原地，听着滴滴答答的流血声，却连动都动不了，只能眼睁睁地看着这一切。

第一次，我眼睁睁地看着一切发生，终究无能为力。

第二次，我眼睁睁地看着一切发生，竟也无能为力。

第一栈的老板，到底，算是个什么东西？

失去爱人，失去兄弟，失去生命中最重要的一切，面对这些，他竟全然无能为力，甚至，连一句话都不能说。

一个字都不能说。

也许，事情也不会太坏吧？毕竟，李萱是真的喜欢黎明，黎明这个人，虽然处处留情，但他处处留的，却都是真的情。

对李萱，也是这样。

他真的想对她好，真的想带给她快乐，带给她幸福。

毕竟，他是许过她一生的。

李萱存在的时间太久，比我久得多，几乎和璃轩一样久。在这么长的时间里，她看过一切悲欢，见过无数别离，却从来没看过这样的。

这样的黎明。

黎明这种温暖，十分独特。他不是太阳，不是光源体，也不是热源体。他是向日葵，时刻都会反射太阳的光芒，而李萱，就像月亮一样。

只是，黎明，他即使身处清冷的月光中，也能照样反射出温暖的光芒。

黎明，给了李萱之前从没遇到的温暖。不是因为他多厉害，是因为，他真的很温暖。

很快，我听见了李萱的笑声，真诚的、快乐的笑声。

世界重新变为黑暗，所有的一切，都消失了。

一声清脆的撞击声，一颗晶莹剔透的珠子，和一面光洁如新的镜子，相继落下来，准确地砸到我的面前，浮在一片汪洋中。

而就在那一刻，呼吸停滞，心跳停止。

整个世界里，什么都消失了。

只剩下无边无际、无休无止的泪水。

无声的泪水。

第二十一章　从来就没有结束

很久了，很久了，很久了。

很久很久，我一直在冥界漂泊；很久很久，我都不再清楚，自己还为什么要继续存在下去。

也许，就是因为苟且吧……

用人类的话说，我现在，虽然还剩下一缕意识，却已经去了半条命。那晚之后，我的灵魂，早就碎成了不知道什么样。

连我自己都不知道。

第一次，是去拯救黎明。

第二次，是去救赎黎明的母亲。

第三次，是送走黎明。

可是，除了这三次，谁还知道，在别的时候，我没有牺牲一些什么呢？

送走活尸蜡烛的时候，送走小厉鬼的时候，送走吊死鬼的时候，送走车小车的时候？

记不得了。

不想记得了。

甚至，在送走黎明的时候，我也并不知道，那种沙漏的感觉，到底是怎么回事。后来，我才逐渐明白，那种空洞的感觉，那种虚幻的感觉，是因为，当时，从我身体里撤离的，是摩尼宝珠的精魄。

摩尼宝珠的实体，在那次会见后，被璃轩交到黎明手上，摩尼宝珠的精魄，早在很久之前，被璃轩融入到我的灵魂里。

只有摩尼宝珠合二为一，才能收服李萱，让一切，重新回到正轨上来。

这就是最后的秘密。

至于李萱，就像璃轩说的，是她，又不是她。

早在冥界创立的时候，一面古镜，便被封存在深潭之中，镜子的一面，是璃轩，而另一面，是李萱。

她们，几乎都是差不多的。

我那散碎成渣渣沫沫的灵魂，它们无一没有步璃轩的后尘，无依无靠地飘到冥界各处。仅靠我残存的那缕思维，几乎完全没办法控制它们。

它们急切地、饥渴地附着到每处散发蓝光的地方，就像终于找到了自己的归宿一样。

那里，才是它们本该在的地方。

但是，它们又并非完全静止。每天，每时，每刻，它们都会在冥界的各处走着，似乎自己真的就是尽职尽责的守护者。

我虽然影响不了它们，却可以清晰地感受到，每一次，每一次它们走动的时候，一开始，速度都很慢，渐渐地，速度会越来越快，越来越快。终于，它们的下面，会产生一种呼啸的风声，就像刀划过动脉，血喷出来的声音一样。

每天都一样，每天都一样。

每天，我站在燃烧的铁桥上，站在冥河的花草中，站在璃轩的大殿中，站在我自己的意识中，站在我们共同的回忆中，我的眼前，都会铺开整幅整幅忧伤的蓝色，就好像，全世界，别的颜色都消失了。

我甚至怀疑，进而继续欺骗自己，难道，是我的眼睛出了问题吗？

答案，我知道。

是心。

怎么会不是呢？

当初，眼见黎明和李萱一起消失，我拿着摩尼宝珠和那面镜子，在原地一动不动地站了整整三天三夜。从天黑，到天亮，再到天黑。

一切循环往复，多像是我们可笑的命运。

风云变化，潮声不止。

最初，我是有些失神的，最终，我虽然不知道为什么，却下意识地认识到，我应该把它们带到哪里去。

那里，是我这几千年来，最熟悉的地方。

虽然已经没有璃轩，这些地方，还是要回的。

迎送灵魂，守护世间，缘于璃轩，却不应依于璃轩。

一个人，终归要找到自己最纯粹的信念，最珍贵的信仰。这种信仰，高于个人，高于实体，高于任何的感情。

只有这样，才会永存。

那面镜子里，李萱又被锁住了。最近，每次看的时候，那里面都映了一团模糊的影子。

曼妙的影子。

黎明说得不错，就在我一步一步，走近深潭的时候，所有的一切，最后的真相，终于揭开。

这就是那段被他，也被璃轩封存的记忆，也正是，他和她，不想让我看到的东西。

原来，正是我，被因缘所迷，被感情所累，亲手砍断了镜子上的锁链，翻动了冥河河底的镜子，放出了李萱。

那个在李家老宅，在次卧门口晃动的锁链，那种能让灵魂安静下来的声音，正是当时我亲手交给李萱的。

只不过，由于释放出来的力量实在过于强大，在李萱重获自由的瞬间，闪耀出夺目的七彩光芒。虽然我有摩尼宝珠的精魄护体，还是受了重伤，失去了最重要的那部分记忆。

原来，我真的是自作自受。

原来，一切都是因我而起。

那面镜子，它长久地沉在深潭里，久得连大家都已经忘却它的年代，也许，自从冥界存在的时候，它就已经存在了吧。

她是我，又不是我。

是啊，我真的很想要自由。

自由，陪伴，爱。

可是，没有了璃轩，没有了黎明，这些东西，还会再有吗？

其实，我早就应该放弃这一切了。

每天，每天，几乎每天，我都在看着那把锋利的匕首，从上到下，来来回回地打量。我也终于知道，这里面，不只加了我的骨粉，也加了她的血液。

我有多少骨粉，她就有多少血液。

不然，在我濒临消失的时候，她又怎么能一次又一次把我拉回来呢？

我以为，一直，都只有我在疼，只有我在痛苦，殊不知，她承受的，远比我更加深远、更加持久。

旧伤，又在隐隐地发作，而我，在一个清冷的夜晚。

也许，错了。这里没有白天，也没有黑夜；这里没有阳光，也没有月光，而是一直飘荡着一种灰白的微光。

但是，我宁愿相信，那是一个夜晚。

还是很清冷的夜晚。

因为，我终于决定，就在这个夜晚，放弃这一切，所有的一切。

我怀着这种飘忽的信念，带着飘忽的精魄，最后一次走过铁桥、路过冥河，一步一步，稳定而伤悲地来到那个大殿中，进而迷失在一块又一块的布幔中。

我像个失明的人一样，站在那张长达百米的桌子前，摸索着摸上去，从这头，到那头，一百米，每一寸，每一分，就这样地摸过去。

每一分，每一秒，每一世，每一个美好的瞬间，每一次惨痛的离别，每一个欣慰的笑容，每一滴来之不易的幸福。

甚至，每一次不得不受的痛苦。

没有泪水，早已没有泪水。

一切，终于，都该结束了。

我微微地垂下头，静静地弯下膝盖，单膝跪地，怀着无比轻松、无比肃穆、无比忧伤，迎接我的解脱。

我，自己给自己的解脱。

一天，两天，三天……虽然在这里，时间一直在无休无止地流逝，但是，我还是能分清的。

我，终于又能分清了。

布幔依然在飘着，而我，一动不动、一言不发。也许，过不了多久，我就会化为一尊雕像了吧？

一尊用精魄凝成的雕像。

终究，我还是太年轻，我虽然很清楚，山的那边就是海，海的那边，依然还是海。但我依旧愿意，翻过山、漂过海，去那边亲自看一看。

我，不管经历过什么，体验过什么，得到过什么，失去过什么，总不会轻易放弃希望，总不会不想知道，在那边，等待我的，究竟是什么。

而我，就在那天，终于知道了……

那是一个有雾的清晨，我依然一动不动地跪在那里。忽然，在我的视野中，依稀出现了一袭红色的裙摆。

裙摆的后面，紧跟着一个一身白衣、长身玉立的男人。

"小洛洛，不知道为什么，我做了好长好长的一个梦……"

"是啊，洛洛，你知道最后的答案吗……"